LEA SANTANA
Das Versprechen der Oktoberfrauen

AF130818

Weitere Titel der Autorin:

Der Sommer der Blütenfrauen

Lea Santana

Das Versprechen der Oktober-frauen

Roman

lübbe

Die Bastei Lübbe AG verfolgt eine nachhaltige Buchproduktion.
Wir verwenden Papiere aus nachhaltiger Forstwirtschaft und verzichten
darauf, Bücher einzeln in Folie zu verpacken. Wir stellen unsere Bücher
in Deutschland und Europa (EU) her und arbeiten mit den Druckereien
kontinuierlich an einer positiven Ökobilanz.

Originalausgabe

Copyright © 2023 by
Bastei Lübbe AG, Schanzenstraße 6–20, 51063 Köln

Textredaktion: Ulrike Brandt-Schwarze, Bonn
Umschlaggestaltung: zero-media.net, München
Einband-/Umschlagmotiv: © FinePic®, München
Satz: GGP Media GmbH, Pößneck
Gesetzt aus der Bembo
Druck und Verarbeitung: GGP Media GmbH, Pößneck

Printed in Germany
ISBN 978-3-404-18939-7

2   4   5   3   1

Sie finden uns im Internet unter luebbe.de
Bitte beachten Sie auch: lesejury.de

1

Hanna

*A*ls Hanna in die Forststraße zu dem Friedwald einbog, öffnete sich vor ihr eine andere Welt. Das Leuchten der tief stehenden Oktobersonne wich einem flimmernden Spiel von Licht und Schatten. Nur wenige Strahlen fielen durch das Blätterdach und gelangten bis zum feucht schimmernden Boden, und so brauchte es hier länger, bis die Regenpfützen nach dem Wolkenbruch der letzten Nacht wegtrockneten. Hanna hatte jedoch keine Augen für diese Welt. Ihre Aufmerksamkeit galt etwas anderem.

Etwa einen Kilometer tief im Wald befand sich der Parkplatz, an dessen Rand eine Informationstafel für Besucher der Begräbnisstätte stand. Hier parkte Hanna, öffnete die Autotür und setzte ihre Füße in den Matsch. Sie schnallte sich ihren Rucksack mit der Wolldecke, der Wasserflasche und ein paar anderen Dingen auf den Rücken, faltete den ausgedruckten Lageplan auseinander und folgte der Wegbeschreibung auf den aufgeweichten Waldpfaden. Bei jedem Schritt hörte sie, wie das Wasser in der Flasche hin und her schwappte.

Die Gräser glänzten. Vereinzelt fielen Tropfen wie Tränen von den Buchenkronen auf Hanna herab, liefen über ihre Stirn und in den Kragen. Sie beachtete auch das nicht, konzentrierte sich auf die Karte und darauf, sich nicht zu verlaufen. Sie bog in einen noch schmaleren Trampelpfad ab. Ihre Hosenbeine verfingen sich in kleinen Zweigen, die sie erst für herabgefallene Äste

hielt, dann aber als junge Bäume erkannte. Es war der Buchen-
nachwuchs, noch ganz zierlich und biegsam. Plötzlich öffnete
sich der Weg vor ihr und gab den Blick auf einen Hügel frei.
Erhaben blickten die Baumriesen von dort oben auf sie herab.
Hanna ignorierte den Kloß in ihrem Hals, stapfte voran, ein
bisschen kurzatmig. Ein ums andere Mal rutschte sie auf dem
nassen Laub aus.

Dann endlich war sie auf dem höchsten Punkt angekommen.
Auf der anderen Seite breitete sich eine Senke aus, die sich am
Ende zu einem Feld hin öffnete. Nur dort unten drang das Licht
ein paar Meter weit herein und flutete den Waldboden. Hanna
sah sich um. Hier auf dem Hügel erhellte die späte Nachmittags-
sonne lediglich vereinzelt Stellen zwischen den Baumstämmen,
als würden diese mit einer Lampe angestrahlt.

Sind dort die Seelen, dort wo das Licht ist?

Hanna atmete tief durch und hielt dann Ausschau nach den
um die Baumstämme geknoteten verschiedenfarbigen Mar-
kierungsbändern und nummerierten Plaketten. Sie drehte sich
einmal um ihren eigene Achse, schaute wieder auf das Blatt
Papier und hob den Kopf. Und dann hatte sie ihn gefunden.
Das Klopfen ihres Herzens fühlte sich plötzlich an wie Pauken-
schläge. Dort drüben, nahe an einem Überhang, wo es wieder
bergab ging, stand ihr Baum. Die Nummer 119. Es war eine
mächtige Buche, so hoch wie ein mehrstöckiges Wohnhaus,
mit einem Stamm, der sich weit oben wie eine Wünschelrute
gabelte. Es wäre ein guter Ort, um dort zu sitzen und von oben
den Wald und die Welt zu betrachten. Sich zu verstecken und
einfach zu entziehen. Nur war es zu hoch, um dort hinaufzu-
kommen.

Langsam ging Hanna näher. Als sie direkt davorstand, ließ sie
ihren Blick von der Wurzel den Stamm hinaufgleiten. Und
zuckte zusammen. Eingeschnitzte Buchstaben. Sie waren alt,
kaum noch zu erkennen, aber die Vertiefung zeichnete sich in

der Rinde ab wie eine Narbe auf der Haut. Vorsichtig zeichnete Hanna die Kerben mit den Fingerspitzen nach. Sie und dieser Baum, sie hatten etwas gemeinsam. Sie waren beide beschädigt, jeder auf seine eigene Weise.

»Hallo, ich bin Hanna«, sagte sie, gerade laut genug, dass der Baum sie hören konnte, wie sie hoffte. Sie kam sich sehr albern dabei vor. Es klang aufgesetzt, als hätte sie es einstudiert. Aber sie hatte irgendwo gelesen, dass es angebracht wäre, sich einem Baum angemessen zu nähern, sich vorzustellen. Hanna glaubte nicht an so etwas, tat es aber dennoch, als ob es irgendwelche negativen Folgen haben könnte, wenn sie es nicht machte. Wie dumm. Warum sollte sie sich über negative Folgen Gedanken machen? Ihre Urne würde hier begraben werden und sie dann sowieso nichts mehr mitbekommen.

Die Urne … Das war das, was Hanna ängstigte. Dass der Weg zu den Wurzeln des Baumes über eine Feuerbestattung führte. Sie hatte sich als Teenager einmal die Fingerspitzen verbrannt, als es cool gewesen war, eine Kerzenflamme nicht auszupusten, sondern durch energisches Fächeln mit der Hand zu löschen. Die Brandblasen an den Fingerkuppen hatten entsetzlich wehgetan.

Die Worte auf der Webseite des Friedwalds hatten etwas in ihr zum Klingen gebracht, ihr das Gefühl gegeben, endlich Frieden finden und loslassen zu können, und so blendete sie diese Notwendigkeit aus. Sie versprachen Stille, Einklang mit der Natur. Und Stille war das, wonach sie sich am meisten sehnte. Hier gab es keine Friedhofsgärtner, die mit elektrischen Rasenmähern um die Ruhestätten herumkurvten. Nichts außer dem Knacken der Äste, dem Rauschen des Windes in den Baumkronen und Vogelgezwitscher. Der Ruf eines Kuckucks, das Klopfen eines Spechts. Geräusche, die nicht wehtaten. Aber war das wirklich so? Hannas Hände bewegten sich zu ihren Ohren. Im letzten Moment überlegte sie es sich anders.

»Nun bin ich also hier«, sagte sie zu dem Baumstamm und starrte hinauf in die Äste, als würde sie eine Antwort erwarten. Ihre Augen füllten sich mit Tränen »Wir sollten uns damit beeilen, Freunde zu werden. Wir werden lange miteinander auskommen müssen.«

Hanna zitterte, ließ den Rucksack vom Rücken gleiten und zog die Wolldecke heraus, die sie am Fuß des Baums ausbreitete. Es folgten die Wasserflasche und der Trinkbecher, die sie auf einem Baumstumpf abstellte. Aus der linken Jackentasche holte sie ein Teelicht und eine Schachtel mit Streichhölzern hervor. Es war feucht genug, den Wald würde sie nicht in Gefahr bringen, und sie wollte ein Minimum an Feierlichkeit zu ihrem Abschied. So lange schon hatte es nichts Feierliches mehr für sie gegeben, seit sie niemanden mehr hatte, der besondere Tage mit ihr teilte. Ihre Eltern waren gestorben, als sie noch ein Teenager war, sie hatte keine Geschwister, die Freunde waren irgendwann davongelaufen. Vielleicht wäre alles anders gekommen, wäre sie nicht so fürchterlich allein. Vielleicht wäre sie dann nicht hier.

Ihre Hände glitten über die übrigen Taschen. In der Innentasche steckten ihre Ausweispapiere, der Vertrag mit dem Friedwald und ihr Portemonnaie. Rechts spürte sie eine kleine Erhöhung unter dem Stoff. Dort verbarg sie das Wichtigste. Es war alles da. Hanna zog den Reißverschluss der Jacke bis ans Kinn hoch. Keine Sommerjacke, keine Winterjacke. Eine Übergangsjacke. Wie passend.

Sie trat ganz nah an den Baum heran und legte die Arme um den Stamm. Ihre Wange berührte die Rinde. Sie war fast so kalt wie Stein. Hanna wartete. Und wartete. Vergebens. Sie fühlte nichts. Sie ließ los, trat einen Schritt zurück und blickte zur Krone hinauf. Tränen rollten jetzt über ihre Wangen, ob der Größe und Überlegenheit des Baumes, der auf sie herunterblickte und sie sich ganz klein fühlen ließ. Aber da war auch noch etwas anderes: Ärger. Der auf nichts anderem als ihrer Enttäuschung beruhte. Warum war es so anders, als die Webseite es vorgaukelte? So anders, als sie es sich vorgestellt hatte?

»Mach doch was!«, rief sie jetzt und wischte sich die Tränen mit dem Ärmel von den Wangen. »Gib mir ein Zeichen!«

Hanna trat noch einen Schritt zurück, um sich nicht den Hals verrenken zu müssen.

»Irgendwas. Ein verdammtes kleines Zeichen, hörst du! Einen anderen Platz hab ich nicht mehr. Ich hab nur noch dich.«

Wenigstens am Ende möchte ich einmal das Gefühl haben, meinen Platz gefunden zu haben.

Plötzlich fiel ein Schuss. Hanna fuhr zusammen, zog instinktiv den Kopf ein, machte noch einen halben Schritt rückwärts, und der war der halbe Schritt zu viel. Das Laub unter ihren Füßen glitt weg, und im nächsten Moment verlor sie die Balance. Sie konnte sich nicht mehr auf den Beinen halten, ruderte mit den Armen, aber es half nichts. Im Fallen drehte sie sich, stürzte vornüber, riss gerade eben noch die Hände vors Gesicht, damit die Buchenkinder ihr nicht die Zweige ins Gesicht peitschten, und dann rollte sie den Hang hinunter. Sie kugelte wie ein Schneeball, nur dass an ihr Blätter, Gräser und sicher eine Menge für das menschliche Auge nicht erkennbare Lebewesen klebten. Hanna schloss Augen und Mund und hätte sich auch noch die Nase zugehalten, wenn sie nicht ihren Kopf hätte schützen müssen. Um ihre Ohren brauchte sie sich keine Sorgen zu machen, die waren fest verschlossen.

Sie rollte in der Senke aus, brauchte einen Moment, um zu sich zu kommen. Sie hörte noch einen Schuss. Mehrere. Dann begriff sie. Niemand hatte auf sie geschossen. Irgendwo in der Nähe wurde gejagt. Und dann lachte sie. Aus vollem Hals, nicht fern der Hysterie. Zu laut für diesen Ort. Zu laut? Wieso bemerkte sie das?

Hannas Hand schnellte an ihr Ohr. Der Stöpsel links saß fest wie ein Korken. Aber rechts fehlte er. Sie sah sich um. Nichts als halb verrottetes Laub. Kleine weiße Pilze. Schalen von Bucheckern. Kein transparenter Kunststoffstöpsel. Hier würde sie ihn garantiert nicht wiederfinden. Aber das war nicht wirklich schlimm. Sie würde ihren Gehörschutz jetzt nicht mehr brauchen. Viel schlimmer wäre …

Sie tastete nach ihrer Jackentasche. Sie war leer. Hanna sprang auf die Füße, suchte mit den Augen die Strecke ab, die sie zurückgelegt hatte. Die Mulde, in der sie gelandet war. Dort drüben lag ihr Autoschlüssel. Daneben zwei der fünf Tablettenblister. Sie stürzte darauf zu, griff sie und verstaute diesmal alles zusammen in der Hosentasche, die so tief war, dass nichts so schnell herausfallen würde. Doch drei fehlten.

Sie tastete sich noch einmal mit den Händen durch die modrigen Blattreste, das weiche Moos. Dort drüben war noch einer. Der silberfarbene Blister schimmerte wie Metall im Waldboden. Vorsichtig pulte Hanna ihn heraus. Aber sie hatte insgesamt fünf gehabt. Ungeachtet aller Insekten, Käfer und womöglich auch noch irgendwelcher kleiner Waldschlangen robbte Hanna auf allen vieren über den Waldboden. Sie brauchte die Tabletten. Sie hatte genau recherchiert, wie viele sie benötigte, und wenn sie jetzt weniger hätte, würde es nicht funktionieren. Panisch und wütend sah sie auf.

»Sollte das dein Zeichen sein?«, schrie sie den Baum an. »Du nutzloses Stück Holz!«

Sie rappelte sich auf. Da oben. Am Fuß des Baums. Da war noch ein Blister. Hanna wollte auf die silberne Folie zusteuern, als eine Windböe Blätter aufwirbelte und das Silber unter sich begrub. Dann rutschte plötzlich der ganze Laubberg über die Kante des Überhangs etwa zwei Meter in die Tiefe, auf Hanna zu. Sie wollte ausweichen, fiel erneut, landete schließlich auf dem Rücken und weinte. Sie würde niemals alles wiederfinden.

Als nach einer Weile keine Tränen mehr kamen, klopfte sie sich den Schmutz von der Kleidung und schleppte sich den

Hang wieder hinauf. Was sollte sie denn jetzt tun? Mit einem Seitenblick betrachtete sie den Baum. Er stand da, ungerührt und abweisend. Ein wenig abseits von den anderen.

Wie ich. Immer außen, immer am Rand.

Weil sie das gemeinsam hatten, hatte Hanna diesen Baum gewählt. Im Online-Shop, anhand des Lageplans. Aber auf einmal gefiel er ihr überhaupt nicht mehr. Und überhaupt, ein Friedhof, und hinter dem nächsten Hügel fallen die ganze Zeit Schüsse? Hanna fühlte sich getäuscht. Betrogen. Was jetzt? Hier ging es nicht. Jetzt ging es nicht. Nicht, wenn zwanzig Tabletten fehlten. Hitze kroch über ihre Schlüsselbeine, wickelte sich um ihren Hals und den Nacken, prickelte auf der Kopfhaut.

Sie sprang auf. Kopflos, und ohne sich noch einmal umzusehen, rannte und stolperte Hanna zurück zum Parkplatz. Die Wolldecke, ihren Rucksack und all die anderen Dinge vergaß sie auf dem Baumstumpf. Es war noch Tag, aber die bereits tief stehende Sonne war hinter schiefergrauen Wolken verborgen. Der Wald erschien ihr im Zwielicht plötzlich unheimlich und feindselig. Sie fürchtete sich und wollte so schnell wie möglich fort von hier. Wie hatte sie jemals glauben können, hier Frieden zu finden?

Sie musste dennoch so schnell wie möglich zu einer Apotheke. Allerdings würde sie die Tabletten nicht ohne Rezept bekommen. Sie würde sich einen Arzt suchen müssen. Oder sie würde ihren Arzt bitten, ein Rezept an eine Apotheke hier in der Nähe zu faxen. Aber was war hier in der Nähe? Das müsste sie erst einmal herausfinden, sie hatte sich für nichts anderes als den Weg in den Friedwald interessiert. Und zu spät war es für das alles heute wohl auch schon. Oder?

Sie ließ das Display aufflammen und blätterte durch das Adressbuch, fand mit fahrigen Fingern die Nummer ihres Arztes und tippte auf die Anruftaste. Ein Freizeichen. Es klingelte. Und klingelte. Dreimal. Viermal. Dann eine Stimme.

»Sie rufen außerhalb unserer Sprechzeiten an.«

Natürlich. Hanna legte auf.

Sie ließ sich auf den Autositz fallen, startete den Motor und schaltete die Scheinwerfer ein. Dann fuhr sie den Waldweg zurück, den sie gekommen war. Froh, dass sie diesen Ort voll unbekannter Geräusche und vager Schatten im Dickicht verlassen konnte, und schließlich die Landstraße wiederfand. Links und rechts von ihr breitete sich Herbstdunst über die unscharfen schwarzen Felder aus. Weit und breit war keine Tankstelle zu sehen, an der sie Wasser und einen Schokoriegel kaufen könnte. Hanna hatte Hunger.

Sie war vielleicht zehn Minuten gefahren, als plötzlich ein Schild mit einem Ortsnamen auftauchte, den sie nie zuvor gehört hatte. Plessin. Sie bremste ab. Neben dem Schild stand ein gelber Postkasten, der einzige Farbtupfer im Halbdunkel. Er wirkte wie ein Torwächter. Wie eine Warnung.

Wenn Sie noch eine Nachricht an ihre Lieben senden möchten, bevor sie das Gebiet von Plessin betreten, dann ist dies ihre letzte Gelegenheit.

Sie gab Gas.

❁

Frida

»Na, Mädchen, wird das heute nichts?«, ertönte eine bekannte Stimme hinter Frida.

»Wie kommst du denn darauf?«, fragte sie und rang sich ein Grinsen ab. Sie drehte sich um. Vor ihr auf dem Steg stand ein Mann mit Vollbart in orangefarbenem Ölzeug mit einer ausgeleierten Dockermütze auf dem Kopf, die ihm ständig über die Augenbrauen rutschte. Henning, einer der Fischer. Ein Seebär. Ihr Onkel.

»Kenn dich doch. Sehe ich auch noch vom Kutter aus, dass heute nicht dein Tag ist.«

Henning deutete auf die Gitarre, auf die sich Frida resigniert stützte.

»Eine Untertreibung«, murmelte Frida. »Die Noten stimmen nicht. Sie ergeben einfach keine Tonfolge, die irgendetwas hier drinnen zum Klingen bringt, so oft ich auch neu ansetze.« Sie klopfte sich mit der flachen Hand auf die Brust. »Ich schlag die Saiten zu hart an, wie ein Anfänger, der gerade mal die Grundakkorde beherrscht.«

Henning nickte nur. Er hatte keine Ahnung von Notenblättern und Kompositionen. Er kannte sich mit Gewässerbewirtschaftung und Reparatur von Fischereiwerkzeugen aus. Aber er hörte zu, und das war meist schon genug. Frida rieb sich die Finger und hauchte ihnen warme Atemluft zu. Sie waren kalt und steif vom Wind, der über die Ostsee zu ihr herüberfegte. Henning war das nicht entgangen.

»Ist viel zu kalt hier. Ungeschützt an der Seeseite. Hier kriegst du doch die ganze Zeit volle Pulle den Wind ab. Musst du denn unbedingt hier sitzen?«

Frida zuckte mit den Schultern. Das der See zugewandte Ende des Stegs im Tarnewitzer Fischereihafen war schon immer einer ihrer Lieblingsplätze gewesen, wenn sie in Ruhe neue Songs komponieren wollte. Und die Kälte war es auch nicht, die ihr in letzter Zeit immer öfter an diesem Ort zusetzte. Es war eher die sichtbare Verwandlung ihrer Welt aus Kindheitstagen.

»Seit die hier die gigantische Hotelanlage hochgezogen haben, frage ich mich das auch.«

»Und die Marina.« Henning zog das Wort in die Länge, dann spuckte er aus.

Frida nickte. Sie verstand Hennings Verbitterung gut. Jede einzelne Jacht, die hier vor Anker lag, kostete so viel, dass es das Jahreseinkommen eines Fischers überstieg. Aber vielleicht sollte sie sich irgendwann auch ein Boot zulegen. Ein kleines Segelboot. Dann würde sie aufs Meer hinausfahren zum Songschreiben. Vielleicht klappte es dort besser.

»Und du? Noch kein Feierabend?«, fragte sie, um das Thema zu wechseln.

»Muss noch die Netze reinigen. Verfluchte Algen. Ist schlimm dieses Jahr.«

»Hm«, machte Frida. Sie wusste nichts zu sagen. Es war ja kein Geheimnis, dass die Überfischung und der Klimawandel die Arbeit der Fischer von Jahr zu Jahr schwerer machten. Sie stand auf, verstaute ihre Gitarre in der Schutztasche und schulterte sie.

»Wenn du willst, kannst du mitessen, wenn ich mit den Netzen fertig bin. Hab frischen Dorsch.«

»Danke, Henning, aber ich muss nachher noch arbeiten. Und Fisch, na ja, du weißt ja, dass das nicht so mein Ding ist.«

»Aber nach der Arbeit kommst du doch vorbei, oder?«, fragte er.

»Ja, natürlich. Wir haben eine Verabredung.«

Mit Mama.

Im Ostseebad Boltenhagen war es nach den Herbstferien deutlich leerer geworden. Die Zeit der Stürme und Nebel begann, und viele der Eiscafés und Andenkenläden bereiteten sich schon auf den alljährlichen Winterschlaf vor. Diejenigen, die auch im Winter ihr Geschäft weiter betrieben, tauschten das Angebot aus. Statt Flip-Flops und Plastikschaufeln für den Strand gab es jetzt Friesennerze und mit Kandis befüllte Teepötte.

Frida hielt vor einem Blumenladen und lehnte ihr Rad gegen die Hauswand. Sie drückte die Tür auf, die sich mit einem leisen Klingeln öffnete.

»Frida, da bist du ja«, sagte die kleine, kugelrunde Frau und legte den Strauß tiefroter Dahlien aus der Hand, den sie gerade zu binden begonnen hatte.

»Bin schon ein bisschen spät dran heute, ich weiß. War am Hafen bei Henning.«

»Warte nur kurz einen Moment, ich gehe nach hinten und hole deine Bestellung.« Sie verschwand hinter einem Perlenvorhang, der den Verkaufsraum vom Lager abtrennte. Einen Augenblick später tauchte sie mit einem großen, in schneeweißes Seidenpapier eingeschlagenen Strauß wieder auf, und überreichte ihn Frida fast feierlich. »Schau gerne gleich rein, ob sie dir gefallen.«

Frida winkte ab. Sie vertraute ihr. Es war ja nicht das erste Mal, dass sie sie damit beauftragt hatte, ihr einen ganzen Arm voll schneeweißer Freesien zu besorgen, obwohl es jetzt eigentlich nicht die Zeit für diese Blumen war. Sie zog einen Geldschein aus der Hosentasche, zahlte und verabschiedete sich.

Wenig später fuhr sie auf der Landstraße Richtung Plessin, die Blumen in einer Papiertüte baumelten am Lenker, und schwangen mit jedem Tritt in die Pedale hin und her. Als Frida an ihrem Ziel ankam, hielt sie einen Augenblick inne, nachdem sie das Fahrrad angeschlossen hatte. Sie nahm die Blumen aus der Tüte und entfernte das Papier. Süßer Duft, hinter dem sich noch etwas anderes verbarg, strömte ihr entgegen. Pfeffrig und frisch.

So wie du gewesen bist.

Frida drückte das niedrige Tor auf und verschloss es sorgsam wieder hinter sich. Dann schlenderte sie über die gefegten Wege, durch die Reihen von Gräbern und Gedenksteinen, bis sie vor dem einen Stein stand, zu dem sie wollte. Beigefarbener Sandstein, mit ungeschliffenen Kanten, die wie Bruchstellen aussahen. Sie hätte es gemocht, dieses vollkommen Unprätentiöse, im wahrsten Sinne des Wortes mit Ecken und Kanten.

Heide Runau
★ 24. Oktober 1976
† 10. August 2018

»Hallo, Mama«, flüsterte Frida.

Sie griff hinter den Stein, nahm die Vase, und befüllte sie ein Stück weiter mit dem Regenwasser, das in einer alten Zinkwanne aufgefangen wurde. Blätter und Insekten schwammen auf der Oberfläche. Frida nahm eines der Blätter und ließ die Käfer und Fliegen draufklettern, bevor sie sie im Gras an einer Stelle ablegte, an der niemand auf sie treten würde. Sorgsam arrangierte sie dann die Blumen in der Vase und stellte sie vor dem Stein ab.

»Ich hab dir deine Lieblingsblumen mitgebracht.«

Weil sie aussehen wie Krokusse, die nach dem Winter ihre Köpfe aus der Erde stecken, um die ersten Sonnenstrahlen des neuen Jahres abzubekommen.

Frida musste lächeln bei der Erinnerung an die Worte ihrer Mutter. Ihre Zeitrechnung war anders gewesen. Für sie hatte das Jahr nicht am ersten Tag im Januar, sondern immer erst mit dem Frühling begonnen. Sie war ein Sonnenmensch gewesen. Frida strich mit der Hand über den viel zu kalten Stein.

»Herzlichen Glückwunsch zum Geburtstag.«

Als sich regenschwere Wolken vor die Sonne schoben, brach Frida auf. Sie hauchte einen Kuss auf ihre Fingerspitzen und drückte sie auf die eingravierten Buchstaben. Dann ging sie, ohne sich noch einmal umzudrehen.

2

✿

Hanna

*H*anna fror, was mehr am Schrecken und ihrer seelischen Verfassung lag als an den Temperaturen. Darüber hinaus hatte sie sich beim Sturz ein wenig den Rücken verrenkt, was sie vorhin noch gar nicht bemerkt hatte. Jetzt schmerzte es. Sie betrachtete sich im Spiegel über dem Waschbecken, und wunderte sich, dass man kein Sicherheitspersonal oder wenigstens einen Nachtwächter zu Hilfe geholt hatte. Sie sah schrecklich aus. Wie eine Kreatur aus dem Wald, etwas, das im Unterholz lebte und dem man nicht im Dunkeln begegnen wollte. Die langen haselnussbraunen Haare waren verklettet. Ihre Fingerspitzen mit der schwarzen Erde unter den Nägeln blieben an einer harten Kruste über einer ihrer Augenbrauen hängen. War das Blut? Nein, ihr tat nichts weh. Das war getrockneter Matsch vom Waldboden.

Noch dazu war ihr ein bisschen schwindelig, was sie aber nicht auf den Sturz zurückführte, jedenfalls nicht direkt. Sie hatte es nur versäumt, entweder den zweiten Ohrstöpsel auch zu entfernen oder aber einen neuen ins freie Ohr zu stecken. Die ungewohnte Dysbalance bescherte ihr offenbar so etwas wie Gleichgewichtsstörungen und beginnenden Schwindel. Als Nächstes würden dann wahrscheinlich Kopfschmerzen einsetzen.

Das Hotel war wie eine Fata Morgana abseits einer sandigen Dorfstraße aufgetaucht. Hanna hatte in dem Dorf namens

Plessin natürlich keine Tankstelle gefunden, auch keinen Tante-Emma-Laden, geschweige denn einen modernen Supermarkt. Nicht einmal eine heruntergekommene Eckkneipe. Nur dieses alte Gutshaus, an dessen Backsteinfassaden Weinranken wie dürre Finger emporkrochen. Ohne lange zu überlegen, hatte sie eingecheckt. Irgendwo musste sie heute Nacht ja bleiben.

Die heiße Dusche, zu der die Dame am Empfang Hanna geraten hatte, als ihre Finger beim Ausfüllen des Anmeldeformulars gezittert hatten, war eine Wohltat. Sie ließ das Wasser so lange auf ihren Kopf prasseln, bis sie sich wie vollkommen untergetaucht fühlte und nichts als Rauschen hörte. Sie liebte das. Sie brauchte das. Sie war geschützt, vollkommen abgeschirmt. Einer der wenigen Momente, in denen sie vollständig auf die Ohrstöpsel verzichtete, die sich sonst zwischen ihr Trommelfell und die Welt da draußen stellten wie ein Schild.

Frau Taudien, Sie leiden an einer Hyperakusis.

Hypakusis? Ich werde schwerhörig? Nein, hören Sie, das kann nicht sein. Ich höre bestens. Im Gegenteil, ich …

Nicht Hypakusis, sondern Hyperakusis. Diese zwei Buchstaben machen den Unterschied. Für Sie ist alles zu laut. Diese Geräuschempfindlichkeit ist nicht selten nach einem Hörsturz. Sie dürfen jetzt vor allen Dingen nicht den Fehler machen, sich abzuschotten. Damit machen Sie die Intoleranz nur schlimmer.

»Klugscheißer«, murmelte Hanna bei der Erinnerung an das Gespräch mit dem Arzt vor sich hin. Er hatte die medizinischen Fachkenntnisse, aber keinerlei eigene Erfahrung damit, wie es war, wenn Alltagsgeräusche zur Qual wurden. Natürlich hatte sie ihre Ohren danach noch mehr geschützt, im wahrsten Sinne des Wortes in Watte gepackt. Und natürlich hatte der Arzt am Ende recht gehabt. Inzwischen machten ihr selbst die normalsten Geräusche Angst.

Und deshalb war sie in dem Wald gewesen. Und hockte jetzt, nicht einmal vierzig Jahre alt, frierend und hungrig in einem Biohotel auf dem Land, irgendwo im Nirgendwo, während andere Menschen beim Abendessen mit ihren Familien saßen, tanzen gingen oder im Kino Popcorn futterten. Aber was sollte sie machen? Wenn sie Zukunft dachte, tauchte vor ihrem inneren Auge einfach nichts auf, so sehr sie sich auch bemühte. Keine Perspektiven. Nur Leere. Und weil das so war, war sie hier, hatte eine Entscheidung getroffen und würde davon auch nicht mehr abrücken.

Ganz ohne Vorwarnung setzten Angst und Atemnot ein. Hanna riss das Fenster auf.

Das Mondlicht erhellte die weitläufige Parkanlage hinter dem Haus. Auch den kleinen Teich. Die Oberfläche schimmerte wie eine blanke Münze. Hanna hielt den Atem an. Und lauschte. Angestrengt. Sie konzentrierte sich, aber da war nichts. Jetzt überfiel sie erst recht Panik. Etwas musste passiert sein. Irgendeine Umweltkatastrophe, eine Explosion, die alles ausgelöscht hatte. So still war es nirgendwo. Oder sie hatte sich beim Sturz doch den Kopf angeschlagen. Da! Ein Zischen. Hanna zog den Kopf zurück. Das musste eine Fledermaus gewesen sein. Dann ein Tapsen. Pfoten, die bei jedem Aufsetzen am Untergrund kratzten. Hanna kniff die Augen zusammen. Und dann sah sie die Katze, die über das schräge Ziegeldach balancierte.

Hanna atmete ganz ruhig, bis tief in den Bauch. Etwas, das die Burn-out-Therapeutin in all den Stunden, die sie dort verbracht hatte, vergebens versucht hatte, ihr einzubläuen.

Sie müssen loslassen. Spüren Sie Ihre Füße, spüren Sie Ihren Beckenboden. Lassen Sie die Schultern sinken, und dann atmen Sie bis in die Zehen.

Hanna hatte gar nichts losgelassen und auch niemals weiter als bis in ihren Brustkorb geatmet. Aber jetzt wusste sie, was die Therapeutin damit gemeint hatte. Hier ging das auf einmal. Da gab es einen Raum in ihrer Körpermitte, der sich mit Atem füllen ließ. Mit erstaunlich viel Atemluft.

Wenig später traute sich Hanna die Treppe hinunter zum Speiseraum des Hotels. Beinahe wäre sie kopfüber hinuntergestürzt, weil sie vor lauter Aufregung eine Stufe ausließ. Saubere Kleidung hatte sie im Kofferraum ihres Autos in einem Kleidersack gefunden. Eine erboste Nachbarin hatte ihn ihr am Tag ihres übereilten Wohnungsauszugs vor die Tür geknallt, weil sie die Sachen beinahe im Trockenkeller vergessen hätte. Jetzt war Hanna froh über den Plastiksack, den sie seitdem mit sich herumkutschiert hatte.

Als sie noch einmal sorgfältig den korrekten Sitz ihrer Ohrstöpsel kontrolliert hatte, betrat sie zögerlich den Speiseraum, der sich zu ihrer Erleichterung bereits weitestgehend geleert hatte. Sie ließ den Blick durch den Saal schweifen, über Tische und Gäste hinweg. Er wanderte über die Stuckdecke, zu den Marmorelementen an den Wänden. Glänzend poliert wie Spiegel, konkurrierten sie mit dem Schimmer der Kronleuchter. Hanna dachte sich die Möbel weg, und vor ihrem geistigen Auge entstanden Bilder von Sälen in Herrenhäusern und Landschlössern.

Sie suchte sich einen Platz in einer Nische ganz am Rand des Speisesaals und drehte den anderen Gästen den Rücken zu. Trotz der schützenden Stöpsel in den Ohren meinte sie, die überwältigende Geräuschkulisse beinahe körperlich zu spüren, wie ein aufgeregtes Bienensummen, das sich auf sie übertrug. Dumpfes Gemurmel, ein Brei aus Wörtern, Lachen, Husten, dem Klirren von Besteck, das über Teller kratzte. Hanna schloss die Augen, legte die Hände einen Moment vor das Gesicht. Die Dunkelheit konnte Stille nicht ersetzen, beruhigte sie aber dennoch.

Als sie die Augen wieder öffnete, fuhr sie zusammen.

»Himmel, was schleichen Sie sich denn so an?«, raunzte sie die junge Frau an, die direkt vor ihr am Tisch stand.

»Ich möchte Sie fragen, ob Sie etwas trinken möchten. Ich bin die Kellnerin, das ist mein Job.« Sie tippte auf das Schild am Revers ihrer schwarzen Kellnerweste. *Frida Runau.*

»Wie bitte?«

»Ich möchte wissen, ob Sie ...«

»Entschuldigung«, sagte Hanna. Ihre Hand glitt geübt unter ihre Haare zum Ohr und lockerte einen der beiden Stöpsel. Die meisten Menschen dachten, sie müsse etwas an einem Hörgerät justieren. Tatsächlich war es viel einfacher.

»Also dann, darf es für Sie etwas zu trinken sein?«

»Ja, ich hätte gern etwas. Oder nein, eigentlich ...« Hanna verlor den Faden, und sprach dann eigentlich mehr zu sich selbst. »Viel Alkohol am liebsten ...«

»Ein Weißwein vielleicht? Ich bringe Ihnen eine Scheurebe feinherb, das passt immer. Und dass Sie sich selbst vom Buffet bedienen können, wissen Sie, oder?«

»Ja, danke. Aber ich bin eigentlich überhaupt nicht hungrig. Mein Gott, ich weiß eigentlich nicht, warum ich überhaupt hier sitze und jemandem den Platz wegnehme. Ich sollte gar nicht hier sein.« Hanna merkte selbst, wie viel Resignation in ihren Worten mitschwang. Wäre sie jemand anderes und müsste sich zuhören, sie würde sich auf die Nerven gehen.

»Keine Sorge. Viele Gäste sind noch gar nicht von der Ostsee zurück. Bei dem Wetter heute ...«

Hanna sah auf. »Sind wir denn so nah am Meer?«

Die Kellnerin namens Frida ließ eine beinahe weißblonde Augenbraue in die Höhe schnellen. Noch ein bisschen heller, und sie wäre so durchscheinend, dass es den dramatischen Effekt zunichtegemacht hätte.

»Es sind nur etwa zehn Kilometer bis zur Küste. Sind Sie zum ersten Mal hier?«, fragte sie.

Hanna nickte.

»Dann sollten Sie sich das Essen nicht entgehen lassen. Das Buffet schließt gleich. Sie ärgern sich bis an Ihr Lebensende, wenn Sie es verpassen.«

»Wenn's weiter nichts ist.« Hanna seufzte und wünschte,

diese Frida würde endlich gehen. Aber dann fragte sie: »Gibt es hier irgendwo einen Arzt?«

»Einen Arzt? Sind Sie krank? Fühlen Sie sich nicht wohl?«

»Alles in Ordnung. Ich brauche nur ein Rezept.«

»Ein Rezept wofür denn?«

»Ein Allgemeinarzt würde mir reichen. Es muss doch sicher in der Nähe …«

»In Plessin haben wir schon lange keinen Arzt mehr. Früher gab es noch eine richtige Landarztpraxis hier, aber …«

Hanna hörte nicht mehr zu. Es rauschte in ihren Ohren, ihrem Kopf.

»In Grevesmühlen und Wismar finden Sie alles. Krankenhäuser, Fachärzte. Aber heute nicht mehr. Freitag. Da schließen alle Praxen am Mittag. Dann bleibt nur die Notaufnahme im Krankenhaus.«

»Schon gut.«

»Wirklich?«

»Ja, wirklich. Vergessen Sie's.«

»Schon geschehen.« Die Kellnerin wandte sich ab. Doch dann hielt sie inne und drehte sich noch einmal um. »Vielleicht versuchen Sie es mal mit Musik.«

»Musik?«

»Musik, genau. Das entspannt. Oder mögen Sie keine Musik?«

»Also grundsätzlich habe ich natürlich nichts gegen Musik. Aber noch lieber habe ich meine Ruhe.«

Hannas Gegenüber seufzte, als hätte sie gerade alle Zuversicht verloren.

»Ich weiß aber eigentlich nicht, was Sie das angeht«, schob Hanna noch hinterher.

»Mich? Oh, gar nichts. Das war nur ein nett gemeinter Vorschlag. Ich dachte, es könnte helfen.«

»Sehe ich aus, als würde ich Hilfe brauchen?«

Die Kellnerin holte tief Luft. »Um ehrlich zu sein ... Ach, was soll's, vielleicht hab ich mich getäuscht. Ich wünsche einen guten Appetit.«

Unverschämt. Und die lassen die auf Gäste los? Und die ...

Hanna schlug sich mit der flachen Hand vor die Stirn. Ohne den Wein abzuwarten, stand sie auf und eilte unter den fragenden Blicken von Frida und ihrer Kollegin an der Bar aus dem Speiseraum.

Von mir aus wird sie Mitarbeiterin des Monats.

Nur etwa zehn Kilometer bis zur Küste, hatte die hellblonde Kellnerin gesagt.

Zehn Kilometer. Das war nichts. Ein Katzensprung. Sie hätte auch selbst darauf kommen können. War sie aber nicht, und so musste sie dieser ziemlich übergriffigen, rotzigen jungen Frau, sogar noch dankbar dafür sein, dass sie jetzt nördlich des Tarnewitzer Hafens am Strand stand.

Wie machte man das? Stürzte man sich mit einem Kopfsprung vornüber unter Wasser und öffnete den Mund, damit es hineinfließen konnte? Oder ging man einfach immer weiter hinein, bis man keinen Halt mehr unter den Füßen fand und hinweggespült wurde? Hanna hatte keine Ahnung. Sie hatte mal davon gehört, dass sich Fischer in Portugal und Spanien in ihre Gummistiefel, die bis über die Knie reichten, Löcher schnitten, dort wo die Zehen saßen. Wenn sie von Bord der Kutter fielen und die Stiefel voll Wasser liefen, floss es durch die Löcher wieder ab, und sie wurden nicht von dessen Gewicht in den Stiefeln in die Tiefe gezogen.

Hanna hatte nur ihre Turnschuhe, die sie auszog und nebeneinander in den Sand stellte. Sie wollte den Sand spüren. Er war kühl und feucht und klebte an ihren Fußsohlen. Ein Lichtkegel erfasste sie, wischte über sie hinweg. Ein Fischkutter suchte sich den Weg in den Hafen. Dann machte sie die ersten Schritte zum

Wasser. Sie unterdrückte nur mit Mühe einen kleinen Aufschrei, als die schneidend kalten Wellen ihre Füße umspülten und an den Beinen emporschwappten. Über ihr kreisten Möwen, als hätten sie sie bereits als Mahlzeit ausgemacht. Jetzt in der Dunkelheit schrien sie umso mehr und noch lauter, um sich untereinander zu verständigen.

Hanna ging weiter. Sie stand jetzt bis zu den Knien im Wasser. Der schlimmste Punkt kam noch. Wenn das Wasser den Bauch berührte. Gliedmaßen konnten den Wärmeverlust ausgleichen, indem sie die Blutgefäße zusammenzogen, der Rumpf konnte das nicht. Auch hatte die Haut am Rumpf etwa doppelt so viele Kälterezeptoren. Das hatte Hanna schon als Kind im Schwimmbad festgestellt. Das Kreischen setzte immer spätestens dann ein, wenn das Wasser die Höhe des Bauchnabels erreicht hatte.

Sie ging weiter, die Oberschenkel waren zur Hälfte unter der Wasseroberfläche verschwunden. Es war bitterkalt, dennoch blieb sie einen Moment stehen, blickte in den sternenübersäten Himmel. Wenn sie sich nicht bewegte, sondern an einer Stelle stehen blieb, sackte sie mit jeder Welle, die den Sand unter ihren Füßen wegspülte, weiter in den Meeresboden ein. Als würde er nach ihr greifen.

Er wartet auf mich.

Eine Welle, höher als die anderen, klatschte gegen sie. Hanna schnappte nach Luft und versuchte den Kälteeffekt mit hektischem Rudern und Zappeln auszugleichen.

Warum? Lass doch endlich los.

Sie nahm einen tiefen Atemzug, ließ die Luft dann langsam wieder entweichen und die Arme dabei unter Wasser sinken. Auf dem Rücken treiben lassen. So würde sie es machen. Sie stieß sich vom Meeresboden ab, um in die Position zu kommen, doch plötzlich zog etwas an ihr. Nicht das Wasser, keine Welle. Da war jemand. Eine Hand riss an ihrer Schulter, griff in den schweren nassen Stoff ihres Mantels.

»Das ist gefährlich, was Sie hier machen!«, herrschte sie jemand an. Eine Männerstimme.

»Lassen Sie mich los!«, blaffte sie zurück und versuchte, ihren Arm seinem Griff zu entwinden. Wo war er hergekommen? Sie hatte ihn weder gesehen noch gehört.

»Nur wenn Sie mit mir zurück an den Strand kommen.« Er trat neben sie.

»Ich will nicht zurück.«

»Sie können wohl kaum die Nacht hier verbringen. Also?«

Hanna sah zur Seite. Er war ein Hüne, der … Sie musste lachen, ohne dass es Freude ausdrückte. Er trug tatsächlich eine Wathose. Genau so eine hätte sie jetzt gebraucht. Ohne die Löcher an den Zehen. Dann konnte er jedenfalls kein Spaziergänger sein, der zufällig hier vorbeigekommen war.

»Hauen Sie schon ab.«

»Ich denke nicht daran.«

Hanna watete ein paar Meter weg von ihm. Er watete hinterher.

»Muss ich um Hilfe schreien, damit Sie mich in Ruhe lassen?«

»Da können Sie so lange schreien, wie Sie wollen. Um diese Zeit ist niemand mehr hier am Strand unterwegs. Deswegen sind Sie doch hier, oder?«

»Ich wollte nur meine Ruhe haben.«

»Ja, klar.« Er schnaubte.

»Und Sie sind hier ja schließlich auch noch rumgelaufen.«

»Nee, so verrückt bin ich nicht. Ich hab Sie beim Einlaufen vom Kutter aus gesehen. Ich wollte nachschauen. Im Dunkeln geistert hier sonst keiner rum.«

Er ging nicht weg. Er war so groß, dass das Wasser ihm nur bis zu den Oberschenkeln reichte. Hanna hingegen stand schon bis zum Bauch im Meer.

»Ich kann Sie nicht zwingen, mit mir zurückzukommen,

aber ich kann hier ebenso lange rumstehen wie Sie. Mal sehen, wer von uns beiden länger durchhält.«

Eine Viertelstunde später standen sie immer noch so da. Der Mann, der wie ein Mast aus dem Wasser aufragte, schob seelenruhig seine Hände in die Taschen der Wathose, während Hannas Zähne vor Kälte bereits aufeinanderschlugen.

»Malzbonsche?«, fragte er sie jetzt allen Ernstes und zog eine kleine Metalldose aus der Brusttasche, deren Klettverschluss er mit einem Ratsch aufriss.

Hanna zuckte zusammen. Das Geräusch war nicht laut, aber beinahe so unangenehm wie reißendes Papier. Sie schüttelte den Kopf. Wieder vergingen Minuten.

»Ist das nun Mumm oder Feigheit?«, fragte er plötzlich.

»Was?«

»Das, was Sie hier machen. Ist das besonders mutig oder besonders feige?«

Eine Ohrfeige hätte Hanna nicht härter treffen können als seine Worte.

»Sie haben doch keine Ahnung.«

»Stimmt. Deshalb frag ich ja. Erklären Sie es mir.«

Hanna schlang die Arme noch fester um ihren Körper. Als sie antwortete, bibberte sie so sehr, dass sie ihre Stimme kaum kontrollieren konnte.

»Gesetzt den Fall, ich würde das tun wollen, was Sie denken …«

»Na, dass Sie hier nicht in voller Montur Schwimmen gehen wollen, ist wohl klar.«

»Gesetzt den Fall, Sie hätten recht, gäbe es dafür auch einen guten Grund.«

»Wenn ich Sie bitte, mir den zu erzählen, natürlich an Land mit einem heißen Tee, würden Sie nicht Ja sagen, oder?«

Hanna schüttelte abermals den Kopf. Sie spürte ihre Zehen nicht mehr richtig. Ihre Füße waren nur noch eiskalte Klumpen.

Wie viel Grad mochte die Ostsee Ende Oktober haben? Fünfzehn? Oder nur zehn?

»Ich glaube, es ist beides.« Er hörte einfach nicht auf, zu reden. »Es braucht eine Menge Courage, Willensstärke und Energie, um das zu tun, was Sie vorhaben. Gesetzt den Fall, ich habe recht. Aber es ist auch feige, dass Sie diese Energie und diese Kraft nicht für das Leben nutzen. Den Weg des geringsten Widerstands gehen kann jeder. Sie sind eigentlich 'ne Bangbüx.«

Hanna wollte sich zu ihm umdrehen und protestieren, doch ihre Muskeln waren so steif, dass sie sich nur wie ein Roboter bewegen konnte. Sie schwankte, machte mit den gefühllosen Füßen einen Ausfallschritt zur Seite und glitt bis zur Schulter unter Wasser.

»Jetzt reicht es aber mit den Fisimatenten.«

Der Hüne griff nach ihr, auf einmal hob er sie aus dem Wasser. Für Gegenwehr fehlte ihr die Kraft. Hanna schloss die Augen. Ihre Wange scheuerte am Träger der Wathose. Das gummiartige Material quietschte bei jedem Schritt, den er mit ihr auf dem Arm durch den Sand schritt. Es fühlte sich an, als würde sie auf einem Kamel über den Strand schaukeln. Irgendwann veränderte sich das Trittgeräusch. Holz. Sie gingen über Planken. Ein Steg vielleicht. Er brachte sie doch nicht etwa auf sein Boot? Hanna machte sich auf einmal vor Panik ganz steif, hob den Kopf und sah Hütten. Rote Holzhütten, die aussahen wie typisch schwedische Landhäuser in klein.

»So, wir sind da. Ich setze Sie ab. Können Sie stehen?«

Ob Hanna konnte oder nicht, sie wollte. Und sie wollte weg hier. So schnell wie möglich. Er schloss die Tür auf und trat ins Innere der fensterlosen Hütte. Es war stockfinster da drinnen. Hanna stützte sich an der Außenwand ab.

»Ich mach Licht, und dann ziehen Sie die nassen Sachen aus.«

»Wie bitte?« Hannas Stimme war ein Piepsen.

Ein Licht flammte auf. Er hatte eine kleine Öllampe entzündet.

»Nun mal keine Panik. Was denken Sie denn? Ich geh aufs Schiff, da hab ich ein paar trockene Sachen und Decken. Die reich ich Ihnen rein. Bin gleich wieder da.«

Hanna war allein. Sie trat in die Hütte, um sich vor den schneidenden Wind zu schützen, und spähte durch den Türspalt nach draußen. Er ging tatsächlich an Bord eines Kutters, der ein paar Meter weiter angelegt hatte. Sie schlüpfte aus der Jacke und zog sich Pullover und T-Shirt über den Kopf. Die Jeans war ein Problem, da sie von der Kälte und Nässe ganz steif geworden war. Hanna musste daran denken, wie sich früher manche Frauen mit Jeans in die volle Badewanne legten, damit sich der Stoff noch enger an den Körper klebte. Oder vielleicht machten sie es auch immer noch so. Hanna wusste es nicht. Sie fand es nur scheußlich.

Schließlich stand sie tatsächlich in Unterwäsche da. Sie sah sich um. Angestoßene Tassen im Regal. Sie dienten als Stütze für Fachbücher über Schiffstechnik. Ein Gezeitenkalender mit einem Nagel an die Wand gehämmert, daneben ein Erste-Hilfe-Kasten. Es klopfte an die Tür. Sie öffnete sich noch ein Stückchen weiter, und eine Hand, die ein Bündel Kleidung hielt, tauchte auf. Hanna nahm es entgegen.

»Ich hab ein Stück Tau mitgebracht. Damit können Sie die Hose oben abbinden, dann rutscht sie nicht runter. Sie passen ja locker in eins der Beine.«

Hanna zog sich die trockenen Sachen über. Sie rochen nach Meer und Rauch. Zum Schluss verknotete sie das Stück Tau um ihre Taille. Gern hätte sie sich in einem Spiegel betrachtet. Sie musste aussehen wie ein Seeräuber.

»Sie können reinkommen«, rief sie.

Der Hüne trat durch die Tür, sah Hanna an und lachte dann schallend.

»Donnerlittchen! Fehlt nur noch ein Papagei auf der Schulter, und Sie könnten zu Pippi Langstrumpfs Vater ins Taka-Tuka-Land mitreisen.« Er faltete eine Wolldecke auseinander. »Hier, setzen Sie sich da rüber auf die Bank und wickeln sich darin ein. Vor allen Dingen die Füße. Socken hab ich keine hier. Ich mach Tee.«

Die Wolldecke kratzte, aber Hanna folgte seinen Anweisungen. Etwas in ihr rebellierte dagegen, dass er ihr sagte, was sie tun sollte. Dagegen, dass sie überhaupt hier war. Sie sollte ihn dafür verfluchen. Sie sollte ihn hassen. Er hatte alles zunichtegemacht. Wie der Baum. Aber etwas anderes in ihr war sonderbarerweise dankbar dafür, dass er sich um sie kümmerte. Blaue Gasflammen züngelten an der Kochplatte, das Wasser im Topf kochte blubbernd. Wenige Augenblicke später zog das kräftige Aroma von Schwarztee durch die Hütte und leistete dem beklommenen Schweigen Gesellschaft, das sich ausbreitete.

»Was redet man jetzt nach so was?«, fragte er.

Hanna zuckte mit den Schultern.

»Ich will nicht wieder über Sinn und Unsinn Ihrer Aktion diskutieren, aber wenn Sie reden wollen, ich sitz ja gerade hier und hab Zeit.« Er schlürfte seinen Tee.

»Wahrscheinlich denken Sie, ich müsste mich bei Ihnen bedanken.« Hannas Stimme war so schwergängig, als hätte sie tagelang nicht mehr gesprochen.

»Nee, glaub ich gar nicht.« Wieder Schweigen. Dann auf einmal knallte er den Teepott auf den Holztisch, dass Hanna zusammenfuhr. »Ich kapier das nur nicht. Bin ich denn zu blöd, wenn ich denke, dass es immer einen Ausweg gibt? Man hat auch Leute zum Reden. Familie oder Freunde. Man ist nicht allein mit seinen Scheißproblemen.«

Hanna zitterte, nicht nur vor Kälte. »Und wenn doch?«

Im flackernden Schein der Lampe konnte Hanna sehen, wie er sie anstarrte. Ungläubig? Oder betroffen, weil er zu spät darüber nachdachte, dass es vielleicht Menschen gab, denen es anders ging? Er rieb sich über das unrasierte Kinn.

»Keine Familie?«

»Meine Eltern sind gestorben, als ich noch ein Teenager war«, sagte Hanna und wusste nicht, warum sie ihm das erzählte. Wahrscheinlich, weil sie ihn nie wiedersehen würde.

»Und dann? Ein Heim oder eine Pflegefamilie oder so was?«

»Ich bin bei einer Tante groß geworden.«

Er atmete aus, als wäre er persönlich darüber erleichtert. »Da haben Sie Glück gehabt. Also, ich meine … Es hätte schlimmer kommen können. Oder war die Tante so ein alter Drachen, der Ihnen das Leben schwergemacht hat?«

»Nein, war sie nicht. Aber sie war nicht meine Eltern. Das ist nicht dasselbe. Mutter und Vater kann niemand ersetzen.«

»Verstehe«, sagte er nachdenklich.

Hannas Füße waren inzwischen warm, auch die Finger konnte sie wieder bewegen. Ihre nassen Kleidungsstücke hatte er über einen Stuhl gebreitet. Trocknen würden sie noch lange nicht, es gab in der Hütte keinen Heizlüfter. Draußen heulte der Wind. Am liebsten hätte sie sich ausgestreckt und geschlafen, aber das ging nicht. Sie musste zurück zu ihrem Auto, das sie hier ganz in der Nähe am Strandübergang geparkt hatte. Sie musste zurück nach Plessin, auch wenn sie noch nicht wusste, was sie dann dort tun sollte.

Ein dunkles Tuten ließ die Wände der Hütte erzittern. Gleich darauf ertönte ein hellerer Signalton. Hanna verzog das Gesicht, zog den Kopf ein, und wünschte sich, sie wäre eine Schildkröte und könne sich ganz tief in einen Panzer zurückziehen.

»Sie brauchen keinen Schreck zu kriegen. Das sind nur die Kutter, die von der Nachtfahrt zurückkommen. Ich geh schnell nachschauen, ob die eine Hand beim Anlegen brauchen. Da ist übrigens noch mehr Tee in der Kanne.«

Hanna nickte. Die Kutter kamen zurück. Sie hörte die Rufe

der Männer, die sich von Bord aus über andere Boote hinweg miteinander verständigten. Markige Sprüche wurden ausgetauscht. Zeit für Hanna zu verschwinden, bevor sie von Bord gingen und herüberkamen. Sie raffte ihre klamme Kleidung zusammen und … Da waren sogar ihre Schuhe. Er hatte ihre Schuhe vom Strand mitgenommen. Hanna wusste nicht warum, aber ausgerechnet das trieb ihr nun die Tränen in die Augen. Barfuß schlüpfte sie in die Schuhe, der Sand darin rieb an ihren nackten Fußsohlen. Sie warf einen Blick durch die Tür. Ihr ungebetener Retter vertäute einen anderen Kutter, dann sprang er an Bord, um sich den Fang anzusehen. Jetzt war die Gelegenheit. Hanna sah sich um. Sollte sie eine Nachricht hinterlassen?

Danke?

War es das, was sie fühlte? Dank?

Hanna wusste es nicht, und abgesehen davon fand sie nirgends einen Stift oder ein Stück Papier. Sie wollte auch nicht noch länger darüber nachdenken. Sie wollte sich nicht dem Lärm aussetzen, der über den Anleger wehte. Aber sie musste auch vermeiden, dass er sofort die Verfolgung aufnahm, wenn er ihr Verschwinden bemerkte, aus lauter Angst, sie könnte ihr Vorhaben an anderer Stelle zum Abschluss bringen. Was, wenn er die Polizei alarmierte? Würden sie sie in Gewahrsam nehmen?

Hanna griff sich kurzerhand die Zuckertüte, schüttete etwas auf die Tischplatte, strich die weiße Schicht glatt und schrieb nach einem kurzen Zögern dann mit dem Teelöffel tatsächlich *Danke* hinein. Sie schlüpfte durch die Tür, schlich sich im Schatten von Hütte zu Hütte, wartete Wolken ab, die den Mond verdunkelten. Dann hatte sie das Ende des Anlegers erreicht, lief geduckt zum Parkplatz, wo ihr Auto stand. Die Rufe der Männer waren hier kaum noch zu verstehen. Sie drehte sich um, sah die Scheinwerfer, die die Schiffsdecks erhellten. Kisten voller Fisch wurden an Land gehievt. Eigenartige Emotionen durchfluteten sie beim Anblick der letzten Hütte in der Reihe.

Sie wandte sich um und ging zu ihrem Wagen.

3

❁

Frida

$\mathcal{D}$er Duft von Süßkartoffeln in Erdnusssoße, mit Senf und Honig verfeinertem Kürbis, gerösteten Brotscheiben und einer aromatischen Mischung von Kräutern und Gewürzen hing auch noch in der Luft, als das Buffet längst abgeräumt war. Jetzt wurde der Speiseraum kurzerhand umfunktioniert. Es wurden Tische verschoben und Stühle gerückt, damit die Gäste alle eine gute Sicht auf das Podest haben würden, das jetzt zur Bühne wurde.

Frida saß bereits dort, eine Karaffe mit Wasser und ein Glas auf dem Tisch neben sich. Sie stimmte ein letztes Mal ihre Gitarre, während die Gäste schnell noch ein Glas Wein oder ein Bier bestellten. So lief es immer ab, und Frida war längst daran gewöhnt, dass sie nicht pünktlich anfangen konnte. Immer noch einmal ging die Tür auf, klappte wieder zu, Gäste huschten eilig durch die Stuhlreihen, auf Zehenspitzen und seltsam gebückt, als würde es sie leichter und somit leiser machen. Frida amüsierte es jedes Mal.

Als alle sich entschieden hatten, ob sie ihre Jacken anlassen oder doch ausziehen wollten, was ein erneutes Aufstehen mit sich brachte, räusperte sich Frida laut und vernehmlich, wiederholte es, bis auch der letzte Gast mitbekommen hatte, dass sie beginnen wollte. Ein Mikro benutzte sie nicht.

»Hallo und herzlich willkommen. Schön, dass Sie alle da sind. Ich möchte mich kurz vorstellen: Mein Name ist Frida, ich arbeite hier im Hotel, wie manche von Ihnen ja schon wissen, und jeden Freitag gebe ich hier ein kleines Konzert. Ich spiele für Sie ein paar Songs, die Sie alle kennen dürften, und dann am Ende noch ein paar meiner eigenen Kompositionen. Ich wünsche Ihnen viel Spaß.«

Ein erster kleiner Applaus. Vorschusslorbeeren. Frida begann zu spielen.

Nur zu gern hätte sie sich an diesem besonderen Tag, und nach der irritierenden Begegnung mit der Frau, die keine Musik mochte, in ihr Bett zurückgezogen und sich die Decke über den Kopf gezogen. Heute, am Geburtstag ihrer Mutter, wog der Verlust noch schwerer als an anderen Tagen. Besondere Momente vergaß man nicht so schnell wie die alltäglichen, die einem oft nur die Zeit wegfraßen und vergessen ließen, wer man war, und was man wirklich wollte.

Aber den Moment, als ihre Mutter vor Rührung fast geweint hatte, weil sie ihr zum vierzigsten Geburtstag einen eigenen Song komponiert hatte, den würde Frida niemals vergessen. Genauso wenig wie die Freude, mit der sie immer Geschenke aufgerissen und das Papier zerfetzt hatte und es durch die Gegend geflogen war, bis Frida eines Tages, nur um sie zu foppen, ihr Geschenk in Zeitungspapier eingeschlagen hatte. Weil sich mehr Mühe sowieso nicht lohnte, wie sie erklärt hatte. Die Flunsch, die ihre Mutter daraufhin gezogen hatte, und wie sie ihr dann vor Freude um den Hals gefallen war, als doch noch das glänzend sonnenblumengelbe Geschenkpapier unter den vergilbten Zeitungsseiten zum Vorschein gekommen war, würde für immer in Fridas Herz eingebrannt sein.

Nur an ihrem letzten Geburtstag hatte sie nicht gewusst, wie sie ihr eine Freude machen könnte, als allen klar gewesen war, dass es ihr letzter sein würde. Aber ihre Mutter war so stark gewesen.

Ich weiß ein Geschenk. Versprich mir, dass du nicht aufhören wirst, Musik zu machen. Du hast dieses große Talent, mach etwas Gutes draus.

Deswegen wäre Frida heute lieber nicht hier mit all den fremden Menschen gewesen. Doch das ging nicht. Sie hatte eine Vereinbarung mit dem Hotel, mehr noch, sie hatte ein Ziel vor Augen. Und darum hielt sie tapfer durch.

Scarborough Fair von Simon and Garfunkel war ihr erstes Lied. Es erinnerte Frida an ihre Mutter. Sie hatte den Song sehr geliebt. Die Melancholie, die über der Melodie lag. Weiter ging es mit *Hey, That's No Way to Say Goodbye* von Leonard Cohen: *You know my love goes with you as your love stays with me.*

Frida sang gegen den Kloß in ihrem Hals an. Nach dem letzten Akkord sah sie auf. Ein Paar stand auf und tapste zum Ausgang. Ohne sich noch einmal umzusehen schlüpften sie durch die Tür hinaus ins Freie, einem vermeintlich fröhlicheren Abend entgegen.

Als Frida gerade einen Titel von Cat Stevens anstimmte, bemerkte sie, dass ihr Handy brummte. Ihr Blick flog zu der Tasche, die nur einen Meter von ihr entfernt achtlos auf dem Boden lag. Wer rief sie denn jetzt an? Alle, die sie kannten, wussten doch, dass sie mitten im Hotelkonzert war.

»Ein Fan«, sagte sie, was ihr ein paar Lacher einbrachte.

Sie spielte weiter. Das Telefon brummte erneut.

»Ein hartnäckiger Fan«, rief jemand aus dem Publikum. Wieder Lacher.

Frida streckte ihr Bein aus, und mit der Schuhspitze schob sie die Tasche auf. Das Handy lag obenauf und das leuchtende Display zeigte die Nummer ihres Onkels an.

»Tut mir leid«, sagte Frida und setzte die Gitarre ab. »Familie. Ein Notfall.«

Dann nahm sie das Gespräch an.

»Henning, was ist passiert? Alles in Ordnung?«

»Das wollte ich dich eigentlich gerade fragen.« Möwengeschrei im Hintergrund.

»Was? Ich bin mitten in meinem Konzert. Bist du okay?«

»Ich schon. Ich wollte nur wissen … War ich ein guter …«
Er brach ab, suchte offenbar nach den richtigen Worten.

Frida wurde allmählich ungeduldig. Er sprengte ihr Konzert.

»Ein guter Mutterersatz?«

Frida fiel beinahe das Telefon aus der Hand.

Er räusperte sich. »Ich meine, ich weiß, dass niemand eine
Mutter ersetzen kann und dass es nicht dasselbe ist, bei seinem
Onkel aufzuwachsen, auch wenn das auch Familie ist, aber …«

»Henning, hast du getrunken?«, wisperte Frida ins Telefon.

»Aber hat es dir an irgendwas gefehlt? Ich meine, hab ich
immer ein offenes Ohr für dich? Oder fühlst du dich manchmal
allein? Wenn das so ist, dann müssen wir reden.«

Das kann doch nicht nur Alkohol sein …

Natürlich nicht. Auch für ihren Onkel war dieser Tag ein
trauriger, verbunden mit vielen eigenen Erinnerungen, und in
diesem Jahr schien es ihn besonders mitzunehmen.

»Henning, mir geht es gut.« Lüge. Aber damit hatte Henning
nichts zu tun. »Du bist der beste Onkel, der beste Mutterersatz,
den ich haben könnte.«

Ein Aufatmen auf der anderen Seite.

»Ich muss jetzt wirklich weiterspielen, oder mir läuft das Publikum davon.« Was gerade tatsächlich passierte. Frida blickte auf
sechs Plätze, die sich zwischenzeitlich geleert hatten. »Und du
hörst jetzt auf zu trinken, okay? Sonst kippst du noch in die
Ostsee. Und fahr auch nicht mehr, hörst du?«

»Ich bin nicht …«

Frida beendete das Gespräch. Nur noch eine Handvoll Lieder …

Anschließend fuhr sie zum Hafen, um Henning abzuholen und
mit ihm zusammen nach Hause fahren. Sie würden sich gegenseitig Gesellschaft leisten. Beim Trinken. Beim Trauern. Beim
Tränen lachen und Tränen weinen über gemeinsame Erinne-

rungen. Auf dem Weg zu ihrem Fahrrad sang sie einige Zeilen
von James Taylors *You've Got A Friend* vor sich hin:

All you have to do is call
And I'll be there, yes, I will.

❀

Hanna

*E*rst im Auto und der klaren Nachtluft hatte Hanna bemerkt,
wie stark der Geruch nach Tang und Feuchtigkeit war, den die
geliehenen Kleidungsstücke verströmten. In der Fischerhütte
war es ihr nicht aufgefallen. Wahrscheinlich, weil dort alles seit
Jahren mit den fischigen Meeresmolekülen durchdrungen war.

Sie erreichte den Hotelparkplatz, klemmte sich ihr klammes
Bündel Kleidung unter den Arm und ging auf das Gutshaus zu.
Sie würde sich zurück in das Hotelzimmer schleichen. Es war
heute Mittag noch nicht neu vermietet gewesen, sie hatte immer
noch den Schlüssel dafür, und sie ging nicht davon aus, dass man
einen Schlüsseldienst mit dem Aufbrechen der Tür beauftragt
hatte, nur um neue Gäste hineinzulassen.

Und wenn die den Zweitschlüssel genommen haben, überlegte sie.

Hanna verwarf den Gedanken. Sie würde es riskieren. Sie
wollte eine heiße Dusche und ein Bett.

Wann die Fischer wohl nach Hause konnten zu ihren Familien? Der Fischer. Hanna wusste nicht einmal seinen Namen.
Und er wusste nicht ihren. Was gut war, denn so konnte er nicht
doch noch die Polizei verständigen oder was man sonst bei Le-
bensmüden üblicherweise tat. Ein Anflug von schlechtem Gewissen überkam sie, weil sie seine Sachen ohne ein Wort anbe-
halten und mitgenommen hatte.

Er hätte sich ja nicht einmischen müssen.

Hat er aber. Weil du ihm nicht egal warst.

Weil er seine Pflicht getan hat. Er hätte auch einen streunenden Hund aus dem Wasser gezogen.

Aber er war so anständig und liebenswürdig.

»Hör auf«, schnauzte sie sich selbst an. »Was geht dich der Fischer an!«

Sie musste sich um sich selbst kümmern.

Ihr Blick glitt über den dunklen Park. Mondlicht breitete eine silbrige Decke über Gräser und den Teich. Die herbstliche Nachtluft war klar und würzig. Pflanzenduft, der bereits von der Vergänglichkeit erzählte, die die zarten Blütengebilde zersetzen würde.

Vielleicht kam es, weil Hannas ganzer Kopf inzwischen schmerzte oder weil diese Ohrstöpsel ganz neu und noch nicht eingetragen waren, aber sie drückten unangenehm. Sie wusste, dass sie damit nicht hätte Autofahren sollen, aber es war ihre Methode, den inneren Aufruhr unter Kontrolle zu bekommen. Der Schildkrötenpanzer, den sie für sich selbst erzeugte, indem sie die Geräusche der Welt aussperrte. Sie zog die Ohrstöpsel heraus.

Ihre Schritte knirschten auf dem Kies. Grillen zirpten. Das hatte sie lange nicht mehr gehört, und dann jetzt? Ende Oktober? In der Nähe des Teichs hörte sie ein klatschendes Geräusch. Waren das springende Fische auf der Jagd nach Insekten? Blätter über Hanna raschelten, flüsterten miteinander. Irgendwo in der Ferne vernahm sie das zarte Aneinanderschlagen von Metall. Ein Windspiel. Aber mehr war da nicht. Es war so still, dass Hanna meinte, sie müsse hören können, wie sich die feinen Härchen auf ihren Armen vor Kälte aufstellten. Dabei lebten hier doch Menschen. Mussten die nicht irgendeinen Lärm machen.

Eine unerklärliche Angst kroch ihr den Rücken hinauf und packte sie im Nacken. Wieso flößte ihr die Stille plötzlich Furcht ein?

Da vernahm sie auf einmal doch noch etwas. Zarte Laute wehten durch die Dunkelheit. Eine Gitarre, ohne Begleitung durch andere Instrumente. Kurz quietschte eine Saite. Eine Hand schlug rhythmisch gegen den Gitarrenkörper. Dann setzte der Gesang einer Frau ein. Klang gewordenes Mondlicht.

Hanna dachte nicht mehr darüber nach, dass sie fror und aussah wie ein Lumpensammler. Dass ihre noch feuchten Haare ihr strähnig am Kopf klebten. Sie folgte der Musik, ging um das Gebäude herum. Heimeliges, gedämpftes Licht fiel aus den Fenstern auf die Blumenbeete, die das Haus wie eine Borte einfassten. Die Küche im Souterrain hingegen war noch hell erleuchtet. Und dann stand Hanna genau vor dem Fenster zu dem Saal, aus dem die Musik kam.

Sie ließ sich auf einen Gartenstuhl sinken. Während sich Wolken vor den Mond schoben, dann weiterzogen, und das silberne Licht immer neue geheimnisvolle Bilder auf den Kies malte, lauschte sie. Die Melodien waren voller Melancholie, die Lieder erzählten von Verlassenheit, von Menschen, denen man begegnete, und Menschen, von denen man sich trennte. Sie erzählten vom Leben, das doch immer irgendwie weiterging, vom Nordwind, der kam und Kälte verbreitete, über der Welt und in den Seelen, und dem Hoffen auf Freundschaft, die ihm trotzte. Hanna konnte die Sängerin zwar nicht sehen, aber es war, als sänge sie nur für sie allein. Die Töne schwebten zu ihr hinaus, direkt in ihr Herz. Sie berührten sie, zart wie ein Libellenflügel, und gleichzeitig so kraftvoll wie ein Maultiertritt.

Etwas Haariges berührte sie plötzlich am Bein, und mit einem Aufschrei zog sie es weg. Es war eine Katze. Die Spaziergängerin vom Dach.

»Himmel, musst du dich so anschleichen?«

Hanna hielt ihr die Hand hin. Die Katze jedoch sprang auf Hannas Schoß, rollte sich ein und begann ihr eigenes Konzert. Sie schnurrte und putzte schmatzend ihre Pfoten.

Hanna wurde von einer friedlichen, behaglichen Wärme geflutet. Es war so, wie sie sich den Moment im Wald vorgestellt hatte. Nur da, hatte sie gedacht, würde sie diesen inneren Frieden verspüren. Wie sehr sie sich geirrt hatte. Es geschah jetzt und hier, wegen ein paar Liedern, die jemand auf der Gitarre spielte. Wegen eines Fellbündels auf ihren Beinen. Hanna verstand auf einmal die Welt nicht mehr. Verstand sich selbst nicht mehr.

Ich möchte bleiben.

Noch ein Maultiertritt. Ihre eigenen Gedanken, ihre Gefühle fielen ihr in den Rücken, ohne Vorwarnung. Sie schlotterte am ganzen Körper wie eine Marionette, an deren Fäden zu heftig und unkontrolliert gezogen wurde. Dass sie auch weinte, merkte sie erst, als sie durch die geschwollene Nase schlecht Luft bekam.

Aber es stimmte – Hanna wollte bleiben. Sie wollte nicht wirklich sterben. Der Wald ängstigte sie. Dunkelheit ängstigte sie. Und das Meer war nicht friedlich gewesen, sondern bedrohlich, und sie wäre nicht einfach in eine andere Welt hinübergeglitten wie auf Wolken aus Wasser, sondern das Wasser hätte sich in ihre Lungen gepresst und sie hätte Krämpfe und Panik bekommen. Und vielleicht hätte sie Schmerzen dabei gehabt. Nein, sie wollte das nicht.

Sie wollte in einem blühenden Garten sitzen, eine schnurrende Katze auf ihrem Schoß, so wie jetzt, den Duft von Sommerkräutern in der Nase. Sie wollte zusehen, wenn im Frühling die Knospen aufbrachen, den Vögeln zuhören, dem Wind in den Baumkronen. Sie wollte sich im Winter mit warmen Wollsocken unter einer kuscheligen Decke und mit einer Tasse Kakao in der Hand auf die glänzenden Weihnachtslichter freuen, auch wenn sie es allein täte. Sie wollte in einer windschiefen Fischerhütte sitzen und heißen Tee trinken, während draußen die Winde am Land rüttelten.

Sie wollte nicht vergessen, jemanden nach dem Namen zu fragen, nur weil sie dachte, dass sie denjenigen niemals wiedersehen würde.

Und sie wollte Musik hören, die ihr das Herz öffnete. So wie jetzt.

Nein, sie wollte nicht sterben.

Hanna keuchte auf. Sie könnte es genauso gut noch eine Weile mit dem Leben probieren. Oder?

Die Worte des Fischers fielen ihr wieder ein.

Es ist feige, dass Sie diese Energie und diese Kraft nicht für das Leben nutzen. Den Weg des geringsten Widerstands gehen kann jeder. Sie sind 'ne Bangbüx.

Vieles hatte man schon über sie gesagt, aber das nicht.

Frida

*I*n der Nacht hatte es den ersten Bodenfrost gegeben, der Morgen war frisch, aber sonnig. Kondenswölkchen, die ihre Atemluft bildete, vermischten sich mit dem Dampf aus ihrem Kaffeebecher. Frida zog das Wolltuch enger um ihre Schultern, als sie den Hof überquerte, um sich an der Stirnseite der alten Scheune einen Sonnenplatz zu suchen. Sie lehnte sich an das Mauerwerk, das die gespeicherte Wärme an ihren Rücken abgab. Die Klammer, die am Vortag ihr Herz eingeschnürt hatte, war verschwunden. Sie fühlte sich leicht, atmete die klare Luft ein und streckte das Gesicht dem Licht entgegen, bis sie spürte, wie ihre Wangen, ihre Nase und die Stirn warm wurden. Bis sie nicht mehr an sich halten konnte und plötzlich lachen musste.

Sie lachte über das Tierkonzert um sie herum. Es war Fütterungszeit. Die Schafe blökten, die Ziegen meckerten, und die Gelbviehkühe machten sich mit kräftigen Muhs in verschiedenen

Tonlagen bemerkbar. Socke, der zottelige Hofhund, von dem niemand sagen konnte, wie viele Hunderassen in ihm steckten, interpretierte das vielstimmige Konzert als Einladung mitzumachen, und wie jeden Morgen flippte er auch jetzt wieder diese Viertelstunde lang schier aus.

Frida liebte es, wenn der Tag so begann und alles erwachte. Es war jedes Mal, als wenn das Leben wie eine Klatschmohnkapsel im Zeitraffer aufplatzte und sich entfaltete wie die Blütenblätter, die sich aus ihr herausdrückten.

»Hey, Frida, worüber lachst du?«, rief Basti, der ein Freiwilliges Ökologisches Jahr auf dem Hof absolvierte.

»Alles und nichts.« Sie überlegte kurz. »Wollen wir Musik machen?«

»Jetzt? Musst du nicht arbeiten?«

»Heute nicht. Nur später im Hotel. Also, was sagst du?«

»Okay, ich sag Rieke Bescheid.« Basti strahlte. Er war der Percussionist ihrer kleinen Gruppe von Bewohnern und Mitarbeitenden auf dem Hof, die sich gerne zu einer Jamsession zusammenfanden. Er konnte aus fast allem etwas basteln, dem er einen Rhythmus entlockte.

Frida stellte den Kaffeebecher ab, holte ihre Gitarre und lief hinüber zur Remise. Neben einem uralten Primus Radtraktor, in dessen aufgerissenes Sitzpolster sich eine Mäusefamilie eingenistet hatte, waren hier Gartengeräte, eine altersschwache Werkzeugbank und so verheißungsvolle Dinge wie Hängematten und Luftmatratzen für den nächsten Sommer untergebracht. Als Frida ankam, war Basti schon da und baute vor sich eine Reihe von Behältern auf, in die er irgendwelche Kerne gefüllt hatte.

»Was ist das denn alles?«, fragte Frida interessiert.

»Das sind Koriandersamen. Je nachdem, ob du sie in Plastikbecher, Gläser oder Metalldosen füllst, erzeugen sie ganz andere Klänge. Ein paar davon hab ich in diese Pappröhre gefüllt, und jetzt ist es ein Regenmacher.«

Basti drehte die Pappröhre ganz langsam auf den Kopf, und das Geräusch der Samen darin hörte sich an wie der zaghafte Beginn eines Landregens. Dicke Koriandertropfen zerplatzten an der Pappwand.

»Das ist schön. Jetzt brauchen wir noch ein bisschen Wind.«

»Das krieg ich hin«, ertönte eine Stimme hinter Frida.

Rieke, die die Produktion hofeigener Öle ins Leben gerufen hatte, winkte mit ihrer Geige. Sie hatte sie vor Jahren auf einem Dorfflohmarkt gleich hinter der Grenze in Polen gekauft, ohne sie spielen zu können. Der hölzerne Körper des Instruments hatte Schrammen, als hätte man es über den Boden geschleift, aber Rieke war ganz vernarrt gewesen, und hatte sich das Spielen selbst beigebracht. Inzwischen hatte sie mehrere Lieder in ihrem Repertoire. Nicht fehlerfrei, aber mit Leidenschaft.

»Na, dann los«, forderte Frida die beiden auf. »Lasst uns Wetter machen.«

Es begann mit nicht mehr als einem feinen Nieselregen, den Basti gekonnt imitierte. Fridas Finger schufen die melancholische Melodie eines vertrödelten Sonntagnachmittags, an dem man am Fenster saß und die nass glänzende Welt auf der anderen Seite der Scheibe beobachtete. Dann bewegte Basti die Pappröhren schneller, der Regen wurden kräftiger, während Rieke mit dem Geigenbogen hauchdünnes Windpfeifen erzeugte.

Basti nahm jetzt abwechselnd ein Glas und eine Metalldose in die Hand und gab damit einen immer schneller und drängender werdenden Rhythmus vor. Alle drei erschraken, hörten aber nicht auf zu spielen, als polternder Lärm hinter ihnen ertönte. Riekes Freund Pawel stand da, hatte eine Holzkiste hochgehievt, in der sie Steinbrocken gesammelt hatten, die sie im Frühjahr zum Beschweren der Netze über ihren Beeten benutzten, und bewegte sie stetig von rechts nach links und wieder zurück. Immer wenn die Steine von einer Seite auf die andere rollten und gegen die Wand der Kiste prallten, hörten sie das Donnergrollen eines Gewitters.

Sie grinsten sich über die Instrumente hinweg an. Pure Freude breitete sich in Fridas Brust aus. Als sich das Gewitter entlud, empfand Riekes Violine beinahe einen Orkan nach, die Haare flogen ihr nur so um den Kopf, Frida griff immer wilder in die Saiten und schlug mit der flachen Hand auf den Gitarrenkörper. Sie sang eine Melodie, die bisher nur aus vielen *Yeahs* und *Lalalas* bestand, doch die Worte würden sich irgendwann auch noch finden. Bis dahin war es nur wichtig, zu fühlen. Mit einem fulminanten Schlag endete das Spektakel, sie hielten inne, und dann lachten sie los.

»Hey, Leute, das war großartig!«, rief Frida.

»Schreib was dazu«, meinte Rieke, die sich die losen Strähnen wieder hinters Ohr klemmte.

»Mach ich, versprochen. Ich werd es euch präsentieren, wenn ich es für gut befinde.«

Pawel legte den Arm um Rieke und die beiden verließen die Remise. Basti packte seine Behälter wieder in eine Kiste.

»Vielleicht sollten wir mal alle zusammen im Hotel auftreten«, meinte er.

»Ich glaub, das ist nicht das richtige Ambiente«, sagte Frida lachend. »Solange es Leute gibt, die nicht mal normale Musik mögen, sind unsere Experimente wohl besser hier in der Scheune aufgehoben. Die Tiere wissen es wenigstens zu schätzen, wenn wir musizieren.«

Socke rollte sich auf dem Boden hin und her.

»Na hör mal, Leute, die keine Musik mögen ... Die musst du mir erst mal zeigen.«

»Komm mich im Hotel besuchen, dann zeige ich dir so ein Exemplar.«

»Im Ernst jetzt?« Basti war augenscheinlich sicher, dass Frida ihn auf den Arm nahm.

»Ernsthaft. Wir haben da einen Gast, eine Frau, die hat mir gesagt, sie hätte grundsätzlich nichts gegen Musik«, Frida räusperte sich vielsagend, »aber eigentlich hätte sie lieber ihre Ruhe. So ähnlich hat sie sich ausgedrückt.«

»Sie hat grundsätzlich nichts gegen Musik. Na, das ist ja schon mal beruhigend.« Basti schüttelte den Kopf.

»Ich sag es dir. Es gibt schon manchmal kuriose Gäste. Aber so richtig unangenehm oder blöd ist die eigentlich nicht. Nur ziemlich schräg.«

»Ich merk schon. Die Frida'sche Neugier ist geweckt. Du magst ja solche komischen Leute.« Basti grinste.

»Ist eh egal. Sie ist dann, ohne was zu essen, Hals über Kopf aus dem Speiseraum gestürmt. Ich vermute, sie ist abgereist.«

»Sei froh. Ich muss los. Die Apfelmosterei wartet. Bis später.« Frida nickte.

Du magst ja solche komischen Leute.

War das so? Frida dachte nach, und stellte fest, dass Basti damit vermutlich irgendwie recht hatte. Wenn auch komisch nicht das Wort ihrer Wahl war. Sie schätzte und mochte Individualität. Sich diese zu bewahren in einer Welt, die einen permanent glattschleifen und in Schubladen stecken wollte, war nicht einfach. Hinter jeder Besonderheit stand außerdem auch eine Geschichte, und die war nicht selten für sie auch Inspiration.

Ein Song für die, die keine Musik mögen.

Frida lachte. Wenn das keine neue Idee war!

4

✿

Hanna

*H*annas nächtliche Erkenntnis bekam am nächsten Morgen einen herben Dämpfer. Sie erwachte mit bleischweren, schmerzenden Gliedern, ihre Wangen waren heiß, und ihre Augäpfel glühten wie Kohlestückchen. Mühsam hievte sie ihre Beine auf den Boden und kam auf der Bettkante zum Sitzen. Ihr wurde schwindelig, als sie aufstand, zum Fenster ging und die Vorhänge aufzog.

Unten im Park schob ein Gärtner eine Schubkarre mit Gartenabfällen vor sich her. Der Mann ging krumm, als hätte er vom vielen Bücken einen kaputten Rücken. Eine Frau auf einem tannengrünen Hollandrad kam angeradelt. Vor dem Lenker hing ein Bastkorb, aus dem Dahlien hervorquollen. Sie winkte dem Gärtner, er tippte sich an die Mütze. Sie lachten, riefen sich etwas zu, das Hanna nicht verstehen konnte. Die Katze vom Dach jagte auf dem Rasen Blättern hinterher, die der Wind immer wieder aufwirbelte.

Der Nordwind.

Auf einmal waren all die unvorhergesehenen Gefühle der letzten Nacht wieder da. Dazu war der Wunsch, irgendwo hinzugehören und wieder Teil einer Gemeinschaft zu sein, überwältigend und so groß, dass sie am ganzen Leib zitterte.

Vielleicht war es aber auch Fieber. Ihre Haare klebten schwitzig am Kopf.

Mit letzter Kraft rief sie über das Haustelefon die Rezeption an und bat darum, dass man ihr ein Fieberthermometer und eine Aspirin aufs Zimmer brachte. Eine Viertelstunde später klopfte es, Hanna schleppte sich zur Tür und öffnete. Der Duft von frischem Kaffee wehte ihr entgegen.

»Hier bin ich. Ich habe Ihnen auch noch ein Frühst…« Es war die Rezeptionistin, die Hanna schon kannte und die sie jetzt besorgt ansah. »Sie sehen aber wirklich gar nicht gut aus.«

»Bin ins Wasser gefallen«, erklärte Hanna und blickte auf ein Tablett mit einem Pott Kaffee, Milchkännchen und Zuckerdose, frischen Croissants, einem Schälchen mit Erdbeermarmelade, einem weiteren mit Obstsalat und ein Glas mit frisch gepresstem Orangensaft. »Hab mir wohl eine dicke Erkältung zugezogen.«

»Legen Sie sich wieder hin und ziehen die Decke glatt, dann kann ich das Tablett darauf abstellen, und Sie frühstücken warm eingepackt im Bett. Und wenn es Ihnen nichts ausmacht, bleibe ich, bis sie fertig sind, dann nehme ich es gleich wieder mit.«

Hanna widersprach nicht. Sie hatte gar keine Kraft dafür. Sie hatte noch nicht einmal daran gedacht, ihre Ohrstöpsel einzusetzen. Eine einzelne Person konnte sie immer gerade noch ertragen. Für eine Minute legte sie das Fieberthermometer unter ihre Zunge, und als es piepte, zog sie es heraus. Es zeigte neununddreißig Grad an.

»Ich hoffe, es war in Ordnung, dass ich einfach noch geblieben bin?«, fragte Hanna.

»Aber ja, keine Sorge. Sie können bleiben, solange Sie wollen. Es ist keine Saison mehr. Jetzt beginnt wieder die Zeit, in der die, die sich im Sommer wünschen, für immer bleiben zu können, dann doch das Weite suchen.« Sie lachte.

»Kommt das denn oft vor? Dass jemand bleiben will?« Hanna nahm einen Schluck Orangensaft. Jedes einzelne Wort schien an ihren wunden Stimmbändern zu kratzen.

»Immer wieder. Aber finden Sie hier mal einen Job. Viel Spaß.«

»Erzählen Sie mir ein bisschen über diesen Ort?«, fragte Hanna.

»Plessin ging es wie vielen Dörfern im Osten nach der Wende. Die jungen Leute sind damals scharenweise abgewandert in die großen Städte im Westen, und die Alten sind zurückgeblieben.«

»Aber seitdem steht nicht alles leer hier, oder?«

»Nein, natürlich nicht. Irgendwann kamen dann die Westler aus den Städten her, weil sie günstig Eigentum erwerben und investieren konnten. Und dann sind da die Gestressten, die den ganzen urbanen Zirkus satthaben. Die eigenes Gemüse anbauen und Imkern für sich entdeckt haben, die gesünder und entschleunigt leben wollen. Und die, die auf der Suche nach sozialer Nähe sind. Die Gegenbewegung zur zunehmenden Digitalisierung.«

Hanna hustete. Das Schlucken tat weh, und sie konnte ihr Croissant nicht wirklich genießen.

»Manche haben das allerdings nicht lange ausgehalten. Da hat dann plötzlich doch das kulturelle Angebot der Stadt gefehlt. Hier gibt es keine Multiplex-Kinos. Auch kein Starbucks oder McDonald's. Der Facharzt ist nicht gleich drei Straßen weiter, und schnelles Internet ist keine Selbstverständlichkeit. Mit dem Wegfall von Anonymität, das, was sie alle wollen, kann dann am Ende nicht jeder umgehen. Aber diejenigen, die die Stille und sich selbst, besonders im Winter, aushalten können, sind geblieben.«

Ich könnte das auch, dachte Hanna.

Dann lachte die Frau plötzlich. »Hab ich jetzt Werbung für das Dorfleben gemacht oder eine Warnung ausgesprochen?«

Hanna unternahm einen höflichen Versuch mitzulachen. Die Erschütterung tat ihrem Kopf gar nicht gut, und sofort brach ihr der Schweiß aus.

»Und wer lebt hier so?«

Nicht dass es Hanna brennend interessiert hätte, aber sie lauschte den Beschreibungen wie einer Gutenachtgeschichte. Ihre Augenlider wurden schon wieder schwer.

»Nun ja, Plessin ist zwar ein eigenständiges Dorf, aber mehr als eine Ansammlung von Häusern sind wir nicht. Fast alle, die hier leben, profitieren von uns.« Sie machte eine ausholende Bewegung, die das Hotel und sämtliche Ländereien einzuschließen schien. »Das Hotel ist wie eine große, gebende Mutter, die uns alle füttert.«

Ein schönes Bild, fand Hanna.

»Und manchmal kommt es mir vor, als wäre dies hier eine Künstlerkolonie. Wir haben eine Holzbildhauerin und eine Malerin, die auch Kurse für die Hotelgäste gibt. Falls Sie interessiert sind?«

»Malen ist nicht so mein Steckenpferd. Dafür hab ich leider auch kein Talent.«

»Und nicht zuletzt unsere singende Kellnerin und Barfrau.«

»Eine singende Kellnerin?«

»Ja, Frida. Gestern hat sie ein Konzert hier im Hotel gegeben. Das haben Sie wohl verpasst?«

Hanna nickte. Frida. Das war die patzige junge Frau, mit der sie gestern beinahe aneinandergeraten war. Warum hatte sie nicht erwähnt, dass sie hier auftreten würde, anstatt ihr auf diese anmaßende Art Musik zur Entspannung zu empfehlen? Andererseits gefiel es Hanna, dass sie eben keine Werbung für sich gemacht hatte.

Hanna pickte noch eine Kiwischeibe aus dem Obstsalat und schob das Tablett dann von sich.

»Mein Name ist übrigens Berit.« Die Rezeptionistin stand auf und nahm Hanna das Tablett ab. »Wenn Sie noch was brauchen, rufen Sie mich an. Zum Abend lasse ich Ihnen ein feines Essen zusammenstellen und hochbringen. Einverstanden?«

Hanna hatte das Gefühl, dass es auch nichts genützt hätte,

abzulehnen. Sie murmelte einen Dank und glitt in eine liegende Position. Dann klappte die Tür zu, und sie war wieder allein.

Den Nachmittag verschlief sie bis auf kurze Unterbrechungen, in denen sie aus Träumen hochschreckte, die sie dem Fieber zuschrieb. Bleigraue Wassermassen, die sie unter sich begruben, Blätterarme, die nach ihr griffen, Sandstrand, der wie Treibsand unter ihr wegbrach und sie verschluckte. Immer wenn sie aufwachte, war sie über die Maßen erleichtert, dass sie in Sicherheit war. Mit jedem schlechten Traum, den sie überstand, streifte sie eine Schicht Dunkelheit ab, die so lange aschgrau auf ihrer Seele gelegen und sie niedergedrückt hatte, dass sie ganz vergessen hatte, wie es sich ohne anfühlte.

Irgendwann stand sie auf, tastete sich an der Wand entlang ins Bad, tränkte Handtücher und Laken mit kaltem Wasser, und machte sich Wadenwickel, um das Fieber zu senken. Danach wurden die Bilder freundlicher. Papierschiffchen, die auf Wellen schaukelten. Eine Schildkröte, auf deren Rückenpanzer sie über eine Lichtung ritt. Dass es an der Tür klopfte, und jemand ihr das Abendessen dann vor die Tür stellte, verschlief sie. Es war nicht wichtig. Es würde ein Morgen geben für Hanna.

»Hallo«, sagte Hanna, als sie am nächsten Tag kurz vor Mittag vor der Rezeption stand, und merkte, wie sich auf ihrer Oberlippe wieder ein dünner Schweißfilm bildete. Ein Tropfen lief zwischen den Schulterblättern den Rücken hinab. Sicher war ihr Kreislauf noch ein bisschen instabil.

»Frau Taudien, warum sind Sie denn heruntergekommen? Wir hätten doch noch mal was aufs Zimmer bringen können.« Berit sah sie bestürzt an.

»Das ist sehr nett, vielen Dank. Aber ich möchte auschecken und Sie bitten …«

»Auschecken? Aber Sie sind weiß wie eine Wand!«

»Ich hab zwanzig Stunden fast nur gelegen und die meiste Zeit geschlafen. Aber die Gliederschmerzen sind weg, und das Fieber ist nur noch ein bisschen erhöhte Temperatur. Ich muss mich ja nicht viel bewegen, sondern nur im Auto sitzen.«

»Das ist ja noch schlimmer. Was, wenn Ihnen während der Fahrt auf einmal schwarz vor Augen wird?«

»Aber ...«

»Nein, ganz ernsthaft. Ich mache Ihnen einen anderen Vorschlag. Sie drehen erst mal zu Fuß eine Runde durch das Dorf, schön gemütlich, essen etwas, und wenn Ihr Kreislauf das durchhält, dann können Sie immer noch abreisen. Einverstanden?«

Hanna musste zugeben, dass das vernünftig klang. Frische Luft würde auf keinen Fall schaden. Etwas zu essen auch nicht. Vielleicht sollte sie die Reihenfolge ändern. Erst essen und dann bewegen.

Aber im Speisesaal herrschte bereits Hochbetrieb. Vor dem Mittagsbuffet hatte sich eine Schlange gebildet, einer Frau war das Milchkännchen umgekippt, ein weißes Rinnsal bewegte sich auf die Tischkante zu und würde jeden Moment auf den Boden tropfen. Hektisch versuchte sie, es mit einer Papierserviette aufzuhalten. An einem anderen Tisch rührte ein Mann unablässig im Uhrzeigersinn mit dem Löffel in seiner Tasse, während er in den Tee starrte, als würde die Drehung ihm seine Zukunft orakeln. Hanna drückte die Ohrstöpsel tiefer in die Gehörgänge.

»Dann komme ich später noch mal zu Ihnen wegen der Rechnung.«

Berit wollte gerade noch etwas antworten, aber da polterte ein Mann in einem ölverschmierten Arbeitsoverall herein und kam ihr zuvor. Er trug einen mit Klebestreifen verschlossenen, länglichen Pappkarton in seinen prankengroßen Händen.

»Moin, Berit. Ich hab hier eine Anlieferung für euch«, sagte er, so dröhnend, dass Hanna trotz Gehörschutz das Gesicht verzog, als würde ihr jedes Wort Schmerzen bereiten. »Das ist euer, äh, Power Air … Na, eure Rakete.«

Berit sah ihn erstaunt an.

»Repariert und fast wie neu. Ihr habt richtig Glück gehabt. Die Neugeräte haben im Moment saisonbedingt bis zu sechs Wochen Lieferzeit.«

»Sehr schön, soll ich irgendwo unterschreiben?«, fragte Berit.

Der Mann hielt ihr einen Auftragszettel hin, sie unterschrieb und sagte: »Das kann dann ins Gerätehaus. Du weißt ja, wo das ist. Bis bald. Oder besser nicht.«

Er grinste, verabschiedete sich und ging.

»Ich brauch jetzt meine Zigarettenpause«, stöhnte Berit. Dann fügte sie mit einem Augenzwinkern an Hanna gerichtet hinzu: »Und Sie gehen. Schön langsam. Wir haben auch überall Bänke im Park, falls Sie eine Pause machen wollen.«

Hanna seufzte und nickte.

❁

Frida

Frida radelte in Schlangenlinien die Lindenallee hinunter, pfiff dabei, und ließ ab und zu den Lenker los und fuhr freihändig.

»Fahr langsam!«, rief Kurt ihr zu, als sie das abschüssige letzte Stück an der Pferdekoppel vorbei hinunterbretterte. Dabei wusste Frida genau, dass er selbst auch immer für so einen Blödsinn zu haben gewesen war, als sein von der Gartenarbeit geschundener Rücken ihm noch nicht so zugesetzt hatte.

Am Fahrradschuppen angekommen, schloss Frida ihr Rad an und ging über den Hof.

»Hey, Frida.«

Sie drehte sich um. Berit schlenderte auf sie zu, eine Zigarette in der Hand. Der Qualm verdarb das goldfarbene Flirren der Sonnenstrahlen. Frida seufzte.

»Hi. Rauchen beschleunigt die Faltenbildung.«

»Und du rauchst ja nie, richtig?«

»Nee, keine Zigaretten«, erwiderte sie und grinste.

Berit nahm einen letzten Zug und drückte die Kippe in einem ausgedienten Blumentopf aus.

»Schönen Pulli hast du da an«, sagte Berit.

Frida trug einen Pullover mit Norwegermuster, der so warm und gemütlich war, als hätte dafür eine ganze Herde Schafe ihre Wolle lassen müssen. Und er war wirklich aus Norwegen. Sie hatte ihn von einer Reise mit ihrer Mutter mitgebracht, als sie von Fjord zu Fjord gewandert waren, und auf einer Farm bei der Apfelernte geholfen hatten, um zwei Nächte auf einem Strohlager nächtigen zu dürfen. Bei der Erinnerung daran strich Frida liebevoll über die Wolle. Ein Fingernagel, der vom Gitarrespielen eingerissen war, blieb in den Fasern hängen.

»Was willst du wirklich, Berit?«

»Na schön. Kann es sein, dass du es vermeidest, mit mir zu sprechen?«

»Ja, das ist wohl so.«

»Wow, und das sagst du mir jetzt einfach so?« Berit sah sie an, nicht einmal sauer. Eher ein wenig traurig. Sie fuhr sich mit der flachen Hand glättend über ihr Haar, was gar nicht notwendig war.

»Frag nicht, wenn du die Antwort nicht verträgst. Ich lüge nicht, das weißt du.«

»Dabei wollte ich dich fragen, ob du es dir nicht überlegen und wieder zu unseren Treffen kommen willst.«

Frida schob die Hände in die Taschen ihrer Jeans. Das hatte sie schon als Kind getan, wenn sie kurz davor war, bockig zu werden. Ihre Mutter hatte dann allerdings immer über sie lachen müssen. Sie schüttelte den Kopf.

»Wir hatten doch immer so viel Spaß alle zusammen.«

»Ja, hatten wir.«

Frida erinnerte sich gut an die Abende, die sie mit Berit und den anderen verbracht hatte. Sie hatten gekocht, getrunken, Tränen gelacht und zusammen geweint. Manchmal alles an einem Abend.

Zum Beispiel als Berit von ihrem Freund sitzengelassen worden war. Ihrem heimlichen Freund, von dem niemand wissen durfte, dass es ihn gab, jedenfalls nicht vor seiner Scheidung. Und dann hatte er – was für eine Ironie – seine Geliebte betrogen. Der Klassiker. Lippenstift am Hemdkragen. So blöd musste man erst einmal sein. Das Entfernen solch eindeutiger Spuren gehörte doch eigentlich zum Basiswissen untreuer Männer, hatte Frida gedacht. Berit hatte die Mädels zusammengetrommelt, sie hatten eimerweise Eiscreme gelöffelt und Rotwein getrunken, und irgendwann hatten sie gemeinsam die Klamotten des Verräters in einen Sack gestopft.

Daran, wer es zuerst ausgesprochen hatte, erinnerte sich Frida nicht mehr, auf jeden Fall waren sie dann mit dem Sack an die Steilküste gefahren. Isabel, die an der Küste lebte, war die Einzige, die noch nüchtern gewesen war, da sie immer am liebsten zu Hause schlief und daher nicht trank. Aber auch eine nüchterne Isabel hatte sie nicht von dem abhalten können, was sie dann taten. Und sie hatte es auch gar nicht versucht. Sie waren den ausgetretenen Trampelpfad zum Strand hinuntergeschlittert und gekullert und hatten einen Haufen aus Kleidungsstücken, Treibholz und Papierfetzen aufgeschichtet und angezündet. Die Flammen waren ein Mahnfeuer gewesen, das in der ganzen Bucht zu sehen gewesen war. Legt euch nicht mit einer von uns an, schien es in die Nacht hinauszuleuchten. Und da nie jemand von der Beziehung hatte erfahren dürfen, konnte der Treulose auch nicht behaupten, dass seine Klamotten jemals in Berits Wohnung gewesen waren.

»Du denkst an das Lagerfeuer, stimmt's?«, fragte Berit.

Frida bemerkte, dass sie lächelte. Sie nickte, und es erlosch.

»Da war es witzig, die Klamotten zu klauen. Manchmal ist es das aber nicht.«

Berit rollte mit den Augen. »Mensch, Frida, fängst du schon wieder an?«

»Du hast damit angefangen, als du gefragt hast, ob ich nicht doch wieder dabei sein will.«

»Man muss alte Sachen auch mal irgendwann vergessen können.«

»Ihr hättet es ihr sagen müssen. Aber ihr habt gedeckt, was Lilo getan hat. Das war und ist nicht richtig.«

»Wir mussten eine Entscheidung treffen und haben uns für Lilo, für unsere Freundin und die Freundschaft entschieden.«

»Nein, ihr habt euch für eine Lüge entschieden. Weil sie bequemer war. Und ich hab mich entschieden, dabei nicht mitzumachen. Und dabei bleibe ich.«

»Mann, deine Selbstgerechtigkeit immer!« Es sah beinahe so aus, als würde Berit mit dem Fuß aufstampfen wollen.

Frida blickte ihr in die Augen, nun ihrerseits Bedauern auf dem Gesicht »Siehst du, Berit, deswegen vermeide ich, mit dir zusammenzutreffen. Und weil ich dir, weil ich euch nicht mehr vertrauen kann.«

5

✿

Hanna

*A*uf dem Hotelgelände war die Hölle los. Gäste hantierten mit den ungewohnten Leihfahrrädern herum, ein Kind stürzte. Das kleine Gesicht verzog sich zu einer Grimasse aus Schmerz und Fassungslosigkeit darüber, dass es das winzige Zweirad nicht beherrschte. Gleich darauf begann das Geheul. Hanna flüchtete in die andere Richtung, vorbei an einem Holztor mit der Aufschrift *Badeteich und Saunahaus. Zugang für Hotelgäste.* Das hätte ihr noch gefehlt. Geplansche und Gejohle, wenn selbst Erwachsene im Sommer nichts Besseres zu tun hatten, als sich mit einer Arschbombe ins Wasser zu stürzen.

Sie verließ das Hotelgelände und fand sich auf der Dorfstraße wieder.

Vermutlich gab es hier mehr Federvieh als Menschen. In fast jedem Garten traf sie auf eine Schar Hühner. Jeder Haushalt hielt sich offenbar seine eigenen Eierproduzenten. Hanna schlenderte eine Häuserreihe entlang, ging an einem mächtigen Birnbaum am Wegesrand vorbei, der sich wie im Schlaraffenland unter der Last der Früchte bog. Und hinter der Wegbiegung saß plötzlich die Katze vom Dach mitten auf einer Auffahrt. Flankiert von zwei hüfthohen Löwen aus Holz.

Hanna stand vor einer Werkstatt, die wohl eine umfunktionierte Garage war und an der Seite eines über und über mit Efeu bewachsenen Hauses klebte. Das Tor stand auf, überall lagen unbehauene Baumstämme und Holzblöcke, Werkzeuge und

Späne herum. Gerade wollte sie sich die Schnitzarbeiten genauer ansehen, als sich die Haustür öffnete und eine Frau heraustrat. Ihre Schürze über einer mehrfach geflickten Latzhose war mit etwas bekleckert, das wie Marmelade oder Kompott aussah. Die Hände waren mehlbestäubt. Die silbrig-weißen, kurzen Haare lagen wie Federn um ihren Kopf. Sie sah die Katze und sagte etwas zu ihr, worauf diese sich ins Haus trollte. Dann erst bemerkte sie Hanna.

»Moin. Wollen Sie was kaufen?«

»Nein, tut mir leid. Ich wollte nur mal schauen. Und ich kenne Ihre Katze.«

»Jule ist unsere Dorfkatze. Sie gehört niemandem. Aber sie erklärt jedermanns Heim für eine Weile auch zu ihrem Zuhause. Und irgendwann geht sie wieder. Zurzeit bin ich dran.«

»Verstehe. Dann will ich Sie auch gar nicht weiter stören.« Hanna blickte auf die Mehlhände.

»Buchweizenpfannkuchen«, erklärte die Frau. »Aber ist mit Ihnen alles in Ordnung? Sie sehen ein bisschen blümerant aus um die Nase.«

Hanna wurde bewusst, dass sie die ganze Zeit die Stirn in Falten gelegt und die Augen zusammengekniffen hatte, was ihr dabei half, sich zu konzentrieren, wenn die Wörter wie durch eine dicke Wolldecke bei ihr ankamen.

»Ja, doch. Ich habe nur so Pfropfen in meinen Ohren, um sie zu schützen und ... Vielleicht auch noch ein bisschen Restfieber, weil ...«

»Ohrenschmerzen sind gemein. Mittelohrentzündung mit am schlimmsten. Das wünscht man seinem ärgsten Feind nicht. Obwohl ...« Die Frau lachte grimmig.

Dass jemand annahm, Hanna würde die Stöpsel tragen, weil sie entzündete Ohren hatte, war neu. Aber sei's drum. Sollte sie es ruhig glauben.

»Wenn ich in der Küche fertig bin, kann ich Ihnen meine

Skulpturen zeigen. Sie können mir auch beim Hämmern zusehen.«

Hämmern. Das war so ungefähr das Letzte, was Hanna gebrauchen konnte. Sie verzog das Gesicht.

»Ach, vergessen Sie es. Ich hab Ihre Ohrenschmerzen vergessen. Kein Wunder, dass Sie mich ansehen, als hätte ich Ihnen Folter angedroht. Aber das, was ich hier mache, ist kein Lärm. Ich bearbeite das Holz ganz vorsichtig und sanft. Das ist wie Kommunizieren.«

Hanna kniff kurz die Augen zusammen.

»Wie bei einem Specht«, fuhr die Frau fort. »Das ist doch auch kein Lärm. Und ob Sie es glauben oder nicht, aber da drüben in den Kiefern sitzt abends ein Specht, und wenn ich noch arbeite, dann hört er mir bei der Arbeit zu und antwortet auf meine Hammerschläge.«

»Das ist ja ganz erstaunlich«, erwiderte Hanna und überlegte, wie sie so schnell wie möglich verschwinden könnte. »Also, ich muss dann auch wieder. Es hat mich gefreut, mit Ihnen zu reden.«

»Ich muss auch. Noch mehr Birnen schälen für die Pfannkuchenfüllung.«

»Der Birnbaum da vorn gehört dann wohl zu Ihrem Garten.«

»Zur Hälfte«, knurrte die Frau. Ihre Miene verfinsterte sich. Sie erklärte nicht, was es damit auf sich hatte, drehte sich um und ging ins Haus.

Hanna spazierte weiter, einen Feldrand entlang, und da sie sich in der Natur immer sicher fühlte, zog sie beide Stöpsel aus den Ohren. Die Felder sahen aus wie ein bunter Patchworkteppich, der sich wellig über das Land legte. Je nachdem, in welche Richtung sie sich drehte, rauschte der Wind in ihren Ohren wie die Brandung eines Ozeans, oder es herrschte völlige Stille, als ob der Herzschlag der Welt einfach aussetzte. Reglos blieb sie stehen, breitete die Arme aus und legte den Kopf in den Nacken. Über sich sah sie Wolkengebilde, die fremde Länder formten, an deren Gestade Wellen rollten. Berge, Täler und Fjorde. Vögel mit ausgebreiteten Schwingen.

Ein Hämmern zerstörte die Stille. Doch bevor Hanna eilig die Stöpsel einsetzte, hielt sie inne. Das kam von der Holzbildhauerin. Hanna lauschte. Es stimmte, was die Frau vorhin gesagt hatte. Als sie eine Pause machte, setzte ein anderes Geräusch ein. Kein Hämmern, mehr ein Trommeln. Heller und schnell. Pause. Wieder das *Tok Tok Tok* von der Werkstatt. Dann der Specht. Die Frau hatte ihr keinen Nonsens erzählt. Es war eine Art Konversation, deren Zeugin Hanna wurde. Und seltsamerweise berührte es sie, und ihr kamen die Tränen.

Hätte sie ihre Stöpsel getragen, dann wäre ihr das nicht passiert, und da war diese leise Stimme, die ihr zuflüsterte: Genau, dann hättest du so etwas Besonderes einfach verpasst.

Auf dem Rückweg war das Garagentor der Werkstatt verschlossen, die Holzspäne lagen ordentlich zusammengekehrt in einer Ecke. Hanna bog am Birnbaum ab und wollte an dem angrenzenden, immer noch üppig blühenden Blumengarten vorbeischlendern, als sie aus dem Augenwinkel eine Gestalt wahrnahm. Die Holzkünstlerin saß dort auf einer Gartenbank.

»Hallo!« Hanna winkte über die niedrige Hecke hinweg. »Ich hab es gehört.«

Die Frau sah auf, nickte.

Das war alles.

»Den Specht, Sie wissen schon.«

Die Frau legte den Kopf ein bisschen in den Nacken. Offenbar trug sie eine Gleitsichtbrille und musterte Hanna durch den unteren Teil der Gläser. Immer noch hatte Hanna das Gefühl, dass die Frau sie nicht wiedererkannte.

»Darf ich?« Hanna deutete auf die Gartenpforte, die ein bisschen schief in den Angeln hing.

»Aber ja, kommen Sie ruhig. Setzen Sie sich«, sagte die Frau.

Hanna setzte sich und blickte sie von der Seite an.

»Das mit dem Hämmern und dem Specht, das war wirklich …«

Nun begann ihre Banknachbarin zu lachen, aber fröhlich hörte es sich nicht an.

»Dann meinen Sie meine Schwester.«

»Ihre Schwester? Sie sind … Oh, ich verstehe.«

»Zwillingsschwestern.«

»Entschuldigung, dann geh ich jetzt mal wieder.« Hanna machte Anstalten aufzustehen. »Sie haben übrigens einen wundervollen Garten.«

»Vielen Dank. Es ist viel Arbeit. Aber ich hab ja Zeit. So viele andere Dinge gibt es hier schließlich nicht.«

»Ist es denn wirklich so langweilig hier?«

Die Frau seufzte und zupfte am ordentlich gebügelten Kragen ihrer Bluse. »Man kann sich beschäftigen. Aber es ist ein bisschen einsam … manchmal.«

»Aber Sie leben immerhin mit Ihrer Zwillingsschwester zusammen, da hat man doch sicher immer viel zu reden.«

Die Miene der Frau verfinsterte sich. »Nein, meine Schwester wohnt da drüben, und ich wohne hier. Beim Birnbaum ist die Grundstücksgrenze.«

»Oh, verstehe.«

»Tja, so ist das eben manchmal. Familie kann man sich nicht aussuchen.«

Hanna hörte Bedauern und eine Prise Bitterkeit aus den Worten.

»Es ist nur in der Nacht schwer. Da werden die Gedanken immer lauter.« Die Frau legte ihre Hände übereinander und fuhr zerstreut immer wieder mit dem Daumen der rechten Hand über die Fingerknöchel der linken. Ihre Nägel waren perfekt oval gefeilt und hatten schneeweiße Halbmonde.

»Aber ist es denn nicht himmlisch, in der Nacht diese Stille um sich herum zu haben? Besser schlafen als hier kann man bestimmt nirgends.« Dabei dachte Hanna an ihre eigenen Nächte in den letzten Jahren. Fluglärm, Sirenen von Rettungswagen des nahe gelegenen Krankenhauses, nicht zuletzt die Nachbarn. Und das Pfeifen in ihren Ohren.

»Ganz und gar still ist es auch hier nicht. Für Städter, die hierherkommen, fühlt es sich zuerst so an, denn in der Stadt unterscheidet sich die nächtliche Geräuschkulisse nicht wesentlich von der am Tag. Hier ist es anders. Die Nacht ist voll von geheimnisvollen Lauten. Das Konzert der Frösche, der Schrei eines Nachtvogels. Ich höre sogar, wenn die reifen Äpfel hinterm Haus zu Boden plumpsen.«

Paradiesisch!

»Manchmal unternehmen Gäste aus dem Hotel noch einen späten Spaziergang. Dann hört man ihre gedämpften Stimmen oder Lachen, und man weiß für einen Moment, dass man nicht ganz allein auf diesem Planeten ist, bevor es auch schon wieder verklingt. Ansonsten könnte man es leicht mal vergessen.«

»Alles, was Sie mir über diesen Ort erzählen, hört sich für mich fast zu schön an, um wahr zu sein. Wissen Sie, was ich nachts immer am schlimmsten fand, dort wo ich zuletzt gewohnt habe? Die Zeitungsausträger, die um drei Uhr nachts mit frisierten Mopeds vor dem Haus hielten und den Motor so lange laufen ließen, bis sie alle verdammten Zeitungen in die Briefschlitze verteilt hatten. Und glauben Sie mir, ich hatte viele Nachbarn.«

»Oje, das ist schlimmer«, sagte die Frau und legte die Hand auf ihre Brust, als nähme ihr allein die Vorstellung den Atem.

Für eine Weile saßen sie beide nebeneinander, ohne zu reden. Es war ein friedliches miteinander Schweigen, das Hanna nicht das Gefühl gab, sie müsse die Unterhaltung irgendwie in Gang halten. Die Frau schien ihren Gedanken nachzuhängen, und Hanna hatte Mühe, ihre Gedanken zu sortieren, die in ihrem Kopf tanzten wie Schmetterlinge von Blüte zu Blüte.

»Glauben Sie eigentlich an Zeichen?«, fragte Hanna plötzlich.

»Natürlich.« Ohne Zögern kam die Antwort, so unverrückbar wie ein Fixstern am Firmament.

Irgendwann war die Sonne fast vollständig hinter einer Wolkenwand verschwunden, und die wenigen matten Strahlen, die noch durch die Baumkronen fielen, zeichneten immer blassere Linien auf den Sandweg zwischen den Rabatten, bis sie den Garten schließlich ganz einem vagen Nachtblau überließen, für das es eigentlich noch zu früh war.

»Ich muss gehen.«

»Ja, laufen Sie. Wir bekommen Regen.«

Hanna stand auf. »Es war schön, mit Ihnen zu reden.«

»Das fand ich auch.«

Gern hätte Hanna gesagt, dass sie das wiederholen könnten, aber sie würde damit ein Versprechen machen, das sie nicht würde halten können. Aber es gab etwas, was sie diesmal nicht versäumen würde.

»Ich bin übrigens Hanna Taudien.«

»Thea Dethlefsen.«

»Auf Wiedersehen, Frau Dethlefsen.«

»Sagen Sie Thea. Und schlafen Sie später gut.«

»Danke. Sie auch.«

Hannas fiebergeschwächter Körper machte sich wieder bemerkbar. Ihre Knochen schienen Tonnen zu wiegen, ab und zu drehte sich der Garten um sie. Deshalb würde sie heute nicht fahren, sondern diese Nacht noch bleiben. Und gut schlafen.

Nur noch diese eine Nacht.

Sie nahm den kürzesten Weg zum Gutshauseingang, und überquerte den feuchten Rasen. Das Gras stand so hoch, dass die Halme einen Weg unter ihre Hosenbeine fanden und an ihren Beinen kitzelten. Plötzlich schreckte sie zusammen. Ein Geräusch. Als würde Metall aufeinanderschlagen. Aber sie sah niemanden. Da. Noch einmal. Es war stockfinster und ein bisschen unheimlich, doch sie ging weiter, an den verwaisten Tischen auf der großen Terrasse vorbei. Jetzt lauter. Da bemerkte Hanna, was er war. Die Tür des Häuschens, das sie für einen Geräteschuppen hielt, oder wo vielleicht über den Winter die Gartenmöbel eingelagert wurden, war nicht verschlossen. Der Wind wehte sie auf, dann fiel sie wieder zurück, und jedes Mal schepperte dabei der eiserne Riegel.

Als Hanna sich noch einredete, dass nun wirklich etwas Essbares oberste Priorität hätte, siegte bereits ihre Neugier, und sie zog die Tür auf. Wie nicht anders zu erwarten, war es drinnen stockfinster. Sie trat einen Schritt vor und tastete mit der Hand über die Wand neben dem Türrahmen. Tatsächlich fand sie einen Lichtschalter. Sie betätigte ihn, und eine flackernde Neonröhre sprang an. Wie sie es sich gedacht hatte, fand sie hier Gartenwerkzeuge, drei Schubkarren, Schläuche und Eimer mit Rasendünger. Und das Paket mit der »Rakete«. Das Power-Air-Dings.

Hanna zog die Tür hinter sich zu und trat näher. Eine Lasche des Kartons stand offen. Sie zog den Klebestreifen etwas ab, spähte hinein, konnte aber nicht erkennen, was der Inhalt war. Sie wusste, sie sollte nicht tun, was sie hier tat. Es ging sie nichts an und dennoch … Sie wollte einfach wissen, was sich hinter dem abenteuerlichen Namen verbarg. Nur so. Sie zog das Paket in den schwachen Lichtschein der Lampe und riss vorsichtig auch noch die anderen Laschen auf. Dann hielt sie es schräg, damit der Inhalt ein Stückchen herausglitt, um es besser in Augenschein zu nehmen. Gleich darauf verschlug es Hanna für einen Moment den Atem.

Das Gerät war ein Laubbläser. Ein Gegenstand, der auf Hannas Liste der meistgehassten Lärmquellen ganz weit oben stand. Diese vom Teufel erfundenen Geräte stanken, nicht nach Höllenschwefel, aber nach Benzin. Stundenlang bliesen die Gärtner, die diese Berufsbezeichnung gar nicht mehr verdienten, Blätterhaufen von links nach rechts und wieder zurück, und jagten, nicht anders als die Katze, mit stoischer Unermüdlichkeit einzelnen verirrten Blättern hinterher. Was eine Arbeitserleichterung sein sollte, brauchte Hannas Meinung nach viel mehr Zeit. Sie rissen ganze Straßenzüge morgens um sieben aus dem Schlaf, scherten sich nicht um Mittagsruhezeiten. Kurz gesagt: Sie brachten Hanna zur Weißglut. Und nun hier. Wo sie doch gerade gedacht hatte, dass hier das Paradies auf Erden …

Sie wollte das Gerät zurück in den Karton schieben, aber sie war so schlapp, dass es ihr plötzlich aus der Hand rutschte und auf den Betonboden knallte. Ein Stück Plastik sprang ab.

Sie tastete den Boden ab und fand das Teil. Es war ein Hebel, zu dem sie dann auch noch die Stelle entdeckte, an der er gesessen hatte. Offenbar stellte man damit die Stärke des Gebläses ein. Oder nein, noch viel schlimmer, man stellte es damit überhaupt erst mal an. Und das hatte sie gerade vereitelt.

Gerade erst repariert. Mindestens sechs Wochen Lieferzeit für Neugeräte.

Hanna keuchte. Wie sollte sie erklären, was sie da gemacht hatte, in dem Schuppen, in dem sie nichts zu suchen hatte. Mit einem Paket, das sie nichts anging. Und wie hoch Reparaturkosten für so etwas waren, konnte sie schon überhaupt nicht einschätzen. So wollte sie sich hier nicht verabschieden, nach all dem, was dieser Ort und seine Bewohner für sie getan hatten.

Doch was sie dann machte, war weit entfernt von Nachdenken und überlegtem Handeln. Sie lugte durch den Türspalt. Draußen war nichts zu sehen oder zu hören. Sie würden alle im Speiseraum sitzen und zu Abend essen.

Wenn sie sich den Schaden vielleicht in Ruhe bei mehr Licht ansehen könnte. Vielleicht ließ sich da etwas kleben, und anschließend würde sie das Ding einfach heimlich zurückbringen.

Kurz entschlossen stopfte Hanna den Hebel in die Hosentasche, packte das scheußliche Gerät und klemmte es sich unter den Arm. Sie schätzte das Gewicht auf sicher acht oder neun Kilo. Die leere Verpackung schob sie mit dem Fuß hinter einen Stapel Säcke mit Blumenerde.

Sie trat aus dem Haus und sah sich wie ein Dieb nach allen Seiten um. Der verdammte Kies unter ihren Schuhen knirschte noch lauter als sonst. Wie sollte sie jetzt auf dem kürzesten Weg ins Zimmer gelangen, ohne am Speiseraum und der Rezeption vorbeizugehen? Ihr Auto. Im Kofferraum lag eine Taschenlampe. Sie musste also wieder zurück zum Parkplatz und am besten so, dass sie nicht direkt an den Fenstern des Hotels vorbeilief. Der sicherste Weg wäre daher am Teich entlang, abseits der ausgewiesenen Wege. Es war inzwischen dunkel. Dort würde ihr kein Mensch begegnen.

Im Schutz der ausladenden Büsche schlich Hanna hinunter zum Ufer des Teichs. Etwas huschte direkt vor ihr durch das Gras. Vor Schreck hätte sie beinahe aufgeschrien. Es hatte einen langen dünnen Schwanz gehabt. Ganz klar eine Ratte. Und wo eine war, da waren vielleicht auch noch mehr.

Der Trampelpfad endete, und Hanna stand vor einer Wand aus Schilfgras.

Hier gab es für sie kein Durchkommen. Sie hatte es tatsächlich geschafft, in eine Sackgasse zu laufen. Etwas weiter rechts ragte ein Holzsteg etwa fünf Meter in den Teich. Wo ein Steg war, musste es auch einen Weg geben, der dorthin führte. Hanna watete wie ein Storch durch die Pflanzen am Ufer. Bei jedem Schritt schmatzte der Uferboden unter ihren Schuhen.

Und dann rutschte ihr fast das Herz in die Hose. Eine Gestalt bewegte sich aus der anderen Richtung genau auf sie zu. Sie flüchtete sich auf den Steg, obwohl das die dümmste Idee war, die sie haben konnte. Sie verließ damit die Deckung der Büsche, und von dort käme sie nicht einmal mehr weg.

»Hallo?«

Man hatte sie entdeckt. Eine männliche Stimme. Was sollte sie jetzt mit dem verdammten Gerät machen? Wenn das ein Angestellter war, wäre sie geliefert. Und wie war überhaupt die Beschaffenheit des Stegs? Würden die Pfähle tragen? Oder war das Holz morsch und würde unter ihr einbrechen? Mit Bedacht setzte sie einen Schritt vor den anderen. Nichts knackte oder barst. Der Steg schien stabil.

»Hallo? Ist da jemand?«

Sie duckte sich und sah über ihre Schulter. Der Mann kam näher.

»Ich hole das Sicherheitspersonal.«

Was dann folgte, war mehr ein Reflex als eine bewusste Entscheidung. Hanna kniete sich hin, packte den Tragegurt und hob den Laubbläser über den Rand des Stegs hinaus, bis er gänzlich über der Wasseroberfläche schwebte. Sie ließ den Arm sinken, das Gerät tauchte ins Wasser ein, und Hanna ließ los. Es gluckerte einmal, und die Rakete war Geschichte.

Hanna rappelte sich auf und verließ den Steg. Der Mann stand nun vor ihr. Der Kleidung nach zu urteilen, war er wohl kein Angestellter, sondern auch ein Gast.

»Was machen Sie denn da? Ist alles in Ordnung?«, fragte er, beugte sich vor, und ein forschender Blick glitt über Hannas Gesicht.

Sie drehte sich weg. »In allerbester Ordnung. Danke. Ich dachte, ich hätte hier ein verletztes Tier gehört.«

Der Mann kaufte es ihr ab, brummte irgendetwas und drehte um. Hanna konnte selbst kaum glauben, wie schnell ihr so eine dümmliche Lüge über die Lippen gekommen war.

Sie fühlte sich miserabel. War das jetzt Diebstahl? Sie hatte in ihrem ganzen Leben noch nichts mitgehen lassen. Nicht mal als Kind, als fast jeder als Mutprobe mal ein paar Salinos vom Kiosk in die Hosentasche wandern ließ, oder sich ein Comicheft unter den Pullover stopfte. Auch nicht als Teenager, als Klauen für ihre Freundinnen nicht mal mehr Nervenkitzel bedeutete, sondern mit geübter Leichtigkeit der Lipgloss in den Jackenärmel geschoben wurde. Und nun passierte ihr als erwachsener Frau so etwas.

Es war ein Versehen gewesen, ein Unfall. Und darüber hinaus ein Dienst an der Gemeinschaft, wenn man sie fragte. Aber da gab es diesen Tank, und in dem war Benzin. Und das war jetzt am Grund des Teichs. Doch das war nicht mehr zu ändern. Sie konnte sich genauso gut beruhigen, in den Speiseraum gehen, einen Schnaps auf den Schrecken trinken, und endlich etwas essen. Nicht mehr viel länger, und sie würde ohnmächtig werden.

6

✿

Frida

*A*ls hätte es die Begegnung mit Berit gar nicht gegeben, summte Frida unablässig vor sich hin. Sie polierte eine ganze Batterie von Biergläsern, die sie dann im Regal hinterm Tresen aufreihte. Zwischendurch schlug sie mit einem winzigen Espressolöffel immer wieder verschiedene Gläser an, als wolle sie eine Rede halten. In Wirklichkeit wollte sie sich nur eine Tonfolge einprägen, die ihr im Kopf herumgeisterte.

Ihre Kollegin Jelena seufzte wiederholt ein bisschen zu laut, um es zu überhören. Sie fühlte sich schnell ausgeschlossen, wenn Frida in ihre Welt der Noten abtauchte.

»Oh, Mist!«, rief sie plötzlich.

Frida drehte sich zu ihr um. Sie unterdrückte einen Fluch, als sie die Bescherung sah. Der Milchschaum war übergelaufen und verteilte sich über die Arbeitsfläche.

»Wie hast du das denn jetzt hingekriegt?«

»Sieh mal da rüber«, sagte Jelena stattdessen, und deutete mit dem Kopf in die hinterste Ecke des Speisesaals.

»Ach nee«, sagte Frida verblüfft. »Die ist immer noch da?«

»Hast sie wohl mit deiner Musik zum Bleiben bewegt.« Jelena wedelte amüsiert mit dem Geschirrtuch.

»Das glaube ich kaum. Die war ja nicht mal beim Konzert.«

»Aber irgendwas stimmt mit der echt nicht, oder?«

»Frag mich nicht. Hast du in den Nachrichten was gehört über eine vermisste Person? Oder eine entlaufene?«

»Meinst du das ernst?« Jelenas Augenbrauen näherten sich dem Haaransatz.

»Mann, du glaubst aber auch alles.« So abwegig fand Frida den Gedanken selbst gar nicht. Sie machte sich auf den Weg zu dem Tisch. Vielleicht würde sie doch noch eine interessante Geschichte zutage fördern.

»Ich dachte, Sie wären abgereist. Vorgestern schon, als Sie mich mit der Weinbestellung stehengelassen haben.«

Offensichtlich hatte ihr Gast Schwierigkeiten, sie zu verstehen. Die Frau starrte auf Fridas Mund, als wolle sie die Worte einzeln von den Lippen ablesen. War sie schwerhörig? Das würde ihr Verhalten vielleicht erklären.

»Dann hab ich es mir wohl anders überlegt. Ist das in Ordnung für Sie? Und wenn es Ihnen nichts ausmacht, dann bringen Sie mir doch einfach noch mal so einen … Wie hieß der noch gleich? Der Wein? Irgendwas mit Scheuklappen?«

»Scheurebe, nicht Scheuklappe!«, prustete Frida.

Das war ja wirklich zu putzig. Und was machte ihr Gast? Sie lachte mit. Mehr noch als sie selbst, als wäre irgendein Knoten geplatzt und sie kurz vor der Hysterie. Gäste drehten sich zu ihnen um, aus den Augenwinkeln sah Frida, dass Jelena sich den Hals verrenkte, um mitzubekommen, was los war.

Doch wenn Frida gedacht hatte, das wäre schon der kurioseste Moment des Abends gewesen, hatte sie sich gründlich getäuscht. Als sie den Wein servierte, nahm die Frau wie eine Verdurstende erst mehrere große Schlucke davon und fragte dann: »Haben Sie schon mal etwas geklaut?«

»Falls Sie noch hier sind, weil man Ihr Auto gestohlen hat, ich war es nicht.« Frida kicherte.

»Himmel, nein, ich hab nur vorhin etwas gelesen. Über … kriminelle Energie. Und über die Reue nach einer kriminellen Handlung, wobei nicht klar ist, worauf sich die Reue und das schlechte Gefühl wirklich beziehen. Auf die Person, der man

Schaden zugefügt hat, oder nur auf die Angst vor Entdeckung und Bestrafung.«

Frida betrachtete eingehend die Sommersprossen auf ihrem Arm. Sonst würde sie gleich wieder anfangen müssen zu lachen. Was war denn das für ein Thema?

»Deshalb meine Frage, ob Sie schon mal diese Erfahrung gemacht haben.«

»Lassen Sie mich überlegen…« Frida zupfte nachdenklich mit den Fingern an einer Ecke des Tuchs herum, das sich aus der ausgeklügelten Wicklung zum Turban gelöst hatte. »Nur zu einem guten Zweck, das zählt dann wohl nicht.«

»Oh doch«, sagte die Frau mit Nachdruck und lehnte sich vor, als wäre sie höchst interessiert an ihren Ausführungen. Das Weinglas war schon fast leer. »Erzählen Sie.«

»Bücher aus der Schulbibliothek? Zählt das?«

»Was war denn da der gute Zweck?«

»Bildung?« Trotzig schob Frida das Kinn vor.

Ihr Gast verschluckte sich fast am letzten Schluck. »Ja, klar …«

»Die Schulbibliothek hat damals nur Notensätze an Schüler aus den Musikleistungskursen ausgeliehen.«

»Und Sie hatten kein Geld, um sich die zu kaufen, und da haben Sie …«

»Nein, ich war im Leistungskurs. Ich hab alles bekommen, was ich wollte. Aber ein Freund von mir nicht. Und er hatte tatsächlich kein Geld und keine Eltern, die sein Talent gefördert hätten. Deshalb hab ich Notensätze für ihn mitgehen lassen.«

»Verstehe. Sie waren also so was wie Robin Hood, und dachten damals, der Zweck heiligt die Mittel. Haben Sie sich gar nicht schuldig gefühlt?«

Frida runzelte die Stirn, als müsse sie über eine komplexe mathematische Gleichung nachdenken. Nein, sie hatte sich nicht schuldig gefühlt. Auch nicht ein paar Jahre davor, als sie die elterliche Unterschrift für einen Leihbüchereiausweis einer Klassenkameradin gefälscht hatte, weil deren Eltern ihr die Mitgliedschaft nicht erlauben wollten. Sie wusste damals schon, dass beides nicht legal war, aber für den Zweck würde sie es vielleicht sogar heute wieder tun.

»Nein, keine Schuldgefühle. Es war letztlich auch ein bisschen Revolte gegen das diskriminierende System in der Schule.«

»Ich hoffe, es hat sich gelohnt, und aus Ihrem Freund ist ein Musiker geworden.«

»Nein, er hat einen«, sie malte Gänsefüßchen in die Luft, »ordentlichen Beruf ergriffen. Und bereut es jeden Tag.«

»Schuld und Reue. Was für ungemütliche Themen auf einen leeren Magen. Apropos … Bringen Sie mir noch eins?« Sie deutete auf das leere Weinglas.

»Gern. Das Buffet wird übrigens gleich geschlossen. Falls Sie also noch etwas essen möchten …« Frida räusperte sich. »Womit ich nicht sagen will, dass Sie besser etwas essen, bevor Sie noch was trinken.«

»Womit Sie aber recht hätten.« Die Frau seufzte, und ein kleines Lächeln huschte über ihr Gesicht.

»Wenn ich wiederkomme, sind Sie dran«, sagte Frida. »Dann will ich Ihre Jugendsünden hören.«

»Da gibt es nichts. Weder damals noch heute.« Und damit stand sie auf und ging an ihr vorbei zum Buffet.

Frida blickte zur Bar. Jelena wirbelte allein hinter dem Tresen hin und her. Sie sollte ihr helfen gehen. Und es gab schließlich auch noch andere Tische, um die sie sich kümmern musste.

Gedankenverloren und summend ging Frida zur Bar. Dann zog sie einen Notizblock und einen kurzen Bleistiftstummel aus der Gesäßtasche. Kurz schloss sie die Augen, notierte dann eine Notenfolge und gab dem Ganzen eine Überschrift.

Freckle song. Ein Lied über Sommersprossen.

Von der Seite nahm sie einen bösen Blick von Jelena wahr, die sich mit dem Korken einer Sektflasche abmühte.

»Dürfte ich wohl die Frau Künstlerin vielleicht kurz daran erinnern, dass sie hier auch noch einen Job hat, bevor sie ihre Ergüsse zu Papier bringt?«

»Gib schon her.« Frida grinste, nahm ihr die Flasche ab, und knuffte ihre Kollegin in die Rippen.

Wenn sie erst einmal eine Melodie im Kopf hatte, vergaß sie sie so schnell nicht wieder, deshalb machte sie sich keine Sorgen darüber, jetzt nicht die Zeit zu haben, sie auszubauen. Und wenn sie sie doch vergaß, dann hatte sie sowieso nichts getaugt.

✿

Hanna

*H*anna hatte es sich eigentlich ganz einfach vorgestellt. Sie würde die großzügige Leihgabe des Fischers einfach vor der Tür seiner Hütte deponieren und sofort wieder verschwinden. Es war immerhin noch nicht einmal sieben Uhr am Morgen, noch immer mehr nachtschwarz als taghell, und außer ihr war noch kein Mensch im Tarnewitzer Jachthafen auf den Beinen. Doch als sie mit dem Stapel ordentlich zusammengelegter Kleidungsstücke, die einen intensiven Weichspülerduft nach Lavendel verströmten, den Steg hinunterging, stellte sie bestürzt fest, dass sie sich getäuscht hatte.

Ihr Retter schrubbte das Deck seines Kutters, der den Namen *Seeteufel* trug, sah in diesem Moment auf, und schob den Kopf vor, als würde er seinen Augen nicht trauen. Hanna wurde nervös und wusste nicht, warum. Wenn er zu viele neugierige Fragen stellen sollte, müsste sie sie ja nicht beantworten. Sie müsste überhaupt nicht mit ihm reden, da sie gleich wieder gehen würde.

»Na, wenn das keine Überraschung ist!«, rief er, ließ den Schrubber auf das Deck fallen und kletterte über die Reling an Land.

»Ich wollte Ihnen Ihre Sachen wiederbringen«, sagte Hanna überflüssigerweise, und fügte schnell noch hinzu: »Bevor ich nachher abreise.«

Er schenkte den Kleidungsstücken keine Beachtung, sah aber Hanna mit seinen seegrauen Augen stattdessen prüfend ins Gesicht. Dann wanderte sein Blick einmal über ihren Körper, ohne dass es etwas Anzügliches hatte. Er schien vielmehr sichergehen zu wollen, dass sie unversehrt war.

»Tee?«, fragte er.

»Nein, danke. Ich wollte wirklich nur …« Sie deutete mit dem Kinn auf das Seebärenoutfit, das sie immer noch vor sich hielt wie die Wassermelone in der bekannten Szene aus *Dirty Dancing*.

»Na, kommen Sie schon. Ich hab gedacht, ich sehe Sie nie wieder. Und jetzt stehen Sie putzmunter hier vor mir. Das muss gefeiert werden.« Er grinste. »Mit einem Pott Tee und ein paar Kluntjes.«

Hanna mochte die bernsteinfarbenen Zuckerstückchen schon als Kind besonders gerne, weil sie aussahen wie kleine ungeschliffene Edelsteine, wenn man sie lutschte.

»Zucker hab ich ja nicht mehr.«

»Tut mir leid.«

»Mensch, nee, ich bin ja froh, dass Sie das gemacht haben. Das war der einzige Hinweis darauf, dass Sie vielleicht nicht gleich wieder den nächsten Blödsinn machen. Also, ich meine …«

»Ich weiß, was Sie meinen.«

»Na, also dann«, sagte er und öffnete schon die Tür zur Hütte, und ehe Hanna es sichs versah, war sie auch schon eingetreten und saß wieder auf der Bank am Tisch. Er klemmte einen Holzkeil unter die offen stehende Tür, damit sie nicht zuklappte. »Sonst bleibt nur die Öllampe, damit wir hier drinnen was sehen können.«

Hanna nickte. Sie hätte gar nichts dagegen gehabt, wenn sie sich wieder in den fast lichtlosen Raum hätte zurückziehen können, der ihr so großzügig Schutz geboten hatte. Nachdem er zwei Becher mit dampfendem Tee befüllt und einen davon vor Hanna hingestellt hatte, setzte er sich zu ihr. Hanna starrte auf die Tischplatte. In den feinen Rillen im Holz klebten immer noch Zuckerkristalle.

»Wie geht es Ihnen?«, fragte er unvermittelt.

Hanna öffnete den Mund und wollte spontan eine der üblichen Antworten geben. »Bestens, danke. Alles gut, und Ihnen?« Aber sie konnte nicht. Sie spürte, wie sein Blick auf ihr ruhte und dass er entweder laut lachen oder sie vor die Tür setzen würde, wenn sie so eine alberne Small-Talk-Antwort gab.

»Besser«, sagte sie daher.

»Besser ist schon mal besser als schlechter.«

Sie lächelte. »Ja, das stimmt.«

Hanna pustete in den heißen Tee in der Tasse, die sie mit beiden Händen umklammert hielt, als würde sie auseinanderfallen, wenn sie losließe. Nachdem sie eine Weile schweigend so dasaßen, holte er plötzlich tief Luft, und Hanna hatte das ungute Gefühl, dass es jetzt ungemütlich werden würde.

»Ich frage jetzt einfach«, sagte er. »Sie müssen ja nicht antworten, und im schlimmsten Fall rennen Sie wieder davon. Also, warum zum Teufel wollten Sie das tun?«

Hannas Herz schlug schneller. Sie hatte es ja geahnt.

Wie soll ich das erklären?

Du musst gar nichts erklären, wenn du nicht willst.

Doch da öffnete sie schon den Mund.

»Das ist eine lange Geschichte.«

»Das ist es meistens. Ich hab Zeit.«

Das hatte Hanna befürchtet.

»Ich meine, ich verstehe, dass sterbenskranke Menschen sich ein Ende wünschen, wenn sie ihr Leben nicht mehr aushalten. Vielleicht gibt es auch noch ein oder zwei andere Gründe, aber irgendwie kann ich mir das bei Ihnen nicht vorstellen.«

Hanna lachte bitter auf. »Sie kennen mich doch gar nicht! Und man sieht Menschen schließlich nicht an, was ihre Leidensgeschichte ist.«

»Darum frag ich ja.«

»Ich hab Probleme mit den Ohren«, begann Hanna mit klopfendem Herzen, und merkte selbst, wie seltsam das klang. »Und deshalb hab ich meinen Job verloren. Und meine Freunde. Wenn es denn jemals welche waren. Ich vermute nicht.«

Verständnislos sah er sie an. Hanna schloss einen Moment die Augen, um ihre Gedanken zu sortieren, bevor sie schlüssige Sätze daraus machen konnte. Dann begann sie noch einmal von vorn. Sie kannte diesen Mann nicht und würde ihn nach dem heutigen Tag auch nicht wiedersehen, das machte es einfacher. Es war vollkommen egal, was er von ihr denken würde.

Sie erzählte von den Jahren in der PR-Agentur. Wie sie am Anfang noch selbst Konzepte ausgearbeitet, Projekte eigenverantwortlich und mit Freude betreut hatte. Wie dann immer jüngere Leute direkt von der Universität in die Agentur strömten, sie in puncto Bezahlung überholten, weil deren Hochschulabschluss, den sie nicht hatte, mehr zählte als ihre jahrelange Erfahrung.

Er schenkte wortlos Tee nach und ließ unaufgefordert noch einen Löffel voll Kluntjes in Hannas Becher fallen, als ihr Hals vom vielen Reden kratzte und sie sich räuspern musste, bevor sie fortfahren konnte. Teespritzer gesellten sich zu den Zuckerkristallen. Er wischte sie mit dem Ärmel fort.

»Dann wurde plötzlich alles umstrukturiert«, fuhr Hanna fort. »Alle Karten wurden neu gemischt, und bevor ich überhaupt richtig kapiert hatte, was da vor sich ging, war ich alle Aufgaben los, die mir bis dahin Freude gemacht hatten.«

»Einfach so? Ohne Erklärung?«

»Jedenfalls ohne eine für mich wirklich nachvollziehbare Erklärung.«

Hanna erzählte, wie sie sich auf einmal in einem Großraumbüro wiedergefunden hatte, in dem nur noch die Routineaufgaben erledigt worden waren, die sich nicht wesentlich von denen in einem Call Center unterschieden hatten.

»Zwanzig Personen, die alle gleichzeitig reden. Den ganzen Tag keine winzig kleine Phase der Ruhe, in der man sich wenigstens für ein paar Minuten auf seine Arbeit hätte konzentrieren können. Das ist, als würde jemand von dir verlangen, deinen Job in einem voll besetzten Café zu machen. Und erst die Gespräche, die man gezwungen ist, mitanzuhören. All der private Mist, den man gar nicht wissen will!«

Er machte ein Gesicht, als hätte er Zahnschmerzen, und rieb sich tatsächlich die Wange. Fast hätte Hanna gelacht, wenn die Erinnerung nicht so traurig wäre.

»Ich konnte das bald nicht mehr aushalten, keinen einzigen Tag, keine einzige Stunde. Wissen Sie, wie sich das anhört, wenn dazu dann noch vierzig Hände auf den Tastaturen rumhämmern? Ich hätte schreien können und wollte nur noch raus, aber ich konnte nicht. Also saß ich da, angespannt und erstarrt wie ein … wie ein Stein. Da hätte sich diese Holzbildhauerin in Plessin dran versuchen können. Tausendmal härter als ihre Holzblöcke.«

Hanna beschrieb, wie irgendwann die Ohrgeräusche begonnen hatten. Ein hohes Pfeifen, das zuerst noch jedes Mal innerhalb von Sekunden wieder verschwunden war, wenn sie sich sofort das Ohr fest zugehalten hatte. Wie sie sich immer mehr zurückgezogen hatte, stiller geworden war inmitten des Getöses. Wie sie alle für eine Spaßbremse gehalten hatten, weil sie nicht mehr in der Lage gewesen war, an Feiern und Teamevents teilzunehmen. Wie sie zur immer unglücklicheren Außenseiterin geworden war.

»Dann hast du also einen Job gemacht, der dir nicht mehr gefiel, und das unter Bedingungen, die dir gesundheitlich auch noch geschadet haben.«

Hanna nickte. Das unerwartete Du fühlte sich gut an.

»Ich hab nachts nicht mehr geschlafen, weil ich Angst vor jedem neuen Arbeitstag hatte. Am Ende war ich so kraftlos, dass ich mein Pensum nicht mehr in der regulären Arbeitszeit geschafft und jede Menge Überstunden geschoben habe. Später haben mir Aushilfen Arbeit abgenommen. Ich hab sämtliche Stufen eines klassischen Burn-outs durchlaufen, bis der totale Zusammenbruch kam. Mit Hörsturz, langer Krankschreibung und allem, was dazugehört.«

»Hast du denn nie daran gedacht, zu wechseln?«

Hanna gab ein freudloses Lachen von sich. »Klar, aber als ich an dem Punkt war, ging es mir schon so schlecht, dass ich dachte, ich könnte nicht mal mehr die Bewerbungsgespräche durchstehen. Also hab ich weitergemacht.«

»Oh Mann, da hast du dir aber was zugemutet …«

Er war so freundlich und verständnisvoll. Hanna konnte nichts dagegen tun, dass ihr auf einmal Tränen kamen.

»Entschuldigung, ich …«

»Schhh«, machte er, als wäre sie ein Baby, das man beruhigen musste. Für einen Augenblick legte er unbeholfen seine Hand auf ihren Unterarm, als wüsste er nicht, ob er das durfte. »Nicht entschuldigen. Da hat sich bei dir ganz schön was angestaut. Das muss mal raus.«

Er griff hinter sich in eine Schublade und zog eine ramponierte Papierserviette hervor. Sie war mit Ankern und rot-weiß gestreiften Rettungsringen bedruckt.

»Ist nur zerknittert, aber sauber«, erklärte er.

Hanna schnäuzte sich und stopfte die Serviette in die Hosentasche.

»Bist du jetzt krankgeschrieben?«

Hanna schüttelte den Kopf. »Krankheitsbedingte Kündigung. Oder besser gesagt, man hat mir Geld geboten, damit ich ohne viel Aufhebens verschwinde. Ich hab akzeptiert.«

Er brummte zustimmend. Eine Möwe mit rotem Schnabel und kleinen schwarzen Augen wie Käfer landete auf dem Steg. Neugierig trippelte sie bis an die geöffnete Tür und legte den Kopf schief. Gleich darauf folgten eine zweite und dann noch eine dritte.

»Die finden deine Geschichte auch interessant«, sagte er lächelnd.

»Das ist nicht einfach eine Geschichte, das war mein Leben in den letzten Jahren.«

»Das hab ich verstanden. Und ich weiß zu schätzen, dass du mir das erzählt hast.« Er schwieg einen Moment, dann sagte er: »Weißt du, dass Möwen auch die Ratten der Lüfte genannt werden? Genau wie Tauben. Weil sie einfach alles fressen. Die ganzen Abfälle, die im Wasser landen, die Fischreste, die auf Deck rumliegen. Das, was man nicht verwerten kann.«

Hanna verzog bei dem Gedanken das Gesicht.

»Ja, das ist nicht so appetitlich. Aber was ich damit sagen will: Stell dir vor, die Biester da vorn knöpfen sich jetzt deine Geschichte der letzten Jahre vor. Wie so einen alten Fischkopp. Weg damit. Und dann fängst du neu an.«

»Wie eine frisch geschlüpfte Kaulquappe, oder was?«

Sie sahen einander an und mussten beide lachen. Ihr eigenes Lachen hörte sich für Hanna ganz fremd an und viel zu laut. Weil sie es so lange nicht mehr gehört hatte. Wenn man von dem nahezu hysterischen Anfall mit dieser Frida gestern Abend mal absah.

»So ungefähr. Aber Spaß beiseite, weißt du, was du jetzt machen willst?«

»Ich weiß jetzt, wo ich sein will. An einem Ort wie Plessin. Das ist das, wonach ich mich immer gesehnt habe, ohne dass ich es hätte benennen können. Ich werde so einen Ort und dort eine Arbeit finden, bei der ich nicht mit so vielen Menschen sein muss, und dann geht es vielleicht irgendwie weiter.«

Er runzelte die Stirn. Dann nahm er seine Mütze ab und kratzte sich am Kopf.

»Ja, ich weiß«, sagte Hanna. »Du willst mich jetzt fragen, warum ich das nicht viel früher getan habe. Weil ich nicht konnte. Vielleicht musste ich erst ganz nah an der Kante einer Klippe stehen und in den Abgrund sehen, um herauszufinden, dass ich doch lieber umkehren anstatt springen möchte. Besser kann ich es wahrscheinlich nicht erklären.«

»Musst du auch nicht. Das ist gut genug. Aber warum bleibst du dann nicht in Plessin?«

»Berit, das ist die Empfangsfrau im Hotel …«

»Ich weiß. Ich kenne die da alle, weil …«

»Siehst du, das ist ein weiterer Grund. Ich muss weg, nicht nur, weil Berit mir erzählt hat, wie schwer es ist, hier einen Job zu finden, sondern weil jetzt jemand hier meine Geschichte kennt.«

»Aber die bliebe doch bei mir.«

»Wir würden uns wiedersehen. Also, zufällig über den Weg laufen. Beim Einkaufen, vielleicht am Strand. Und ich würde immer wissen, dass du alles über mich weißt. Das kann ich nicht. Ich konnte das alles nur erzählen, weil ich wusste, dass wir uns danach nie mehr wiedersehen werden. Alles hier würde mich daran erinnern, was ich beinahe getan hätte.«

Ihre Antwort traf ihn, das war ihm deutlich anzusehen. Seine Kiefer mahlten, seine Augen schienen einen unbestimmten Punkt am Horizont zu fixieren, ungefähr dort, wo Hanna die Insel Lolland vermutete. Sie konnte sich vorstellen, dass er sich gerade fühlte wie ein Zufallsbeichtvater.

»Ich hab noch eine Bitte an dich.«

»Möchtest du die Klamotten als Andenken mitnehmen?«

»Nein, vielen Dank«, sagte Hanna und musste lachen, obwohl sich der Abschiedsmoment näherte, der sie unerklärlich wehmütig machte. »Ich wäre dir sehr dankbar, wenn du unsere Begegnung auch für dich behalten würdest, wenn ich schon nicht mehr hier bin. Das vorgestern und das, was ich dir heute erzählt habe. Es wäre schön zu wissen, dass ich dir vertrauen kann.«

»Mein Wort drauf.«

Er hielt ihr seine Hand hin. Hanna ergriff sie, die Innenfläche war rau, sein Händedruck fest. Dann standen sie beide auf. Hanna trat vor die Hütte, die Möwen hoben ab und flogen kreischend auf und davon, hinaus aufs offene Meer.

»Hoffe, die bekommen keine Magenprobleme von meiner schwer verdaulichen Geschichte.«

»Glaub mir, die haben schon Schlimmeres mit hinausgenommen.« Er tippte sich mit einem Finger an den Schirm seiner Mütze. »Dann Ahoi.«

Hanna ging. Wie lange hatte sie in der Hütte gesessen? Es war inzwischen taghell, und die Rezeption würde besetzt sein, sodass sie auschecken konnte. Erst ganz am Ende des Stegs drehte sie sich noch einmal um. Er hätte längst seine Arbeit an Deck wieder aufnehmen können, doch er stand noch immer da, wo sie ihn zurückgelassen hatte, und blickte in ihre Richtung.

Dann Ahoi.

7

✿

Hanna

*E*s war normalerweise nicht Hannas Art, die Gespräche anderer Leute zu belauschen. Nicht zuletzt, weil es ihr ja allein durch ihre diversen Hörschutzmaßnahmen nur selten möglich war. Aber als sie aus Tarnewitz zurückkam, stand Berit am Empfang mit einer Frau zusammen, die Hanna zuvor noch nicht gesehen hatte, und schien ungewöhnlich aufgebracht zu sein, was gar nicht zu ihr passte. Sie nahmen Hanna überhaupt nicht wahr, und so drehte sie sich diskret weg und marschierte erst einmal in den Speiseraum. Sie nahm sich eine Schüssel vom Buffet, in die sie Getreideflocken und Rosinen füllte und mit Milch übergoss, und suchte sich dann einen Tisch.

Doch wie der Zufall es wollte, schnappte sie von ihrem Platz aus immer noch Wortfetzen der beiden auf.

»Ich hab das schon vor einem Jahr gesagt. Kurt ist zu alt.« Das war die Frau, die Hanna nicht kannte. »Ihn aus sentimentalen Gründen immer noch ein weiteres Jahr mit durchzuschleppen, führt doch zu nichts. Sieht man ja jetzt.«

»Einen Bandscheibenvorfall kannst du auch mit Zwanzig bekommen. Das ist einfach Pech«, widersprach Berit.

»Aber wenn er nicht schon ein wenig klapprig wäre, würde er die körperliche Arbeit viel besser wegstecken. Das musst du zugeben. Und was passiert ist, hat er sich auch noch selbst zuzuschreiben. Hätte er nicht vergessen, wo er das Scheißding hingepackt hat, wäre das alles nicht passiert.«

Hanna lehnte sich möglichst unauffällig in die Richtung der beiden, saß aber schon ganz an der Kante ihres Stuhls. Weiter rutschen konnte sie jetzt nicht mehr, dann würde der Stuhl kippeln und mit ihr zu Boden krachen.

»Ich hab ja schon gesagt, das ist nicht seine Schuld. Er hat es ja nicht entgegengenommen.«

»Vielleicht nicht hier drinnen, aber du weißt doch nicht, was draußen gewesen ist.«

»Nun hör aber auf. Er ist wirklich nicht senil.«

»Das geht jedenfalls so nicht weiter. Ich werde Ronstorf raten, ihn endlich in den Ruhestand zu schicken, bevor noch schlimmere Dinge passieren.« Die Frau rauschte an Hannas Platz vorbei davon, offenbar sehr verärgert.

Hanna hatte keine Ahnung, worum es da ging, aber sympathisch war ihr die Frau nicht, die einen alten Mann in die Pfanne hauen wollte. Sie bemerkte erst jetzt, dass sie die ganze Zeit gedankenverloren in der Schale gerührt hatte und die Flocken inzwischen vollkommen aufgeweicht am Rand klebten. Sie schob die Schale beiseite, und nahm einen zweiten Anlauf am Empfang.

Berit hob gedankenverloren den Kopf. Hanna konnte ihr ansehen, dass sie in keiner allzu guten Stimmung war.

»Guten Morgen, wie geht's?«

»Na ja, es gibt so Tage, die möchte man am liebsten zusammenknüllen und im Klo runterspülen.« Ganz die Frohnatur, als die Hanna sie kannte, lächelte Berit bei diesen Worten bereits wieder.

»Es ist so weit«, sagte Hanna. »Ich will abr…«

In dem Moment steuerte ein hochgewachsener Mann mit akkurat geschnittenen grauen Haaren auf die Rezeption zu. Er trug eine burgunderrote Strickweste. Ein Einstecktuch guckte aus der Brusttasche des Oberhemdes darunter. So stellte Hanna sich einen Gutsherrn vor. Vor ihrem geistigen Auge sah sie, wie er früher hoch zu Ross seine Ländereien abgeritten hatte, um nach dem Rechten zu sehen. Wie er in Begleitung der Jagdhunde am Abend zurückgekehrt war, ein paar Fasane und Hasen am Sattel seines Pferdes, falls die nicht bereits von beflissenen Jagdgehilfen abgenommen worden waren.

Jetzt allerdings stand er als offensichtlich sehr aufgewühlter Hotelbesitzer vor ihnen, und eine grimmige Falte hatte sich in seine Stirn gegraben.

»Berit, was ist hier los? Kurt ist im Krankenhaus?«

»Morgen, Herr Ronstorf. Ja, leider.«

»Morgen, zusammen«, ertönte plötzlich noch eine Stimme, die Hanna inzwischen gut kannte.

Sie drehte sich um. Es war Frida, die sie mit einem erstaunten Blick bedachte. Den windzerzausten Haaren nach zu urteilen, war sie gerade angekommen. Ihre Wangen waren gerötet, um den Hals hatte sie sich einen groben Wollschal gebunden.

»Franz, du bist ja auch schon da«, sagte sie. »Dann können wir ja gleich loslegen.«

Sie duzt den Chef?

Der Angesprochene blickte Frida zerstreut an.

»Wir haben heute einen Termin. Wir wollten reden, erinnerst du dich?«

»Stimmt, hab ich ganz vergessen. Tut mir leid, Frida. Können wir unser Gespräch nicht verschieben?«

»Nein, nicht schon wieder, wir wollten das doch schon vor zwei Wochen besprechen.« Deutlicher Unmut war aus ihren Worten herauszuhören.

Die Tür öffnete sich erneut, und die Holzkünstlerin polterte herein. Sie hatte einen Fahrradhelm in der Farbe einer Kakifrucht auf dem Kopf und sah damit aus wie eine Ausreißerin der Tour de France.

»Ich hab ein paar Sachen in Kurts Haus zusammengepackt, die können die ihm nachher ins Krankenhaus bringen.« Sie knallte einen Korb auf den Empfangstresen.

»Krankenhaus?«, fragte Frida und sah von einem zum anderen.

»Irgendein Mistkerl hat den Laubbläser geklaut, der gerade repariert und gestern zurückgebracht worden war«, erklärte Berit. »Und pflichtbewusst, wie Kurt nun mal ist, hat er das Laub mit dem alten Rechen zusammenharken wollen. Dabei ist eine Bandscheibe rausgesprungen, und jetzt liegt er im Krankenhaus in Wismar. Vielleicht muss er sogar operiert werden.«

Nein! Kurt ist der Gärtner, dachte Hanna. *Kann ich jetzt bitte aufwachen und das alles nur geträumt haben?*

»Das ist ja furchtbar. Ist das eine große OP?«, fragte Frida.

»Weiß ich nicht«, erwiderte Berit. »Aber Kurt hat die Konstitution eines Brauereipferdes. So schnell haut ihn nichts um.«

Ein Hauch von Erleichterung wehte Hanna an.

»Schlimmer ist, dass er nun wohl seinen Job wirklich endgültig los ist. Es gibt Leute, die schon lange finden, er sei zu alt dafür.« Die Holzfrau warf Ronstorf einen ungnädigen Blick zu. »Die haben jetzt den Beweis, den sie noch brauchten. Die werden bestimmt ganz schnell einen Nachfolger einstellen. Sein Rücken wird wieder heilen, aber nicht mehr zu gärtnern, das wird ihm das Herz brechen.«

Hanna wurde übel. Das war ihre Schuld. Was hatte sie getan?

»Kann denn nicht einfach nur vorübergehend jemand anderes seine Aufgaben übernehmen? Nur bis er wieder gesund ist?« Frida war sichtlich bestürzt.

»Aber wer denn? Es haben doch alle eigene Aufgaben«, knurrte Ronstorf.

»*Ich* könnte das tun.« Vier Köpfe drehten sich zu Hanna um. Sie starrten sie an, als hätten sie sie gerade in diesem Moment zum ersten Mal bemerkt.

»Und Sie sind ...?«, fragte Ronstorf.

»Frau Taudien ist Gast, und ...«, begann Berit.

»Ein Gast? Das kommt ja nicht infrage.«

»Aber mir macht das nichts aus! Im Gegenteil, ich liebe Gartenarbeit.«

Frida hüstelte.

»Und ich brauche sowieso Bewegung und bin viel zu wenig an der frischen Luft. Das hab ich doch an einem Tag erledigt.«

»In einem Tag wird aber Kurt nicht wieder gesund, und es fallen ziemlich viele Blätter im Herbst.« Die Holzfrau sah Hanna an, als hätte sie den Verstand verloren.

»Eins nach dem anderen. Jetzt muss das Laub jedenfalls erst mal weg, oder?«

»Na schön, wenn ich Sie gar nicht davon abbringen kann. Manche machen Yoga, andere gärtnern, nicht wahr?« Ronstorf sah in die Runde. »Aber nicht dass Sie auf die Idee kommen, Ihren Zimmerpreis auf diese Weise abarbeiten zu können.«

Ein Augenzwinkern hatten seine Worte begleitet, aber Hanna war nicht sicher, ob da nicht doch auch ein Fünkchen Misstrauen und Warnung mitschwang. Sie war froh, als Frida ihn jetzt am Ärmel zupfte und auf das Kaminzimmer deutete. Fast tat Ronstorf Hanna leid. So viele eigensinnige Frauen auf einmal, mit denen er am Morgen konfrontiert wurde.

»Tja, dann gehe ich mich jetzt mal umziehen«, erklärte Hanna.

»Und anschließend zeig ich Ihnen, wo Sie die Geräte finden«, sagte Berit.

»Danke, dass Sie das für Kurt tun«, warf die Holzfrau ein. »Was machen überhaupt Ihre Ohren? Schon besser?«

»Ach, ihr kennt euch schon?« Berit wuchs das Durcheinander sichtbar über den Kopf. Fahrig wischte sie sich eine schwarze Haarsträhne aus der Stirn.

»Flüchtig. Aber richtig vorgestellt haben wir uns noch nicht. Lilo. Lilo De…«

»Dethlefsen, ich weiß. Ich habe ihre Schwester gestern auch noch kennengelernt.«

»Ist das so«, brummte Lilo Dethlefsen und zog die Hand zurück, die sie Hanna gerade hingestreckt hatte. Dann drehte sie sich um und ging. Hanna sah sie durch das Fenster auf ihr Rad steigen und davonradeln. Das Orange des Helms leuchtete noch eine Weile, im diesigen Licht, als sie sich entfernte. Hanna hatte unzweifelhaft etwas Falsches gesagt.

❈

Frida

*D*ie Tatsache, dass Franz Ronstorf den vereinbarten Gesprächstermin schon wieder vergessen hatte, betrachtete Frida als kein allzu gutes Omen. Doch sie durfte jetzt nicht lockerlassen, andernfalls würden sie nie klären, was zu klären war.

Sie hatten sich in das Kaminzimmer zurückgezogen, in dem sich vor der Öffnung der Bar am Abend nie jemand aufhielt. Frida hatte sich in einen der lederbezogenen Klubsessel fallen lassen, den Schal abgenommen und zusammengerollt auf einem Nachbartisch abgelegt. Auf ihrem Tisch dampften zwei Tassen Tee, denen Ronstorf ein Upgrade in Form irgendeines alkoholischen Schusses verpasst hatte. Fridas drängte sich für eine Sekunde die Überlegung auf, ob er sie verhandlungsunfähig machen wollte. Natürlich war das Blödsinn, zu solchen Methoden würde er nie greifen, und da sie endlich zur Sache kommen wollte, sagte sie auch nichts.

Doch Ronstorf begann auf einmal eine Plauderei, die Frida noch weniger gefiel als das Getränk.

»Wie geht es dir? Ich hab vorgestern dran denken müssen. Drei Jahre sind es jetzt schon. Die Zeit rast.«

»Danke, dass du fragst. Ich komme klar.«

Frida wollte das nicht. Sie würde doch jetzt nicht darüber sprechen, wie sehr sie ihre Mutter vermisste, und dass es nicht wenige Tage gab, an denen sie gar nicht zurechtkam. Es würde sie verletzlich machen, sie wäre sofort in der schwächeren Position. Sie würde Ronstorf immer dafür dankbar sein, dass er ihr damals so viel Zeit für die Pflege ihrer Mutter gegeben hatte, wie sie benötigte, und sie danach Schritt für Schritt in ihren Job hatte zurückkehren lassen. Sicher nicht viele Chefs wären so verständnisvoll und großzügig gewesen. Aber jetzt wechselte sie das Thema.

»Franz, wir müssen darüber reden, wie es mit den Musikabenden weitergeht. Wir hatten vereinbart, uns nach einer angemessenen Zeit über eine Bezahlung zu unterhalten, wenn diese Abende bei den Gästen gut ankommen. Das tun sie, also denke ich, du solltest mir einen Vorschlag unterbreiten.«

Ronstorf machte ein Gesicht, als säße er auf heißen Kohlen. Frida merkte, wie sich ihr Puls beschleunigte.

»Ich weiß, wir hatten das so abgesprochen«, fuhr Ronstorf fort. »Und ich hab ja auch bemerkt, dass diese Veranstaltung bei den Gästen beliebt ist. Aber der Sommer …«

»Der Sommer?«, fragte Frida nach, obwohl sie sich schon denken konnte, was jetzt kommen würde. Sie hatten einen denkbar schlechten Sommer hinter sich, der gewissermaßen ausgefallen war, was die Temperaturen betraf. Und da war Ronstorf auch nicht viel anders als die Bauern in Mecklenburg. Mal war es zu kalt, und der Frost hatte viel zu früh eingesetzt, dann fiel zu viel Regen, und Sommer, die diese Bezeichnung wirklich verdienten, waren dann am Ende garantiert zu trocken. Was es auch immer war, es wurde auf jeden Fall über den Ausfall von Ernte, in ihrem Fall jetzt über eine zu geringe Zimmerauslastung geklagt.

»Wir hatten einen Gästerückgang, weil viele lieber in den Süden geflogen sind. Das hatte ich so auch nicht erwartet. Von daher können wir momentan eigentlich kein Geld für zusätzliche Personalkosten lockermachen.«

»Du weißt aber schon, dass die Gäste, die nach dem Essen noch zum Konzert bleiben, nicht unerheblich viel von der Bar ordern, oder? Wenn es die Musikabende nicht gäbe, würden die sich bei gutem Wetter bis in die Nacht draußen aufhalten und bei schlechtem Wetter früh auf ihre Zimmer gehen und schlafen.«

»Ich weiß, Frida. Dennoch – was nicht geht, geht nicht. Betrachte das doch mal anders. Ich biete dir die Bühne, die du sonst nicht hättest. Das ist auch Werbung für dich.«

Frida schnaubte. So was hatte sie ja geahnt.

»Ich spiele eine Stunde lang nur Coversongs von Simon und Garfunkel und Cat Stevens, und ich weiß nicht, von wem sonst noch. Meine zwei oder drei eigenen Lieder zum Abschluss gehen dabei völlig unter. Selbst wenn sie jemandem gefallen, könnte niemand etwas von mir kaufen, weil es noch keine CD gibt. Und für die Produktion einer CD brauche ich ein Tonstudio, und die Miete dafür kostet Geld, das ich nicht habe, weil ich nicht für meine Arbeit bezahlt werde.«

Ronstorf setzte sich aufrechter hin. Er presste seine Lippen aufeinander, während Frida an einer Naht am Sessel herumzupfte. Gern hätte sie gerade irgendetwas kaputtgemacht.

»Den letzten Satz vergesse ich jetzt mal. Deine Arbeit ist im Service, und dafür wirst du bezahlt, und zwar besser, als es woanders in der Gastronomie üblich ist.« Er atmete tief ein und wieder aus. Dann fuhr er in sanfterem Ton fort. »Es ist ja nicht so, dass ich dich nicht verstehe, und ich nicht nachvollziehen kann, dass du aus deiner Passion mehr machen möchtest.«

Ich weiß ein Geschenk. Versprich mir, dass du nicht aufhören wirst, Musik zu machen. Du hast dieses große Talent, mach etwas Gutes draus.

»Wenn das dein letztes Wort ist, dann …«

»Ich kann dir nur anbieten, dass du mehr Songs von dir ein-
baust. Und vielleicht können wir in unser Programm den Hinweis aufnehmen, dass man dich engagieren kann für Feiern oder
so.«

Bravo. Hochzeitsfeiern und Firmenjubiläen.

Frida wandte den Kopf ab, und blickte nach draußen in den
Park. Zwischen den beiden Scheiben der doppelt verglasten Fens-
ter lagen tote Fliegen. Irgendwo mussten die jahrzehntealten
Rahmen undicht sein. Ein Windzug bewegte die transparenten
Flügel.

Die angebliche Hobbygärtnerin, der Frida kein Wort über
ihre Passion für Gartenarbeit abnahm, schob sich ins Blickfeld.
Selbst der Nieselregen schreckte sie offenbar nicht. Sie hatte die
Hände in die Taschen eines Regenmantels geschoben, die Hosenbeine in kniehohe Gummistiefel gestopft und marschierte
mit gesenktem Kopf Richtung Geräteschuppen. Frida mochte
Menschen, die nicht wetterzimperlich waren.

»Danke, aber ich werde mir selbst was überlegen.« Frida
stand auf, worauf sich auch Franz Ronstorf erhob. »Bis später.«

Frida wusste, sie würde ihm nicht lange böse sein, dafür
kannten sie sich zu lange. Genau genommen, seit sie ein kleines
Kind gewesen war, weil schon ihre Mutter für das Hotel gearbeitet hatte. Daraus resultierte auch das vertrauliche Du zwischen ihnen. Mit etwa vierzehn hatte sie forsch gleiches Recht
für alle gefordert und erklärt, dass sie ja nun nicht mehr das
kleine Mädchen sei, und angefangen, Franz Ronstorf ebenfalls
zu duzen. Und es gab an ihm als Chef nichts auszusetzen. Er war
ein anständiger Kerl. Frida war nur so grenzenlos enttäuscht und
entmutigt. Jetzt blieb ihr nur noch eine Möglichkeit.

Jelena hatte den Dienst bereits angetreten und war glücklicherweise vollauf beschäftigt. Gerade hantierte sie mit dem Ungetüm
von Kaffeeautomat herum. Und jetzt lief Berit, pünktlich wie

ein Uhrwerk, an der Bar vorbei nach draußen. Ihre letzte Zigarettenpause vor der Mittagspause. Frida kannte die Routinen aller im Hotel. Und jetzt war die Gelegenheit.

Sie griff in die Seitentasche ihres Rucksacks und zog einen USB-Stick heraus. Damit eilte sie um den Tresen herum zur Rezeption, setzte sich an Berits Schreibtisch und steckte den USB-Stick an den Computer. Nachdem sie eine mit »Wichtig« gekennzeichnete Datei geöffnet hatte, gab sie den Druckbefehl und wartete darauf – immer die Tür im Blick –, dass die Seiten aus dem Drucker liefen. Danach schloss sie die Fenster, entfernte den USB-Stick und steckte ihn in die Hosentasche. Im nächsten Moment hörte sie die Eingangstür klappen und Berit, die mit einem Gast plauderte. Frida griff die Ausdrucke und flitzte zurück zur Bar. Keine Sekunde zu früh.

»Was machst du denn da?«, fragte Jelena, als Frida alles in eine schützende Klarsichthülle schob.

»Gar nichts«, war ihre knappe Antwort. Auch wenn sie jeden Tag miteinander arbeiteten, gingen die neugierige Jelena manche Dinge einfach nichts an. Genauso wenig wie Berit. Erst recht Berit. »Bis später zur Abendschicht.«

Der feine Bindfadenregen rann Frida über die Stirn in die Augen, als sie sich eine Minute später auf ihr Fahrrad setzte. Der Sitz war klitschnass. Es kümmerte sie nicht. Sie radelte los, ohne viel zu sehen. Aber die Strecke nach Tarnewitz kannte sie in- und auswendig. Sie wusste genau, wo sie ein Schlagloch auf der Landstraße umfahren musste, oder wo Fahrzeuge aus Seitenstraßen zu weit auf die Hauptstraße vorfuhren, um im letzten Moment abzubremsen, wenn sie sie sahen.

Als sie am Fischereihafen ankam, war sie vollständig durchweicht. Sie schloss das Fahrrad an, und ging den Steg hinunter. Frida klopfte kurz an die Tür von Hennings fensterloser Hütte, und ein dröhnendes »Tür ist auf!« war die Antwort. Sie trat ein.

»Na, Mädchen, was treibt dich denn auf die Straße bei dem Wetter?«, fragte Henning, dessen Gesicht gerötet war. Eine Heizung gab es hier nicht, also lag es wohl an dem Grog aus der Thermoskanne, den Frida drei Meilen gegen den Wind riechen konnte.

»War im Hotel. Mein Gespräch mit Franz.« Kurz berichtete sie vom Ausgang des Treffens.

Ohne lange zu fragen, knallte Henning einen Becher vor Frida auf den Holztisch, der nur gerade stand, weil unter einem der Tischbeine Hemingways *Der alte Mann und das Meer* klemmte.

»Was für ein blöder Pinsel«, schimpfte Henning ungehalten drauflos. »Leute, die ihr Wort nicht halten, kann ich nicht leiden. Was meinst du? Kielholen?«

Und schon musste Frida lachen. Es war richtig gewesen, herzukommen. Henning verstand es immer irgendwie, sie wieder aufzuheitern. Gleich darauf verzog sie allerdings das Gesicht beim Geruch des gesüßten Rums, den er ihr einschenkte. Aber sie nahm einen großen Schluck der Brühe, die ihr Inneres in Brand steckte. Dabei musste es bleiben, denn sie hatte noch etwas Wichtiges vor.

»Ich muss gleich rüber nach Poel«, sagte Henning. »Enno braucht die Schleifmaschine und Spachtel für den Rumpf von seinem alten Ausflugskutter. Kannst hierbleiben, weißt du ja. Schlüssel schiebst du unter die Fischkisten draußen, wenn du gehst.«

»Danke, Henning. Aber schipperst du da etwa alkoholisiert rüber?«

Der Fischer stand auf, und zog sich seine Öljacke über.

»Das ist meine Spezialmischung, die ich Enno mitnehme. Ich hab nur geprüft, ob die gut ist.«

»Verstehe.«

Henning trat nach draußen und ließ Frida in der schummrigen Fischerhütte zurück. Als sie das Motorengeräusch der *See-*

teufel hörte, stellte sie sich eine zweite Öllampe auf den Tisch, öffnete den Rucksack, und zog einen Kugelschreiber und die Hülle mit den ausgedruckten Formularen heraus. Mit dem Ärmel wischte sie über die Tischplatte, weil Grogflecken sich nicht gut machen würden. Sie breitete die Papiere vor sich aus, und begann dann mit dem Deckblatt mit der fett gedruckten Überschrift *BEWERBUNG*.

8

Hanna

*D*ie erste Stunde war purer Spaß. Hanna bewegte sich wirklich gern an der frischen Luft, es machte einen klaren Kopf und lenkte von zu viel Denken ab. Auch spürte sie Muskeln an Stellen, von denen sie gar nicht gewusst hatte, dass dort welche waren. Ab und zu richtete sie sich auf, dehnte und streckte sich, fühlte sich alles in allem beweglich und voller Kraft. Überraschenderweise mochte sie das Geräusch der Harke, deren metallene Klauen über den Erdboden kratzten und den schwarzen Mutterboden zwischen Hecken und Büschen auflockerten. Hanna bildete sich ein, dass der Boden an diesen Stellen, von der Last der Blätter befreit, aufatmete. Es machte sie darüber hinaus ausgesprochen zufrieden, auf die sorgsam zusammengekehrten Laubhaufen zu blicken und zu sehen, was sie schon geschafft hatte.

Die zweite Stunde war die, in der Hannas Leistungskurve sank. Sie legte öfter kurze Pausen ein, in denen sie sich den Schweiß von der Stirn wischte, die Harke ablegte und in die Handinnenflächen pustete, um sie zu kühlen. An den Fingern zeichneten sich schon Druckstellen ab, die in Kürze zu Blasen werden würden. Sie hätte sich auch Handschuhe geben lassen sollen.

Die dritte Stunde brach an und Hannas Motivation ein. Sie hatte die gesamte Fläche zwischen Hotelterrasse und Teich von welken Blättern befreit, schmiss die Harke auf den Rasen und wollte losmarschieren, um eine Schubkarre zu holen, damit sie die Laubberge abtransportieren konnte. Von Marschieren konnte

· 93 ·

allerdings keine Rede mehr sein. Die Innenseiten ihrer Oberschenkel schmerzten von der ewig gleichen Position beim Harken. Stundenlang hatte sie ihre Knie gebeugt und den Oberkörper wie beim Eisschnelllauf nach vorn gestreckt. Hanna schleppte sich zum Gerätehaus.

Es war vollbracht, als sich die Sonne allmählich hinter den Horizont zurückzog. Der Komposthaufen war in Höhe und Breite beachtlich gewachsen, die Geräte waren wieder ordentlich im Schuppen verstaut. Hanna hätte gern jemanden gerufen, der sie in der Schubkarre bis vor den Eingang des Hotels kutschieren würde. Mit krummem Rücken stakste sie durch den Park und zog sich am Handlauf der Haupttreppe die Stufen hinauf, als Berit ihr entgegenkam.

»Frau Taudien! Waren Sie etwa von heute Morgen bis jetzt da draußen und haben gearbeitet? Ich dachte, Sie wären längst fertig und würden sich irgendwo noch ein paar schöne Stunden machen.« Sie schwang sich einen Rucksack auf den Rücken und wollte offensichtlich ihren Feierabend antreten.

»Bin eben erst fertig geworden. Halbe Sachen mag ich nicht. Wer soll denn dann den Rest machen?«

Berit beugte sich ein wenig zu Hanna hinunter, denn die stand immer noch gekrümmt dort an der Treppe und hatte Angst, dass ihr Rücken einfach durchbrechen würde, wenn sie sich aufrichtete.

»Verknackst?«, fragte Berit.

»Nein, nur die Muskeln.«

»Sie brauchen eine Massage, sonst können Sie sich morgen gar nicht mehr rühren.« Dann schien sie zu überlegen und strahlte schließlich. »Haben Sie heute Abend schon was vor?«

Hanna warf ihr einen grimmigen Blick zu.

»Ähm, ja, die Frage war wohl überflüssig. Aber umso besser. Ich bin heute Abend mit ein paar Freundinnen verabredet. Kommen Sie doch auch dazu.«

Hanna runzelte die Stirn. Ein paar Freundinnen hieß ein schnatternder Hühnerhaufen. Und das sollte helfen?

»Isabel wird auch da sein. Sie hat eine Praxis, und mit Massage ist sie richtig gut«, fuhr Berit fort.

»Danke, aber ich glaube, danach ist mir heute nicht mehr.«

»Kommen Sie, ich lade Sie ein für die viele Arbeit. Da brauchen Sie am Abend was für sich. Entweder die heilenden Hände von Isabel oder einen anständigen Schluck.«

»Vielleicht. Mal sehen.« Hanna wusste schon in dem Moment, wo sie es sagte, dass sie es nicht tun würde. Aber sie wollte jetzt sitzen. Und essen.

»Okay, dann …« Berit war für einen Moment die Enttäuschung anzusehen, aber dann lächelte sie, wünschte Hanna einen schönen Abend, und schwang sich auf das Fahrrad. Sie trug einen ähnlich schnittigen Helm wie die Holzkünstlerin Lilo. Nur die Farbe war anders: johannisbeerrot.

Hanna hob halbherzig die Hand und hievte sich dann die Stufen hinauf.

Vorzeigbar war sie nicht. Ihre Kleidung hatte etliche Schmutzspritzer abbekommen, Haare hatten sich aus dem Zopf gelöst. Es kümmerte sie nicht. Sie zog einen kleinen Behälter aus der Hosentasche, den man für eine Pillendose halten konnte, und nahm ein Paar Stöpsel heraus. Hanna besaß eine ganze Gehörschutzkollektion aus verschiedenen Materialien wie Wachs, Silikon und Schaumstoff. Nachts reichten zusammengerollte Fetzen von Papiertaschentüchern. Die Haut ihrer Ohrmuscheln war empfindlich geworden durch das häufige Tragen der Pfropfen, daher variierte sie. Die Stöpsel, die sie nach gewonnener Schlacht gegen das Laub jetzt einsetzte, sahen ironischerweise aus wie Miniaturtannenbäume aus mehreren sich verjüngenden Lagen Gummi. Hanna nahm den Stamm am unteren Ende zwischen ihre Finger und führte das Bäumchen langsam mit der Spitze voran in den Gehörgang ein. Fast nichts drang mehr zu ihr durch.

So schlurfte sie in den Speiseraum und ließ sich wieder einmal auf den Stuhl in der Ecke fallen.

»Gartenarbeit ist schon toll, oder? Man fühlt sich danach wie neugeboren.«

Hanna antwortete nicht auf Fridas Bemerkung. Sie hatte schon begriffen, dass sie sich über sie lustig machte, aber sie war zu erledigt, um zum Gegenschlag auszuholen.

»Dann können Sie jetzt bestimmt etwas zu essen vertragen.«

»Ich könnte einen ganzen Ochsen verspeisen.«

Kurz flog ein Lächeln über das Gesicht der jungen Frau. Aber nur kurz. Dann wurde sie gleich wieder ernst. Vielleicht hatte das Gespräch mit Ronstorf doch nicht stattgefunden. Oder es war nicht gut verlaufen.

»Einen Wein, wie immer?«

Wie immer. Als wäre ich schon Wochen hier …

Hanna nickte und wollte aufstehen, um zum Buffet zu gehen. Aber sie kam nur halb hoch und verharrte dann wie eingefroren in dieser lächerlichen Position. Ein unsäglicher Schmerz fuhr ihr durch den unteren Rücken und zog bis ins Bein.

»Alles in Ordnung?«

»Wie sieht es für Sie denn aus?«, stieß Hanna durch die zusammengepressten Zähne hervor.

»Wie unerklärlich übertriebener Einsatz. Morgen können Sie sich vermutlich gar nicht mehr bewegen.«

»Das hab ich vorhin schon mal gehört.« Hanna krallte sich an die Tischkante und ließ sich Zentimeter für Zentimeter wieder sinken. »Ich hätte Berits Angebot vielleicht annehmen sollen.«

»Berit?« Eine steile Falte teilte die Stirn der jungen Frau.

»Ja, sie hat mir etwas erzählt von einer Freundin, die hat wohl Ahnung von Massage.«

»Isabel. Das stimmt, sie hat Ahnung. Aber um diese Uhrzeit ist die Praxis geschlossen.«

Inzwischen hatte Hanna wieder sichere Stuhlsitzfläche unter sich und entspannte sich ein wenig.

»Berit hat gesagt, sie trifft sich heute Abend mit Freundinnen, und diese Isabel wäre dabei.«

»Der Hexenzirkel.«

»Der was?«

Bereits an zwei Tischen winkten Gäste, die offenbar ihre Getränke bestellen wollten.

»Ist nur Spaß. Gehen Sie ruhig hin, dann werden Sie selbst sehen. Sie treffen sich immer in Sinas Atelier. Das ist das Haus neben dem alten Speicher.«

»Kenne ich. Es gibt hier nicht zufällig so was wie ein Golfcar?«

»Nein, leider nicht. Nur die Leihfahrräder.«

»Das würde mir jetzt noch fehlen. Aber ich schaff das schon irgendwie. Erst mal ist jetzt der Ochse dran.«

»Ich hole Ihnen was. Dann können Sie sitzen bleiben.«

»Brauchen Sie nicht, danke.«

»Weiß ich. Macht mir aber nichts aus.«

Unerklärlich übertriebener Einsatz.

»Dann alles einmal durch. Ich sterbe vor Hunger.«

Und weg war Frida. Die anderen Gäste winkten immer noch.

Der alte Speicher war genau genommen nur noch eine Ruine. Scheunentorgroße klaffende Löcher und rostige Seilwinden an der Stirnseite ließen vermuten, dass hier früher Getreidesäcke hochgezogen und eingelagert worden waren. Heute war die Fassade mit Graffiti verunziert und viele der Fenster mit Backsteinen zugemauert. Hanna gruselte es.

Passend zum Hexenzirkel, dachte sie.

Und sie selbst fühlte sich dazu wie die böse Hexe aus dem Märchen. Gekrümmt, eine Hand in den Rücken gestützt, humpelte sie durch die Nacht. Es fehlten nur ein Krückstock und ein Korb mit glänzend roten Äpfeln über dem Arm.

Schwacher Lichtschein fiel durch die Atelierfenster in den Garten, der hinter mannshohen Hecken verborgen war. Aus dem Schornstein stieg eine Rauchsäule auf, ganz wie bei einem Hexenhäuschen aus dem Märchen. Hanna versuchte, durch die Fenster zu spähen und Berit zu entdecken, als sich plötzlich von hinten eine Hand auf ihre Schulter legte, sie mit einem spitzen Aufschrei zusammenfuhr und fluchte wie ein Kutscher.

»Zur Hölle, was zum Teufel …«

»He, nun mal langsam! Was machen Sie denn hier?«

Es war Lilo Dethlefsen, die Holzfrau.

»Sie sind es.« Hanna atmete auf, legte die Hand auf den Brustkorb und hoffte, dass sich der rasende Herzschlag gleich wieder beruhigen würde. »Lieber Himmel, hab ich mich erschrocken!«

»Ich bin nicht gerade herangeschwebt.« Die Holzfrau deutete auf die schweren Clogs an ihren Füßen. »Sie sollten wirklich etwas unternehmen mit Ihren Ohren.«

»Ich wollte zum Malatelier«, sagte Hanna ausweichend. »Ich hab von Berit gehört, dass hier heute irgendein Treffen stattfindet, und mein Rücken …«

»Hab mich schon gefragt, was mit Ihnen los ist. Können Sie nicht gerade stehen?«

»Doch, aber ich stehe zum Vergnügen so gekrümmt. Finde ich ganz großartig.«

Lilo Dethlefsen lachte. »Humor haben Sie. Dann hat Berit Ihnen sicher von Isabel erzählt. Na, dann kommen Sie mal mit.«

Sie ging zur Tür, hob die Hand, und was dann folgte, war wohl so etwas wie ein vereinbartes Geheimzeichen. Sie klopfte dreimal, dann noch dreimal, dann noch einmal kurz zum Abschluss. Hanna konnte es nicht fassen. Das war ja wirklich wie beim Treffen einer verborgenen Schwesternschaft. Die Tür ging tatsächlich auf, und Berit steckte den Kopf heraus.

»Lilo, komm rein, wir warten schon auf dich. Und Frau Taudien! Das ist ja schön, dass Sie es sich doch noch anders überlegt haben. Herzlich willkommen.«

»Gezwungenermaßen«, sagte Hanna.

Berit und Lilo Dethlefsen gingen vor, und Hanna schlich hinterher.

»Hier sind wir schon direkt in Sinas Reich, ihrem Atelier«, rief Berit ihr über die Schulter zu.

Hanna staunte nicht schlecht. Es gab zehn Malplätze. Rein-weiße Papierblätter waren an jedem Platz unter die umlaufende Leiste an die Wand geklemmt und warteten darauf, bemalt zu werden. Unzählige Flaschen und Tuben reihten sich auf einem Tisch in der Mitte des Raumes aneinander, aus ausgedienten Einmachgläsern ragten Dutzende Pinsel in verschiedenen Stärken, es gab Schwämme und Spachtel. Es roch nach Tapeten-kleister und Terpentin. Aber nicht nur. In einer Schale brannte eine Räucherspirale und füllte den Raum mit dem Duft von Sandelholz und Lorbeer.

»Und hier sind wir in Sinas privaten Gemächern. Hereinspa-ziert.« Berit deutete eine Verbeugung an.

Hanna trat durch eine weitere Tür.

»Darf ich vorstellen? Frau Taudien, Gast im Gutshaus und ein bisschen gehandicapt, weil sie nämlich Kurts Job übernommen und den ganzen Park auf Vordermann gebracht hat. Und das hier ist Sina, unsere Fachfrau für Kleckse und Tupfen.«

»Nicht frech werden, Berit. Sina Kröger. Freut mich«, sagte die aschblonde Frau, die auf Hanna zutrat und ihr die Hand schüttelte. Sie trug eine Latzhose, zwei verschiedenfarbige So-cken und hatte eine aufgedrehte Strähne ihrer fusseligen Haare mit einem Clip über dem linken Ohr festgesteckt.

»Ich hab Frau Taudien gesagt, dass sie sich von Isabel eine Massage verpassen lassen soll.«

»Gute Idee. Wenn sie heute noch fertig wird mit den Cocktails …«

Lilo Dethlefsen steckte den Kopf durch die Tür zur Küche.

»Isabel, dein Typ ist gefragt.«

Es erschien eine dünne, fast knochige Frau, und Hanna fragte sich augenblicklich, wie sie denn genug Kraft in den Armen für eine anständige Massage haben sollte.

Als ob sie Gedanken lesen könnte, sagte Lilo Dethlefsen: »Man sieht es ihr nicht an, aber sie hat Wumms in den Armen.«

»Ich will keine Knochen brechen, Lilo. Hallo, ich bin Isabel Michelsen. Berit hat schon ganz kurz von Ihnen erzählt. Wenn Sie wollen, behandle ich Sie noch schnell vor dem Essen.«

»Wenn ich ungelegen komme, weil Sie Ihren Abend gerade vorbereiten, dann …«

»Auf keinen Fall«, fiel Berit ihr ins Wort. »Wir haben Zeit genug. Und nach Isabels Behandlung essen Sie mit. Und übrigens duzen wir uns hier alle. Okay?«

Hanna war alles recht, wenn nur irgendjemand ihrem Rücken irgendetwas Gutes tat.

»Dann komm mal mit nach nebenan«, sagte Isabel, die bereits die Ärmel ihrer weißen Bluse, die sie eher wie eine Anwältin wirken ließ, aufkrempelte.

Hanna folgte ihr und fand sich plötzlich einer professionellen Physiotherapieliege gegenüber.

»Du arbeitest hier?«, fragte sie.

Isabel lächelte amüsiert. »Nein, ich habe meine Praxis in Boltenhagen. Sina hatte vor ein paar Jahren mal einen eingeklemmten Nerv, zur gleichen Zeit habe ich Mobiliar ausgetauscht, und so ist das ausrangierte Ding hier bei ihr gelandet.«

»Verstehe. Und falls gerade eine von euch mal eine Anwendung braucht …«

»Genau.«

Isabel breitete ein nach Jasmin und Oleander duftendes Handtuch über die Liege und polsterte auch den Ausschnitt für das Gesicht mit einem Tuch.

»Zieh dir am besten das Oberteil aus, und dann mach es dir gemütlich. Ich wärme mir noch ein bisschen die Hände, dann ist es für dich angenehmer.«

Hanna legte sich auf den Bauch und versuchte, eine bequeme Position für das Gesicht zu finden. Isabel ließ den Wasserhahn laufen und wärmte ihre Hände unter dem heißen Wasserstrahl. Dann spürte Hanna Isabels Hände auf ihrem Rücken.

»Ich behandle deine neurolymphatischen Reflexpunkte. Wenn es irgendwo unangenehm ist, sag bitte Bescheid.«

Hanna gab nur ein Brummen von sich. Die ungewohnte Position mit dem Gesicht nach unten ließ ihre Nasenschleimhäute anschwellen, und sie bekam nur schlecht Luft. Isabel arbeitete links und rechts von der Wirbelsäule, vom Nacken bis hinunter zum Steißbein, setzte die Fingerspitzen mit Druck auf und schien sie dann zu schieben, wobei sie mit jedem Mal tiefer in die Muskulatur vordrang. Es schmerzte so sehr, dass Hanna die Zähne aufeinanderbiss. Aber sie hatte Isabel unterschätzt, die das sofort bemerkte.

»Du vergisst das Atmen. Lass den Schmerz zu, und versuch, deinen Atem fließen zu lassen.«

Das hab ich doch alles schon mal gehört…

»Eins kann ich dir aber jetzt schon sagen: Deine Muskulatur ist steinhart, und das kommt nicht nur von deiner heutigen Gartenaktion. Das sind jahrelange, unbehandelte Verspannungen.«

Dann plötzlich griff sie in Hannas Haare.

»Nicht erschrecken, ich werde jetzt ganz vorsichtig versuchen, deine Kopfhaut zu lösen.«

»Hört sich an wie Skalpieren«, murmelte Hanna Richtung Boden.

Sanft zog Isabel an Hannas Haarschopf, intensivierte die Spannung, hielt sie einen Moment und ließ dann wieder locker. Das wiederholte sie ein paar Mal, bis sie mit einem deutlichen Ausatmen einen Schritt von der Liege zurücktrat.

»Was machst du beruflich?«, fragte Isabel unvermittelt.

»Momentan nichts.«

Isabel schien für den Bruchteil einer Sekunde in der Bewegung innezuhalten. Doch es kam keine Frage nach dem Warum und Wieso und danach, wie Hanna diese Situation zu ändern beabsichtigte. Sie nahm es einfach hin.

Hanna wusste nicht, ob sie sich körperlich entspannte und als Folge dessen auch bereit war, sich emotional zu öffnen, oder ob sich ihre Schmerzen lösten, weil sie sich emotional beruhigte. Auf einmal dachte sie daran, wie leicht sie sich gefühlt hatte, nachdem sie mit dem Fischer gesprochen hatte. Und so erzählte sie dann plötzlich auch Isabel in Kurzform von den bedrückenden vergangenen Jahren in der PR-Agentur. Auch sie würde sie ja nach dieser Behandlung vermutlich nie wiedersehen. Den Friedwald und den Abend in der Ostsee sparte sie allerdings aus. Tränen kamen. Sie tropften durch das Loch in der Liege auf den Kachelboden unter ihr, und Hanna stellte sich vor, wie sie dort eine kleine Pfütze bildeten.

»Was meint ihr, wie lange ihr noch braucht? Wir würden jetzt anfangen zu kochen. Ist das in Ordnung?«, rief Berit durch die geschlossene Tür.

»Fangt einfach an«, rief Isabel zurück.

Isabel rollte ein paar Blätter von einer Küchenrolle ab und wischte sanft über Hannas Rücken, um das Öl aufzusaugen.

»Wir sind dann für heute erst mal fertig«, sagte sie.

Widerwillig rappelte Hanna sich auf. Eigentlich wollte sie nicht zurück in die Welt da draußen, die nicht nach Blüten duftete, so wie hier drinnen. Sie zog sich an und sah sich dann plötzlich in einem Spiegel an der gegenüberliegenden Wand.

Die Nase war rot, die Augen geschwollen, und zudem liefen Furchen quer über ihr Gesicht, dort wo das zerknüllte Handtuch einen Abdruck hinterlassen hatte.

Die Tür flog auf, und Berit schaute herein. »Riecht ihr das? Sinas berühmtes Curry steht schon auf dem Tisch. Hanna, wie siehst du denn aus?«

Hanna fuhr sich mit den Händen über das Gesicht. Sie hörte Lilo und Sina nebenan schallend lachen. Irgendwelche lateinamerikanischen Rhythmen drangen zu ihnen in den Raum, der gerade noch so friedlich gewesen war. Ihr Herz begann zu rasen.

»Ich hab sie ganz schön gequält. Da können einem schon mal die Tränen kommen«, erklärte Isabel. »Wir sind gleich da.«

Während Isabel sie aus der Situation rettete, wandte sich Hanna zur Garderobe, wo sie ihre Jacke aufgehängt hatte, und versuchte so unauffällig wie möglich, die Ohrstöpsel aus der Tasche zu ziehen. Schnell setzte sie sie ein.

»Gut, dann bis gleich«, sagte Berit, und die Tür schloss sich wieder.

»Gehörschutz?«, fragte Isabel. Ihr schien nichts zu entgehen.

»Nach dem Hörsturz und all dem ist bei mir eine Hyperakusis diagnostiziert worden.«

»Eine Geräuschüberempfindlichkeit.«

»Ja. Seitdem ...«

»Seitdem schottest du dich ab.«

»Menschen sind mir seitdem überall zu viel. Ich kann das nicht mehr aushalten.«

»Deshalb wirst du auch nicht zum Essen bleiben, oder?«

Hanna schüttelte den Kopf.

»Ich mach dir einen Vorschlag. Falls du noch ein bisschen hier bist, können wir uns gern noch mal sehen. Ganz unverbindlich.« Sie drehte sich um, nahm aus ihrer Tasche einen dicken Filofax, zog eine Visitenkarte heraus und überreichte sie Hanna. »Ruf mich einfach an, wenn du möchtest. Ich verpasse dir noch so eine Massage, und … Wie geht es denn jetzt eigentlich deinem Rücken?«

Hanna drehte den Oberkörper so vorsichtig in die eine und dann in die andere Richtung, als könne sie entzweibrechen. Doch es passierte nicht. Und sie stand wieder aufrecht.

»Besser, ich sehe schon«, lächelte Isabel. »Also, melde dich.«

Hanna nickte zögerlich und blickte auf die Visitenkarte in ihrer Hand. Dicker elfenbeinfarbener Karton mit abgerundeten Ecken. Die Schriftart weich geschwungen.

Isabel Michelsen – Diplompsychologin und Körpertherapeutin –

»Du bist Psychologin? Dann hab ich nicht auf einer Massageliege, sondern auf der Psychocouch gelegen?«

»Nein, für mich nicht. Ich habe deinen Rücken behandelt. Was da nebenbei noch passiert ist, ist ein Nebenprodukt und bleibt selbstverständlich unter uns.«

Hanna fühlte sich dennoch, als wäre sie in eine Falle getappt. Sie zog die Jacke an, fuhr sich durch die Haare und legte die Hand auf die Türklinke. Sie atmete tief ein, bevor sie sie herunterdrückte und den Raum verließ.

»Na endlich. Setzt euch und fangt an zu essen, es ist köstlich«, sagte Berit. Sina und Lilo nickten eifrig.

»Nein, ich …« Die Musik war selbst durch die Stöpsel zu laut. Die Bässe vibrierten in Hannas Gehörgang.

»Aber nach so einer Behandlung muss man erst wieder zu Kräften kommen«, warf Lilo ein. »Ich weiß aus eigener Erfahrung, wie Isabel einen quälen kann.«

»Eben deshalb braucht Hanna jetzt Ruhe und Wärme«, erwiderte Isabel.

»Das Curry wärmt. Und der Punsch auch.« Lilo lachte keckernd.

Sina legte die Hand auf Lilos Arm. »Lass doch.«

»Ich habe Hanna ein heißes Bad und eine Wolldecke verordnet. Sonst hätten wir uns die ganze Massage auch sparen können.«

Die Frauen schauten Hanna bedauernd an, aber insistierten nicht weiter. Als sie ins Freie trat und sich die Tür hinter ihr schloss, atmete sie auf. Die vergnügten Stimmen drangen zu ihr nach draußen.

Wie der Baum. Immer außen vor.

9

✿
Frida

$\mathcal{D}$ie Geschirrspülmaschine war ausgeräumt und ausgeschaltet, die Kaffeemaschine gereinigt. Frida räumte Brettspiele und Würfelbecher zurück in das Regal, die Gäste auf den Tischen liegengelassen hatten, und löschte das Licht in der Bar. Jelena hatte sich bereits vor einer Stunde mit diffusem Unwohlsein verabschiedet. Frida vermutete, dass sie dem angekündigten Regen entgehen wollte, nachdem sie am Nachmittag beim Friseur gewesen, und noch zu ihrer neuen Flamme zum späten Essen eingeladen war. Frida machte es nichts aus. Sie mochte diese Stunde am Ende des Arbeitstages, wenn das Klappern aus der Küche verklang, die Gäste sich auf ihre Zimmer zurückzogen, und sich ein eigentümlicher Frieden über das Haus legte.

»Gute Nacht«, rief Frida dem Nachtwächter zu, der gerade den Dienst antrat und seinen Rundgang durch das Haus beginnen wollte.

»Gute Nacht. Sieh zu, dass du nach Hause kommst. Da ziehen dicke Wolken von der Ostsee rüber.«

»Bin schon weg.«

Frida zog sich wohlweislich bereits vor Verlassen des Hotels ihre Regenhose über die Jeans und wurschtelte sich und den Rucksack unter einen wallenden Regenponcho. Auf offener Landstraße im Stockdunkeln wollte sie nicht anhalten und das erledigen müssen. Als sie ihr Spiegelbild in der Fensterscheibe sah, musste sie über sich selbst lachen. Sie sah aus wie ein zitronengelbes Nachtgespenst mit Buckel. Es war noch trocken, als sie durch den Hinterausgang ins Freie trat und zum Fahrradschuppen stapfte.

Auf halber Strecke dachte sie plötzlich an den Hexenzirkel. Ob ihr seltsamer Gast Berit und Konsorten wohl wirklich aufgesucht hatte? Und ob sie immer noch zusammensaßen?

Sie geisterte durch den Park, bis sie hinter der mannshohen Gartenhecke an Sinas Haus in Deckung ging. Sie bedauerte es, nicht in ihrer dunklen Arbeitskleidung geblieben zu sein. Ihre Signalfarbe leuchtete sicher durch sämtliche Zweige hindurch.

Warmes Licht fiel in den Vorgarten. Ausgelassenes Lachen und Salsarhythmen drangen nach draußen. Frida bog die Zweige auseinander und spähte hindurch. Fast hätte sie gelacht, als sie Lilo, Berit und Sina sah, die mit Gläsern in der Hand schwungvoll die Hüften kreisen ließen, und sich dabei offensichtlich schon sehr um Balance bemühen mussten. Aber sie fühlte sich auch plötzlich ein bisschen traurig, so ganz allein hier draußen auf der Straße. Isabel saß im Sofa und sah den anderen zu. Sie machte nie mit. Zu viel Übermut passte nicht zu ihr.

Aber ihr Gast aus dem Hotel war nicht anwesend, außer sie lag wegen ihrer Rückenschmerzen irgendwo ausgestreckt und platt wie eine Flunder am Boden, sodass Frida sie nicht sehen konnte. Aber das war unwahrscheinlich, und aus irgendeinem Grund war Frida zufrieden damit, dass sie nicht dabei war.

Plötzlich grollte ein so heftiger Donner, dass Frida sich vor Schreck duckte. Eigentlich liebte sie Gewitter, es gab keine bessere Einschlafhilfe als das Prasseln von Regen auf der Fensterscheibe und dem Zucken der Blitze dahinter. Aber sie war nicht so dumm, sich dann ungeschützt auf der offenen Landstraße oder einem freien Feld zu bewegen. Doch genau das hatte sie sich durch ihre Trödelei jetzt eingebrockt. Wind kam auf, und Sina knallte das gekippte Fenster zu. Die ersten dicken Tropfen zerplatzten auf Fridas Kapuze und rannen ihr über die Stirn ins

Gesicht. Selbst wenn sie sich beeilte, würde das Gewitter sie voll erwischen. Es blieb ihr nichts anderes übrig, als wieder ins Hotel zurückzulaufen.

Sie sprintete los, so gut es mit dem Rucksack auf dem Rücken und dem flatternden Regenumhang eben ging. Inzwischen ging ein handfester Platzregen nieder, und innerhalb von Minuten bildeten sich auf den Parkwegen Pfützen, durch die sie hindurchplatschte. Kurz stoppte sie beim Fahrradschuppen und überlegte, ob sie sich vielleicht unterstellen und das Ende des Unwetters abwarten sollte, als sie plötzlich spürte, wie ihr Handy im Rucksack vibrierte. Das Klingeln konnte sie im Gewittergetöse nicht hören.

Das Vibrieren hörte auf, als sie sich gerade einen Rucksackgurt über die Schulter gezerrt hatte. Ein greller Blitz erhellte den Park und ließ den Teich wie eine silberne Scheibe aussehen.

Eins, zwei, drei, vier ...

Ein Donnerknall. Vier Mal dreihundertvierzig macht eintausenddreihundertsechzig. Das Gewitter war also keine anderthalb Kilometer entfernt.

Shit!

Wieder vibrierte das Handy, und diesmal riss sich Frida in Windeseile den Rucksack herunter. Sie zerrte den Reißverschluss auf und sah die Nummer ihres Onkels auf dem Display.

»Henning!«, rief sie.

»Frida, wo zum Teufel steckst du?« Das Rauschen des Regens übertönte ihn beinahe.

»Na, wo schon? Beim Hotel.«

»Ich hab den Nachtwächter gefragt, und der hat gesagt, du bist schon vor mindestens zwanzig Minuten gegangen. Aber du bist mir nicht entgegengekommen auf der Landstraße.«

»Du bist hier?«

»Ja, verdammt, denkst du, ich lass dich bei dem Unwetter mit dem Fahrrad nach Hause fahren?«

Frida wurde ganz warm ums Herz.

»Ich bin am Fahrradschuppen. Geh zum Parkplatz, ich lauf da hin. Bis gleich!«

Frida verstaute das Telefon wieder im Rucksack, schnallte ihn auf den Rücken und breitete ihr Regencape darüber. Die Bänder der Kapuze zurrte sie unter dem Kinn fest, und dann sprintete sie los. Durch Pfützen wie Teiche, blubbernde Sturzbäche, die den abschüssigen Parkweg hinuntersprudelten. Zweige einer verblühten Waldrebe, die durch den böigen Gewitterwind hin und her gepeitscht wurden, klatschten ihr ins Gesicht. Doch dann sah sie die Scheinwerfer von Hennings Pick-up. Sie winkte, und er ließ das Licht aufblinken.

»Zieh dieses nasse Flatterding aus«, sagte er, als sie den Wagen erreichte.

Frida schälte sich aus dem Cape und der Regenhose, an der das Wasser hinabrann, und ihr Onkel warf beides auf die Ladefläche. Sie sprang auf den Beifahrersitz, knallte die Tür zu, und saß endlich im Trockenen.

»Danke, dass du gekommen bist«, sagte sie. »Ich hätte sonst wohl nach Hause schwimmen müssen.«

»Ich hab doch gesagt, ruf mich an, wenn ich dich abholen soll. Wieso machst du das denn nicht?«

»Ich hab gar nicht mitgekriegt, dass so ein heftiges Gewitter aufzieht. Ich dachte, ein bisschen Regen ...«

Henning schüttelte den Kopf. »Wo warst du denn noch?«

»Ach, ich hab nur schnell noch was gecheckt.« Nebulös. Aber was sollte sie auch sagen? Dass sie heimlich bei Sina durchs Fenster gespäht hatte?

Sie bogen auf die Landstraße zur Ostsee ab. Die Scheibenwischer schlugen hektisch nach links und rechts aus. Der Regen sah jetzt wirklich aus wie die sprichwörtlichen Bindfäden. Sie schwiegen. Henning musste sich auf die Straße konzentrieren, und Frida hing ihren Gedanken nach. Sie malte mit dem Finger Linien und Noten an die beschlagene Fensterscheibe. Aber irgendwann schien Henning die Schweigsamkeit seiner Nichte verdächtig zu sein.

»Stimmt irgendwas nicht? Du bist so ruhig heute.«

»Nö, alles in Ordnung.«

»Red keinen Quatsch. Normalerweise quasselst du andauernd, und wenn nicht, dann summst du wenigstens irgendwelche Lieder vor dich hin. Also?«

»Ich hab nur darüber nachgedacht, dass es schön ist, wenigstens einen Onkel wie dich zu haben, der sich um mich kümmert.«

»Schmierst du mir jetzt Honig um den Bart, damit ich nicht weiterfrage?«

Frida antwortete nicht. Nach einer Weile setzte Henning erneut an.

»Hast du dich eigentlich immer noch nicht mit deinen Freundinnen vertragen?«

Frida schüttelte den Kopf. Sie hatte ihm nie erzählt, warum sie sich überhaupt so entzweit hatten. Zickenkram. Das war ihre Erklärung gewesen, und für Henning schien das genug zu sagen. Er hatte nie Einzelheiten wissen wollen.

»Und diese Thea? Mit der du früher manchmal Musik gehört hast?«

»Hab sie seit einer Weile nicht mehr gesehen.«

Wenn sie den Grund dafür nennen sollte, würde sie entweder lügen müssen oder zugeben, dass sie auch nicht besser als Berit und die anderen war. Beides wollte sie nicht. Aber Henning fragte nicht nach.

Die grafitgraue, glänzende Straße glitt unter ihnen hinweg. Einmal bremste Henning abrupt ab, weil irgendein Tier vor ihnen in den Graben neben der Straße huschte. Sicher ein Wiesel. In Klütz schlitterten sie über das pitschnasse Kopfsteinpflaster der Schloßstraße und aus der Dreißigerzone wurde eine Zwanzigerzone.

»Henning?«

»Hm?«

»Ich hab mir überlegt, ob ich vielleicht für eine Weile zu dir ziehen könnte.«

Ein greller Blitz erhellte das Innere des Autos, und Frida konnte für den Bruchteil einer Sekunde Hennings überraschtes Gesicht sehen. Die steile Sorgenfalte auf seiner Stirn konnte sie sich denken.

»Frida, du hättest immer schon bei mir wohnen können.«

»Ich weiß, aber damals ging es nicht, das weißt du.«

Nach dem Tod ihrer Mutter hatte Frida nicht bei Henning bleiben können. Bei jedem Blick ins Gesicht ihres Onkels hatte sie ihre eigene Trauer gesehen und das nicht ausgehalten. So hatte sie zwei winzige Zimmer in einem sanierungsbedürftigen Bauernhof gemietet, in dessen Hofladen sie ab und zu aushalf, wenn Not am Mann war. Enthusiastisch hatten die Betreiber vor ein paar Jahren mit einer Handvoll Freunden das Projekt begonnen, dann waren Familiengründungen, Trennungen und chronischer Geldmangel dazwischengekommen. So waren noch immer nicht alle Wände verputzt und der Fußboden nur halb verlegt. Aber sie betrieben inzwischen einen Biohof, der die Mitarbeitenden ernähren konnte, und auf den sie sehr stolz waren. Alles darüber hinaus war Luxus, der warten konnte.

»Sei jetzt nicht sauer, aber ich hab mir überlegt, dass ich das Geld für die Miete auf dem Hof sparen und beiseitelegen könnte ... für das Tonstudio.«

»Ach, und ich dachte schon, du vermisst mich.«

»Du bist blöd.« Frida knuffte ihn in die Seite. »Ich will einfach jetzt nicht aufgeben, weißt du? Wenn alles so klappt, wie ich es mir vorstelle, und ich ein Album aufnehme und vielleicht ein bisschen Geld damit verdiene, dann ...«

»Dann gehst du wieder zurück auf die Farm.«

»Wenn es dann noch geht. Ich würde das halt vermissen auf Dauer. Die Tiere und die Felder ...«

Henning nahm die Hand vom Lenkrad und legte sie auf Fridas.

»Mach das so, Mädchen. Du bist immer willkommen in meiner Junggesellenbude.«

»Apropos: immer noch nicht die Richtige gefunden?«

»Ich glaub, die mögen alle den Fischgeruch nicht.« Er lachte.

»So ein Quatsch. Ich riech das nie.«

»Weil meiner Theorie nach nur ein Sinnesorgan 1a ausgebildet sein kann, und die anderen zu kurz kommen. Und bei dir sind das eben die Ohren.«

Frida sah ihn von der Seite an. »Ernsthaft?«

Um Hennings Mundwinkel zuckte es.

Hanna

»Die Nandus kommen!«, brüllte jemand.

Hanna presste das Kopfkissen gegen ihre Ohren und wartete darauf, dass es vorbeigehen würde, doch das tat es nicht.

»Kommt schnell, die Nandus kommen!«

Genervt schälte sie sich aus der Bettdecke, stöhnte vor Anstrengung. Der scharfe Schmerz im Rücken war zwar verschwunden, aber dafür hatte der Muskelkater unbarmherzig zugeschlagen. Jede Faser ihrer Arme und Beine schrie bei der kleinsten Bewegung auf. Sie tapste zum Fenster und spähte hinaus. Mehrere Personen liefen im Licht der Morgendämmerung über den Hinterhof zu den Gemüseäckern. Sie schlugen mit Löffeln auf Kochtöpfe und Pfannen ein. Hanna erkannte einen Mitarbeiter vom Service. Die halb umgebundene Schürze flatterte im Wind wie die Mähne eines Pferdes, als er einen Sprint zu den Feldern zurücklegte. Was zum Teufel machten die da?

Hastig zog Hanna sich etwas an, so schnell sie eben konnte, putzte sich die Zähne und kämmte ihre Haare mit den Fingern einmal flüchtig durch. Auch das Heben der Arme schmerzte. Sie fluchte. Anschließend quälte sie sich die Treppe hinunter. Bei jedem ihrer Schritte knarrten die Holzstufen unter ihren Stiefeln. Draußen rannte ein junger Mann an ihr vorbei.

»Was ist denn los?«, rief sie ihm zu.

»Die verdammten Nandus! Die machen uns das ganze Gemüse kaputt.«

Die was?

Auch Hanna ging jetzt schneller, probierte sogar einen leichten Trab, den sie jedoch gleich wieder abbrach, denn ihre Beine brannten sofort. Sie keuchte. Als sie gerade die Feldgrenze erreicht hatte, flog Berit an ihr vorbei.

»Hanna, wie gut, dass du auch da bist. Wir brauchen noch ein paar Leute.« Achtlos ließ sie ihren Rucksack vom Rücken gleiten und in den Dreck fallen. »Komm mit!«

Im nächsten Moment blieb Hanna vor Staunen der Mund offen stehen. Zwischen Kohlköpfen und Sellerie rannten knapp anderthalb Meter große Laufvögel mit silbrig-grau schimmerndem Federkleid im Zickzack über die Felder und rupften Gemüsepflanzen aus der Erde. Hanna kniff die Augen zusammen und zählte ganze achtundzwanzig Tiere. Ein halbes Dutzend Männer und Berit liefen hinterher und versuchten, sie mit lauten Rufen, in die Hände klatschen und einer ganzen Reihe alberner Drohgebärden zu verscheuchen.

»Mach schon, hilf uns!«, rief Berit zu ihr herüber.

»Aber ... Ich kann nicht.«

»Da drüben!« Berit fuchtelte mit den Händen. Eine kleine Gruppe Nandus machte sich geradewegs auf den Weg in den Park.

Halbherzig versuchte Hanna, einen Satz in Richtung der flüchtigen Tiere zu machen, doch sie konnte sich kaum schneller bewegen als eine Schnecke. Wie sollte sie denn so den Laufvögeln nachsetzen? Berit kam zu ihr gelaufen. Als sie völlig außer Atem vor Hanna stand, stützte sie die Hände in die Hüften.

»Es war nur eine Frage der Zeit, bis die auch mal bei uns auftauchen. So ein Mist!« Ärgerlich trat sie einen Erdklumpen beiseite. »Kurt hatte gerade die Pfähle für den Zaun gesetzt, und dann hat es ihm die Bandscheibe rausgehauen.«

Berit lief wieder los, Hanna drehte sich kurz der Magen um, dann setzte auch sie sich in Bewegung. Wegen ihr hatte der Zaun nicht fertig werden können, und nun zerstörten die Laufvögel die Ernte. Sie biss die Zähne zusammen, ignorierte ihre Schuldgefühle und die schmerzenden Beine.

»Verschwindet!«, rief sie den Tieren zu. Sie zog ihren Pullover aus und schwang ihn über dem Kopf in der Luft wie ein Lasso. Doch die Nandus ließen sich nicht so schnell einschüchtern. Schon gar nicht von so wenigen Leuten. Liefen sie an einem Ende des Feldes vor einem mit den Armen rudernden Mann davon, hatten die anderen derweil ihre Ruhe und mampften die Mangoldblätter in sich hinein.

»Geh du da rüber«, wies der Mann von vorhin sie an. »Ich versuche, den Übergang zu den weiter unten am Waldrand gelegenen Feldern zu blockieren.«

»In Ordnung«, sagte Hanna, rannte an die Stelle, zu der er sie geschickt hatte, zappelte dort herum wie ein Hampelmann, dem man zu heftig an der Schnur riss. Sie sah, dass der Mann am unteren Feldrand angekommen war und mal nach links, dann wieder nach rechts schnellte, wie ein Torhüter beim Balltraining. Er war erfolgreicher als sie. Eine große Gruppe Nandus zog von dannen. Bis auf ein besonders prächtiges Exemplar, das genau auf ihn zuhielt. Hanna hielt die Luft an. Die beiden würden zusammenstoßen, wenn er nicht …

Er sprang flink zur Seite wie ein Torero, wollte dann dem Vogel nachsetzen, stolperte jedoch, taumelte und stürzte mit einem Aufschrei ins Gras.

Hanna wartete darauf, dass er wieder auftauchte. Dass er aufstand, sich einmal schüttelte, den Dreck abklopfte und weiterjagte, aber das tat er nicht. Hanna lief zu ihm, auch die anderen schienen realisiert zu haben, dass dahinten jemand am Boden lag und sich nicht mehr rührte. Sie sprang über die zerfurchten Ackerreihen, verdörrte Pflanzenstängel knackten unter ihren Füßen. Dann war sie noch vor den anderen bei ihm angekommen.

»Keine Panik, wir sind ja da«, sagte sie mit zitternder Stimme. Sie kniete sich neben ihn. Er hatte die Hände vor das Gesicht geschlagen und wimmerte. »Was ist denn genau pass…«

Hanna wurde übel. Sein Fuß stand in einem unnatürlichen Winkel zur Seite, als wäre er aus Gummi. Es musste ein glatter Bruch sein.

»Oh mein Gott. Ruft einen Krankenwagen!«

Dann waren die anderen bei ihnen angekommen, einer hatte bereits das Smartphone am Ohr und alarmierte den Rettungsdienst. Sie umringten ihren Kollegen und redeten beruhigend auf ihn ein. Hanna erhob sich und trat einen Schritt zurück.

»Wie ist das passiert?«, fragte jemand.

»Die Drahtrolle für den Zaun«, presste er hervor. Er wurde immer blasser. »Ich bin draufgetreten, sie ist weggerollt, und ich bin umgeknickt, glaub ich.«

»Sei froh, dass du nicht irgendwo mit dem Kopf angeschlagen bist.«

»So ein verfluchter Riesenscheiß!«, sagte ein anderer. »Im Moment läuft hier aber auch alles schief. Erst Kurt mit seiner Bandscheibe, und jetzt das.«

Hanna schluckte.

»Wenn das nicht passiert wäre, würden wir heute gar nicht hier sein. Dann stünde der Zaun schon, und wir hätten keine gefräßigen Nandus im Gemüse.«

Die Sirenen eines Krankenwagens waren zu hören. Hanna blickte sich um. Er kam über den Hof gefahren und rumpelte auf dem Feldweg, in dem der Traktor tiefe Spuren hinterlassen hatte, zu ihnen. Zusammen mit dem zuckenden blauen Licht schlug das nun auch endlich die Nandus in die Flucht. Mit geduckten Köpfen liefen sie Richtung Wald, und waren bald nur noch graue Punkte in der Landschaft. Die Sanitäter stiegen aus, der Verletzte wurde auf eine Bahre gehievt, wobei er aufstöhnte und sich auf die Fingerknöchel biss.

Hanna stand da, fassungslos über das Geschehene, und sah dem Krankenwagen zu, wie er umständlich wendete und dann davonfuhr. Berit kam zu ihr, tiefe Sorgenfalten auf der Stirn.

»Das ist vielleicht ein Scheiß! Jetzt auch noch Stefan.«

»Was macht er hier im Hotel?«

»Oh, Stefan arbeitet nicht hier im Hotel. Er war nur gerade hier und hat etwas mit unserem Koch besprochen.«

Hanna atmete auf. Nicht noch ein Ausfall im Gutshaus wegen ihr. Wenigstens das.

»Aber er sollte seinen Großvater in der Kirche vertreten, der auch gerade im Krankenhaus liegt, weil ihm Gallensteine entfernt wurden. Das kann er jetzt vergessen.«

»Oh nein!« Hanna stöhnte auf. Berit sah sie irritiert an. »Was denn für eine Kirche? Ich meine, ist er Pastor oder so?«

»Nein, Stefans Großvater ist der Küster unserer Dorfkirche. Du müsstest daran vorbeigefahren sein. Gleich am Ortseingang vom Hauptdorf.«

Hanna erinnerte sich. Die Kirche lag auf einem kleinen Hügel. Eine gewundene Kopfsteinpflasterstraße führte von der Hauptstraße zu ihr hinauf.

»Er geht in zwei Monaten in Rente. Es wurde leider noch kein Nachfolger gefunden, die OP konnte aber nicht länger aufgeschoben werden, und so hat Stephan sich bereit erklärt, ihn zu vertreten. Er studiert noch. Ich weiß nicht, ob er gerade Semesterferien hat oder einfach ein paar Vorlesungen schwänzt.« Sie seufzte. »Ich brauch jetzt einen Kaffee. Mein Arbeitstag hat noch nicht mal angefangen, und ich bin schon völlig erledigt. Kommst du mit? Du hast doch auch noch kein Frühstück gehabt.«

Hanna nickte nur und ging neben Berit her. Die Schuld hing wie Bleigewichte an ihr. Was hatte sie nur getan? So zahlte sie es den Leuten hier zurück? Sie legte alles in Trümmer.

»Was ist denn das da?«, fragte Hanna und zeigte auf etwas Glänzendes zwischen den abgeernteten Reihen. Metall schimmerte dort. Sie ging hin und grub ein festgetretenes Schlüsselbund aus der Erde. Ein Anhänger wies es als Stefans aus. Er musste es bei der Nandujagd verloren haben.

»Oje, die braucht er sicher, wenn er entlassen wird«, sagte Berit.

»Ich bring ihm die ins Krankenhaus«, sagte Hanna. »Wie ist sein Nachname?«

»Schmitz. Aber das kann doch jemand anders machen.« Berit pustete sich eine Haarsträhne aus der Stirn. »Du hast heute schon genug getan, finde ich.«

»Es macht mir nichts aus. In welches Krankenhaus bringen sie ihn?«

»Nach Wismar. Da kann Stefan dann Kurt Gesellschaft leisten.« Berit lachte. So schnell konnte sie scheinbar nichts erschüttern. »Wenn noch einer dran glauben muss, können sie Skat spielen.«

Hanna schnappte nach Luft.

»War nur Spaß«, sagte Berit beruhigend. »Dann genehmige dir jetzt erst mal ein anständiges Frühstück. Da ist es jetzt sicher noch nicht so voll und laut.«

Hannas Kopf schnellte zu ihr herum. Warum sagte sie das?

Doch Berit bückte sich und zupfte an einem verdorrten Halm, der sich in ihren Schnürsenkeln verfangen hatte.

10

Hanna

*H*anna blickte nach links und nach rechts, suchte unauffällig Wände und Decken des langen Korridors mit den Augen ab. Als sie sicher war, dass keine Kamera sie einfangen würde, trat sie an die unbesetzte Stationsrezeption, streckte den Arm aus und ließ die Hand in die Glasschale mit bunten Lutschbonbons sinken. Sie griff sich eine ganze Handvoll und ließ sie in ihre Jackentasche gleiten. Eine Schwester hatte ihr den Weg in die Cafeteria beschrieben, aber sie wollte ihren Posten nicht verlassen.

Stefan war gleich nach seiner Einlieferung operiert worden, denn der Bruch war komplizierter gewesen, als es zuerst den Anschein gehabt hatte. Nun war er seit einer Weile im Aufwachraum, und Hanna wartete darauf, dass er endlich in sein Zimmer gefahren werden würde, wo sie zu ihm konnte. Sie pulte ein Bonbon aus seinem transparenten Papier und steckte sich ihn in den Mund. Kirschgeschmack. Hanna hätte allerdings auch über die sauersten Zitronendrops gejubelt.

Da endlich öffnete sich eine Tür, und ein Pfleger rollte ein Bett mit einem Patienten heraus. Es war Stefan. Hanna sprang auf und lief ihnen hinterher.

»Hallo? Stefan?«

Der Pfleger sah sich um. »Nee, Axel.«

Hanna musste wider Willen lachen.

»Ich meine den Patienten. Ich bin … also …«

»Die Freundin.«

Stefan regte sich. Er stöhnte.

»Nein, nicht die Freundin, nur ...«

»Seine Mutter.«

»Entschuldigung?« Hanna warf ihm einen gekränkten Blick zu, quetschte sich an ihm vorbei und gab sich Stefan zu erkennen. »Hi, weißt du noch, wer ich bin?«

Er drehte den Kopf, öffnete die schweren Lider, schien ihr Gesicht wie durch einen Nebel hindurch mit seinen Augen abzutasten, und dann lächelte er erkennend.

»Du warst auch auf dem Feld vorhin.« Sie hatten sich wieder in Bewegung gesetzt und fuhren weiter den Gang hinunter. Der Linoleumboden quietschte unter den Gesundheitssandalen des Pflegers. »War doch vorhin, oder? Oder schon gestern? Wie spät ist es denn eigentlich?«

»Nein, es ist immer noch derselbe Tag, keine Sorge. Ich bin hier, weil du das hier auf dem Feld verloren hast.« Hanna schwenkte das klimpernde Schlüsselbund.

»Und da kommst du extra hierher? Das ist aber sehr nett von dir.«

Der Krankenpfleger grinste, und sein Zahnpiercing blinkte. Ohne Zweifel interpretierte er ihren Einsatz vollkommen falsch. Dass er einzig auf Hannas Schuldgefühlen basierte, würde er nie erraten. Er kassierte noch einen grimmigen Blick, bevor er sich endlich verzog, nachdem er im Zimmer das Bett festgestellt und Stefan die Notrufklingel auf den Nachttisch gelegt hatte.

»Wenn ich dich da unten besser unterstützt hätte und du nicht allein hingerannt wärst, dann hätte ich vielleicht die Drahtrolle gesehen und ...«

Mit einer müden Handbewegung winkte er ab. »Das ist doch Quatsch. Das hättest du auch nicht verhindern können.«

Hannas Blick wanderte zum Ende des Bettes. Zehen, die mit einer orangefarbenen Tinktur eingepinselt worden waren, lugten aus dem Gips hervor.

»Hast du schlimme Schmerzen?«

»Jetzt nicht mehr. Ich schätze, sie haben mir einiges an Schmerzmitteln verpasst. Fliegen geht wohl aber in nächster Zeit nicht. Da sind jetzt eine Metallplatte und ein paar Nägel drin. Damit komm ich durch keinen Scanner.«

»Ernsthaft, musst du jetzt etwa eine Reise absagen?«

»Nein, das nicht. Ich hab nur ein Riesenproblem wegen der Kirche.«

»Stimmt«, sagte sie leise. »Berit hat es erwähnt. Was genau machst du da?«

»Ich spiele den Küster. Dabei hab ich doch jetzt gar keinen Buckel wie der Glöckner von Notre-Dame, sondern einen Hinkefuß. Na ja, das schaffe ich schon auf Krücken. Ich muss ja nur die Kirche aufschließen und am Abend wieder absperren, die Gottesdienste vorbereiten, die Gesangbücher verteilen, Kerzen anzünden, bei besonderen Anlässen für den Kirchenschmuck sorgen, Glühbirnen wechseln, mal durchfegen, den Büchertisch in Ordnung halten.«

»Und die Glocken läuten?«, fragte Hanna verzagt.

»Und die Glocken läuten«, bestätigte er. Ironie und Resignation waren nicht zu überhören.

»Und kann das jetzt nicht einfach der Pastor in der Übergangszeit selbst machen?«

»Nee, ich glaube, das ist nichts für den. Der ist auch viel zu beschäftigt mit dem Schreiben der ganzen Reden für die Taufen, Hochzeiten und Beerdigungen. Und die Predigten für die Gottesdienste. Die Texte für den Konfirmandenunterricht. Dann die Seelsorge, die Kaffeetafeln mit den Senioren und all das.«

Hanna nickte verständnisvoll.

»Mein Opa kriegt es fertig und verschiebt seine Reha nach der OP. Er hängt an seinem Job. In die Rente gehen, ist schon schlimm genug für ihn, aber dann auch noch ohne geordnete Übergabe? Er dreht durch, wenn er das hört.«

»*Ich* kann das doch machen.« Die Worte waren schneller aus Hannas Mund geschlüpft, als sie sie zu Ende denken konnte.

Stefan richtete sich in seinem Bett ein wenig auf und betrachtete sie skeptisch.

»Wer bist du eigentlich? Ich weiß nicht mal deinen Namen.«

»Ich bin Hanna. Entschuldige.«

»Und wo kommst du auf einmal her? Ich hab dich noch nie im Hotel oder anderswo in Plessin gesehen. Bist du gerade erst zugezogen oder so?«

»Nein, ich bin für ein paar Tage Gast im Gutshotel.«

»Gast?« Er starrte sie an, als hätte sie gesagt, sie wäre gerade mit ihrem Raumschiff gelandet. »Und da machst du bei der Nandujagd mit?«

»Was hat das auf sich mit diesen Vögeln?«, fragte Hanna. »Die gehören doch gar nicht hierher.«

»Stimmt. Aber vor zwanzig Jahren sind jemandem aus einer privaten Nanduhaltung drüben in Schleswig-Holstein ein paar Tiere aus dem Freigehege abgehauen. Die sind zu uns gekommen und haben sich wie verrückt vermehrt. Seit diesem Jahr ist es in bestimmten Monaten sogar erlaubt, sie abzuschießen.«

»Was?« Hanna war schockiert. Das war wieder einmal typisch Mensch.

»Es geht nicht anders. Die verursachen Schäden in fünfstelliger Höhe, weil sie über Aussaaten hinwegtrampeln, Rapsblüten und Weizen fressen, und was ihnen sonst noch so vor den Schnabel kommt. Anderthalb Kilo Pflanzennahrung vertilgen die pro Tag.«

»Trotzdem furchtbar. Zurück zur Kirche. Soll ich dir nun helfen oder nicht?«

»Aber es müssen zwei Monate überbrückt werden, und du bist sicher nur noch ein paar Tage hier, oder?«

Hanna dachte nach. Sie könnte ein paar Tage verlängern, bis der Pastor oder die Gemeinde einen Ersatz für Stefan gefunden hatten. Ein anderer Student, ein Minijobber, wen auch immer. Es war schließlich nur für den Übergang.

»Mir fällt schon was ein«, sagte sie. »Für ein paar Tage kann ich das machen, und dann sehen wir weiter.«

Stefan zuckte zaghaft mit den Schultern. »Wenn du meinst, dass das geht, dann bin ich einverstanden. Meinen Opa würde das tierisch erleichtern.«

»Gut, dann machen wir das so. Ich fahre jetzt direkt zur Kirche und versuche, mit dem Pastor zu sprechen.«

»Ich werd ihn anrufen und dich ankündigen. Sein Name ist Fredemann. Vielen Dank für deine Hilfe. Das würden nicht viele Leute machen. Und dann muss ich etwas schlafen.«

Stefan lächelte erschöpft. An der Tür drehte Hanna sich noch einmal um. Er hatte die Augen bereits geschlossen. Seine fast schwarzen Haare umrahmten das blasse Gesicht, das nicht viel mehr Farbe als das Kopfkissen hatte. Was hatte sie bloß angerichtet? Nun hielt er sie auch noch für eine hilfsbereite und selbstlose Person.

❁

Frida

*H*enning hievte den letzten Umzugskarton von der Ladefläche und stapelte ihn auf die anderen vor der Haustür.

»Das waren alle. Ich fahr nur eben den Pick-up in die Garage, und dann helfe ich dir beim Hochtragen.«

Frida nickte nur. Da stand sie nun vor den Trümmern ihres selbstständigen und unabhängigen Lebens. Gleich darauf schüttelte sie diese trüben Gedanken ab und verbuchte sie unter Selbstmitleid. Sie hätte es ja nicht machen müssen. Sie tat es nur ihrem Plan zuliebe. Ein Tonstudio kostete. Wenn das nicht wäre, würde sie gut allein zurechtkommen.

Frida hatte den Hofinhabern erklärt, warum sie sie verließ. Sie hatten vollstes Verständnis für ihre Beweggründe gehabt, konnten aber nicht ausschließen, dass sie die beiden möblierten Zimmer irgendwann anderweitig vermieten müssten. Jeder war in irgendeiner Weise vom Geld abhängig, und auch der Hof konnte die zusätzliche Einnahme aus der Vermietung gut gebrauchen. Basti, Rieke und Pawel hatten sie mit traurigen Gesichtern verabschiedet, was Frida fast in Gelächter hatte ausbrechen lassen. So schnell werdet ihr mich nicht los, hatte sie gesagt. Schließlich würde sie weiter bei Bedarf mit den Tieren und im Hofladen aushelfen.

Jetzt packte sie den ersten Karton, doch Henning kam um die Ecke und erhob Einspruch.

»Lass das mal. Ich mach das. Du kannst uns einen Kaffee kochen, was meinst du?«

»Tolle Rollenverteilung«, murrte Frida scherzhaft. »Frauen in die Küche. Kein Wunder, dass du keine Frau findest.«

»Muss ich mich jetzt dafür entschuldigen, dass ich die schweren Kisten für dich schleppe? Ich kann mich auch hinsetzen und dir dabei zuschauen, wie du mit den Dingern die Treppe hochstolperst und dir die Füße brichst.«

Frida grinste und trollte sich in die Küche. Und dann wusste sie, warum ihr Onkel sie dorthin geschickt hatte. Auf dem Küchentisch stand ein Kuchen, ein richtig schöner altmodischer Gugelhupf. Er war selbst gebacken, was Frida daran erkannte, dass der Teig ungleichmäßig ausgebacken war und an manchen Stellen kleine Knubbel gebildet hatte. Ein Zettel mit der Aufschrift »Herzlich willkommen« lag im Puderzucker, der so großzügig über den Kuchen gestreut worden war, dass er sich über die halbe Tischplatte verbreitet hatte. Frida freute sich und setzte Kaffee auf, während Henning ein ums andere Mal die Treppe hinauf und hinunter polterte. Gerade als sie zwei Becher befüllte, kam er in die Küche.

»Fertig. Jetzt musst du nachher nur noch sortieren, was du jeden Tag brauchst, und was auf den Dachboden kann. Tut mir leid, dass ich dir vorläufig nur ein Zimmer anbieten kann. Das andere muss ich erst mal leerräumen.«

»Jetzt hör aber auf! Ich bin dir total dankbar, dass ich hier wohnen kann. Und dafür.« Sie deutete auf den Kuchen.

»Da sind Rosinen drin. Die magst du doch so gern.«

Wie schön, dass er sich daran erinnerte.

»Mamas Sachen?«, fragte sie dann unvermittelt.

Henning nickte. »Ich hab's immer noch nicht geschafft.«

Sie hatten Fridas Mutter damals das Zimmer hergerichtet, damit sie sich abwechselnd um ihre Pflege kümmern konnten. Henning hatte es für seine Schwester in Butterblumengelb gestrichen, weil die Farbe sie aufheiterte, und Bilder ihrer Lieblingsblumen aufgehängt, die sie vom Bett aus hatte sehen können. Sie hatten stapelweise CDs mit Naturgeräuschen gekauft und abgespielt, als sie zum Schluss das Bett nicht mehr hatte verlassen können, um nach draußen zu gehen. Heide Runau war zu Hause gestorben, mit ihrer Tochter und ihrem Bruder an der Seite, zu den Klängen des sanften Plätscherns eines Gebirgsbachs. Und dem Ruf des Eisvogels, der ihre Seele mit sich trug, wohin sie auch immer ging, so hatte Frida gehofft.

»Wie geht es denn jetzt weiter mit deiner Musik?«, fragte Henning, als sie auf der gemütlichen, alten Eckbank vorm Kachelofen saßen und den Kuchen aßen.

»Ich werd mich gleich hinsetzen und mal ein bisschen rechnen«, sagte Frida und pulte eine Rosine aus dem saftigen Teig. »Ich bin ja nicht so gut mit diesem Finanzkram, das weißt du. Aber ich muss mir endlich einen Überblick verschaffen. Ich weiß nicht mal genau, wie viel Geld ich schon zurückgelegt habe und wie viel noch fehlt.«

»Gute Idee. Wenn du Hilfe brauchst, sag Bescheid. Ich muss

gleich nur noch mal kurz zum Hafen rüber. Das Treffen mit den Leuten vom Fischereiamt.«

Frida grinste. Treffen mit den Leuten vom Fischereiamt bedeutete, dass sie Henning vor Mitternacht nicht wiedersehen würde.

Sie räumten den Tisch ab. Frida legte sich noch ein großzügiges Stück Rosinenkuchen auf den Teller und verzog sich damit in ihr Zimmer, wo sie beschloss, die Kisten Kisten sein zu lassen und sofort mit ihrer Kalkulation zu beginnen. Sie setzte sich an den Schreibtisch und schlug ein Notizheft mit karierten Seiten auf. Links davon schüttete sie einen ganzen Haufen Kaufbelege und Kartenabrechnungen aus einer Papiertüte auf die Tischplatte, und legte den Stapel Bankauszüge und einen Taschenrechner dazu. Der Ausdruck am Kontoauszugsdrucker in der Bank hatte für viele Unmutsbekundungen der Bankkunden in der Schlange hinter ihr gesorgt. Frida hatte eben keinen Sinn für derlei Dinge und druckte die Belege nur einmal im Vierteljahr aus. Wenn überhaupt.

Nach und nach listete sie die Beträge der EC-Belege auf und rechnete sie zusammen. Das allein sorgte schon für den einen oder anderen Seufzer.

Frida brauchte nicht viel. Keine neuen Schuhe und Klamotten, keine Friseurtermine, geschweige denn Kosmetik oder Restaurantbesuche. Aber bei Notenpapier, einem neuen Gitarrengurt, einer ganzen Kollektion verschiedener Plektren aus Palisanderholz, Stein, Perlmutt und Acrylglas schaute sie nicht auf den Preis. Sie betrachtete diese Ausgaben als Investition in ihre Zukunft.

Als Nächstes verglich sie die gelisteten Beträge mit den Kontoauszügen und überprüfte den Stand ihres Sparkontos, auf das eine kleine Summe geflossen war, die ihre Mutter ihr hinterlassen hatte, und die sie durch beiseitegelegtes Geld aus ihren eigenen Einkünften aufgestockt hatte. Dann errechnete sie, wie viel Geld sie durch die wegfallende Miete übrig hätte, auch wenn sie bereits beschlossen hatte, dass sie ihrem Onkel wenigstens etwas für die Betriebskosten geben würde.

Am Ende ergab ihre Rechnung, dass sie das Anmieten des Tonstudios noch immer um mehrere Monate würde verschieben müssen. Mit einem Aufstöhnen ließ sie sich in ihrem Stuhl zurücksinken.

Draußen schlug eine Autotür zu. Frida sah aus dem Fenster. Hennings Pick-up rollte rückwärts von der Auffahrt auf die Landstraße. Frida war froh, ihren Onkel zu haben, und sich dank ihm nicht wie eine Waise fühlen zu müssen. Sie konnten über alles reden, über dieselben Dinge lachen und schimpfen, und sich auch anständig streiten, ohne sich danach böse zu sein. Höchstens für ein paar Stunden. Oder einen Tag. Wenn er nur nicht irgendwann als Single alt werden würde. Frida schüttelte den Kopf. Siebenundvierzig war nicht alt, nicht einmal von ihrem Standpunkt aus gesehen. Es bestand also noch Hoffnung.

Sie stand auf, um sich aus der Küche ein Glas Milch zu holen. Als sie sich zur Tür umwandte, trat sie beinahe auf einen Briefumschlag. Er gehörte ihr nicht, musste also offenbar unter der Tür durchgeschoben worden sein, während sie in ihre Finanzplanung versunken gewesen war. Sie hob ihn auf und öffnete ihn. Ihre Augen weiteten sich. Sie zog mehrere Geldscheine heraus und zählte sie. Fünfhundert Euro. Ein kleiner Zettel lag dabei. Frida erkannte Hennings Schrift.

Keine Widerrede. Ich will kein einziges Wort hören.

✿

Hanna

𝒜ls Hanna den Weg zur Kirche hochfuhr, stellte Pastor Fredemann gerade einen buschigen Reisigbesen gegen die Hauswand
des Pastoratsbüros. Laubhaufen säumten links und rechts die
Auffahrt.

Hanna parkte und stieg aus dem Auto. Nach einer kurzen
Begrüßung folgten zahlreiche Worte des Dankes, und Hanna
wäre am liebsten in einen der Laubberge abgetaucht.

»Lassen Sie uns erst das Notwendige erledigen, dann können
wir später noch einen Tee zusammen trinken.«

Tee ließ auf Kekse oder Kuchen hoffen. Hannas Blutzuckerspiegel war inzwischen im Keller, und sie fühlte sich kraftlos.
Ihre Finger tasteten in der Manteltasche herum, doch sie fand
kein einziges Bonbon mehr. Pastor Fredemann ging voraus. Er
hinkte ein bisschen. Hanna tippte, dass er bereits in den Siebzi-
gern war. Gab es für Pastoren nicht auch ein geregeltes Renten-
eintrittsalter?

Ihr Weg führte sie an mehreren Grabsteinen vorbei, die so
uralt waren, dass sie bereits allmählich zu zerbröseln schienen.
Viele Steine waren mit Moos und Flechten überzogen. Die In-
schriften konnte man kaum noch lesen, bei manchen hatte
Hanna Mühe mit den alten Buchstaben. Fredemann hielt ihr die
schwere Kirchentür auf, und sie traten ein.

Es war ein schlichtes Gotteshaus. Kein Gold, kein Prunk.
Weiß getünchte Wände, blaue Holzbänke, ein unebener Steinboden mit einem roten Teppich wie bei einer Oscar-Verleihung,
der durch das Mittelschiff bis an den Altar führte. Hannas Blick
wanderte über die bemalte Decke, auf der nachtblaue Sterne
prangten. Vielleicht könnte sie die irgendwann einmal zählen.
Ein molliger Engel blies die Posaune.

»Ich werde Ihnen zuerst zeigen, wo Sie alles Notwendige finden. Beim Aufgang zum Turm haben wir eine kleine Kammer eingerichtet. Unsere Sakristei erfüllt schon lange einen anderen Zweck. Dort lagern Sarkophage.«

»Sarko… Im Ernst?« Hannas Stimme echote von den hohen Wänden.

»Aber ja. Dort ruhen der Gutsherr Georg von Merbodt, seine Frau Emilie und ihr Sohn Kaspar. Von Merbodt war hier auch mal der Patronatsherr. Er hat zu seiner Zeit viel für unsere Kirche und die Menschen hier getan.«

Hanna erhaschte einen Blick in die Sakristei. Einer der drei Sarkophage war winzig klein. Kaspar musste beinahe noch ein Baby gewesen sein.

»Hier ist unsere Büchertauschbörse.« Fredemann wies auf ein Regal, auf dem sich eine beachtliche Zahl Bücher aneinanderreihte.

Hannas Blick glitt über die Buchrücken.

Komm niemals zurück. Psychothriller.

Schwarzes Herz. Mystery.

»Psychothriller und Mystery-Romane?«, fragte sie ungläubig.

»Was immer die Menschen in die Kirche bringt.« Fredemann schmunzelte. »Wir sind da nicht so wählerisch.«

Er öffnete eine unscheinbare Tür zwischen den Bücherregalen, und sie betraten einen schlecht beleuchteten Raum, dessen Wände rundum Regale bedeckten. Es hätte auch ein Vorratsraum für Einmachgläser und Konservenbüchsen für schlechte Zeiten sein können. Stattdessen entdeckte Hanna noch mehr Bücherstapel, nur dass es diesmal alles die gleichen waren.

»Unsere Gesangbücher.«

Hanna griff nach einem der Bücher. Ein goldfarbenes Kreuz und mehrere Musiknoten waren in den marineblauen Leineneinband eingedruckt. Das Buch war abgegriffen, das Gold stellenweise stumpf, aber es sah immer noch kostbar aus. Sie legte es zurück.

»Ich lasse Sie vor den Gottesdiensten wissen, welche Lieder wir singen werden, und Sie stecken die entsprechenden Lied- und Strophennummern neben dem Eingang auf der Liedtafel um. Dann können sich die Besucher gleich zu Beginn die entsprechenden Stellen mit den Lesebändchen markieren.«

Hanna blickte auf die abgenutzten Lesebändchen, die wie zerfressene Teppichfransen aussahen.

»Dann fangen nicht alle plötzlich an zu blättern, wenn wir mit dem Singen beginnen wollen.«

»Verstanden.«

»Diese weißen Kerzen sind für die Andachten. Auch diese dicken mit den Aufschriften. Unsere Mutmacherkerzen.«

Hanna drehte eine Kerze zu sich. Sie fuhr mit den Fingerspitzen über die schwarze Reliefschrift.

Lichtblick.

»Wie viele Gemeindemitglieder kommen denn immer so zum Gottesdienst?«

»An gewöhnlichen Sonntagen sind es etwa zwanzig Personen. An Feiertagen, zu Ostern oder Weihnachten, ist die Kirche voll. Dann sind es schon mal hundert Leute.«

Hanna nickte.

»Und Sie?«, fragte Fredemann unvermittelt.

»Ich was?«

»Gehen Sie regelmäßig in den Gottesdienst?«

Hanna fühlte sich auf einen Schlag wieder wie eine Konfirmandin. Diese Gewissensfragen hatten ihr damals jedes Mal Unbehagen bereitet. Doch nun war sie keine vierzehn Jahre mehr alt.

»Um ehrlich zu sein, nein. Ich schaffe es einfach nicht, an Gott zu glauben.« Sie suchte nach Worten, um dem Pastor nicht auf den Schlips zu treten. Das wäre ein ungünstiger Einstand. Aber lügen wollte sie auch nicht.

»Das haben bestimmt schon andere Leute zu Ihnen gesagt, aber ich meine, es kann keinen Gott geben, wenn er immer wieder unschuldige Menschen leiden lässt. Entweder im ganz großen Stil bei Flutkatastrophen, Stürmen oder Dürren in den armen Ländern, oder er knüpft sich die Leute einzeln vor, mit schlimmen Unfällen oder Krankheiten. Wozu soll das gut sein?«

Fredemann zupfte nachdenklich an seinem weißen Kragen, der den Abschluss des schwarzen Hemdes bildete. Dann blickte er auf.

»Vielleicht schickt Gott uns diese globalen und persönlichen Katastrophen, damit wir ihn nicht vergessen. Denn viele Menschen erinnern sich doch nur an ihn, wenn sie in Not sind und um Hilfe bitten. Ist es nicht so?«

»Aber das ist Erpressung. Glaubt an mich, oder ich lasse euch leiden. Kann er nicht auch auf sich aufmerksam machen, indem er schöne Dinge passieren lässt? Kleine, hübsche Wunder, oder so?«

Nun lachte Fredemann. »Das tut er auch. Er schickt seine Engel auf die Erde unter uns Menschen und lässt jeden Tag Gutes passieren. Das ist nur nicht so spektakulär. Und wir kommen nicht auf die Idee, dass es von ihm eingefädelt ist.«

Hanna dachte an den Fischer. Sie lächelte. »Ich werde versuchen, mehr darauf zu achten. Und vielleicht kann ich auch mal während eines Gottesdienstes in der Kirche bleiben, anstatt so lange draußen herumzulaufen. Aber mehr werden Sie mir nicht abringen können.«

»Das ist auch nicht meine Aufgabe.« Ein gütiges Lächeln begleitete seine Worte, dann sah er auf die Uhr. »Lassen Sie uns schnell noch den Rest durchgehen. Der Tee wartet.«

Im Schnelldurchlauf erklärte er, dass er sich selbst um seine Andachtskleidung kümmerte, die Kollekte am Eingang in größeren Abständen geleert wurde, und die Geldspenden für die Erneuerung des Kirchendaches eingesetzt werden sollten. Dass es ein Budget gab, um den Kirchenraum zu besonderen Anlässen mit ein wenig Blumenschmuck zu versehen. Er zeigte ihr Schachteln mit Ersatzglühbirnen, eine Kanne mit Schmieröl für die schwergängigen Türen und Broschüren, die über die Geschichte der Kirche informierten und für Besucher auf einem Tisch ausgelegt wurden, den auch etliche auf Postkartengröße zurechtgeschnittene Ausdrucke von Segenssprüchen bedeckten.

Mögest Du Dir die Zeit nehmen, die stillen Wunder zu feiern, die in der lauten Welt keine Bewunderer haben, las sie.

Hanna seufzte.

Dann war Pastor Fredemanns Einführung abgeschlossen. »Und jetzt wärmen wir uns auf bei einem guten Darjeeling mit viel Sahne und Zucker«, sagte er, und rieb sich voller Vorfreude die Hände.

Seine Wohnstube war schlicht und gepflegt. Filzpantoffel mit Schottenkaros standen unter dem Wohnzimmertisch. Aus unerfindlichen Gründen rührte Hanna dieser Anblick. Nach wenigen Minuten balancierte er ein Tablett herein, auf dem außer dem Tee, je einem Schälchen mit grobem braunem Zucker und duftiger Sahne, auch ein Teller voll Butterkuchen Platz gefunden hatte.

»Bitte bedienen Sie sich«, sagte er, und Hanna folgte seiner Aufforderung. Dann schob er einen DIN-A4-Zettel über den Tisch. »Diesen Plan hatte ich schon für Stefan aufgestellt. Nehmen Sie ihn, dann wissen Sie, wann welche Veranstaltung anliegt und was dafür vorbereitet werden muss. Man könnte meinen, die letzten beiden Monate des Jahres seien unbedeutend. Es sind keine Urlauber mehr da, alle anderen gehen auch nicht vor die Tür, weil es zu ungemütlich ist. Aber Tatsache ist, dass wir im November Feiertage haben, die für viele Menschen von Bedeutung sind, und dann geht bereits die Adventszeit los. Da werden Sie alle Hände voll zu tun haben.«

Adventszeit, dachte Hanna. Hat Stefan ihm denn nicht erzählt, dass ich …

»Bei vielen älteren Menschen der Gemeinde mache ich

regelmäßig Hausbesuche. Damit kann ich manchen den beschwerlichen Weg hierher abnehmen.«

Da kam Hanna ein Gedanke.

»Kennen Sie auch die Dethlefsen-Schwestern?«

»Ja, natürlich.« Er wiegte seinen Kopf, als würde er über etwas nachdenken.

»Ich möchte nicht neugierig sein«, sagte Hanna und räusperte sich. »Ich hab die beiden auch schon ein bisschen kennenlernen können. Sie reden nicht miteinander, oder? Hat es da mal einen Streit oder irgendeinen anderen Vorfall gegeben?«

Sie nahm einen großen Schluck und wischte sich den Sahnebart mit einer Serviette von der Oberlippe. Mit einer aus Stoff, nicht aus Papier. Sie mochte das.

»Soweit ich weiß, nicht.«

Der Pastor sah Hanna nicht an, sondern konzentrierte sich darauf, ein Mandelblättchen mit dem abgeschrägten Zacken der Kuchengabel aufzupieken.

»Aber das ist doch dann sehr albern. Die beiden wohnen direkt nebeneinander. Es muss anstrengend sein, der anderen die ganze Zeit böse zu sein.«

»Sehen Sie«, sagte der Pastor, und schlüpfte unter dem Tisch in seine Pantoffeln, »über das Alter sagt man zwei Dinge: Es gibt die Altersweisheit, man wird nachsichtiger und milder, im Umgang mit anderen und mit sich selbst. Man muss nichts mehr beweisen. Man ist mit sich im Reinen und stolz auf seine Lebenserfahrung und Erreichtes. Man hat Geschehnisse, welche auch immer das sein mögen, aufgearbeitet. Und man versucht, aus jeder Lebensstunde so viel herauszuholen, wie nur irgendwie geht. Was vielleicht, aber das ist nur meine eigene bescheidene Meinung, auch ein Zeichen für die Angst vor dem Ende ist.«

Er blickte Hanna an, als warte er auf ein Zeichen von ihr, dass sie bis dahin verstanden hatte. Sie nickte nur eifrig, da sie gerade ein großes Stück Kuchen abgebissen hatte.

»Und dann gibt es das, was man als Altersstarrsinn bezeich-
net. Wenn man missmutig wird oder darüber verzweifelt, dass
alles nicht mehr so schnell geht, der Kopf noch viel mehr will,
als der Körper kann. Oder andersherum. Oft folgt der soziale
Rückzug, weil man keine Hilfe annehmen möchte, sich nicht
bevormunden lassen will. Aber vor allen Dingen, weil eben
nicht alles aufgearbeitet ist und es für manches schon zu spät ist,
man die Chance verpasst hat. Für klärende Gespräche, das Frieden schließen, sich aussöhnen.«

Er schenkte Hanna und sich selbst Tee nach. Der blumige
Duft schwebte wie Parfum über der Tasse.

»Und bei den Dethlefsen-Schwestern«, er seufzte, »geht es
eben bei der einen in die eine, und bei der anderen in die andere
Richtung. Und jeder fehlt das Verständnis dafür, dass die andere
nun einmal anders, und nicht so wie sie selbst ist.«

Es stimmte Hanna traurig, dass die Schwestern ihre Zeit damit vergeudeten, sich böse zu sein. Sie sollten zusammenhalten,
sich gegenseitig helfen. Aber was sie für sich behielt, war das
unbestimmte Gefühl, dass doch noch mehr hinter all dem stecken musste. Denn die Beschreibung, die Pastor Fredemann von
den beiden Frauen abgab, stimmte nicht mit dem Bild überein,
das Hanna von ihnen gewonnen hatte.

Der Gong der mächtigen Standuhr ertönte und riss Hanna
aus ihren Gedanken.

»Es tut mir leid«, sagte Pastor Fredemann, »aber ich muss
unseren kleinen Plausch leider beenden und aufbrechen. Ich
habe noch einen Termin.«

»Vielen Dank für den Tee und den köstlichen Kuchen.«

»Es war mir eine Freude. Ein anderes Mal können wir unser
Gespräch gern fortsetzen.« Dann lächelte er. »Aber erst die Arbeit, dann das Vergnügen.«

»Selbstverständlich. Ich hoffe, ich kann irgendwie von Nutzen sein.«

»Niemand ist nutzlos in dieser Welt, der einem anderen eine Bürde leichter macht«, sagte Fredemann. »Das hat wer gesagt?«

»Ich bin nicht so bibelfest«, stammelte Hanna. »Ich ... ähm, Jesus nehme ich an.«

»Charles Dickens«, sagte Pastor Fredemann, schenkte ihr ein Hirtenlächeln, und legte seine runzelige Hand in einer Geste, die nichts als Nachsicht und Güte auszudrücken schien, auf ihren Arm.

Und Hanna fühlte sich vollends wie ein Schäfchen aus seiner Herde.

11

✿

Hanna

*N*ach den aufregenden Ereignissen des Tages blieb Hanna keine Wahl. Um zur Ruhe zu kommen, reichten die üblichen Maßnahmen nicht aus. Sie musste schwerere Geschütze auffahren und trug den Gehörschutz, der eigentlich für den Straßenbau gedacht war und den man auch für Kopfhörer halten konnte. Dick gepolsterte Kapseln, unter denen ihre Ohren vollständig verschwanden. Ein dünnes Kabel, das Hanna von uralten Walkman-Kopfhörern abgenommen und links und rechts an die Kapsel geklebt hatte, rundete die Tarnung ab. Die Enden steckte sie in den Kragen ihres Rollkragenpullovers und sah somit aus, als würde sie Musik hören. Auf diese Weise verzichteten die Leute in der Regel darauf, sie anzusprechen.

Als dann beim Essen die Vitamine und Mineralstoffe, die Kohlenhydrate und Proteine, die ihr den ganzen Tag gefehlt hatten, in ihrem Körper ankamen, verwertet und an die richtigen Stellen weitergeleitet wurden, ging es ihr dadurch allerdings nicht besser, sondern sie bekam plötzlich Panik. Ihr Herz pumpte schneller, sie wurde unruhig. Eine Hitzewelle vom Solarplexus bis zum Hals hinauf und in die Wangen erfasste sie. Der Gehörschutz war auf einmal quälend eng, ihr Kopf saß wie in einer Schraubzwinge. Hanna riss sich die Kopfhörerattrappe vom Kopf.

Die Geräuschkulisse war ein Schock. Das Durcheinander der Stimmen, das Kratzen der Stühle auf dem Steinboden. Der Geschirrspüler hinter dem Tresen röhrte wie die altersschwache

Wäscheschleuder, die sie bei ihrem Auszug zurückgelassen hatte. Die Kaffeemaschine fauchte und stieß Dampf aus. Hanna sprang auf und stürmte Richtung Ausgang.

»Frau Taudien? Alles okay?«

Sie blickte sich um. Frida. Doch Hanna hastete weiter, hinaus ins Freie.

Es regnete. Feine, aber stetige Bindfäden, aber das war egal. Der Regen kühlte ihre erhitzten Wangen. Hanna ging bis zur Dorfstraße, um sich zu beruhigen, da sah sie auf dem dunklen Weg vor sich eine Gestalt, die schwankte, sich vergeblich am Zaunpfosten festzuhalten versuchte, abrutschte und auf dem Weg zusammenbrach. Hanna begann zu laufen, beachtete die Pfützen nicht. Regenwasser spritzte bei jedem Schritt in alle Richtungen. Als sie bei der Person angekommen war, erschrak Hanna. Es war Thea Dethlefsen.

»Frau Dethlefsen? Thea? Was ist passiert?«

»Hanna? Gott sei Dank. Mir ist schwindelig. Ich traue mich nicht, allein aufzustehen.«

»Ganz ruhig. Ich helfe Ihnen.«

Hanna hakte sich an einem Arm unter und zog Thea auf die Füße, die sich mit der freien Hand am Gartentor festhielt.

»Geht es? Ich bringe Sie nach drinnen und rufe einen Krankenwagen.«

»Nein, keinen Krankenwagen. Ich kenne das schon.«

»Sie kennen das schon? Also, bitte, lassen Sie uns erst einmal reingehen. Sie sind pitschnass.«

»Ich glaube, ich bin genau in die Pfütze gefallen.«

»Na super.«

Untergehakt geleitete Hanna Thea über die Gartenwege durch die Blumenrabatten zur Haustür, nahm ihr den Schlüssel aus der zittrigen Hand und schloss auf.

»Was haben Sie denn hier überhaupt draußen gemacht im Dunkeln bei diesem Sauwetter?«

»Ich wollte nach Jule sehen. Sie mag keinen Regen.«

»Die sitzt wahrscheinlich bei Lilo auf dem Sofa und schlappt Milch, während Sie hier draußen Ihre Gesundheit ruinieren.« Bei der Erwähnung des Namens ihrer Schwester versteifte sich Thea, was Hanna nicht entging.

Drinnen war es gemütlich. Zierkissen in allen Grünschattierungen bedeckten das Sofa, über das eine farblich passende Wolldecke gebreitet war. Ein angefangenes Kreuzworträtsel lag auf dem Tisch. Hinter einer Glastür des Wohnzimmerschranks war altes Porzellan mit Goldrand und Blumenmuster ordentlich ausgestellt. In der Luft hing der zarte Duft von Rosen.

Thea hatte inzwischen die Schuhe abgestreift, ein Handtuch aus der Küche geholt und sich damit abgetrocknet. Matschsprenkel überzogen ihre Hosenbeine. Aber sie war tatsächlich erstaunlich schnell wieder auf den Beinen.

»Setzen Sie sich doch«, sagte sie zu Hanna.

»Ich fände es besser, wenn ich einen Arzt rufe.«

»Das hab ich alles schon hinter mir. Altersschwindel. Damit muss ich mich wohl abfinden.«

»Dann sollten Sie aber nicht im Stockdunkeln allein draußen rumlaufen. Nehmen Sie wenigstens ein Handy mit. Haben Sie denn genug gegessen? Ist das vielleicht der Blutzuckerspiegel?«

Thea schüttelte den Kopf. »Nein, ich hab vorhin erst einen großen Buchweizenpfannkuchen gegessen. Daran liegt es nicht.«

»Buchweizenpfannkuchen. Das haben Sie mit Ihrer Schwester gemein.« Im selben Moment bereute Hanna ihre Worte.

»Ja, das ist dann aber auch schon alles. Möchten Sie einen Dinkelkaffee? Der ist besser für meinen hohen Blutdruck als richtiger Kaffee.«

Hanna nickte. Thea verschwand in der Küche, öffnete und schloss Schranktüren und klapperte mit Geschirr. Ein Wasserkocher rauschte. Wenige Augenblicke später war sie wieder da, platzierte eine besonders schöne Blumentasse mit dampfendem

Inhalt vor Hanna auf den Tisch und stellte noch einen Teller mit saftigen Kokosmakronen und Florentinern dazu.

»Die hab ich früher oft bei meiner Oma gegessen.«

»Nur zu«, sagte Thea und schob den Teller noch etwas näher zu ihr.

Eine Weile aßen und tranken sie schweigend, dann konnte Hanna doch nicht mehr an sich halten, obwohl sie genau wusste, dass sie es besser lassen sollte.

»Was ist das mit Ihnen und Ihrer Schwester? Haben Sie sich noch nie gut verstanden?«

»Als Kinder schon«, antwortete Thea knapp, aber Hanna war erleichtert, dass sie ihr nicht gleich sagte, dass es sie nichts anginge.

»Und warum hat sich das geändert, wenn ich fragen darf?« Hanna biss von einem Florentiner ab. Mandelstückchen verteilten sich über ihr T-Shirt. Den nassen Pullover hatte Thea inzwischen zum Trocknen über die Heizung gelegt.

»Als wir älter wurden, ging es einfach nicht mehr. Wir sind zu verschieden.«

»Dabei heißt es doch immer, Zwillingsgeschwister sind sich so ähnlich, dass sie ohne einander nicht können, fühlen, was die andere fühlt, als würden sie im selben Körper stecken.«

»Nein, das stimmt nicht. Und Sie? Wie lange bleiben Sie noch in Plessin?«

Hanna schluckte den letzten Bissen einer Kokosmakrone herunter und berichtete Thea, dass sie vorübergehend in der Kirche aushelfen würde, und gerade Panik bekam, weil Pastor Fredemann wohl fälschlicherweise davon ausging, dass sie bis Weihnachten bleiben würde, was noch fast zwei Monate waren, sie aber auch nicht imstande gewesen war, gleich abzulehnen.

»Aber stimmt denn irgendetwas mit dem Job nicht?«

»Ähm … das weiß ich ja noch nicht, aber so oder so, ich kann ja nicht ewig bleiben, und …«

»Zwei Monate sind nicht die Ewigkeit«, sagte Thea, stand auf und ging in die Küche, aus der sie herüberrief: »Ich muss schnell meine Tabletten nehmen, es ist eigentlich schon viel zu spät dafür.«

Hanna blickte auf das Kreuzworträtsel, in dem nur noch wenige Kästchen nicht ausgefüllt waren.

»Sehen Sie«, sagte Thea, die sich wieder setzte, »unsere Kirche in Plessin übernimmt etliche soziale Aufgaben. Oder vielmehr Pastor Fredemann. Er ist Seelsorger für viele, gerade die alten Menschen vertrauen ihm. Er schafft es aber auch, verschiedene Generationen zusammenzubringen und kultur- und religionsübergreifende Veranstaltungen zu organisieren, die immer gut angenommen werden.«

Hanna fragte sich, worauf dieses Gespräch hinauslief.

»Aber …« Thea senkte die Stimme, als würde jemand mithören. »Aber auch Pastor Fredemann wird ja nicht jünger. Allein schafft er das nicht alles. Der nächste interkulturelle Frauentisch ist jetzt schon abgesagt.«

Hannas Magen drückte. Zu viele Kekse.

»Aber Sie haben natürlich Ihr eigenes Leben. Ein paar Tage Hilfe für den Pastor ist ja auch schon was. Noch Kaffee?«

Hanna winkte ab. Das Ticken der Küchenuhr wurde immer lauter, oder bildete sie sich das nur ein? Sie stand auf und nahm ihren Pullover vom Heizkörper. Die Wolle war noch immer feucht und klamm, und es fühlte sich furchtbar unangenehm auf der Haut an, als sie ihn überzog. Thea fegte mit einem winzigen Handfeger Kekskrümel von der Tischplatte.

»Aber zwei Monate kann ich nicht im Hotel bleiben.«

»Es gibt beim Badeteich ein Haus, das im Sommer für die Erntehelfer auf den hoteleigenen Gemüsefeldern genutzt wird. Das steht jetzt leer. Fragen schadet ja nicht.«

Beim Badeteich.

Wenigstens würden ihr im November und Dezember die Arschbomben erspart bleiben.

❁

Frida

*H*annas selbstloser Einsatz beim Laubharken und der Nandu-jagd hatten Frida zum Nachdenken gebracht. Das waren gute Gelegenheiten gewesen, näher am Hotelgeschehen zu sein. Aber nun ging diese Hanna mit Berit und Ronstorf ins Kamin-zimmer und berichtete auf dem Weg dahin, dass sie nun auch noch bei Pastor Fredemann einspringen würde. Das passte wie-der so gar nicht zu Fridas Spekulationen, Hanna könnte eine Hotelinspektorin sein. Deshalb ging sie den dreien, ohne mit der Wimper zu zucken, hinterher und begab sich hinter die Bar.

»Frida. Du auch schon hier«, sagte Ronstorf, sichtlich aus dem Konzept gebracht. »Wir haben doch aber diesmal keinen Termin, oder?«

Berit und Hanna drehten sich zu ihr um.

»Nein, haben wir nicht. Ich bin nur früher hier, weil ich mit Jelena die Bestände durchgehen will. Wir müssen Getränke nachbestellen. Aber lasst euch nicht stören.«

Und das Schicksal spielte Frida in die Hände. Hinter der Bar fand sie einen pinkfarbenen Zettel vor, der an der Kaffeema-schine klebte.

Jelena hat angerufen. Sie kommt erst später. Bus verpasst.

Bestens. So konnte sie sich also voll auf das Gespräch kon-zentrieren. Und damit nicht auffiel, dass sie lauschte, öffnete sie den Kühlschrank und ließ ein paar Flaschen klirren.

»Wie geht es denn dem Verunfallten?«, fragte Ronstorf.

»Es geht ihm den Umständen entsprechend gut, aber er hat eine Menge Metall im Fuß.« Hanna schüttelte sich.

»Und nun erzählen Sie doch mal, warum Sie mich so drin-gend sprechen wollten«, forderte Ronstorf ihren Gast auf. »Berit hat mir ja schon etwas angedeutet. Es geht um das Badehaus?«

»Das stimmt. Mein Einsatz bei Pastor Fredemann könnte womöglich mehrere Wochen dauern, und ich muss dann in der Zeit irgendwo wohnen.«

»Und deshalb hatten wir gedacht«, übernahm Berit, »dass Hanna, ich meine Frau Taudien, in der Zeit in einem der Zimmer im Haus beim Badesee wohnen kann.«

»Kaffee für euch? Oder lieber einen Tee?«, rief Frida dazwischen, die die Möglichkeit schaffen wollte, sich dem Tisch zu nähern. Alle drei nickten. Ob zum Kaffee oder zum Tee, war nicht klar. Sie würde einfach etwas zaubern. Frida warf die Maschine an und ließ doppelte Portionen von tiefbraunem Espresso in drei Tassen laufen, gab jeweils einen Spritzer Haselnusssirup hinzu und setzte Sahnekronen darauf. Zum Schluss bestäubte sie alles schwungvoll mit einer Mischung aus Kakaopulver und Zimt. Frida servierte ihr kleines Kunstwerk, und Ronstorf seufzte. Ob vor Verzückung oder weil er an seinen Blutzucker dachte, vermochte sie nicht zu sagen. Hanna lächelte beim Anblick der fluffigen Sahnewolke.

»Aber es hat nur eine kleine Teeküche. Kochen könnten Sie da nicht«, sagte Ronstorf und rieb sich das Kinn.

»Ich bin sicher, ich werde es auch mit Tütensuppen und kalten Mahlzeiten eine Weile aushalten«, sagte Hanna.

»Und außerdem kann sie sich ja jederzeit auch als Gast von außerhalb bei uns zum Essen anmelden«, warf Frida quer durch den Raum ein. »Und Boltenhagen ist nicht weit, da gibt es Restaurants und Bistros. Ich könnte da ein paar gute Lokale empfehlen.«

»Und ich lade sie gern zu mir zum Essen ein. Sina, Lilo und Isabel garantiert auch«, ergänzte Berit.

Hanna fuhr sich mit der Hand über die Stirn, als bekäme sie Kopfschmerzen von der in der Luft liegenden Spannung. Oder spürte das nur Frida?

Ronstorf hingegen schmunzelte. »Sie haben also schon Bekanntschaft mit dem Hexenzirkel gemacht. Na, bei so viel geballter Frauenpower traue ich mich gar nicht mehr, Nein zu sagen.«

»Also, wenn Sie Nein sagen möchten, dann tun Sie es einfach geradeheraus. Ich möchte auf gar keinen Fall, dass …«

»Bis zum Sommer wird es so oder so leerstehen«, rief Frida.

»Ich habe nichts dagegen«, brummte der Gutsherr. »Wir müssen uns nur über die Miete einigen.«

»Herr Ronstorf!«, platzte es aus Berit heraus. »Das meinen Sie doch wohl nicht ernst. Das Haus steht leer, und Hanna braucht nur ein einziges Zimmer. Sie ist für Kurt eingesprungen, sie hat uns mit den Nandus geholfen, und nun arbeitet sie ehrenamtlich in der Kirche für unsere Gemeinde. Da wollen Sie ihr doch wohl kein Geld abknöpfen.«

So viele gute Taten für eine einzige so unsichere Frau…

Ronstorf ließ sich in den Ledersessel zurückfallen. Man sah ihm an, dass er dem nichts entgegenzusetzen hatte, wenn er nicht als Halunke dastehen wollte. Aber noch schwieg er. Da kam Frida eine Idee.

»Franz, ich glaube, ich hab noch was bei dir gut, oder?« Sie lehnte sich sehr weit aus dem Fenster, aber das war ihr gerade egal. »Ich finde, du solltest dir jetzt einen Ruck geben und zustimmen. Und dann sind wir quitt.«

Berit machte große Augen, sie hatte keine Ahnung von dem Deal zwischen Ronstorf und Frida, der keiner mehr war, weil er sich nicht an sein Wort gehalten hatte. Hanna wirkte vollkommen verloren.

»Du jetzt auch noch, Frida. Ich muss aufpassen, dass ihr mich nicht eines Tages als Chef absetzt.« Ronstorf griff in die Innentasche seiner Weste und holte eine Pfeife hervor. »Davon, dass Sie dort wilde Partys feiern, ist wohl nicht auszugehen, also dann, warum nicht. Lassen Sie sich von Berit den Schlüssel geben. Und Berit, Sie setzen nur ein kurzes Schriftstück mit einer Kautionsvereinbarung auf, für den Fall, dass …«

»Für den Fall, dass ich doch mal eine wilde Party feiere, und dabei etwas zu Bruch geht.«

Frida grinste. Gleich darauf fing sie einen dankbaren Blick von Hanna auf.

Ronstorf erhob sich. »Ich gehe jetzt vor die Tür zum Schmauchen. Nicht mal ein Pfeifchen kann ich mehr in meinem eigenen Haus genießen.«

Als er verschwunden war, ballte Berit eine Hand zur Siegerfaust.

Frida drehte sich zum Weinkühlschrank um, überprüfte die programmierte Temperatur, öffnete die Tür und sortierte ein paar Flaschen um. Sie hatte jedenfalls getan, was sie tun konnte.

»Willst du heute schon umziehen?«, hörte sie Berit fragen.

»Warum eigentlich nicht? Ich werde gleich packen, das geht schnell. Und hast du vielleicht eine Ahnung, woher ich Reinigungsmittel und Putzlappen bekomme? Gibt es im Dorf irgendwo einen Supermarkt?«

»Gute Idee. Das Häuschen steht schon ein paar Wochen leer, da kann einmal durchwischen sicher nicht schaden. Aber du brauchst das nicht kaufen. Ich sammle dir ein paar Sachen aus unserer Putzkammer zusammen. Ich stelle dir alles vor die Tür, und lege den Schlüssel unter einen Blumentopf.« Dann kicherte sie. »Das wollte ich immer schon mal machen. Wie im Film.«

Damit ließ Berit sie allein.

»Lief doch ganz gut, oder?«, fragte Frida und wandte sich wieder um.

»Danke für die Hilfe. Ich muss nicht wissen, was das für eine Geheimsprache zwischen Ihnen und Ihrem Boss war, oder?«

»Können wir jetzt endlich auch mit dem Gesieze aufhören? Ich bin Frida.«

»Klar. Hanna.«

»Und nein, musst du nicht. Das hat mit dir oder dem Haus

nichts zu tun. Manchmal muss man Leute einfach daran erinnern, dass sie einem noch einen Gefallen schulden.«

»Ja, dir vielleicht. Aber nicht mir.«

»Meine gute Tat des Tages. Irgendwie muss man ja mit dir mithalten.«

Hanna senkte den Kopf. »So ist das gar nicht.«

»Freu dich einfach. Ist erlaubt.«

»Tue ich. Aber ich revanchiere mich. Wenn du bei schlechtem Wetter mal nicht mit dem Fahrrad nach Hause fahren willst oder so.«

»Das übernimmt meist Henning, aber trotzdem danke.«

»Dein Freund?«

»Mein Onkel.«

»Also dann.« Hanna nickte, und schickte sich an, das Kaminzimmer zu verlassen.

»Aber ich komme drauf zurück.«

Hanna ging, und Frida blickte ihr nach. Warum nur hatte sie das Gefühl, dass Hanna zwar ihr Kümmern und Bemühen großzügig unter allen anderen verteilte, aber schon lange nichts Gutes mehr für sich selbst getan hatte? Vielleicht hatte sie das verlernt? Und vielleicht gab es niemanden in ihrem Leben, der sie darin bestärkte, dass sie sich ruhig mal selbst so wichtig nehmen durfte wie andere. Wie dem auch sei, nach einer Weile in Plessin würde es anders sein. Darauf würde Frida ihre Gitarre verwetten. Hier kümmerte man sich umeinander, mehr als einem manchmal lieb war.

12

✿

Hanna

*B*erit hatte Wort gehalten. Schon von Weitem sah Hanna die Putzutensilien vor der Tür stehen. Eimer, Schwamm, Lappen, verschiedenste Reinigungsmittel, ein Besen und eine Tafel Schokolade, auf der ein Zettel klebte. *Für den ersten Abend im neuen Zuhause*, stand darauf.

Zuhause geht definitiv zu weit, dachte Hanna, aber sie freute sich trotzdem. Allerdings entdeckte sie keinen Blumentopf. Nur einen schweren Kübel von einem Meter Durchmesser, den Berit nicht gemeint haben konnte. Doch in der Erde blinkte etwas Silbernes. Tatsächlich, da steckte der Schlüssel in der Blumenerde. Berit hatte also auch festgestellt, dass ihr Plan vom Blumentopf nicht aufging und improvisiert. Hanna zog den Schlüssel heraus, pustete die Erdkrümel weg und schloss sich auf.

Sie trat in einen gefliesten Eingangsbereich, in dem sich die Teeküche befand, sowie eine Garderobe, Fußabtreter und Regenschirmständer. Dort konnte also alles bleiben, was man bei Schietwetter nicht mit in seinen Wohnbereich nehmen wollte. Hanna öffnete die Schranktüren, und fand mehrere Sorten Tee, ein Päckchen Kandis, in der zweiten Reihe eine angebrochene Flasche Wein und Fläschchen ohne Etikett, die sie ein anderes Mal näher in Augenschein nehmen würde.

Ihre Unterkunft war eine mehr als angenehme Überraschung. Wenn alle Räume für die Erntehelfer so aussahen, dann würden die sicher mit Freude jedes Jahr wiederkommen. Ihr

Zimmer stand denen im Hotel fast in nichts nach. Es war geräumig und mit den gleichen hellen Holzmöbeln ausgestattet.

Das Bad war so groß, dass sie darin eine Tanzveranstaltung hätte geben können. Ein massiver Bauernschrank war mit frisch duftenden Handtüchern und Laken befüllt, als wären sie gerade im Sommerwind getrocknet. Hanna steckte ihre Nase in ein Handtuch und atmete tief ein. Dann krempelte sie die Ärmel auf, kippte Reinigungsmittel in den Eimer, füllte ihn mit heißem Wasser auf, sodass es schäumte, als würde sie darin ein Bad nehmen wollen. Sie wienerte alle Oberflächen, auf die sich eine hauchfeine Schicht Staub gelegt hatte, schrubbte auf Knien liegend den Steinboden, und polierte den Spiegel über dem Waschbecken, bis er glänzte.

Nach zwei Stunden hatte sie alles geschafft. Um den letzten Rest Tageslicht auszukosten, schob Hanna die papierne Plissee-Jalousie der Terrassentür herunter. Der Ausblick verschlug ihr den Atem. Sie öffnete die Tür und trat auf eine großzügige Holzveranda, von wo aus sie auf das Saunahaus und den Naturbadeteich blickte. Die Wasseroberfläche lag so ruhig da, als wäre sie gefroren, bleigrau und still. Fast unheimlich. Aber dahinter malte die untergehende Sonne ein Bild aus den schönsten Farben an den Abendhimmel. In Pink, Rosé, Violett, Purpur, Orange, Gelb, wie mit einem Aquarellpinsel hingetuscht.

Nachdem sie zum Horizont gestarrt hatte, bis das letzte Halbrund der Sonne versunken war, und sich Dunkelheit über das Land legte, packte Hanna ihre Sachen aus, hängte die Kleidung in den Bauernschrank und reihte diverse Körperpflegeartikel auf der gläsernen Ablage im Bad auf. Ihre Döschen mit den verschiedenen Ohrstöpseln stellte sie dazu. So viel Zeit ohne die Stöpsel wie in den letzten Tagen hatte sie nicht mehr verbracht seit … ja, seit wann? Sie konnte sich gar nicht mehr erinnern. Aber es hatte seinen Preis. Es ermüdete sie in einem ganz unglaublichen Maß. So wie jetzt. Sie schob den plissierten Sichtschutz wieder nach oben. Dann legte sie sich auf das Bett, rollte sich ein wie eine Larve, und binnen Sekunden war sie eingeschlafen.

Als Hanna erwachte, fror sie. Und dort, wo ihr Magen war, befand sich offenbar nur noch ein klaffendes Loch und dahinter Leere. Sie hatte das Abendessen verpasst und war schrecklich hungrig. Sie schüttelte sich kurz und schwang die Beine vom Bett. Doch bevor sie auf dem Boden aufkam, riss sie den Putzeimer um, den sie noch nicht weggeräumt, und vor allen Dingen noch nicht geleert hatte.

Das Wasser schwappte über ihre Füße, und flutete den gerade geschrubbten Boden. Hanna fluchte. Sie rollte sich auf die andere Seite des Bettes, von wo aus sie den Lichtschalter an der Wand erreichen konnte. Sie betätigte den Kippschalter, es gab einen Knall und einen Lichtblitz, Hanna schrie auf, und dann war da nichts. Außer Stille und Finsternis.

Wahrscheinlich ist nur die Glühbirne durchgeknallt, dachte Hanna, zitterte aber dennoch vor Schreck.

Ihre Hand tastete über den Nachttisch, dann hangelten sich ihre Finger am Kabel entlang, bis sie den Schalter der Leselampe erreicht hatten. Sie legte den Schalter um, doch es blieb dunkel. Es war also nicht nur die Glühbirne. Eine Sicherung musste herausgesprungen sein. Und sie hatte keine Ahnung, wo es hier einen Sicherungskasten gab.

Vorsichtig, als würde sie über Glasscherben gehen, setzte Hanna einen Fuß vor den anderen, durchquerte das Zimmer, griff nach ihrer Jacke und erreichte die Tür. Sie verließ das Zimmer, schloss hinter sich ab und schlüpfte in ihre Schnürstiefel.

Die Rezeption war nicht mehr besetzt. Hanna schaute sich nach Frida um, konnte sie jedoch nicht finden. Stattdessen erklärte sie in Stichworten einem jungen Burschen hinter dem Tresen, der dem Alter nach allenfalls ein Praktikant sein konnte, was passiert war.

»Ich weiß nicht, wo die Sicherungskästen sind, tut mir leid.« Er zuckte mit den Schultern.

»Aber gibt es nicht vielleicht einen Hausmeister oder Techniker, den man ansprechen kann?«, fragte sie flehend.

»Der ist schon zu Hause. Der Nachtwächter kommt um Mitternacht, das ist in zwei Stunden. Vielleicht weiß Berit das.«

»Aber die ist nun offensichtlich nicht mehr da«, sagte Hanna jetzt ärgerlich und deutete auf die verwaiste Rezeption.

»Sie wollte zu Sina. Vielleicht ist sie noch da. Wenn die erst mal zusammensitzen …«

»Danke«, sagte Hanna, drehte sich auf dem Absatz um und sauste zur Tür hinaus, durch den schaurigen Park. Der Mond war voll, und es hätte nur noch gefehlt, dass von irgendwoher Wolfsheulen durch die Nacht drang.

Jetzt nur nicht rennen, dachte sie. Dann würde die Angst nur größer werden, sich in eine irrationale Panik steigern und sie an alle Szenen aus Horrorfilmen denken lassen, die sie jemals gesehen hatte. Also riss sie sich zusammen und durchmaß das Grundstück bis zur beleuchteten Dorfstraße zwar mit Riesenschritten, aber ohne zu laufen. Endlich erreichte sie Sinas Haus. Es brannte Licht. Hanna fühlte sich, als hätte sie nach einer langen Wanderung durch unwirtlichste Steppen und endlose Täler ein Gasthaus erreicht, in dem ein Kaminfeuer prasselte und man literweise würziges Bier ausschenkte. Sie klopfte.

Sina öffnete die Tür, und ihr Erstaunen über die unerwartete Besucherin stand ihr ins Gesicht geschrieben.

»Hanna, das ist ja eine Überraschung. Ist was passiert? Du siehst aus, als wäre jemand hinter dir her.«

»Ich sitze drüben in dem Haus, in das ich gerade heute Nachmittag eingezogen bin, im Dunkeln, und der Fußboden ist überflutet. Ist Berit noch hier?«

Diese Erklärung hatte nicht dazu beigetragen, dass Sina sie weniger irritiert ansah. Sie bat sie herein. Aus dem Wohnzimmer vernahm Hanna die Stimmen von Berit und auch Lilo. Und Musik. Diesmal nichts Lateinamerikanisches, sondern irische Klänge, die *Riverdance* alle Ehre gemacht hätten. Wie konnten sie dort sitzen und sich gleichzeitig unterhalten und der Musik zuhören? Sie mussten sich doch anschreien, um sich zu verstehen. Sina ging vor und öffnete die Tür zum Wohnzimmer.

»Seht mal, wer hier ist.«

Die Fiddlermusik schwappte aus dem Zimmer, und Hanna spürte, wie sie automatisch stocksteif wurde.

»Mach das mal leiser«, zischte Berit Lilo zu.

»Gleich«, antwortete diese.

»Nein, jetzt.« Berits Ton wurde schärfer, und gleichzeitig zog sie eine Grimasse. Auch gab sie sich alle Mühe, eine Geste – ihre Hand, die sich zum Ohr bewegte –, so aussehen zu lassen, als wenn sie sich nur eine Haarsträhne hinters Ohr schieben wollte.

Doch Hanna entging es nicht. Auch nicht, dass Berit gleich darauf an ihrem Ohrläppchen herumzupfte, bis sich Lilo, endlich verstehend, umdrehte und den Lautstärkeregler Richtung Null schob. Hanna wurde heiß. Und übel. Für wie blöd hielten die sie eigentlich?

»Was soll das, Berit? Glaubst du, ich kapier das nicht, was du da machst? Hat Isabel den Mund nicht halten können, und euch gleich brühwarm alles weitererzählt, was ich ihr erzählt habe?«

»Isabel hat gar nichts ...«

»Erzähl mir keinen Scheiß. Ihr wisst alle Bescheid, und ...«

»Ja, schon«, gab Berit zu, »aber Isabel kann nichts dafür.«

»Kann nichts dafür?« Hanna hob die Stimme. »Macht sie das immer so? Dass sie euch mit den Geschichten aus ihrer Therapeutenpraxis unterhält? Einmal in der Woche, während ihr dabei euer Curry futtert? Und heute gibt es ein Update? Seid ihr deshalb hier?«

Der Verrat brannte in ihr wie Säure.

»Ich hab Sina nur die Liste mit den Gästen gebracht, die sich für ihre Kurse angemeldet haben«, sagte Berit. Die Bestürzung über Hannas Anschuldigungen war ihr anzusehen.

»Und ich hab zu viel Kuchen gebacken«, sagte Lilo und deutete auf das Tablett mit Marmorkuchen und ein Schälchen Sahne. »Den schmeiß ich doch nicht weg. Du kannst auch was davon mitnehmen.«

»Marmorkuchen? Ich fasse es nicht! Wir reden jetzt über Marmorkuchen?« Hanna merkte selbst, dass ihre Stimme immer schriller wurde.

Sina trat zu ihr und legte sanft die Hand auf ihren Arm. Eine Hand voller bunter Farbsprenkel. Die Haut war rissig, sicher von den Reinigungsmitteln, mit denen sie jeden Abend die Farbe abschrubbte.

»Lass dir das doch erklären. Wir wollten wirklich nicht …«

»Auf dem Dorf ist das so«, warf Lilo ein. »Da weiß jeder alles vom anderen. Das hat ja auch was Positives. Man kümmert sich halt umeinander. Das ist hier alles nicht so anonym wie irgendwo in der Stadt.«

»Kümmern? Ernsthaft? Wie kommt es dann, dass deine Schwester da drüben in ihrem Häuschen, keine fünfzig Meter von hier, ganz allein ist? Und dass ich sie gestern gefunden habe, im Regen vor ihrer Haustür, weil sie gestürzt ist, und das wohl auch nicht zum ersten Mal?«

»Das ist eine Sache zwischen meiner Schwester und mir«, erwiderte Lilo eingeschnappt, was sie durch die verschränkten Arme vor der Brust noch unterstrich.

»Und wisst ihr was? Meine Probleme sind eine Sache zwischen mir und mir. Aber das schert euch ja auch nicht, oder?«

Hanna drehte sich um und stürmte zur Haustür. Sie musste hier raus. In ihren Ohren rauschte es. Sie fürchtete sich davor, dass gleich der bekannte Piepton einsetzen würde. Sie drückte die Klinke herunter, riss die Tür auf und prallte gegen eine Person, die im selben Moment eintreten wollte.

»Hoppla, du hast es aber eilig.« Isabel lächelte sie an.

»Du«, sagte Hanna und hielt ihr den ausgestreckten Zeigefinger dicht unter die Nase, »du hast mir noch gefehlt. Kann man dir dafür nicht die Lizenz entziehen? Oder die Approbation, oder was auch immer dich berechtigt, Leute auszuhorchen, um dich dann nicht an deine Schweigepflicht zu halten?«

Isabel starrte sie an, als hätte sie eine außer Kontrolle geratene Patientin vor sich, die sie davon abhalten musste, völlig auszurasten. Aber Hanna ließ ihr keine Zeit, zu einer psychologisch wertvollen Lösung zu kommen. Sie drängte sich an ihr vorbei und flüchtete hinaus in die ofenschwarze Nacht.

Sie irrlichterte über die Dorfstraße, vorbei an dem Häuschen von Thea, aus dessen Fenstern kein einziger Lichtstrahl nach außen drang. Vorbei an dem Duftgarten, der keinen Duft mehr verströmte. Unter der Last des gestrigen Regens waren die Blumen umgeknickt und lagen platt am Boden. Hanna schnürte es den Hals zu.

Es tat weh, so sehr weh, sich wieder einmal in einem Menschen getäuscht zu haben. Wieder war sie der Freak, der Sonderling. Wieder wurde über sie geredet, wie damals im Büro. Es würde nie aufhören. Und nun saß sie hier fest, und hatte dieses verfluchte Versprechen gegeben. Wie hatte sie so dumm sein können?

Am Haus angekommen, rammte sie den Schlüssel in das Schlüsselloch, der beim Umdrehen prompt hakte. Ein paar Mal musste Hanna daran herumruckeln, mit jeder Sekunde wurde ihre Verzweiflung größer, und als sich der Schlüssel endlich drehte und die Tür aufsprang, kamen die Tränen. Sie knallte die Tür hinter sich zu, riss die Schnürsenkel ihrer Stiefel auf und ballerte sie in die Ecke, als wäre sie ein zorniger Teenager. Was ein Fehler war, denn als sie auf Socken in ihr Zimmer ging, hatte sie sofort nasse Füße, weil sie das verdammte Wasser vergessen hatte.

❁

Frida

»Warum hast du mich denn nicht geholt? Ich war doch nur unten in der Küche!«

Verständnislos sah Frida ihren Kollegen an, der eigentlich in der Fahrradwerkstatt arbeitete, und nur ab und an Jelena an der Bar vertrat, wenn sie frei hatte. Und jedes Mal würde Frida am liebsten in Streik treten, denn es stand für sie außer Frage, dass er bei Fahrradschläuchen und Kettenspray besser aufgehoben war.

»Dann hätte ich die Bar allein lassen müssen«, verteidigte er sich.

»Was glaubst du denn, was dann passiert wäre? Dass sie hinter den Tresen springt und die Schnapsflaschen abräumt?«

Er zuckte mit den Schultern.

»Ich geh nachgucken. Abgerechnet hab ich schon, du musst nur noch die Geräte abstellen und das Licht ausmachen. Falls wirklich noch was sein sollte, ruf mich auf dem Handy an.«

Frida schnappte sich Mantel und Rucksack und machte sich auf den Weg. Am Badehaus angekommen, klopfte sie an der Eingangstür. Nichts regte sich. Sie ging ums Haus herum zur Veranda. Die Jalousien waren ganz nach oben geschoben, sodass sie nicht durch die Fenster gucken konnte. Kurzerhand kletterte sie auf einen der Terrassenstühle und lugte über die Jalousie hinweg ins Zimmer. Noch bevor sie etwas erkennen konnte, hörte sie Hannas Schluchzen. Sie klopfte an die Scheibe, und augenblicklich wurde es drinnen still.

»Hanna? Ich bin's, Frida. Brauchst du Hilfe?« Nichts rührte

sich. »Mach auf, dann kann ich dir helfen. Du warst doch drüben in der Bar, oder?«

Frida seufzte. Wie konnte man denn nur so stur sein?

»Ein kleines Lebenszeichen vielleicht?«, versuchte sie es erneut. Dann grinste sie. »Ich weiß was Besseres. Ich hol mir den Ersatzschlüssel von der Rezeption und komme rein. Bis gleich!«

Sie stieg vom Stuhl herunter und wartete ab.

»Warte! Ich mach vorne auf.«

Frida hatte sich nicht verzockt. Hanna öffnete ihr die Tür, und sie trat ein. Nur eine winzige Funzel im Flur warf einen nicht sehr hilfreichen Lichtschein in den Raum.

»Hier ist ja auch alles nass! Wie ist denn das passiert?«

Hanna erklärte knapp ihr schlaftrunkenes Missgeschick.

»Aber das ist doch nicht so tragisch. Das ist ein robuster Boden, der kann das ab.«

So was brachte eigentlich niemanden dazu, heulend auf dem nassen Fußboden zu sitzen. Es musste noch mehr dahinterstecken. Aber erst einmal mussten sie sich jetzt um die praktischen Probleme kümmern.

»Weißt du was? Setz dich einfach auf das Bett, ich mach das hier.«

»Ich könnte da hinten …«

»Ich mach das schon. Aus dem Weg.«

»Bevor ich noch mehr Schaden anrichte?«

Hanna sank auf das Bett Sie riss mehrere Blätter von einer Toilettenpapierrolle ab und schnaubte geräuschvoll. An ihr war ein kleiner Elefant verloren gegangen. Frida verkniff sich ein Kichern.

Handtücher, dachte sie. *Ich brauche Handtücher zum Aufwischen.*

Sie öffnete die Schranktüren in der Teeküche, fand einen Stapel Küchentücher. Hatte Hanna die nicht gesehen? Sie musste ja vollkommen konfus sein. Auf Zehenspitzen tänzelte Frida über den nassen Boden, um nicht auszurutschen, ging auf die

Knie und begann, mehr oder weniger nach Gefühl, dort zu trocknen, wo es sich nass anfühlte. Neben den Tüchern waren auch ihre Hosenbeine eine große Hilfe. Sie waren bereits durchweicht.

»Halb so schlimm, das meiste Wasser hat sich hier hinten in einer Lache gesammelt, anscheinend ist der Boden uneben. Was gut ist, denn dadurch ist es nicht überallhin geflossen.« Irgendwann rappelte sie sich hoch. »Das wäre erledigt. Jetzt brauchen wir Licht.«

»Ich habe eine Taschenlampe im Auto«, schniefte Hanna vom Bett aus. »Aber das steht auf dem Parkplatz, ganz auf der anderen Seite des Parks.«

»Lass mal, da muss jetzt keine von uns hindüsen. Ich nehme das Licht vom Handy zu Hilfe.«

Noch einmal öffnete Frida die Schränke der Teeküche, als würden sich die Sicherungen hinter den Teepackungen verbergen, und schloss sie erfolglos wieder.

»Also, da ist schon mal nichts«, sagte sie und ging, einen Lichtkegel vorausschickend, ins Bad.

»So weit war ich auch schon«, murmelte Hanna.

Frida hielt einen Moment inne, schloss kurz die Augen, um sich einen saftigen Kommentar zu verkneifen.

»Komm und hilf mir. Vier Augen sehen mehr als zwei.«

Einen Moment später stand Hanna neben ihr im Bad und schaute Frida dabei zu, wie sie sogar den Duschvorhang zur Seite riss, als ob irgendjemand blöd genug wäre, einen Sicherungskasten im Nassbereich zu platzieren. Anschließend öffnete sie im Zimmer die Türen des riesigen Bauernschranks. Hanna schnaubte. Frida machte nun erst recht weiter, schob die Kleiderbügel klappernd zur Seite, und ließ im nächsten Moment ein zufriedenes »Tadaa!« hören.

»Hab ihn!«, rief sie. »Hinter dem Schrank.«

»Und wie bitte kannst du das jetzt sehen?«

»Da hat jemand eine Aussparung in die Rückwand gesägt, damit man an den Kasten rankommt, ohne den Schrank abrücken zu müssen.«

»In den schönen alten Schrank …«

Nun musste Frida lachen. »Ja, der schöne alte Schrank. Aber du könntest dich jetzt ein bisschen freuen, finde ich.«

Im nächsten Moment klackte es, und das Licht war wieder da. Ein entsetzlich grelles Licht. Sie zuckten beide zusammen.

»Nur noch zwei Minuten, und dann sieht es hier aus, als wäre überhaupt nichts passiert. Und dann mache ich einen Tee.«

Hanna schluchzte.

»Was denn? Ist doch alles gut jetzt.«

»Ich kann nichts dagegen machen. Umso freundlicher du bist, umso elender fühle ich mich. Wenn ich wenigstens mit jemandem streiten könnte. Vielleicht hätte ich drüben bei Sina richtig losbrüllen sollen. Oder mit den Türen knallen oder womöglich etwas auf den Boden oder gegen die Wand werfen.«

Der Hexenzirkel also, dachte Frida. *Da ist dann wohl etwas gründlich schiefgegangen.*

Frida goss im Bad das Wasser aus dem Eimer in den Ausguss, wrang das Küchentuch aus und hängte es über die Heizung zum Trocknen. Dann hantierte sie in der Teeküche herum und war wenige Minuten später mit zwei dampfenden Tassen zurück.

»Das ist irgend so ein Gewürztee. Ich hab Zucker reingetan und einen Schuss.«

»Was denn für einen Schuss?«, fragte Hanna. Ihre Stimme war ganz rau vom vielen Weinen.

Eine der unetikettierten Flaschen enthielt etwas, das Frida als Brandy identifiziert hatte. Das passte zu Tee.

»Erst mal probieren.«

Hanna setzte die Tasse an und nahm einen vorsichtigen Schluck.

»Schmeckt. Und wärmt.«

»Ist auch total ausgekühlt hier. Hat ja lange niemand mehr hier gewohnt.« Frida drehte den Regler am Heizkörper weiter hoch.

»Vielen Dank für deine Hilfe«, murmelte Hanna.

»Keine Ursache. Berit konnte nicht helfen?«

Es musste doch herauszukriegen sein, was da vorgefallen war.

»Nein«, krächzte Hanna. »Konnte sie nicht. Und ich möchte nicht darüber reden.«

»Reden hilft manchmal. Vertrau mir.«

Hanna lachte auf, freudlos und verbittert. »*Das* ist genau das Problem. Ich habe vertraut, und die Person hatte es nicht verdient. So einfach ist das.«

»Das ist keine schöne Erfahrung, verstehe.«

»Und du bist jetzt auch noch so nett zu mir. Mit dir kann ich nicht streiten.«

»Mach ruhig. Ich weiß ja, dass es mit mir nichts zu tun hat.«

»Siehst du? Deine Hilfsbereitschaft bietet keine Angriffsfläche. Stattdessen kann ich ja gar nicht anders, als dankbar zu sein und mich zu beruhigen.«

Frida verstand, was Hanna meinte. Sie wusste, dass Ruhe und Geduld Hannas Aufruhr über kurz oder lang die Spitze nehmen und Platz machen würde für die Traurigkeit, die sie sich offenbar so mühevoll vom Leib zu halten versuchte.

»Gerade hatte ich angefangen, ein kleines bisschen Hoffnung zu haben. Und jetzt? Alles weg. Weggeharkt und auf den Kompost geschaufelt, wie das verrottete Laub. Weg wie die Nandus, in den Wald gescheucht.«

Frida biss sich auf die Lippen, um nicht zu lachen.

Hanna nahm einen weiteren großen Schluck Gewürztee.

»Deine Geheimzutat hat jedenfalls Wumms. Meine Hände und Füße sind so gut durchblutet, als würden sie glühen.«

Frida nickte nur und ließ sie reden.

»Wenn du jemandem etwas im Vertrauen erzählst und diese Person es binnen achtundvierzig Stunden an drei andere Personen weitertratscht, würdest du dann etwa freiwillig noch mehr Menschen davon erzählen?«

»Wenn es also schon so viele Menschen wissen, würde ich es sowieso leicht herausfinden, wenn ich wollte, oder?«

»Müsstest du denn unbedingt wollen?«

Frida zuckte mit den Schultern. »Nein, vermutlich nicht.«

Schweigen.

»Aber du verstehst schon, dass du einiges an Fragen aufwirfst, oder?«, führ Frida vorsichtig fort. »Du kommst als Gast, bleibst plötzlich, um mehr als einen Job zu übernehmen, freundest dich innerhalb weniger Tage mit diesem verschworenen Frauenhaufen an, brichst dann noch schneller wieder mit ihnen … Man müsste schon sehr desinteressiert an seinen Mitmenschen sein, um nicht wissen zu wollen, was hinter all dem steckt.«

Hanna pulte an einem Nagelhäutchen, bis es einriss und ein winziger Blutstropfen hervorquoll. »Es war Isabel. Ich dachte, sie als Therapeutin müsste schon von Berufs wegen verschwiegen sein, aber weit gefehlt. Und wenn man sich nicht einmal darauf verlassen kann, wie soll man denn dann in der Welt klarkommen? Das ist doch, wie auf brüchigem Eis zu laufen. Jeder Schritt kann dich einbrechen lassen, jedes Wort zu viel dich bloßstellen, dich noch angreifbarer machen.«

»Ich verstehe. Ich lass dich dann mal wieder allein.« Frida stand auf, und nahm Hanna die inzwischen leere Tasse aus der Hand. »Hier ist alles trocken und warm, und Licht hast du auch. Noch eins: Die Tabletten, die ich im Bad gesehen habe, nimmst du heute besser nicht mehr. Zusammen mit Alkohol ist das keine gute Idee.«

Hanna fuhr auf. »Entschuldigung? Das geht dich überhaupt nichts an.«

»Wenn du nicht einschlafen kannst, renn eine Runde durch den Park. Wenn dir was auf der Seele lastet, dann rede. Aber die Dinger helfen dir nicht weiter.«

»Gibt es hier irgendjemanden, der sich nicht in die Angelegenheiten anderer Menschen einmischt? Was läuft falsch hier bei euch? Ist das irgend so eine Dorfkrankheit?« Hanna sprang auf, viel zu schnell. Sie schwankte.

»Ja, das ist hier so«, entgegnete Frida ungerührt. »Wir kümmern uns umeinander, wir sind füreinander da. Das ist das, was zum Dorfleben gratis mit dazugeliefert wird.«

Plötzlich lachte Hanna. Ein bisschen irre, wie Frida fand. Sie schlug die Hände vors Gesicht, und konnte sich gar nicht wieder einkriegen.

»Lachen mag ja besser sein als Weinen, aber das macht mir jetzt Sorgen«, sagte Frida, die ratlos mitten im Zimmer stand.

»Ich hab immer gedacht, dass es das ist, was ich mir wünsche. Dieses Kümmern, Füreinander da sein. Aber offenbar bin ich so verkorkst, dass ich damit überhaupt nicht umgehen kann.«

»Das kann man aber lernen. Langsam. Schritt für Schritt. Wenn man es will.« Mehrere Sekunden verstrichen. »Willst du?«

Hanna nickte. So zaghaft, als könne ihr Kopf vom Hals fallen, wenn sie mehr Dynamik in diese Bewegung gab. Frida streifte die Schuhe ab, setzte sich in den Sessel und legte die Füße aufs Bett.

»Ich bin ganz Ohr.«

13

✿

Hanna

»*H*anna, bist du wach?« Das war Berits Stimme.

Hanna zwang sich, die Augenlider zu öffnen. Was gar nicht so einfach war, denn sie waren angeschwollen. Und ihre Wimpern klebten an der Haut. Sie gab ein bisschen Spucke auf die Spitze ihres Zeigefingers und löste die Härchen. Sie fuhr zusammen und wäre beinahe vor Schreck vom Bett gehüpft, als es jetzt schnaufte. Sie fuhr herum. Frida! Sie hing verrenkt im Sessel, der Kopf war nach hinten gekippt, und der Mund stand ein bisschen offen. Es musste furchtbar unbequem sein, und Hanna verzieh ihr, dass sie sich jetzt durch die Waldreserven von Mecklenburg-Vorpommern sägte.

»Hanna? Mach nur ganz kurz auf, bitte.« Noch mal Berit. Nach dem höflichen Anklopfen mit den Fingerknöcheln nahm sie jetzt offenbar die Faust zu Hilfe.

Hanna hievte sich in die Senkrechte. Sie hatte einen seltsamen Geschmack im Mund. Das musste der Schuss im Tee gewesen sein. Auf Socken, mit immer noch denselben Klamotten am Körper, die noch weniger frisch rochen als am Abend zuvor, schlurfte sie zur Tür, vor lauter Angst, Berit könnte dagegentreten. Sie öffnete.

»Oh Gott«, entfuhr es ihr. Dort draußen stand nicht nur Berit, da stand der gesamte Hexenzirkel. Es hämmerte hinter Hanna Stirn. »Was wollt ihr?«

»Wir wollten mit dir reden. Wegen gestern.« Berit sah sehr zerknirscht aus.

»Vor allem ich möchte mit dir reden«, sagte Sina und trat vor. Sie verbarg irgendetwas hinter ihrem Rücken.

»Du? Wieso du? Und um diese Zeit? Ihr seid wohl alle vollkommen verrückt geworden. Und überhaupt will ich nicht.« Ihr Blick fiel auf Isabel, die dastand wie eine Marmorskulptur und keine Miene verzog.

»Weil ich dir etwas zu sagen habe«, insistierte Sina. »Als Isabel sich an dem Abend bei mir um deinen Rücken gekümmert hat, war ich nebenan in der Küche und hab das Essen zubereitet. Da gibt es diese Zwischentür …«

Hannas Kopf dröhnte, aber eine leise Ahnung begann zu wachsen.

»Ich hab gehört, wie du Isabel von dir erzählt hast.«

»Was genau hast du gehört?«, fragte Hanna mit klopfendem Herzen.

»Alles. *Ich* hab es den anderen erzählt, nicht Isabel. Sie trifft überhaupt keine Schuld. Ich dachte nicht, dass es so schlimm wäre, wir reden sonst auch immer über alles und haben keine Geheimnisse voreinander und …«

Hinter Hanna polterte es im Haus.

»Ihr vielleicht nicht. Ihr seid ja auch befreundet, seit ich weiß nicht wann.«

»Aber irgendwie hatten wir dich schon ein bisschen dazugezählt«, sagte Berit. »Das ist doch eigentlich etwas Gutes, findest du nicht?«

»Komische Art, das auszudrücken.«

Der Schwindel nahm zu. Sie konnte mit dieser verkehrten Welt nicht umgehen. Alles war anders als sonst.

»Das Bild«, sagte Lilo, und gab Sina einen kleinen Schubs.

»Dies ist ein Geschenk für dich.« Sina zauberte ein kartondickes Blatt in DIN-A3-Größe hinter ihrem Rücken hervor. »Als Entschuldigung. Ich dachte, es passt zu dir.«

Das Bild zeigte eine Art Blase, in der ein kleiner Mensch mit hinter dem Rücken verschränkten Armen spazieren ging. Es erinnerte Hanna an einen Hamster im Hamsterrad. Der Mann schien auf der Stelle zu treten, mit hängendem Kopf, ganz in seine Gedanken versunken. Im Inneren der Blase war es dunkel, fast schwarz, aber an einer Stelle gab es einen Bruch in der Außenwand. Durch diese Ruptur fiel hinter dem Mann warmes Licht herein, das er aber nicht sah, weil er unbeirrt in eine Richtung ging.

»Er muss sich nur umdrehen, Hanna«, sagte Isabel. »Genau wie du.«

Hanna schluckte. In ihr traten zwei widerstreitende Kräfte gegeneinander an. Die eine wetterte, dass dies alles eine ungeheuerliche Anmaßung war. Das Bild, der Vergleich mit ihr, und der gesamte Auftritt dieser Frauen, denen man besser nicht traute. Die andere flüsterte etwas ganz anderes: Du hast nichts zu verlieren. Sie wären nicht hier, wenn du ihnen egal wärst. Sie müssten das nicht tun, sie haben keinen Vorteil davon, wenn du ihnen vergibst, und keinen Nachteil, wenn du es nicht tust. Aber trotzdem sind sie hier.

Sina hielt das Bild noch ein wenig höher, und Hanna streckte zögernd die Hände aus.

»Und das hast du gemalt?«, fragte sie.

Sina nickte. »Als es mir auch mal eine Zeit lang nicht gut ging. Das Malen hat mich damals gerettet.«

»Wir haben alle unsere Geschichte«, ergänzte Lilo.

»Ich weiß, wie du dich jetzt gerade fühlst«, sagte Isabel. »Du hast Schiss. Weil du nicht noch einmal enttäuscht werden willst. Das ist nur allzu verständlich. Aber ich an deiner Stelle würde es probieren, immer wieder. Weil es sich am Ende lohnt.«

»Und vielleicht können wir dir ja auch helfen. Mit deinen Ohren, meine ich.« Berit lächelte Hanna aufmunternd an. »Ich hab inzwischen ein bisschen darüber gelesen. Über diese Hyperdings-Sache. Das muss nicht so bleiben, und …«

»Stopp!«, sagte Hanna und hob die Hand, als wolle sie einen auf sich zu rollenden LKW aufhalten. »Von Therapien hab ich die Nase voll. Es ist so, wie es ist, und ich brauche niemanden, der mir wieder erzählen will, was ich tun soll.«

»Entschuldigung, so war das nicht gemeint.« Berit senkte den Kopf.

»Wir würden uns jedenfalls freuen, wenn du zu unserer kleinen Gruppe dazukommst«, sagte Sina.

Alle Blicke hefteten sich plötzlich auf denselben Punkt. Hanna drehte sich um. Frida trat aus der Tür und tippte sich an die Stirn.

»Morgen, die Damen. Das ist ja mal ein Aufmarsch am frühen Morgen.« Sie steckte Hanna einen Zettel zu, die ihn auseinanderfaltete und las.

Gib dir einen Ruck.

Sie hatte also alles mit angehört. Hanna schüttelte den Kopf. Doch ihr Widerstand zerbröselte, bis nur noch ein unbedeutend kleiner Rest übrig war, den sie gedanklich in eine Ecke kehrte.

»Danke für das Bild, Sina. Ich mag es wirklich.« Dann sah sie von einer zur anderen. »Also, Schwamm drüber.«

Isabel nickte ihr anerkennend zu.

»Und was machst du hier? Hast du dir freigenommen heute?«, fragte Berit Frida, und Hanna entging nicht eine feine Schärfe, die in dieser Frage lag.

»Shit, stimmt. Ich will noch nach Lübeck. Ich muss rennen, wenn ich den Bus nicht verpassen will.«

»Was hältst du davon, wenn ich dich fahre? Du hast sowieso noch was gut bei mir«, schlug Hanna vor.

»Echt jetzt? Hast du nichts Besseres vor?«

»Ehrlich gesagt, nein. Warum also nicht? In einer halben Stunde kann ich fertig sein.« Als Frida noch überlegte, wedelte Hanna mit dem Zettel. »Gilt auch für dich.«

»Okay, einverstanden. Dann flitze ich schnell ins Hotel rüber

und ziehe mich um. Ich hab ja immer noch meine Arbeitskla-
motten an.«

Berit, Sina, Lilo und Isabel standen da, und schienen sich
keinen Reim auf all das machen zu können. Und Hanna meinte,
sich nicht zu täuschen, als sie einen Hauch von Genugtuung
über Fridas müdes Gesicht huschen sah.

❁

Frida

*N*ach einer knappen Dreiviertelstunde verließen sie die Auto-
bahn, fuhren vorbei am Lübecker Flughafen, bevor sie die Trave
überquerten, um in die Altstadt zu gelangen. Sie hatten nicht
viel geredet, die Nacht hatte beiden viel abverlangt. Frida versuchte ihre Aufregung in Zaum zu halten, indem sie sich zuerst
auf die verschiedenen Abstufungen von Grün konzentrierte, die
die vorbeifliegende Landschaft bot, und dann später Greifvögel
zählte, die auf den Zaunpfählen saßen, die neben der A 20 ver-
liefen. Nach einer halben Stunde hatte sie bereits mehr als zehn
Bussarde gezählt. Aber vielleicht waren es auch Habichte. Oder
Falken. Sie kannte sich damit nicht aus.

Einmal hatte Hanna sie gefragt, ob sie sich mit Berit und den
anderen Frauen nicht verstehen würde. »Wir hatten gute Zeiten,
und jetzt ist es anders«, hatte Frida geantwortet.

»Und trotzdem hast du mir geraten, mich mit ihnen wieder
zu vertragen?«

»Warum nicht? Jede schreibt ihre eigene Geschichte, macht
ihre eigenen Erfahrungen. Ich will dich nicht beeinflussen.«

Hanna hatte sich damit zufriedengegeben, wenn auch mit
einer nachdenklichen Miene.

»Ich würde sagen, hier kannst du anfangen, nach einem
Parkplatz zu suchen«, sagte Frida mit Blick auf das Display ihres

Smartphones. »Laut Navi ist es ganz in der Nähe, und ich kann von hier zu Fuß gehen.«

»Okay. Und du willst mir nicht verraten, was du hier tust?«

Ein Versprechen einlösen.

»Nein, ich bin abergläubisch. Man verrät ja auch niemandem, was man sich wünscht, wenn man einen Regenbogen sieht oder die Kerzen auf dem Geburtstagskuchen ausbläst, oder?«

Hanna zuckte mit den Schultern, und kurvte durch die Gassen zwischen Giebelhäusern aus Backstein, bis sie abrupt abbremste, zurücksetzte, und gekonnt in eine winzige Lücke an der Seite einer der fünf Hauptkirchen einbog.

»Sieh mal«, sagte Frida, als sie ausstiegen, und deutete auf eine Gruppe Touristen. Sie folgten einer Stadtführerin, die als Alternative zu der unvermeidlichen Sonnenblume ein großes Marzipanbrot aus Pappe schwenkte, um für ihre Teilnehmer weithin sichtbar zu bleiben.

»Das könnte ich jetzt auch vertragen. Ich glaube, ich mache mich auf die Suche und kaufe ein bisschen ein, während du zu deiner Verabredung gehst.«

»Gut, wollen wir uns dann später wieder hier am Auto treffen? In ungefähr anderthalb Stunden? Mehr Zeit brauche ich bestimmt nicht.«

Hanna war einverstanden, schnappte sich ihre Tasche vom Rücksitz und verschwand gleich darauf in der Menschenmenge, die sich über die historischen Kopfsteinpflaster schob. Frida sah gerade noch, wie sie ihre Ohrstöpsel einsetzte.

Sie öffnete ihren Rucksack und überprüfte, ob sie auch wirklich nichts vergessen hatte. In ihrer Geldbörse hatte sie die bereits vor Monaten vereinbarte Anzahlung in bar dabei. Da waren die bereits ausgefüllten Formulare für die Anmietung und ein USB-Stick mit Probeaufnahmen. Eigentlich war es dem kleinen Studio, das regionalen Newcomern ein Sprungbrett offerierte, herzlich egal, ob sie die Musik mochten oder nicht. Solange sie ihre Miete für das Tonstudio, die Aufnahmetechnik, das Mixen und Mastern bekamen. Aber für alle Fälle hatte Frida dennoch ein paar Probestücke zusammengestellt, damit sie zur Not etwas vorweisen konnte.

Jetzt ist es so weit, Mama.

Kurz berührte Frida den Jadestein, der ihrer Mutter gehört hatte, und den sie an einem Lederband um den Hals trug. Dann folgte sie den Instruktionen auf dem Display, und tauchte ins Labyrinth der mittelalterlichen Gänge und Hinterhöfe ein. In Erwartung dessen, was sie nun endlich in die Tat umsetzen konnte, fühlte sie sich so leicht, als könne sie abheben.

Der Hof, in dem sich das Studio befinden sollte, wirkte wie ein Ausschnitt aus einem Dorf mitten in der Stadt. Hinter verblühten Stockrosen rankte sich Efeu an den Fassaden der Häuser empor. Bunt gestrichene Holzbänke und Fahrräder standen vor jedem Eingang. Regenbogenflaggen und tibetische Gebetsfahnen flatterten an Fensterläden. Frida gefiel die Location. Sie passte zu ihr.

Wählerisch konnte sie ohnehin nicht sein. Dieses Studio war gerade noch erschwinglich, für alle anderen Studios in Hamburg oder Berlin hätte sie einen Kredit gebraucht, um ein ganzes Album aufzunehmen. Das *Organic Records* war ein Zweimannunternehmen, was auch erklärte, warum Frida seit zwei Wochen auf eine E-Mail-Antwort wartete. Sie waren gut gebucht, und Aufnahmen gingen vor Korrespondenz. Sie verstand das. Darum war sie nun persönlich hier, voll fiebriger Vorfreude. Heute Abend würde sie mit Henning vielleicht schon ein klein wenig vorfeiern, und dann noch einmal richtig groß und mit Karacho, wenn sie ihre erste eigene CD in den Händen hielt.

Frida zählte die Hausnummern ab, und dann sah sie es. Ein einzelnstehendes, etwas niedrigeres Gebäude. Die Fensterläden waren verschlossen, die Farbe blätterte ab. Frida ging zur Tür und hob schon die Hand, um irgendwo zu klingeln, da sah sie den Zettel, der von innen an die Scheibe geklebt worden war.

Organic Records bedankt sich für jahrelange Treue, amazing music und die fantastischen Menschen, die wir auf unserem Weg kennenlernen durften. Unsere Reise führt uns nun woanders hin. Man hört sich!

Frida keuchte. Ihre Tasche glitt zu Boden.

Sie bückte sich, hob die Tasche wieder auf und steuerte die nächste Bank an, auf die sie wie ein verwundeter Krieger sank. Sie starrte auf die Rillen im Straßenpflaster. Ein struppiger Hund kam um eine Ecke gelaufen und auf sie zu. Er schnupperte an ihren Boots. Sie reagierte nicht, und er zog von dannen.

»Hey, alles klar bei dir?«, fragte sie plötzlich jemand.

Frida schaute auf. Ein Typ mit Dreadlocks stand vor ihr. Es war tatsächlich einer der Studiobetreiber, den Frida von der Webseite kannte.

»Ich wollte zu euch. Um einen Termin für die Aufnahmen zu vereinbaren. Ich wusste nicht, dass es das Studio nicht mehr gibt.«

»Wir hatten Freunde und Kunden über unsere Mailingliste und den Newsletter informiert. Dafür hattest du dich wohl nicht registriert?«

»Nee, wollte ich nicht. Verstopft einem alles den Posteingang.«

»Tja, was soll ich sagen …« Er drehte sich zum Studio um. »Da ist alles raus. Die ganze Technik. Ich will nur noch kurz ein paar persönliche Dinge abholen. Tut mir echt leid.«

»Schon gut. Ich geh dann wieder«, sagte Frida und zog unelegant den Rotz hoch. Ihr war jetzt alles egal. Sie stand auf, nickte kurz, und trottete durch die Gasse, mit Füßen so schwer wie Blei.

»Was machst du für Musik? Coverst du Sachen?«, rief er ihr noch hinterher.

»Ich schreib meine eigenen Sachen«, antwortete sie, ohne

anzuhalten. »Wie Billie Marten. Oder Alice Phoebe Lou, falls dir das was sagt.«

»Klar«, rief er ihr hinterher. »Coole Musik. Gib nicht auf!«

»Ja ja.« Sie sah sich nicht mehr um.

Frida wünschte sich nichts sehnlicher als ihre Scheune oder den Bauch des Fischkutters, in den sie sich verkriechen könnte. Menschen, bepackt mit Einkaufstüten, verschwammen vor ihren Augen, Touristen mit Selfiesticks schubsten sie beiseite, um den optimalen Winkel und Hintergrund für einen Schnappschuss herauszufinden. Sie wollte nur noch weg. Wenn sie nur nicht noch so lange auf Hanna warten müsste.

Doch als sie am Parkplatz ankam, saß Hanna bereits im Auto. Sie hatte den Kopf zurückgelehnt, die Augen geschlossen und kaute. Frida klopfte an die Scheibe, bevor sie die Tür aufriss und sich auf den Beifahrersitz fallen ließ.

»Was machst du denn schon hier?«, fragte Hanna mit vollem Mund.

Ein Versprechen brechen.

»Und du?«, fragte Frida, ohne zu antworten.

»Zu voll und zu laut. Die sind doch alle verrückt hier.« Ihre Hand griff in eine Tüte und zog ein Stückchen Marzipan heraus, das in ihrem Mund verschwand. »Hier, greif zu. Ich hab viel zu viel gekauft, mir ist schon ganz schlecht.«

Fridas Hand glitt in die Tüte. Einmal, zweimal. Sie starrten aus dem Fenster und stopften sich mit Marzipanfrüchten und Marzipankartoffeln voll, bis Hanna sagte: »Noch ein Bissen, und ich muss mich übergeben. Lass uns fahren.«

Frida nickte. Hanna startete den Motor, rollte rückwärts aus der Lücke und wenig später hatte die A 20 sie wieder. Die Greifvögel hatten sich verzogen, bis auf einen, der am Fahrbahnrand an einem Tierkadaver herumpickte. Frida wandte den Blick ab.

»Du erinnerst dich, was du mir über das Füreinanderdasein erzählt hast?«, fragte Hanna nach einer Weile.

Frida nickte. Natürlich erinnerte sie sich.

»Ich kann auch gut zuhören.«

»Ich kann nicht reden.«

»Dann vielleicht später irgendwann.«

Frida war dankbar, dass Hanna sie nicht weiter drängte. Was sie jetzt bräuchte, war der Mensch, den sie nicht mehr haben konnte. Der Duft nach Gartenerde und Brotteig. Und nun liefen sie. Dicke Tränen rannen in den Kragen ihres Mantels und durchnässten den Ausschnitt des T-Shirts. Hanna öffnete ohne ein Wort das Handschuhfach und kramte ein Paket Taschentücher hervor. So kehrten sie nach Plessin zurück, und auf Hannas Frage, ob sie Frida zu ihrem Onkel nach Hause fahren solle, nickte sie. Die Worte hatten sie verlassen, und auch aus dem Grund würde sie nun nicht mehr Musik machen können.

Als sie in Boltenhagen vor Hennings Haus hielten, war er gerade dabei, seinen Pick-up zu beladen. Offenbar wollte er zum Hafen. Frida stieg aus, ohne sich von Hanna zu verabschieden, rannte über die Auffahrt und warf sich an seine Brust.

»Was ist los? Ist was passiert?«

»Lübeck«, brachte Frida unter Schluchzen hervor.

»Ach herrje«, sagte Henning. Er wusste, was das bedeutete. Er drückte sie noch fester. Da war keine Gartenerde und auch kein Brotteig, aber der Geruch nach Kaminholz und Kaffeebohnen tat es auch. Frida beruhigte sich, und als das Schluchzen von einem kleinen Schluckauf abgelöst wurde, klopfte er ihr sanft auf den Rücken, wie man es mit einem Baby machte. Sie löste sich von ihm, drehte sich zur Straße und winkte.

»Hanna hat mich gefahren«, sagte sie und beobachtete, wie ihr Onkel den Kopf hob und Richtung Auto blickte. Wie er die Augen zusammenkniff. Wie sich Unglaube und dann Freude auf seinem Gesicht abzeichneten. Und wie sich einen Moment später beides verflüchtigte und er so unbeteiligt dreinschaute, als würde er eine weiße Wand anstarren.

»Ich geh nach oben«, sagte sie und stapfte die Treppe hoch. Sie hörte noch, wie Hanna die Autotür öffnete.

✿

Hanna

*D*er Fischer. Da stand er, dieser große und vielleicht etwas derbe Mann des Meeres, und hielt die weinende Frida im Arm. Das war Henning? Fridas Onkel?

Hanna wusste nicht gleich, was sie tun sollte. Wegfahren? Wenigstens einmal kurz winken und dann wegfahren? Warten? Aber warten, bis was passierte? Sie hatte gesagt, sie würde Plessin verlassen, und nun gondelte sie mit seiner Nichte durch die Gegend. Wie sollte sie das erklären? Als Frida im Haus verschwand, kam er, ohne zu zögern, auf ihr Auto zu, und sie stieg mit seltsam weichen Knien aus.

»Hanna. So heißt du also«, stellte er nüchtern fest, als er vor ihr stand.

»Henning. Ich hatte keine Ahnung, dass Frida, ich meine, dass du … Ich war Gast in Plessin. Eigentlich bin ich es immer noch, daher kenne ich Frida, und jetzt bin ich vorübergehend …« Hanna brach ab. Sie war außer Atem. Dann schüttelte sie den Kopf. »Was rede ich hier eigentlich …«

»Soll ich bei dir auch mal?«, fragte er. »Ich kann das.«

Hanna sah ihn fragend an.

»Mal kurz festhalten. So zur Beruhigung.« Er breitete seine Bärenarme aus.

Hanna wollte lachen, aber es gelang ihr nicht. Sie schüttelte den Kopf. Sie würde so gern. Sich anlehnen. Doch da stand etwas zwischen ihnen. Sein Wissen über sie. Er kannte sie in ihrem schwächsten Moment, sie hatte ihn tief in ihre Seele blicken lassen. In ihre Abgründe. Jetzt plötzlich konnte sie ihm dafür kaum in die Augen sehen.

»Entschuldige, ich wollte dir nicht zu nahe treten.«

»Das ist es nicht«, beeilte sich Hanna zu erklären. »Aber es ist genau so, wie ich es befürchtet hatte. Ich kann dir nicht unbefangen begegnen, nach alledem … Es ist, als würde ich in deinem Gesicht immer die Frage ablesen, ob es mir jetzt besser geht, oder ob ich noch mal … Du weißt schon.«

»Dir ging es nicht gut, und du hast dich mir anvertraut. Und stell dir vor, ich mag dich immer noch. Also, ich meine …«, er räusperte sich kurz, »ich meide dich deshalb nicht, wie du siehst. Von mir aus kannst du genau so sein, wie du bist. Du brauchst dich wegen nichts zu schämen. Und ich würde auch wissen wollen, wie es dir geht, wenn es nicht diese Episode in der Ostsee gäbe. Das ist so, wenn einem etwas an dem anderen liegt. Ganz normal.«

»Und ich danke dir sehr dafür. Aber Scham ist hartnäckig. Es braucht Zeit, bis ich nicht an diese Nacht erinnert werde, jedes Mal, wenn ich dich sehe.«

»Das verstehe ich. Ich habe übrigens Wort gehalten. Frida weiß nichts.«

»Dafür weiß sie inzwischen alles von mir selbst. Bis auf die Sache mit dem Wald und der Ostsee. Genauso wie Berit und Isabel und Lilo und Sina.«

»Wie das? Und wieso bist du noch hier?«

Hanna seufzte. Es war klar, dass die Frage kam.

»Das ist eine lange Geschichte.«

Henning grinste.

»Um es kurz zu machen: Ich wollte abreisen, dann sind im Hotel ein paar Dinge passiert, und ich bin eingesprungen. Ich hab ein bisschen gegärtnert, nachdem Kurt wegen seines Rückens nicht konnte, ich springe kurzzeitig für den Küster ein, denn der liegt im Krankenhaus. So was halt. Alle haben sich so nett um mich gekümmert, da wollte ich etwas zurückgeben, bevor ich weggehe.«

»Wie nett von dir.«

»Wie meinst du das?«

»Könnte es nicht sein, dass dir das ganz recht ist?«

»Was? Dass Kurt den Bandscheibenvorfall hat und …«

»Nein, das nicht. Aber ist es nicht so viel leichter, diese wie Faust aufs Auge passenden Gründe wie ein Schild vor dich zu halten, anstatt einfach zuzugeben, dass du wirklich gern hier-bleiben würdest?«

Hannas Blick wanderte an der Hausfassade hoch. Sie meinte, hinter einem der Fenster eine flüchtige Bewegung gesehen zu haben. Wenn das Frida war, würde sie sicher denken, dass sie die ganze Zeit über sie redeten.

»Ist es nicht so? Du traust dich nur nicht, weil du Angst hast, dass es wieder in die Büx geht«, sagte er so unendlich freundlich, dass Hanna merkte, wie alle Schutzmauern zusammenbrachen.

Mit dem Fingernagel pulte sie an der Gummidichtung der Autotür herum, bis sich ein kleines Stück löste.

Er hob die Hand und strich ihr behutsam eine Haarsträhne aus der Stirn. »Seemänner sind weise Leute, weißt du? Die ha-ben viel gesehen von der Welt.«

»Die Ostsee vor Meck-Pomm«, prustete Hanna los. Dann wurde sie wieder ernst. »Vielleicht hast du recht. Es würde mir schon ein bisschen schwerfallen, wegzugehen. Nach nur ein paar Tagen, das ist schon verrückt.«

»Verrückt oder nicht, wenn du so fühlst, dann ist das eben so. Dann such dir hier einen Job und bleib.«

Bleiben. Das wäre zu schön, um wahr zu sein.

»Was ist da übrigens passiert in Lübeck? Mit Frida?«

Er tippte mit der Fingerspitze auf ihre Nase, was sie nicht ausstehen konnte, weil man das mit kleinen Kindern so machte.

»Mal abgesehen davon, dass du ablenkst, geht dich das nichts an. Das soll sie dir selbst erzählen.«

»Gleiches Recht für alle, verstehe.«

Hanna verstand wirklich. Und sie würde über all das nachdenken, was er gesagt hatte. Ja, sie wünschte es sich, bleiben zu können. Sie konnte es nicht länger leugnen. Hatte sie das nicht sogar schon gespürt, als sie ins Badehaus gezogen war? Dass sie es sich in Wirklichkeit gern als ihr neues Zuhause hergerichtet hätte? Und ob sie sich woanders neu niederließ und es dort in die Büx ging, wie er so schön gesagt hatte, oder hier, spielte doch keine Rolle. Sie würde es versuchen. Sie wollte.

»Von Herzen.«

»Wie bitte?«, fragte Henning.

»Ich hab nur laut gedacht.«

Dann setzte sie sich ins Auto, schlug die Tür zu und drehte den Zündschlüssel. Bevor sie Gas gab und nach Plessin zurückfuhr, drehte sie die Fensterscheibe herunter.

»Ahoi.«

14

✿

Hanna

*N*ebelfinger wanden sich um Wurzeln und Stämme. Bodenfrost hatte das Laub erstarren lassen, das unter Hannas Schritten
zerbarst wie Kartoffelchips. Mit jedem Ausatmen schickte sie
eine Kondenswolke vor sich her. Sie hatte nicht gedacht, dass sie
noch einmal hierherkommen würde, aber wenn sie in Plessin
einen richtigen Neuanfang wagen wollte, musste sie alles beseitigen, was daran erinnerte, weshalb sie ursprünglich hierhergekommen war. Und das hieß, sie musste die erst vor wenigen
Tagen hier zurückgelassenen Sachen holen. Sie wollte nicht, dass
Wolldecke, Wasserflasche und die anderen Dinge am Fuß des
Baums liegen blieben.

Das Sirren in ihren Ohren hatte außerdem im Laufe des Tages zugenommen, als würde sie unter einer Hochspannungslei-
tung stehen. Sie musste sich ein paar Stunden aus dem Trubel
ausklinken. Es waren zu viele Menschen auf einmal um sie, zu
viele Einblicke in deren Leben, in ihr eigenes. Hanna war aus
der Übung, dabei war das einfach nur das ganz normale Leben.

Sie stapfte durch den Buchenwald, vorbei an der Andachts-
stelle und dann hügelaufwärts, bis sie vor dem Baumriesen stand.
Auch das samtig weiche Moos unterhalb des Stamms war jetzt
gefroren, und knisterte wie frittiert, als Hanna drauftrat. Aber
wo waren ihre Sachen? Lediglich ein paar verstreute Streichhöl-
zer förderte sie mit der Schuhspitze unter Blättern zutage. Die
Kappe ihrer Wasserflasche auch. Aber der Rest? Vielleicht hatte

ein Förster die Dinge bereits entsorgt. Oder Wildtiere hatten sie verschleppt.

»Tja, Baum, schon wieder hab ich den Weg vergebens gemacht.« Hanna legte die Hand an den Stamm. Eine erbsengroße Spinne lief den Stamm hinunter, und sie zog die Hand wieder weg.

Eine Frauenstimme drang an Hannas Ohr. Nein, es waren sogar zwei Stimmen. Eine Frau und ein Mann. Hanna drehte sich einmal um sich selbst, und sah dann zwei hellblaue Punkte im Waldgrün. Sie kamen näher, und Hanna konnte erkennen, dass die beiden recht aufgeregt zu sein schienen. Sie blieben immer wieder stehen, sahen zurück, gingen dann doch weiter.

Die hellblauen Flecken wurden größer, und Hanna ging ihnen entgegen. Kurz blickte sie sich noch einmal um, in die Krone des unerschütterlichen Buchengoliaths.

»Danke, dass du so garstig zu mir warst«, sagte sie leise. »Noch mal werd ich nicht wiederkommen.«

Die Frau hob den Arm und winkte. Hanna stolperte den Pfad schneller hinunter, damit sie das Friedwaldareal hinter sich ließ. Das war kein Ort zum Wandern oder noch schlimmer, um Nordic-Walking-Stöcke in die Erde zu bohren. Die beiden mussten gar nicht erst darauf aufmerksam werden, was sich hier noch verbarg.

»Hallo«, rief die Frau Hanna entgegen. »Kennen Sie sich hier aus? Wir sind ein bisschen vom Weg abgekommen.«

»Ich bin auch nicht von hier. Ich kann Ihnen nur erklären, wie Sie in Richtung Plessin aus dem Wald herausfinden. Wenn Ihnen das etwas nützt.«

Die Frau atmete erleichtert aus. »Das ist toll. Wir wollen heute noch bis zur Ostseeküste wandern, und Plessin liegt laut unserer Karte auf dem Weg.«

»Fabelhafte Karte«, murmelte der Mann und riss an den Zugbändern seiner Kapuze.

»Man muss sie halt auch lesen können«, konterte seine Begleiterin, und Hanna konnte sich ein Grinsen nicht verkneifen.

»Wenn Sie wollen, gehen wir bis zum Parkplatz am Hauptweg gemeinsam. Da steht mein Auto.«

»Ja, gern. Bevor wir noch eine weitere Stunde im Kreis herumlaufen.«

»Seien Sie froh, dass es noch nicht dunkel wird«, versuchte Hanna die Situation zu entspannen.

»Ich hab ja gesagt, lass uns die Taschenlampen einpacken, aber nein, auf mich hört ja niemand«, brummte der Mann.

»Wie gesagt, es ist ja noch nicht dunkel«, gab die Frau zurück.

»Trotzdem brauchen wir eine bessere Ausrüstung, selbst hier. Auch wenn das hundertmal ungefährlicher ist als in Nepal oder Namibia.«

»Was wir brauchen, ist ein Tour Guide wie in Nepal oder Namibia.« Es fehlte nur das Ätsch am Ende ihres Satzes. »So was müsste auch für die heimischen Wälder angeboten werden. Im Spreewald sind wir auch schon mal beinahe verschüttgegangen. Und das war im Hochsommer. Die Mücken haben uns fast aufgefressen.«

»Dann werden die Wanderungen doppelt so teuer, nur weil wir noch jemanden mitbezahlen, der vorneweg latscht«, sagte der Mann.

»Wer sich dieses ganze Zeug leisten kann«, erwiderte seine Begleiterin und sah an sich herunter, »wird ja wohl auch die paar Kröten für einen Wanderführer aufbringen können.«

Stimmt, dachte Hanna. Die Wanderstiefel sahen nicht nur brandneu aus, sondern auch, als wären sie auf Geröllfeldern wie auf Schneeplatten gleichermaßen einsetzbar. Sie mussten sehr teuer gewesen sein. Auch die Jacken würden allen Wetterlagen in den extremsten Regionen dieser Welt trotzen. Winddicht, atmungsaktiv, wasserabweisend, schnelltrocknend. Alle diese Attribute trafen mit Sicherheit zu. Außerdem liefen Reflektoren wie ein Band in Brusthöhe einmal um den Körper. Nur das Geld für eine vernünftige Wanderkarte schien am Ende nicht mehr drin gewesen zu sein.

»Und Wanderführer sind ja nicht nur dazu da, einem den Weg zu zeigen«, fuhr die Frau unbeirrt fort. »Sie erzählen auch immer etwas über die Gegend oder ein paar lustige Geschichten. Ich finde das klasse.«

»Meinen Sie wirklich?«, fragte Hanna.

»Klar. Ich würde eine geführte Tour immer vorziehen. Wissen Sie, ob es das hier gibt?«

»Nein«, sagte Hanna nachdenklich. »Ich hab darüber nirgendwo etwas gelesen oder gehört.«

Sie waren am Parkplatz angekommen. Hanna streifte sich die Schuhe an einem Baumstamm ab und klopfte Laubreste und Erdklumpen von der Sohle.

»Soll ich Sie bis zur Hauptstraße mitnehmen?«, bot sie an.

Die Frau warf einen schnellen Seitenblick auf ihren Begleiter, der bereits im Begriff war, weiterzugehen.

»Vielen Dank, das ist sehr nett. Aber ich glaube, mein Mann würde lieber erst in der Nacht an der Ostsee ankommen als sich helfen zu lassen.« Sie schien ein solches Männerstolzdrama schon zu kennen und sich nicht daran zu stören.

Hanna war nicht böse. Sie verabschiedete sich und stieg ins Auto.

»Geführte Waldtouren …«, sagte sie zu sich selbst.

War das hier wirklich eine Lücke im Urlaubsangebot? Brauchte es am Ende wirklich nicht mehr als Ortskenntnisse und eine gute Wanderausrüstung?

Ich wäre immer im Wald. In der Stille.

Sie musste mit Berit sprechen, die sicher wusste, ob Ronstorf an so einem Angebot interessiert wäre. Danach könnte sie ein Konzept entwerfen und es ihm vorstellen. Wenn sie damit Geld verdienen würde, könnte sie tun, was Henning vorgeschlagen hatte.

Ich könnte für immer bleiben.

Berit hatte ihren freien Tag, Sinas Atelier war verwaist, ebenso wie die Werkstatt von Lilo und Haus und Garten von Thea. Ganz Plessin schien ausgeflogen zu sein. Nicht einmal Jule ließ sich blicken.

Wo waren denn alle? In der Kirche? Aber es war mitten in der Woche. Hanna fuhr trotzdem zur Kirche, aber der Parkplatz war leer. Sie war erleichtert, als sie Pastor Fredemann zwischen den Grabsteinen entdeckte, wie er Unkraut jätete, das die Grab-Bepflanzung zu überwuchern drohte. Als er aufblickte, winkte sie ihm zu.

»Hallo, Pastor Fredemann.«

Mit einem Ächzen richtete er sich auf. »Frau Taudien. Was führt Sie heute hierher? Sie haben es sich doch nicht etwa anders überlegt?«

»Nein, nein. Ich bin auf der Suche.«

»Das sind die Menschen meistens, die eine Kirche aufsuchen.« Er blickte auf seine schwarz geränderten Fingernägel.

»Nein, äh, das ist nicht das, was ich meinte. Ich suche Berit. Und Lilo, Sina und auch Thea. Niemand ist zu Hause. Ich dachte, eventuell sind sie alle hier.«

»Die sind auf dem Fußballplatz. Heute ist ein Heimspiel vom FC Plessin.«

Hanna schluckte.

»Fahren Sie die Hauptstraße wieder ein Stück zurück. Links davon liegt dann der Platz. Es werden viele Autos da sein, Sie können es gar nicht verfehlen. Aber was gibt es denn so Wichtiges? Kann ich vielleicht helfen?«

»Mit so Tourismusdingen kennen Sie sich sicher nicht aus, oder?«

»Nein, ich kümmere mich nur um die letzten Reisen.«

Hanna starrte ihn an, nicht sicher, ob er einen Scherz gemacht hatte. Aber sein Gesicht blieb ganz ernst.

»Ich brauche jemanden, der sich in der hiesigen Waldgegend auskennt, und mir ein bisschen was über Bäume erzählen kann.«

»Dann sollten Sie wirklich zum Fußballplatz fahren. Der Trainer ist nämlich unser ehemaliger Förster, jetzt im Ruhestand.« Dann bückte er sich wieder und fuhr fort, eine Reihe Eisbegonien von dazwischen wuchernden Grasbüscheln zu befreien.

»Danke. Schönen Tag noch.«

Wenig später parkte Hanna am Sportplatz. Sie saß eine Weile still da und überlegte, ob sie sich das wirklich antun wollte. Sie sagte sich, dass es doch Zeit hätte, nicht heute alles besprochen werden müsste. Aber dann überfiel sie die Angst, dass sie es lassen würde, wenn sie jetzt etwas aufhielte. Sie öffnete das Handschuhfach und nahm das Kosmetiktäschchen mit der Auswahl an Ohrstöpseln in verschiedenen Stärken heraus.

Sie wählte ein Paar aus, drückte daran herum, bis sie es im Ohr komfortabel fand. Die Dämmung für Lärm bis siebenunddreißig Dezibel sollte genügen. Dann atmete sie noch einmal tief durch und machte sich auf den Weg zum Spielfeld.

Es überraschte Hanna, keine ruppigen Kerle spielen zu sehen, sondern eine Jugendmannschaft. Oder eher noch Kinder, vielleicht zehn oder elf Jahre alt. Am Spielfeldrand tummelten sich die begeisterten Eltern der Jungs, wedelten mit den Armen, sprangen wie wild geworden hin und her und feuerten ihre Sprösslinge an. Hanna machte drei Kreuze, dass sie das nicht ungeschützt mit anhören musste.

»Wann ist denn das Spiel zu Ende?«, schrie sie beinahe eine junge Frau an, die gerade mit einer Flasche Limonade in der Hand an ihr vorbeihastete.

Manchmal hatte Hanna Schwierigkeiten einzuschätzen, wie

laut sie selbst sprach, wenn sie nahezu nichts hörte, und erschrak sich dann, wenn es ihr bewusst wurde. Doch offenbar war das hier normal, denn die Frau zuckte nicht mal mit der Wimper.

»Noch eine Viertelstunde. Daumen drücken, dass das reicht!«

»Reicht? Wofür?«, rief Hanna ihr hinterher.

Die Frau blieb stehen und drehte sich um. »Na, Mensch, unsere Jungs liegen zurück. Sie brauchen nicht nur den Ausgleich, sondern einen Sieg, wenn sie aufsteigen wollen.«

»Na, wenn das so ist«, sagte Hanna in der Hoffnung, dass sie alles korrekt verstanden hatte.

Erst einmal musste sie herausfinden, wer überhaupt der Trainer war, denn wenn sie sich Mimik und die enthusiastische Körpersprache ansah, hätte das auf jeden Mann hier zutreffen können. Sie ging an der Bande entlang, hinter der gerade jemand Eisspray auf das geschundene Knie eines pausbäckigen Jungen sprühte. Tapfer wischte er mit dem Ärmel den Rotz fort. Da entdeckte sie plötzlich Thea an einem Tapeziertisch, auf dem sich Kuchen stapelten und wo aus einer riesigen Thermoskanne Kaffee gezapft wurde.

»Hallo, Thea«, rief Hanna und ging zu ihr.

»Na, das ist ja eine Überraschung«, schien Thea zu sagen. Hanna las es mehr von ihren Lippen und dem erstaunten Gesicht ab, als dass sie es verstand. »Möchten Sie ein Stück Kuchen? Dieser Apfelsinenkuchen hier ist von mir und ganz saftig.«

»Gern, und auch einen Kaffee.«

Thea schnitt ein besonders großes Stück ab, schob es auf einen Pappteller und legte eine Gabel dazu.

»Sind Sie nur so zum Zugucken gekommen?«

Hanna wollte antworten, doch in dem Moment passierte etwas auf dem Spielfeld. Der Ausgleich war gefallen. Die Jungs jubelten, Eltern klatschten sich ab, und Thea strahlte über das ganze Gesicht. Hanna sah sich um. Sie sah das Lachen, stellte sich die Glückwünsche und Motivationen vor, die man sich vermutlich zusprach. Für sie gab es keine voneinander abgegrenzten Wörter, durch den Schaumstoff wurde alles zu einem Rauschen, einem Brei aus Tönen. Plötzlich war Hanna traurig. Es war wie mit Lilos Specht und dem Konzert.

Ich höre auch das Schöne nicht mehr.

Sie sah sich um, rubbelte sich kurz über die Ohren, als wolle sie sie wärmen. Dann zupfte sie ruckartig beide Stöpsel auf einmal aus den Gehörgängen. Die Klangkulisse schlug wie eine Welle über ihr zusammen. Da donnerte ein Ruf über das Spielfeld.

»Jungs, denkt an die Frikadellen!«

Für den Bruchteil einer Sekunde wirkte das Spielgeschehen wie zu einem Standbild eingefroren. Dann schienen die kleinen Spieler einen zusätzlichen Motor angeworfen zu haben.

»Was war das denn gerade?«, fragte Hanna.

»Immer wenn sie gewinnen, spendiert ihnen der Trainer hinterher im Klubhaus Frikadellen mit Pommes. Das hat Tradition.«

»Ach, das war der Trainer?« Hanna reckte erneut den Hals.

»Karl Albeck, genau. Er trainiert die Jungs schon seit den Minibubis.«

»Sie kennen ihn?«

»Sicher.«

»Ich müsste ihn etwas fragen. Meinen Sie, ich kann ihn nach dem Spiel einfach so ansprechen?«

»Aber ja, natürlich.« Dann schnitt sie noch ein Stück von dem saftgetränkten Kuchen ab und legte es, ohne zu fragen, auf Hannas Teller, die nicht protestierte.

»Ich hab da eine Idee ...«

Tosender Lärm unterbrach Hanna. Der FC Plessin hatte wahrhaftig das ersehnte zweite Tor erzielt. Jubel brandete auf, als hätten sich die Jungs gerade für die Weltmeisterschaft qualifiziert. Und nun wurde abgepfiffen. Hannas Ohren riefen um Hilfe, nur mit Mühe konnte sie diesen Zusammenprall mit der lebendigen, überschäumenden Welt ertragen. Doch irgendwie ließ sie sich mitreißen, stellte den Teller ab und klatschte Beifall.

»Da kommt Karl«, sagte Thea.

Karl Albeck war etwa im selben Alter wie Thea. Er trug eine Trainingsjacke mit dem Emblem des Vereins. An der Kette um seinen Hals baumelte ein Tigerauge. Sicher war das ein Talisman.

»Frau Taudien ist Gast im Gutshotel. Sie möchte dich gern etwas fragen.«

»Wollen Sie dem Verein beitreten?«

»Nein«, lachte Hanna. »Das ist nichts für mich. Ich hab gehört, dass Sie sich mit dem Plessiner Forst auskennen.«

Er nickte. Aber bevor Hanna fortfahren konnte, wurden sie unterbrochen, weil jemand den Fahrdienst für das Auswärtsspiel am nächsten Wochenende mit ihm besprechen wollte.

»Warum kommen Sie nicht heute Abend zu mir?«, fragte Thea. »Dann haben Sie mehr Ruhe.« Als Hanna sie irritiert ansah, erklärte sie: »Karl kommt zum Essen zu mir. Sie sind auch eingeladen, wenn Sie mögen. Um sieben Uhr.«

»Ja, gern. Wenn ich auch ganz bestimmt nicht störe.«

»Aber nein«, sagte Thea. »Dann bis später. Und den hier schaffe ich für uns beiseite.« Eine beachtliche Menge Kuchen verschwand unter einer Lage Alufolie.

»Dann bis später.«

Hanna nahm den verlockenden Duft schon wahr, als sie noch draußen vor Theas Haustür stand. In der Küche musste es bereits eifrig köcheln und schmurgeln.

»Das riecht ja lecker«, sagte sie, als Thea ihr öffnete, und trat in die Wohnstube.

»Guten Abend«, begrüßte sie Karl, der wie ein unruhiger Tiger auf und ab lief.

Hanna musste schmunzeln. Entweder war das noch das Adrenalin vom Fußballspiel, oder er konnte es vor Hunger kaum noch aushalten. Und wie auf ein Stichwort erschien Thea mit einer großen Platte Fleisch, das in daumendicke Scheiben geschnitten war.

»Das ist Kasseler in Alufolie geschmort. Dazu gibt es Bratkartoffeln mit Speck, Gewürzgürkchen und meine Spezialremoulade. Die verfeinere ich immer selbst.«

»Ich liebe Bratkartoffeln«, sagte Hanna, die jedoch eigentlich so gut wie nie Fleisch aß, aber zugeben musste, dass ihr vom würzigen Bratenduft das Wasser im Mund zusammenlief.

»Wein?«

Hanna nickte, und Thea schenkte ein. Das funkelnde Rubinrot reflektierte das Licht der dezenten Beleuchtung.

»So, dann nehmt Platz und langt zu.«

Hanna war nicht sicher, ob sie es schaffen würde, eine ganze Scheibe Fleisch zu essen, aber was sie aus Höflichkeit begann, endete mit einem zufriedenen Seufzer. Es war köstlich, und sie tat sich noch eine zweite Portion auf.

»Schmeckt es denn?«, fragte Thea.

»Solange keiner was sagt, schmeckt es«, murmelte Karl und konzentrierte sich auf seinen Teller.

Und so war es. Sie sprachen nicht viel, bis sie alle sich gegen die Rückenlehnen sinken ließen und die Bäuche hielten. Hanna hatte schon lange nicht mehr so gut gegessen. Und sie gestand sich ein, dass sie sich in der Gesellschaft von Thea und Karl pudelwohl fühlte. Sie zogen auf das Sofa um, und am liebsten hätte Hanna die Beine hochgelegt.

»Einen Kurzen?«, fragte Karl.

»Nein, danke. All diese Verdauungsschnäpse sind nichts für mich. Die brennen mir höchstens die Speiseröhre weg.«

»Mensch, Mädchen«, sagte Karl gespielt entrüstet, »so ein anständiger Aquavit ist doch was Feines.«

»Ich mag den schon nicht riechen«, sagte Thea und schüttelte sich. »Aber ich hab was anderes für uns.«

Sie stand auf und verschwand in der Küche, während Karl das Schnapsglas mit der klaren Flüssigkeit vor seiner Nase schwenkte, als wäre er bei einer Weinprobe. Thea kam wieder und stellte zwei Likörgläser vor Hanna ab.

»Baileys auf Eis«, sagte sie und prostete Hanna zu, die ihr Glas ebenfalls ansetzte.

»Hm, lecker.« Dann sprach sie Karl an. »Ich wollte Sie ja etwas fragen.«

»Dann mal zu.«

Und Hanna erzählte. Zuerst zögerlich, da sie fürchtete, die beiden könnten alles für eine Schnapsidee halten, für die Flausen einer Urlauberin. Doch je länger sie zuhörten, ohne sie zu unterbrechen, desto sicherer fühlte sich.

»Kann man denn davon leben?«, fragte Thea mit unüberhörbarer Skepsis, als Hanna fertig war.

Hanna zuckte mit den Schultern. »Ich hab nichts durchgerechnet, und es gibt noch kein Konzept. Die Idee ist mir ja erst heute gekommen. Ich müsste auch erst eine Menge über die Gegend lernen.«

»Das ist ja heute alles Landschaftsschutzgebiet«, sagte Karl.

»Heißt das, man dürfte da gar keine Touren anbieten?«

»Doch, ich mein nur. In der DDR war das Sperrgebiet. Und noch viel weiter davor, im Mittelalter, gehörte das Waldgebiet zu Lübeck. Die Lübecker durften dort mit kaiserlicher Erlaubnis Holz schlagen, als Feuerholz und um Häuser zu bauen.«

»Also ist das auch ein Gebiet, über das man geschichtlich ein bisschen was erzählen könnte. Interessant.«

»Man muss nur fix aufpassen. Da gibt es viele Fuchs- und Dachsbauten. Wenn man da reintritt, kann man sich schnell den Knöchel brechen.«

»Das ist ja sehr ermutigend«, sagte Thea trocken.

Karl ließ sich gar nicht aus dem Konzept bringen. »Das meiste sind Laubbäume. Keine Nadelbäume. Und es gibt da auch noch Kesselmoore. Das sind Moore, die sich in Senken bilden, kesselförmig, mit Wänden drumherum.«

»Sind solche Sümpfe gefährlich?«

»Das sind Moore, keine Sümpfe. Ein Sumpf bildet kein Torf aus, ein Moor schon.«

»Aber da kann man doch versinken, oder?«

Karl schüttelte halb belustigt, halb fassungslos den Kopf. »Das ist kein Treibsand, der einen nach unten zieht. Steckenbleiben kann man aber schon. Und wir haben auch noch etwas, was man hier sonst nicht findet. Zwei nordamerikanische Mammutbäume.«

»Im Ernst? Nicht nur Nandus aus Südamerika, auch noch Bäume aus Nordamerika. Verrückt.«

»Aber das Allerbeste gibt es da nicht.«

»Und was ist das?«

Karl machte ein Gesicht, als würde er gleich ein gut gehütetes Geheimnis preisgeben. »Apfelbäume.«

Thea rollte amüsiert mit den Augen. Sie war mit dem Thema offensichtlich vertraut.

»So ein schöner saurer Boskop ist was Feines. Oder ein Pommerscher Schneeapfel. Die sind allerdings sehr selten zu finden. Doberaner Renette. Auch sehr gut.«

»Vielleicht sollte ich Obstgartentouren anbieten«, sagte Hanna und seufzte. Warum nicht beides, schoss es ihr durch den Kopf.

Auf einmal stand Karl abrupt auf, seine Arme nahmen eine Tanzhaltung ein, und er begann in den Knien zu federn.

»*Don't Sit Under the Apple Tree*«, sang er, den Rest des Klassikers von den Andrew Sisters pfiff er. Er tanzte durch die Wohnstube zur Melodie aus der Musikanlage, neben der ein Stapel CDs lag. Mit sicherem Griff zog er eine CD heraus und legte sie ein, und Hanna fragte sich nicht zum ersten Mal an diesem Abend, wieso er sich so gut in Theas Haushalt auskannte. Waren die beiden ein Paar? Sie konnte wohl schlecht fragen. Und war das vielleicht … In Hanna keimte ein Verdacht. War das vielleicht der Grund für den Geschwisterzwist? Zwei Schwestern, die denselben Mann liebten? Sie musste das beobachten.

Im Moment beobachtete sie allerdings Karl, der zu Jazzklängen wippte und die Lieder mitsummte. Hanna merkte, dass sie selbst auch kaum die Füße stillhalten konnte, trotzdem entschuldigte sie sich für einen Moment, ging zur Toilette und setzte mit einer Drehbewegung die Schaumstoffpfropfen ein.

»Mögen Sie das auch?«, fragte sie Thea, als sie wieder ins Wohnzimmer zurückkehrte.

»Oh ja«, sagte Thea, und ihre Augen leuchteten. »Zu Jazz und Swing sind wir früher immer tanzen gegangen.«

»Durften Sie denn früher in der DDR so was überhaupt hören?«

»Das war zwar Musik aus dem feindlichen Amerika«, erklärte Karl, »aber Blues und Dixieland aus dem Süden der USA kam von den unterdrückten Afroamerikanern. Daher hatte sie es leichter, hier akzeptiert zu werden. Wir haben einen amerikanischen Soldatensender gehört. Daher kannten wir sie alle. Satchmo, Ella Fitzgerald, Glenn Miller, Benny Goodman …«

»Duke Ellington, Lionel Hampton«, führte Thea die Aufzählung fort und blickte versonnen. »Das war eine tolle Zeit.«

»Thea hat ein Foto von Harry James im Portemonnaie mit sich rumgetragen.«

»Ja, der sah gut aus. Und konnte spielen.«

»Den *Trumpet Blues*!«

Hanna schaute von Karl zu Thea und wieder zurück zu Karl. Die beiden kannten sich also schon sehr lange.

Hanna sah zu Karl, der jetzt den Türpfosten des Wohnzimmers zu einem Kontrabass erklärte und imaginäre Saiten zupfte.

Hanna rutschte immer tiefer in das weiche Polster. Sie befand sich in einer Blase aus Wohlbehagen und Gelöstheit. Ein paar schaumstoffgedämpfte Lieder und cremige Liköre später schmetterten sie wie auf Kommando Glen Millers *Pennsylvania 6–5000*, und Hanna hatte das Gefühl, dass es Zeit war zu gehen. In ihrem Kopf kringelte es sich, und sie musste noch in der rabenschwarzen Nacht zurückfinden.

»Jetzt haben wir gar nicht mehr richtig über Ihre Pläne gesprochen. Morgen sucht Karl Bücher und Karten zum Plessiner Forst heraus, versprochen«, sagte Thea zum Abschied. Sie sah sie schuldbewusst an.

Hanna winkte ab. »Das macht nichts. Ich hatte den besten Abend seit Langem.«

Sie verabschiedete sich und stapfte durch die frostkalte Nacht davon. Irgendwann musste sie lachen. Sie hatten eine lebhafte Diskussion darüber gehabt, welche Version des Liedes besser war, das sie gerade summte. Die von Ella Fitzgerald oder die von Doris Day. Für Karl war die Sache eindeutig. Nichts ging über Ella.

Gonna take a sentimental journey …

15

❀

Frida

*I*rgendwann am Abend, als sie durch das Rechteck über sich in nichts als undurchdringliche Schwärze blickte, stand Frida auf. Im Haus war es still. Sie duschte lange und heiß, bis sie dachte, ihre Haut müsse sich vom Körper schälen. Dann stieg sie in ihre Jeans und zog ein Sweatshirt über, unter dessen Kapuze die feuchten Haare verschwanden. Die Füße schlüpften in Schafswollsocken, die so dick waren, dass sie damit in kein Paar Schuhe mehr passten.

Sie schob die beschrifteten Kartons auseinander. Die mit den Sachen, die sie täglich brauchte, auf die eine Seite, die mit den Dingen, die auf den Dachboden sollten, auf die andere. Bevor sie sich mit einem Karton im Arm auf die steile Treppe zum Dachboden wagte, schaltete sie das Licht ein, um überhaupt zu sehen, wohin sie trat. Als sie gerade mit der ersten Ladung hinaufstieg, hörte sie ihren Onkel von unten rufen.

»Warum sagst du denn nicht Bescheid?«

»Ich wusste ja nicht, dass du hier bist. Ich dachte, du bist draußen auf dem Boot.«

»Ich hab die Schicht einem Kollegen übergeben. Ich wollte nicht, dass niemand da ist, wenn du wach wirst.«

Frida wusste nichts zu sagen. Ihre Kehle schnürte sich fast schon wieder zu, diesmal vor Rührung.

»Du hättest bis morgen warten können. Oder willst du dir den Hals brechen? Und sag jetzt bloß nicht, ist ja auch schon egal.«

»Ich wollte das aber gern heute machen«, antwortete sie, nicht ohne eine Spur von Trotz.

»Dickköpfig wie eh und je.« Henning nahm ihr den schweren Karton mit den Büchern aus den Armen, dessen Boden sich bereits durchbog und vermutlich jeden Moment auseinanderbrechen würde. »Oder ist das ein Ablenkungsmanöver oder so?«

»Beschäftigungstherapie. Das hilft immer, hätte Mama gesagt.«

Prüfend schaute Henning sie an. Frida konnte das nicht leiden. Seine Blicke waren wie Röntgenstrahlen, die alles aufspürten, was unsichtbar bleiben sollte. Ihre Mutter hatte diese manchmal ausgesprochen lästige Gabe auch gehabt.

»Wird nichts mit den Aufnahmen in Lübeck?«

Frida schüttelte den Kopf. Während sie nach und nach alle entsprechenden Kartons an den Fuß der Treppe schob, damit ihr Onkel sie nach oben tragen konnte, berichtete sie kurz und knapp, was in Lübeck passiert war.

»Aber das ist doch kein Weltuntergang«, sagte er. »Und wenn die anderen Studios teurer sind, dann sparst du eben noch ein bisschen länger. Das ist ein Aufschub, Frida, kein Ende.«

»Ich mag aber nicht mehr. Offensichtlich renne ich in die falsche Richtung. Erst Ronstorf, dann das Tonstudio. Wie oft soll ich denn noch auf die Nase fallen? Man muss auch wissen, wann es genug ist. Das hätte Mama auch gesagt, ganz bestimmt.«

Ist so, oder? Kannst du mir nicht ein winzig kleines Zeichen geben?

»Ich sehe das anders, aber es ist deine Entscheidung.«

»Dein Geld bekommst du natürlich zurück.«

»Mach mich nicht wütend, Mädchen! Das behältst du. Und wer weiß, ob …«

»Dies ist der letzte Karton«, unterbrach Frida ihn. Sie wollte nicht weiter diskutieren. Und sie wollte auch nicht wissen, worüber Henning und Hanna vorhin gesprochen hatten. »Danach kann ich hier unten auspacken.«

»Komm nur kurz hoch, damit ich dir zeigen kann, wo ich alles verstaue, falls du etwas davon brauchst.«

Frida stapfte auf Socken die Treppe hoch und zog den Kopf ein, als sie durch die Luke stieg. Es war stickig hier oben. Staub und der Geruch von altem Papier und etwas anderem, das sie nicht einordnen konnte. Sie rümpfte die Nase.

»Was riecht denn hier so eklig?«

»Nelke. Hab ich mal hier oben versprüht, als ich im letzten Jahr den Marder loswerden musste, erinnerst du dich?«

Frida nickt.

»Der Marder ist längst weg, aber vom Geruch hab ich immer noch was.«

Als Fridas Augen und Nase sich an die Umgebung gewöhnt hatten, sah sie sich um.

»Ich dachte … Wolltest du nicht Mamas Sachen längst aussortieren und weg…« Sie brach ab.

»Konnte ich nicht«, sagte ihr Onkel kleinlaut. »Ich hab ein paar Mal angefangen, aber dann …«

Der Dachboden war eine Zeitmaschine. Die großen Möbelstücke fehlten, aber davon abgesehen hatte Frida das Gefühl, in ihrer alten Wohnung zu stehen. Ihr Blick fiel auf den viktorianischen Vogelkäfig, in dem sie nur für wenige Wochen einen exotischen Sittich gehalten hatten, bevor sie ihn zu einem echten Liebhaber gebracht hatten, bei dem das arme Tier in einer großen Voliere Gesellschaft und viel mehr Platz gehabt hatte. Da hinten stand ihr altes Schaukelpferd. Frida fuhr mit den Fingern über die feuerrote Mähne, die sie damals zu Zöpfen geflochten hatte. Sie waren noch immer so. Und dort war die Stehlampe, mit deren perlmuttfarbenen Perlenfransen sie immer am liebsten dasselbe gemacht hätte, aber nicht durfte, weil ihre Mutter Angst hatte, die Schnüre würden reißen und die kleinen Perlen sich über den Boden ergießen.

»Sieh mal, dein Preis vom Musikwettbewerb«, sagte Henning und reichte Frida den goldenen Pokal.

Sie fuhr mit den Fingerspitzen über die eingravierten Buchstaben.

Frida Runau
1. Platz Flöte
Schul-Musikwettbewerb 2014

Sie erinnerte sich daran, wie glücklich sie gewesen war. Wie glücklich ihre Mutter gewesen war. Und sie erinnerte sich daran, dass ihre Mutter bei der anschließenden Feier in der Aula der Schule ohnmächtig geworden war. Die Aufregung, die Hitze und vielleicht der Sekt, hatte sie damals gesagt. Dass es bereits ein erster Vorbote der Krankheit gewesen war, sollten sie erst später erfahren. Die Erinnerung schnitt Frida ins Herz.

»Schau mal, der alte Plattenspieler ist auch noch da«, sagte Henning.

»Und die Platten?«

»Die auch. Komm gucken. Vielleicht gefällt dir was davon.«

Frida bahnte sich den Weg durch Boxen voller Werkzeuge und Kleiderständer, blieb mit dem Hosenbein an einem Angelhaken hängen, der an einer zerbrochenen Angelrute baumelte.

»Zeig mal«, sagte sie und nahm die oberste Vinylplatte vom Stapel. Kate Bush. Frida lächelte. Eine LP aus der Teenagerzeit ihrer Mutter. Sie nahm die nächste. Sinéad O'Connor. Dann Blondie. Lauter außergewöhnliche und starke Frauen. So wie es auch ihre Mutter gewesen war.

»Wollen wir?«, fragte Henning.

Frida schnappte nach Luft, lachte. »Hast du denn Strom hier oben?«

Er deutete auf eine Kabeltrommel. »Klar. Ich muss doch mal

einen Bohrer oder eine Säge anschmeißen können. Warte einen Moment.«

Henning rollte ein paar Meter Kabel ab, lief damit die Treppen hinunter, war einen Augenblick später wieder oben, und sah Frida auffordernd an.

»Such aus.«

»Okay, lass mich sehen.« Sie ging den Stapel durch. »Oh Mann, was ist das denn? Tenpole Tudor. Adam and the Ants.«

Henning lachte. »Deine Mutter hat alles mitgemacht. Punk, New Wave, egal. Hauptsache nicht so ein Mainstream-Geklampfe.«

»Wir nehmen die hier.«

Sie zog die Vinylscheibe aus der verstaubten Hülle und gab sie Henning. Er legte die Platte auf den Plattenteller und hob dann vorsichtig, fast feierlich, den Tonarm. Die Platte begann sich zu drehen, und mit einem kleinen Ratscher setzte er die Nadel auf.

Last night a little dancer came dancin' to my door
Last night a little angel came pumping on my floor.

Sie sahen sich an, und Frida ahnte, was nun kommen würde. Sie schüttelte den Kopf.

»Na los, stell dich nicht so an.« Henning fing an, zu Billy Idols *Rebel Yell* zu tanzen. Oder vielmehr, er sprang wie bei einem Punkkonzert, schüttelte sich. Frida wippte erst mit dem Oberkörper, dann sprang sie ebenfalls auf und ab. Beim Headbanging im Takt der Musik rutschte ihre Kapuze herunter, die noch nassen Haare lösten sich und flogen um ihren Kopf. Immer wenn sie kurz aufblickte, sah sie ihren Onkel Luftgitarre spielen. Es folgten noch zwei andere Lieder, und als sie sich vollkommen verausgabt hatten, ließen sie sich auf den Boden sinken und japsten nach Luft.

»Mannomann, ich bin aus der Übung«, keuchte Henning.

»Und ich hatte noch nie Übung darin«, sagte Frida lachend. »Meine Musik ist viel ruhiger. Aber das war toll!«

Sie fühlte sich, als hätte sie sich den Frust aus Körper und Seele geschüttelt. Duschen konnte sie gleich noch einmal, an ihr klebten Schweiß und Staub, aber das kümmerte sie nicht.

»Komm, lass uns was essen. Wir machen den Rest morgen«, schlug Henning vor.

»Du willst wohl damit sagen, dass du nicht mehr kannst«, scherzte Frida.

»Vorsichtig, leg es nicht darauf an, Nichte. Du würdest dich wundern.« Dann setzte er zu einem Luftsprung mit Gitarre an, kam aus dem Gleichgewicht, knallte gegen einen Schrank. Die Tür sprang auf, und der Inhalt fiel ihnen entgegen.

»Hast du dir wehgetan?«, fragte Frida erschrocken, und wollte seinen Arm greifen.

»Komm nicht auf die Idee, mir aufhelfen zu wollen.« Er rappelte sich auf, klopfte sich den Schmutz ab und blickte auf die Flut aus Magazinen, Alben und losen Fotos, die über den Boden verstreut lagen. »So ein Schiet! Geh du schon nach unten, ich räum das wieder ein.«

»Na schön. Ich decke den Tisch.«

Frida fühlte sich so viel besser als noch vor ein paar Stunden. Sie hatte ihre Meinung nicht geändert, aber ihre Dachbodenparty war ein guter Abschluss gewesen. Ein Tanz zu Ehren der Liebe ihrer Mutter zur Musik, zum Leben. Das hätte ihr gefallen. Und sie hätte ihre Tochter verstanden. Sie hatte ihr mit auf den Weg gegeben, sich nicht so schnell unterkriegen zu lassen und aufzugeben. Aber sie hatte auch immer ein Gespür dafür gehabt, wenn gesunder Ehrgeiz die Grenze zum sich Verrennen überschritt. Frida pfiff vor sich hin, während sie Teller, Besteck und Gläser auf dem Küchentisch arrangierte.

»Lasagne?«, rief sie nach oben.

»Okay.«

Sie setzte Wasser für die Nudelplatten auf und begann, Gemüse zu schnippeln.

»Frida?«

»Was denn?«

»Warte mit dem Essen.«

»Wieso denn jetzt? Willst du was anderes?«

»Komm rauf.«

»Was hast du denn jetzt wieder angestellt?« Sie kicherte. Er war doch wohl nicht unter irgendwelchen Dingen begraben oder hatte irgendetwas Gruseliges gefunden?

Als sie auf dem Dachboden ankam, saß Henning auf einer alten Truhe, in der sie früher Brettspiele und Faschingskostüme aufbewahrt hatten. Er hielt ein Buch in der Hand.

»Was ist das?«, fragte Frida.

»Das hat deiner Mutter gehört.«

»Aber was ist es denn?«, fragte sie erneut.

Henning sah sie nicht an. Er starrte auf das Buch und machte keine Anstalten, es ihr zu geben.

»Ich hab immer gedacht, es wäre damals verloren gegangen, als wir die Wohnung ausgeräumt haben. Aber es war die ganze Zeit hier. In der Schachtel mit den alten Schulzeugnissen, die sie aufbewahrt hat. Ich hab es erst jetzt gefunden.«

Frida wurde allmählich ein bisschen ungeduldig, und darüber hinaus beunruhigte sie das Verhalten ihres Onkels. Er war gar nicht richtig da, sprach mehr zu sich selbst als zu ihr. Sie legte ihren Zeigefinger an eine Pappschachtel mit Schrauben auf dem Tisch neben sich, schob sie Zentimeter für Zentimeter an die Tischkante heran, bis sie schon zu einem Viertel überstand. Noch ein Stückchen weiter, und sie würde auf dem Boden aufschlagen.

»Hier«, sagte Henning dann plötzlich und hielt ihr das Buch hin. Frida packte die Schraubenschachtel und schob sie zurück. »Das solltest du bekommen.«

Frida griff nach dem Buch und bemerkte erst jetzt, dass es keines war, sondern offenbar ein Tagebuch. Fridas Herz klopfte schneller. Der abgegriffene Kartoneinband war bemalt mit Schmetterlingen, Libellen, Blüten und Blättern. In dem Feld auf dem Deckblatt, in das man seinen Namen und das Unterrichtsfach eintrug, stand in der Handschrift ihrer Mutter:

Nature made – Heides poetry.

Frida schlug die erste Seite auf.

Wenn du beginnst, aufmerksam in die Stille zu lauschen, dann hörst du Musik.

»Was ist das?«, flüsterte Frida jetzt.

»Wusstest du nicht, dass sie Gedichte geschrieben hat? Meine Schwester war gut mit schönen Worten. Wie du.«

Frida drückte das Büchlein an sich. Was für einen Schatz hatte ihr Onkel ihr da übergeben?

»Was soll ich damit machen?«, fragte sie ängstlich. Sie fühlte sich, als hätte man ihr plötzlich eine Verantwortung übergeben, die zu groß für sie war.

»Lies es. Und dann …« Der Satz blieb in der dumpfen Luft unterm Dach hängen.

»Sie hat so oft gesungen für mich. Es waren nie Lieder, die ich irgendwo im Radio gehört hätte, oder von anderen Kindern. Meinst du, die waren von ihr?«

»Ganz bestimmt. Sie liebte es, zu singen, daran erinnere ich mich gut. Heide hat nie ein Instrument erlernt. Sie hatte angefangen, Klavierunterricht zu nehmen, und dann warst du unterwegs.«

»Und dann hat sie es aufgegeben? Wegen mir?«

Henning packte sie an den Schultern. »Hör mir zu. Ja, sie hat es aufgegeben, als du auf die Welt kamst. Aber sie hat es selbst so entschieden, weil sie uneingeschränkt für ihr Kind da sein wollte. Glücklicher als über dich in ihrem Leben konnte sie gar nicht sein.«

»Wirklich?«, flüsterte Frida.

»Wirklich.«

Frida atmete aus. Sie hatte fast nicht mehr Atem geholt, seit sie den rauen Karton unter den Fingern spürte.

»Mit der Lasagne mache ich jetzt weiter«, sagte Henning. »Ich rufe dich, wenn sie fertig ist.«

»Gut.«

»Und eins noch: Du warst der beste Grund, den es geben konnte. Die Aufgabe eines Tonstudios ist es nicht.« Er ließ sie allein auf dem Dachboden zurück.

»Danke, Mama«, flüsterte sie.

Frida hatte verstanden. Sie hatte ihre Mutter um ein Zeichen gebeten, und hier war es. Und sie begriff, dass ihre Reise noch nicht zu Ende war. Vielleicht fing sie sogar gerade jetzt erst an.

✿

Hanna

In den Wochen, die auf das Abendessen mit Thea und Karl folgten, ließ sich Hanna nur selten außerhalb ihrer vier Wände blicken. Gelegentlich traf sie sich am Abend mit dem Hexenzirkel auf einen gemütlichen Plausch, ihr zuliebe ohne Partymusik, dafür mit viel Glühwein und Spekulatius, und die Frauen wuchsen ihr mehr und mehr ans Herz.

Sie lernte, dass es hier auf dem Land noch eine unverwüstliche Singkultur gab, auch wenn sie selbst während der Gottesdienste meist Runden über den Friedhof drehte. Doch das *O Heiland, reiß die Himmel auf* drang durch die meterdicken Kirchenmauern, klang in Hanna nach, und jedes Mal fühlte sie eine noch tiefere Ruhe, und fragte sich, ob sich der Effekt wohltuender Klänge kumulieren konnte.

Oft saß sie stundenlang im Pastoratsbüro und druckte seitenweise Segenswünsche auf farbigem Papier aus, schnitt diese zu, und legte sie auf dem Tisch in der Kirche aus. Die ausgedruckten Sprüche erfreuten sich bei Besuchern großer Beliebtheit, wurden stetig weniger, die Münzen in der Kollekte jedoch nicht mehr.

Stefan hatte sie und Pastor Fredemann einmal im Pastoratsbüro besucht. Auf Krücken, sehr leidend und offenbar auch sehr froh, dass Hanna ihn nicht drängte, ihr den Job wieder abzunehmen, nachdem sein Gips entfernt worden war, und er sich wieder bewegen konnte.

Meistens jedoch lernte sie. Hanna las Bücher über das aus Japan herübergeschwappte Waldbaden und dessen heilende Wirkung und lernte, die verschiedenen Baumarten anhand botanischer Bildbände zu identifizieren. Karl hatte ihr einen ganzen Stapel Bücher überlassen, sie studierte Landkarten und Wanderwege, und wenn das Wetter es zuließ, überprüfte sie diese eingezeichneten Strecken auf eventuelle Schwachstellen vor Ort im Wald, damit sie keine unangenehmen Überraschungen erlebte, wenn sie mit einer Gruppe unterwegs wäre. Ab und zu begleitete Frida sie dabei, und Hanna war erstaunt, wie gut sie sich auskannte. Fridas Waldanekdoten waren außerdem eine echte Bereicherung, und Hanna wünschte, sie selbst hätte so viel zum Thema zu erzählen, das würde sich auf den Touren gut machen.

Mit jeder Woche, die verging, wurden diese Touren jedoch auch mühsamer, denn der Winter kündigte sich schon jetzt mit klirrend kalten Nächten und fast ebenso grimmigem Wetter am Tag an. Wenn Hanna am Abend durchgefroren zurückkehrte, wärmte sie sich mit heißem Kakao und ausgedehnten Duschen, die das Badezimmer wie eine finnische Dampfsauna zurückließen. Danach beugte sie sich wieder über die Rohfassung zu einem Konzept, das sie zu gegebener Zeit im Gutshotel vorstellen wollte, damit Ronstorf ihre Touren mit in das Gästeprogramm aufnahm.

Und dann kam Weihnachten. Pastor Fredemann hatte Hanna ein bescheidenes Budget zur Verfügung gestellt, das sie für die Dekoration der Kirche ausgeben durfte. Hanna hatte dies von ihrer zusehends schrumpfenden Abfindung dennoch aufgestockt und war gemeinsam mit Berit zum Weihnachtsmarkt nach Wismar gefahren. Sie hatten Holzarbeiten und Marionetten bestaunt, beim Kerzenziehen zugesehen und sich mit Schmalzgebäck und Eierpunsch gestärkt. Und Hanna hatte sich in den Lädchen für Weihnachtsdeko nach Herzenslust ausgetobt. Ihre zwei Monate Aushilfszeit waren in wenigen Tagen vorbei, und sie wollte sich selbst einen unvergesslichen Abschied bereiten.

Jetzt stand sie gemeinsam mit dem Pastor an der Kirchentür und empfing die zahlreichen Besucher zum Gottesdienst an Heiligabend. Ihr Herz hüpfte bei jeder Person, die durch die Tür trat und ein »Ah« oder »Oh« hören ließ. Und jedes Mal sah Pastor Fredemann sie halbherzig strafend an.

»Wo von der Fülle des Glanzes und dem Zauber des Unerwarteten deine Augen geblendet sind, da musst du die Augen des Herzens auftun. Die werden bald erkennen, welcher Glanz vergänglich, welches Gold echt oder Flitter ist.«

»Lassen Sie mich raten. Eine Bibelstelle ist das sicher wieder nicht, oder?«

»Karl Ferdinand Gutzkow, deutscher Schriftsteller im neunzehnten Jahrhundert.«

»Wusste ich's doch.« Hanna lachte.

Als es schließlich Zeit war, mit dem Gottesdienst zu beginnen, schlossen sie die Türen. Auch Hanna wollte heute der Andacht beiwohnen, sie zog sich ganz in das hintere Ende der Kirche zurück und nahm dort auf einem Klappstuhl Platz. Als sie saß und von diesem Punkt aus den gesamten Innenraum des Gotteshauses auf sich wirken ließ, war sie – obwohl es ihr eigenes Werk war – überwältigt.

Die zweieinhalb Meter hohe Tanne funkelte in Smaragdgrün, Rot und Gold. Hanna hatte Dutzende Kerzen rund um den Altar herum aufgestellt, und die Flammen spiegelten sich in den Christbaumkugeln. Die Spitze des Baumes zierte ein tellergroßer Stern aus goldenem Pappmaché, der mit Perlen beklebt war. Jede Kirchenbankreihe hatte Hanna mit Tannen- und Mistelzweigen geschmückt, und Waldgeruch hing in der Luft.

»Frohe Weihnachten, Hanna«, wisperte plötzlich neben ihr eine Stimme. Es war Berit, die mit ihrem roten Mantel und der Wollmütze in derselben Farbe, auf der ein flauschiger weißer Troddel saß, wie Santa Claus persönlich aussah. Ihre Wangen waren gerötet von der kalten Winterluft.

»Frohe Weihnachten! Ich hab schon gedacht, es ist dir was dazwischengekommen.«

»Wo denkst du hin?«

Sina und Isabel hatten in einer Reihe weiter vorn Platz genommen. Nur Lilo war nicht hier. Sie hatte ausrichten lassen, später nachzukommen, weil das Brimborium in der Kirche angeblich nicht so ihre Sache war. Auch Frida fehlte. Überhaupt hatte Hanna sie in den letzten Wochen nur sehr selten zu Gesicht bekommen. Sie war genau wie sie die ganze Zeit mit etwas beschäftigt gewesen, ohne allerdings sagen zu wollen, was es war.

»Ich gehe zu den anderen«, flüsterte Berit. »Willst du nicht mitkommen?«

»Lass mich mal hier sitzen.«

Pastor Fredemann setzte zu seiner Ansprache an, und Hannas Blick glitt über die Köpfe der Gemeinde. Sie blieb bei Thea und Karl hängen, die nebeneinandersaßen. Hanna bedauerte, dass Lilo nicht gekommen war. Vielleicht würde die friedliche Weihnachtsstimmung die zwei Schwestern versöhnlich stimmen, und sie könnten endlich einen Schritt aufeinander zu machen. Andererseits war diese Mauer aus Schweigen nicht erst gestern errichtet worden, und es hatte schon viele Weihnachtsfeste gegeben, die auch nichts geändert hatten.

Das Lied *O du fröhliche* bildete eine Stunde später den Abschluss. Hanna räusperte sich, formte mit den Lippen die Worte, traute sich aber nicht, ihnen auch einen Ton zu verleihen. Doch dann hörte sie so viele schiefe und gebrummte Töne um sich herum, dass sie es probierte. Erst leise, sodass sie sich gerade selbst hören konnte, dann, als die feierliche Stimmung auch von ihr Besitz ergriff, ein wenig lauter. Am Ende saß sie aufrecht, um ihrer Stimme den Raum zu geben, den sie brauchte, damit sie das Glücksgefühl hinaussingen konnte, das in ihrer Brust steckengeblieben zu sein schien.

Als der letzte Ton verklungen war, bat Pastor Fredemann noch einmal um Aufmerksamkeit.

»Zum Schluss möchte ich noch ein besonderes Wort des Dankes sagen. Wie Sie alle wissen, ist Frau Taudien in den letzten Wochen für unseren Küster eingesprungen.«

Mehrere Köpfe drehten sich zu Hanna herum.

»Es ist heutzutage keine Selbstverständlichkeit mehr, dass man seine Zeit so bereitwillig und uneigennützig in den Dienst einer guten Sache stellt.«

Sie spürte, wie ihr die Röte in die Wangen schoss.

»Und daher sage ich im Namen unserer Gemeinde Danke. Für die vielen Stunden, in denen sie vielleicht auch lieber mit Freunden zusammen im Kino …«

Hanna unterdrückte den Impuls, heftig den Kopf zu schütteln.

»… oder in einem Restaurant gesessen hätte, anstatt dafür zu sorgen, dass der Pastor, der schon allmählich ein bisschen vergesslich wird, auch die richtigen Predigten für den jeweiligen Anlass hält. Nicht zuletzt auch für diese Pracht am heutigen Heiligen Abend.«

Mit einer weit ausholenden Geste umschrieb er Hannas glänzenden und glitzernden Weihnachtsrausch. Hanna erhob sich kurz und nickte ihm zu, als der Hexenzirkel tatsächlich zu applaudieren begann und eine Sekunde später der Rest der Gemeinde mit einstimmte. Hanna wäre am liebsten davongelaufen.

Und dann war es vorbei. Pastor Fredemann hatte die letzten Besucher in die Heilige Nacht entlassen, Hanna hatte die Kerzen sorgfältig gelöscht. Sie wollte sich verabschieden, aber er bat sie um ein paar Minuten ihrer Zeit.

»Sie wissen ja, dass unser alter Küster mit dem letzten Tag dieses Jahres in den wohlverdienten Ruhestand geht. Sie haben sich nie erkundigt, ob wir einen Nachfolger gefunden haben, und ich weiß auch überhaupt nicht, wie Ihre Pläne aussehen.«

»Meine Pläne, ja also …«

»Ich weiß natürlich von Ihren geplanten Waldtouren«, unterbrach er sie, »aber ich frage mich, ob Sie vielleicht auch Interesse daran hätten, weiterhin hier in der Kirche zu arbeiten. Dann natürlich mit einem regulären Gehalt.«

Hanna war sprachlos. Sie hatte wochenlang gerechnet, sich überlegt, welche Preise sie für ihre Touren ansetzen müsste, damit sie einigermaßen davon leben könnte. Das Ergebnis war entmutigend. Niemand würde so viel Geld für Wanderungen ausgeben. Sie war sich also darüber im Klaren, dass sie sich zusätzlich noch etwas anderes einfallen lassen musste. Dieses Angebot war ein Geschenk.

»Denken Sie in Ruhe darüber nach. Bis zum Jahresende …«

»Nein, das brauche ich nicht. Ich will.« Sie musste lachen über ihre Wortwahl, bevor sie fortfuhr. »Ich müsste nur schauen, wie viele Stunden ich für beides, den Wald und die Kirche, einplanen muss, und dann sage ich sehr gerne ja.«

»Das freut mich wirklich sehr. Über die Details unterhalten wir uns dann beizeiten, bevor wir einen Vertrag aufsetzen. Und ich habe noch etwas für Sie.«

Er griff hinter sich zu etwas, das er auf einer der Kirchenbänke deponiert hatte, und gab es Hanna. Ein Päckchen, unbeholfen eingewickelt und mit einem sich kringelnden Band verschlossen, was Hanna so rührend fand, dass der Inhalt gar nicht mehr wichtig war. Sie riss es auf.

»Ich dachte mir, Sie sollten Ihr eigenes Gesangbuch haben.«

Hannas Finger strichen über den saphirblauen Leineneinband. Ein goldfarbenes Lesebändchen lugte aus den Seiten hervor.

»Ich danke Ihnen. Das ist wunderhübsch.« Hanna drückte es an sich wie einen Schatz, und es fehlte nicht viel, und sie hätte dem Pastor einen Kuss auf die Wange gedrückt.

»Und nun scheuche ich Sie hinaus. Ein alter Mann wie ich braucht seinen Schlaf. Ihre Freundinnen warten auf Sie. Vermutlich sind sie schon halb erfroren.«

Hanna verabschiedete sich und trat hinaus in die Nacht. Es hatte angefangen zu schneien, und eine strahlend weiße Decke hatte sich über allem ausgebreitet. Berit und Sina versuchten, Flocken einzufangen, Isabel testete, wie rutschig der Gehweg war.

Ihre Freundinnen warten auf Sie.

Die Worte von Pastor Fredemann und der Anblick der drei Frauen fluteten Hanna mit einer Wärme, die sie die Winterkälte kaum mehr spüren ließ.

»Wollen wir?«, rief sie den anderen zu.

»Na, sicher«, rief Berit. »Wir warten ja nur auf dich. Und der Weihnachtspunsch wartet bei Sina. Wir müssen nur noch unterwegs Lilo einsammeln.«

»Das mache ich«, bot Hanna an. »Ihr kümmert euch um das Essen. Und dann habe ich eine gute Neuigkeit zu verkünden.«

»Moment mal. Was denn für eine Neuigkeit?«, fragte Berit erst jetzt. Dann kicherte sie. »Bist du schwanger?«

»Du bist doch ein albernes Huhn«, rügte Isabel. »Wie sollte das denn gehen? Hanna ist Single.«

Hanna war vollkommen perplex. Als wüssten die Freundinnen über alles, was sie tat, Bescheid. Selbst darüber, ob sie die Nächte mit jemandem teilte oder nicht.

Hanna protestierte nicht. Die Frauen hakten sich unter und machten sich zu Fuß auf den Weg. Bei jedem Schritt knirschte der Schnee unter Hannas Schuhen, und sie dachte, würde sie jemals eine Liste ihrer liebsten Geräusche anlegen, würde dies dazu gehören.

16

✿

Frida

$\mathcal{D}$raußen heulte der Wind und trieb die Flocken ums Haus. Morgen früh würden sie eine Menge Schnee schippen müssen. Frida war froh, dass sie sich entschieden hatten, nicht zur Weihnachtsandacht nach Plessin zu fahren. Das wäre eine schöne Rutschpartie geworden, denn bis die Straßen hier auf dem Land geräumt wurden, brauchte es Zeit – erst recht in der Weihnachtsnacht. Es tat ihr nur leid, dass sie Hanna auch heute nicht würde sehen können. Bestimmt dachte sie schon, sie hätte sie in den letzten Wochen völlig vergessen.

»Hier, dein Punsch«, sagte Henning und riss sie aus ihren Gedanken. »Aber pass auf, das Glas ist heiß.«

»Danke, das duftet lecker.«

»Ist mit einer Extraportion Zimt, so, wie du es am liebsten magst.«

Sie hatten fürstlich gegessen. Ihr Onkel war ein guter Koch – was blieb ihm auch anderes übrig, als es zu lernen, wenn er als Junggeselle nicht verhungern oder auf ungesundes Junkfood zurückgreifen wollte. Inzwischen überließ Frida ihm das Kochen gern. So hatte er sich auch heute Abend wieder selbst übertroffen und die Entenbrustfilets erst angebraten und dann in einer Auflaufform mit Datteln und Schalotten weiterschmoren lassen, bis sie knusprig waren. Dazu gab es Süßkartoffelpüree. Frida hatte ihren Teil beigetragen und ein Früchtebrot gebacken, was sie jetzt als Nachtisch zum Punsch verspeisen wollten.

»Ich leg noch ein paar Scheite nach«, sagte Henning. »Dann reicht es für die Nacht.«

Funken stoben auf, und es knackte, als kleine Stückchen Holz in den Flammen zerbarsten. Frida hatte es sich auf dem Sofa gemütlich gemacht und eine Decke über die Beine gebreitet. Von fern hörte sie die Boltenhagener Kirchenglocken läuten.

Es war eine fast perfekte Weihnachtsnacht. Nur fast perfekt, weil ihr in dieser Nacht ihre Mutter ganz besonders fehlte, wenn ihr Onkel auch alles tat, um für sie einen schönen Heiligabend zu gestalten. Es hatte Tradition, dass sie nach dem Essen beim Punsch Fotos anschauten und sich gegenseitig Weihnachtsgeschichten erzählten oder vorlasen. Aber heute hatte Frida vorher noch etwas anderes vor.

»Bist du so weit?«, fragte Henning. »Erst Fotos oder eine Geschichte? Ich bin für Geschichte. Die mit der Engelbande am Nordpol. Mal sehen, ob du in diesem Jahr wieder etwas Neues dazudichtest. Ich wette aber, dir fällt nichts mehr ein.«

»Und ob mir etwas Neues einfallen würde. Ich könnte noch ein paar renitente Rentiere einführen, die ein paar Prozent mehr Gehalt möchten für ihre Fahrdienste. Oder Santa Claus eine Frau sein lassen, oder …«

Henning stöhnte. »Genug.«

»Ich bin startklar. Aber ich möchte heute mal etwas anderes.«

Henning murrte. »Du willst unsere Tradition ändern?«

»Wart's doch ab.« Sie griff neben sich und zog unter einem Kissen mehrere Seiten Papier hervor. »Ich hab in den letzten Wochen an neuen Liedern gearbeitet, und nun sind sie fertig.«

Henning strahlte. »Wann hast du das denn gemacht? Ich hab nichts mitgekriegt.«

»Immer wenn du mit dem Kutter draußen warst. Du solltest ja auch nichts mitkriegen.«

»Das ist mein schönstes Weihnachtsgeschenk!«

»Was?«, rief Frida entrüstet. »Nicht die Bärentatzen?«

Sie hatte ihrem Onkel Hausschuhe geschenkt, weil er im Winter immer kalte Füße hatte. Sie sahen aus wie riesige Bärentatzen mit einem Fellbüschel obendrauf. Übermütig wackelte Henning mit den Füßen.

»Das ist aber noch nicht alles.« Frida atmete einmal tief durch, bevor sie weitersprach. »Ich hab Mamas Gedichte vertont.«

»Du hast was?«

Frida sank das Herz. Sie hätte ihn vorher fragen sollen, was er davon hielt.

»Wenn du damit nicht einverstanden bist, dann kann ich es auch lassen. Ich dachte nur, das ist das, was ich zurückgeben kann, dafür, dass Mama wegen mir nicht mit dem Klavier weitergemacht hat und so. Ich kann auf meine Weise dafür sorgen, dass ihre Gedichte gelesen oder vielmehr gehört werden. Das bin ich ihr doch irgendwie schuldig, oder?«

»Du bist ihr überhaupt nichts schuldig. Aber komm mal her.«

Dieser Baum von einem Mann, ob er nun mit den Bärenfüßen zum Lachen aussah oder nicht, verdrückte ein paar Tränen, während er seine Nichte fast zerquetschte.

»Das ist aber immer noch nicht alles«, sagte Frida, als er sie wieder losließ und ihre Rippen wieder an die richtige Stelle rückten. »Ich hab mich bei einem Festival beworben.«

»Nee, sag nicht, beim Meck Rock Open Air.«

Frida nickte. »Das ist ja schon lange kein reines Rockfestival mehr. Da gibt es Blues und Folk, und irgendwo da passe ich auch rein.«

»Ich werd verrückt! Deine Mutter wäre so stolz auf dich. Wann hast du dir das denn überlegt?«

»Schon vor zwei Monaten. Als Ronstorf abgelehnt hatte, mich für die Konzerte im Hotel zu bezahlen. Erinnerst du dich daran, als ich bei dir am Hafen aufgetaucht bin?«

»Klar, mit Leichenbittermiene.«

»Da hatte ich schon die Bewerbungsformulare ausgefüllt, weil ich so sauer und enttäuscht war. Ich hatte dann aber doch nicht den Mut, sie abzuschicken. Aber jetzt mit den neuen Songs nach Mamas Texten hab ich es gemacht.«

»Mensch, das ist großartig. Darauf stoßen wir noch mal an. Ich hole mehr Punsch. Und vielleicht kannst du mir danach ein oder zwei Stücke vorspielen. Was meinst du?«

»Gern.«

Während Henning in der Küche mit dem Punschtopf hantierte und der Duft von Orangen und Vanille durch das Haus wehte, lehnte Frida sich zurück. Ein riesiger Felsbrocken rollte gerade von ihrem Herzen herunter. Sie hatte nicht gewusst, wie ihr Onkel reagieren würde. Ihrer Meinung nach hatte er als Bruder ihrer Mutter ein Mitspracherecht, was sie ihm zugegebenermaßen erst recht spät, nachdem alle Songs fertig komponiert waren, eingeräumt hatte. Aber nun war alles gut.

Sie schob sich ein Sofakissen unter den Kopf. Eine der bunten Lichterketten, die sie ins Fenster gehängt hatten, flackerte. Wenn gleich eines der kleinen Lämpchen durchbrannte, würde es damit die gesamte Kette außer Betrieb setzen. Und wenn schon, sie war zu faul, um aufzustehen. Sollte sie doch verlöschen. Frida schloss die Augen. Dass einen Augenblick später Henning mit dem Punsch und einer Schale voller Dominosteine und Zimtsterne zurückkam, bekam sie schon nicht mehr mit. In ihrem Traum stand sie backstage und hörte, wie sie angekündigt wurde. Sie betrat die Bühne, Jubel brandete auf, Arme reckten sich in die Höhe. Sie begann zu singen, am Himmel rissen die Wolken auf und ein Sonnenstrahl kitzelte sie sanft an der Nase.

✿

Hanna

*D*er Schein der Lichterketten in den Fenstern fiel auf die Auffahrt vor der Werkstatt. Ansonsten war es im Haus dunkel. Sie hatte Lilo doch wohl nicht verpasst? Hanna klopfte, und als niemand reagierte, drückte sie den Klingelknopf. Auch erfolglos, und Hanna begann, sich Sorgen zu machen. War Lilo etwas passiert? Sie wusste, dass es eine Tür gab, die von der Werkstatt aus ins Haus führte. Aber wäre es nicht ein bisschen übergriffig, dort einfach einzudringen wie ein Einbrecher? Egal, es war besser, einmal Lilo zu verärgern, als sie womöglich allein nach einem Sturz auf dem Boden liegenzulassen. Es gab in ihrem alten Haus schließlich einen Keller und wo ein Keller, da auch eine steile, vermutlich schlecht beleuchtete Treppe.

Hanna schob das Garagentor auf. Es quietschte und ächzte, und machte einen solchen Lärm, dass Lilo sie spätestens jetzt gehört haben müsste. Wenn sie nicht … Würziger Holzgeruch hing in der Luft. Hanna watete über Holzstücke und Werkzeuge hinweg, blieb mit dem Fuß an einem Kabel hängen und wäre fast hingefallen. Dann drückte sie die Türklinke zum Wohnhaus herunter. Sie war verschlossen. Was sollte sie jetzt tun? Sie hatte ihr Telefon nicht dabei und konnte auch nicht bei Sina anrufen, um zu fragen, ob Lilo allein losgestiefelt und längst dort angekommen war. Hanna verließ die Garage und zog das Tor wieder zu.

War Lilo im Garten? Bei der Kälte und in der Dunkelheit? Hanna ging um die Werkstatt und das Haus herum, sah die Hand vor Augen nicht, und blieb ein ums andere Mal mit dem Ärmel an irgendwelchen Büschen hängen. Am Ende des Gartens machte sie eine Holzhütte oder einen Stall aus. Vorsichtig überquerte sie eine Rasenfläche, und es fühlte sich immer unheimlicher an, sich hier aufzuhalten.

»Lilo? Bist du hier irgendwo?«, rief Hanna verhalten.

Sie ging weiter, rief noch einmal, diesmal lauter, stieß gegen einen niedrigen Zaun, den sie nicht gesehen hatte, und auf einmal brach die Hölle los. Ein infernalisches Geschrei zerriss ihr fast die Trommelfelle. Nein, kein Geschrei, es war Geschnatter. Ein abscheulich trötendes Geschnatter. Flügelschlagende weiße Ungeheuer kamen auf Hanna zugerast, sie wich zurück, stolperte, und fiel rücklings in den Schnee, sicher, dass sie sich auf sie stürzen würden. Doch sie wurden ausgebremst durch den Zaun, denn Hanna zuvor übersehen hatte. Sie rappelte sich auf und klopfte den Schnee vom Hosenboden. Seit wann hatte Lilo Gänse? Das hatte sie nie erwähnt.

»Ist ja gut, verdammt!«, rief sie den Tieren zu, die sich nur allmählich beruhigten. »Nur weil ihr den Martinstag überlebt habt, müsst ihr nicht gleich übermütig werden.«

Wenigstens wusste Hanna jetzt, weshalb im alten Rom Gänse als Wachhunde eingesetzt worden waren.

Sie ging zurück zum Haus, fasste noch kurz an die Terrassentür, die, wie nicht anders zu erwarten, ebenfalls fest verschlossen war.

Da fiel Hanna ein Lichtschein auf, der aus einem Fenster auf Schienbeinhöhe nach draußen fiel. Ein Kellerfenster. Dort musste Lilo sein. Klar, dass sie sie dann nicht gehört hatte. Hanna ging in die Hocke und beugte sich vor, damit sie durch das trübe Glas spähen konnte. Sie sah Lilo, die regungslos dasaß. Hanna hob die Hand, wollte an das Fenster klopfen, aber irgendetwas hielt sie davon ab. Wohin starrte Lilo? Es nützte nichts, Hanna kniete sich in den Schnee, um sich nicht noch weiter verrenken zu müssen. Ihr Hinterteil war dank des Federviehs schon nass, dann konnten ihre Knie das jetzt auch noch aushalten.

Lilo saß vor einer schweren Holztruhe. Eine von der Sorte, in denen Long John Silver aus Stevensons *Schatzinsel* Gold und Edelsteine aufbewahrt hätte. Der Deckel der Truhe war geöffnet. Darin lag sorgfältig ausgebreitet ein weißes Kleid. Es war mit Spitze überzogen, und das Material schimmerte wie eine Perle im diffusen Licht der Kellerlampe.

Ein Brautkleid, dachte Hanna verwundert.

Gehörte das Kleid Lilo? War sie mal verheiratet gewesen? Sie hatte nie etwas dergleichen erwähnt. Dann sah Hanna noch einmal genauer hin. Das Kleid hatte einen züchtigen hohen Kragen und lange Ärmel, deren Abschluss am Handgelenk eine Rüschenborte zierte. Das Kleid musste alt sein. Es musste selbst in der Zeit, in der Lilo ins heiratsfähige Alter gekommen war, schon aus der Mode gewesen sein. Hanna verstand nichts mehr.

Lilo streckte den Arm aus und strich behutsam über den kostbaren weißen Stoff. Dann wischte sie sich mit dem Ärmel ihrer Bluse über die Augen.

Hanna hatte das Gefühl, nicht länger hier sein zu dürfen. Vorsichtig richtete sie sich aus der unbequemen Kauerstellung auf. Doch als sie sich hochstemmte, rutschte ihr Fuß im Schnee weg, und mit einem kleinen Aufschrei musste sie sich an der Hauswand abstützen, um nicht der Länge nach hinzufallen. Augenblicklich erlosch das Licht im Keller.

Verdammter Mist! Erst die Gänse und jetzt das. Was tat sie hier? Hanna beeilte sich, ihren Posten zu verlassen, aber Lilo war schneller im Garten, als Hanna zur Vordertür hinaus flüchten konnte.

»Wer ist da? Ich rufe die Polizei!«

Fast hätte Hanna trotz aller Scham über ihren Auftritt laut gelacht. Es fehlte nur das »Hände hoch«. Gut, dass sie sich im einundzwanzigsten Jahrhundert in Nordwestmecklenburg befanden, und nicht im Wilden Westen. Dort hätte Lilo ihr jetzt bestimmt eine Winchester unter die Nase gehalten.

»Ich bin's, Hanna.«

»Was machst du denn hier?«, fragte Lilo, und die Verärgerung war ihr anzuhören.

»Ich wollte dich abholen. Die anderen sind schon bei Sina.«

»Und was machst du im Garten?«

»Du hast mich nicht gehört. Ich hatte Angst, dir wäre was passiert, und da bin ich …«

»Da bist du auf Knien durch den Garten gekrochen?« Lilo deutete auf die handtellergroßen Wasserflecke auf Hannas Knien.

»Nein, ich … Das Licht aus dem Kellerfenster, da dachte ich …«

»Das nächste Mal mach dich bemerkbar. Man spioniert keine Leute aus.«

»Ich hab nicht spioniert!«, sagte Hanna voller Entrüstung und fragte sich im Stillen, ob es vielleicht doch genau das war, was sie getan hatte. Was sie aber genau wusste, war, dass es sich verbot, Lilo auch noch zu fragen, was es mit dem Kleid auf sich hatte. Und wenn sie versuchte, den Hexenzirkel dazu zu befragen, und es würde herauskommen, käme es mindestens auf dasselbe heraus. Also sollte sie fürs Erste besser den Mund halten.

»Wollen wir jetzt rübergehen und was Leckeres essen?«, fragte sie versöhnlich, damit dieser wunderschöne Abend nicht durch die Missstimmung zwischen ihnen verdorben wurde.

»Ich hole nur meine Jacke.«

Sie stapften am Ende recht schweigsam durch den Schnee, aber wenigstens war Lilo nicht einfach vor lauter Ärger zu Hause geblieben. Wie hätte Hanna das den anderen wohl erklären sollen? Als sie bei Sina eintrafen, und am gedeckten Tisch Platz nahmen, wählte Lilo den am weitesten von ihr entfernten Platz, und Hanna fragte sich, ob das Zufall war.

»Hier kommt etwas zum Anstoßen«, sagte Sina und balancierte ein Tablett mit fünf Sektgläsern, in denen es perlte und sprudelte, zum Tisch. »Und dann erst essen oder erst Geschenke?«

»Geschenke«, rief Berit.

»Gut, aber zuerst: Frohe Weihnachten euch allen.« Sina hob

das Glas, und die anderen Frauen stießen ihre Gläser klirrend dagegen.

Bunt eingepackte, mit seidenen Bändern verschnürte Päckchen wechselten die Besitzerinnen. Sie hatten jeweils zusammengelegt und ein gemeinsames Geschenk für eine von ihnen gekauft. Als Hanna an der Reihe war, ihres auszupacken, war sie aufgeregt wie ein Kind. Und um das Ganze hinauszuzögern, schüttelte sie erst den Karton, drehte und wendete ihn, bis Berit es nicht mehr aushalten konnte.

»Nun mach doch schon auf! Wir wollen auch noch essen heute.«

Hanna packte aus und zum Vorschein kam ein Paar Ohrenschützer, die ganz mit flaumig weichem Fell in Silberweiß überzogen waren.

»Das sind nicht nur welche, die deine Ohren warmhalten«, erklärte Berit. »Sieh dir mal die Kapseln an. Die sind so gut gepolstert, dass sie auch Lärm aussperren. Damit schlägst du zwei Fliegen mit einer Klappe.«

»Das ist …« Hanna rang nach Worten. Hatte sich jemals jemand so viele Gedanken gemacht? »Ich danke euch. Das ist ein wundervolles Geschenk. Ich weiß gar nicht, was ich sagen soll …«

»Jetzt ich!« Isabel hatte Hannas Rührung bemerkt und wollte ihr Paket als Nächste auspacken. Hanna unterbrach sie.

»Dann ist es jetzt auch der richtige Moment für meine Neuigkeit.«

»Ja!«, rief Berit und klatschte in die Hände.

»Pastor Fredemann hat mir vorhin angeboten, weiterhin für ihn zu arbeiten. Richtig mit Arbeitsvertrag und Gehalt und allem Drum und Dran. Ich hab zugesagt.«

»Das heißt, dass du …«

Hanna ließ Berit nicht ausreden. »Das heißt, dass ich bleiben werde.«

»Gratuliere!«, riefen Sina und Isabel unisono. Lilos Glückwunsch war mehr ein Brummen. Sie sah immer noch ein bisschen verkniffen drein.

»Für immer?« Berit strahlte.

»Keine Ahnung, ob das für immer ist. Aber fürs Erste, ja. Ich muss mich nur noch nach einer Wohnung umsehen, und dann muss das Hotel meine Touren wollen. Sie müssen einfach.«

Sina und Isabel sahen verstohlen zu Berit, als ob sie etwas wüssten, in das sie, Hanna, noch nicht eingeweiht war.

»Was ist?«, fragte Hanna.

»Ach, Mensch, ich kann aber auch kein Pokerface aufsetzen, oder?«, jammerte Berit. »Es ist nur so, ich hab Herrn Ronstorf schon von deiner Idee erzählt. Ein paar Mal, um genau zu sein. Steter Tropfen höhlt den Stein, stimmt's? Er hat sehr positiv reagiert und wartet auf deinen Vorschlag, Hanna. Ich hab nur noch nichts gesagt, weil ich dich nicht hetzen wollte.«

»Im Ernst? Kinder, was ist denn das für ein Weihnachtsfest, an dem gleich so viele Wünsche auf einmal in Erfüllung gehen?« Hanna kämpfte mit den aufsteigenden Tränen.

»Darauf müssen wir unbedingt noch mal extra anstoßen«, sagte Sina, ging in die Küche und gleich darauf knallte ein Korken. Sie schenkte nach, im Überschwang ging der eine oder andere Tropfen daneben, aber das störte niemanden.

»Auf Hanna, die bei uns bleibt«, sagte Berit und hob das Glas.

»Darauf, dass ich euch und dieses Fleckchen Erde gefunden habe!«

17

Drei Monate später

✿

Hanna

Die Schnürsenkel der Wanderschuhe wurden noch einmal überprüft, Rucksackriemen nachjustiert und Kragen bis an die Ohren hochgeklappt. Launisch, wie man es eigentlich dem April nachsagte, präsentierten sich bereits die letzten Tage im März mit einer raschen Abfolge von Sonnenstrahlen und vereinzelten Tupfen blauen Himmels, dann wieder bleigrauen Wolken und heftigen Graupelschauern.

»Lunchpakete und Trinkflaschen habt ihr hoffentlich nicht vergessen?«, fragte Hanna und blickte in die Runde. »Zwei bis drei Stunden werden wir sicher unterwegs sein.«

Fünf Köpfe nickten, und fünf Augenpaare sahen Hanna erwartungsvoll an. Nervös fuhr sie mit der Hand zum Ohr, ließ sie dann wieder sinken.

»Gut, dann stelle ich mich kurz vor. Ich bin Hanna, eure Waldführerin. Um es gleich vorwegzusagen: Ich bin keine Försterin, keine Biologin, keine Medizinerin oder Therapeutin. Ich werde euch lediglich mitnehmen auf Wegen, die ich selbst erkundet habe, und euch das eine oder andere erzählen über meine Erfahrungen im Wald sowie ein paar Fakten vermitteln.«

Hanna atmete geräuschvoll aus. Die kleine Ansprache hatte sie vor dem Spiegel geübt. Es war ihre erste Gruppe, ihre erste Tour überhaupt, die sie nicht zu ihrem eigenen Vergnügen unternahm, sondern weil sie damit Geld verdienen wollte. Dies war jetzt ihr neuer Job, und sie wollte ihn gut machen.

»Gut, dann lasst uns losgehen. Passt auf, wohin ihr tretet. Der Untergrund ist nass und rutschig.« Sie marschierten los. Hanna vorweg, die anderen folgten ihr. »Die Route, die wir heute abwandern, gehört zu einem Waldgebiet, das etwa zweitausendfünfhundert Hektar umfasst. Dass es nicht in landwirtschaftliche Nutzfläche umgewandelt wurde, ist dem moorigen, feuchten Boden zu verdanken.«

»Zweitausendfünfhundert? Das ist richtig groß, oder?«, fragte eine Teilnehmerin, die sich tatsächlich einen Namenssticker an die Jacke geheftet hatte, der sie als *Marion* auswies.

»Wenn man sich überlegt, dass zwei Drittel der Fläche von Deutschland Wald sind, ist es nur ein kleines Fleckchen«, erwiderte Hanna.

»Wie viele Bäume es wohl gibt?«, überlegte Manfred, offenbar Marions Freund oder Ehemann, denn auch er hatte vorgesorgt, damit man seinen Namen nicht vergaß. Eine Plakette prangte auch an seinem Revers.

»Etwa neunzig Milliarden.« Hanna schmunzelte. Sie hatte geahnt, dass diese Information für große Augen sorgen würde, denn ihr selbst war es nicht anders ergangen. Und sie behielt recht. Sie staunten wie Kinder. »Aber nun versucht doch mal, den Wald mit allen Sinnen auf euch wirken zu lassen.« Sie sah in die Runde. »Atmet tief ein und aus, versucht herauszufinden, was ihr riecht. Vielleicht den modrigen Boden?«

Zwei junge Mädchen in braunroten Gewändern und mit einer ganzen Kollektion buddhistischer Symbole um den Hals reckten ihre Nasen in die Höhe und begannen zu schnuppern wie kleine Hündchen. Hanna hätte fast laut losgelacht.

»Seht euch um. Vielleicht habt ihr noch nie bemerkt, wie viele verschiedene Grünschattierungen es im Wald gibt. Wusstet ihr, dass Schmerzpatienten weniger Schmerzmittel benötigen, wenn sie regelmäßig einen Wald aufsuchen? Manchen hilft sogar schon, das Bild eines Waldes zu betrachten.«

Verblüffte Ausrufe – hier ein »Ah!« und dort ein »Oh!« – waren Hannas Lohn für ihre Ausführungen. Kilometer für Kilometer drangen sie tiefer in die unbekannte Welt vor, betasteten Nadelbäume, strichen über ausgetretenes und erstarrtes Baumharz, bemerkten, wie der weiche Waldboden unter ihren Füßen federte.

»Aber vor allen Dingen«, fuhr Hanna fort, »seid still. Hört zu, was euch der Wald zu sagen hat. Wenn ihr das schafft, hört ihr bald auch eure eigene Stimme heraus.«

»Meine eigene Stimme? Sollte ich nicht schweigen?«, fragte eines der Mädchen.

»Richtig. Gemeint ist deine innere Stimme.«

»Oh.«

Als die Halbzeit ihrer Wanderung erreicht war, legte Hanna eine kleine Rast ein.

»Wir setzen uns da drüben auf die Baumstämme. Zwanzig Minuten reichen euch zum Essen und Trinken?«

Alle stimmten zu, packten ihre Brote und Obst aus, tranken heißen Tee aus Thermoskannen. Für eine Weile sagte niemand etwas, und Hanna achtete auf die Geräusche um sich herum. In nicht allzu großer Entfernung hörte sie den Schrei eines Bussards. Äste knackten, als dehnten und streckten sich die Bäume. Plötzlich knuffte sie jemand in die Seite.

»Hallo? Hanna? Bist du noch bei uns?«, fragte Marion.

»Entschuldigung. Ich war ganz versunken.«

»Das haben wir gemerkt. Auf dich hat der Wald auf jeden Fall eine beruhigende Wirkung!«, meinte Manfred.

Die anderen lachten.

»Bestimmt, weil ich so oft hier bin, dass sich mein Kontingent an positivem Effekt nie verbraucht.«

»Du bewegst dich hier tatsächlich so sicher, als würdest du jede Baumwurzel und jeden Stamm kennen«, sagte Manfred.

Hanna starrte auf seine Brust. Irgendwo unterwegs musste er sein Namensschild verloren haben. Ein Stück Plastik mehr, das jetzt irgendwo im Moos lag.

Eine ältere Frau, die bisher schweigend mit der Gruppe mitgewandert war und offenbar fasziniert alles aufsaugte, was die Umgebung bot, näherte sich.

»Sie haben einen wundervollen Beruf. Wie sind Sie denn eigentlich dazu gekommen? Waldführer werden wohl nicht allzu oft mal eben per Zeitungsannonce gesucht, oder?«

Hanna stutzte kurz. »Ich hatte einfach Glück.«

»Nur Glück? Das ist doch sicher nicht alles, was es braucht«, insistierte die Frau.

»Erzähl mal, Hanna«, stimmten die beiden Mädchen mit ein.

»Wirklich, das war alles. Ich war hier, um Urlaub zu machen, und dann war plötzlich der Laubbläser verschwunden, der Gärtner hat sich den Rücken verknackst, dann fehlte ein Küster … Ich bin eingesprungen, weil ich sowieso gerade in einer Findungsphase war und Zeit hatte, und dann bin ich geblieben und hab die Touren entwickelt.«

»Und der Laubbläser ist nie wieder aufgetaucht und keiner weiß, wer den geklaut hat?«, fragte Manfred.

Hanna machte einen falschen Schritt, fing sich gerade noch, war aber für einen Moment unachtsam, und ein Zweig klatschte ihr ins Gesicht.

»Nein. Wir haben nie erfahren, was es damit auf sich hatte.« Sie rieb sich die Wange.

»Hat wohl jemand geklaut, der zu faul zum Harken war«, meinte Marion.

»Ja, so wird's wohl gewesen sein.«

Zu Hannas Erleichterung wurde die Aufmerksamkeit der Wanderer plötzlich von etwas anderem gefangen genommen. Musik. Gitarrenklänge tönten durch das Dickicht in ihre Richtung.

»Was ist denn das?«, fragte Marion. »Irgendeine Feier mitten im Wald?«

»Nein«, sagte Hanna, die das Meerblau des Mantels und das türkise Tuch, das wie ein Turban um den Kopf geschlungen war, bereits in einiger Entfernung auf einer kleinen Lichtung bemerkt, aber wohlweislich nichts gesagt hatte.

»Das ist Frida. Sie probt manchmal hier draußen. Wir wollen sie aber besser nicht stören.«

Sie gingen weiter. Manfred sah sich suchend um und tastete seine Jacke ab. Er hatte offenbar erst jetzt bemerkt, dass er sein Schildchen verloren hatte. Hanna sah sich zu den beiden Mädchen um. Sie zwirbelten lange Grashalme umeinander. Es sah aus, als würden sie einen Kranz flechten. Hanna gefiel es nicht, dass sie sie irgendwo abgerupft hatten, aber sie wollte jetzt nicht noch mit Belehrungen anfangen.

»Unsere Wanderung ist gleich zu Ende. Ich verteile dann am Hotel noch die Feedbackbögen, die ihr, falls ihr wollt, anonym ausfüllen und an der Rezeption abgeben könnt. Da dies heute meine allererste Tour war, würde ich mich allerdings sehr freuen, wenn ihr mich wissen lasst, was euch gut gefallen, und was euch vielleicht gefehlt hat.«

»Es war so schön!«, riefen die beiden Mädchen gleichzeitig aus.

Hanna starrte auf die Gräserkränze, die nun tatsächlich auf ihren Köpfen saßen. Sie hatten außerdem noch Eicheln und Schneeglöckchen mit eingeflochten und sahen aus, als wären sie für ein schwedisches Mittsommernachtsfest zurechtgemacht.

»Es war eine wirklich sehr schöne Wanderung«, sagte die Frau, deren Namen Hanna immer noch nicht kannte. »Wenn ich das nächste Mal hier bin, melde ich mich bestimmt wieder an.«

»Ich brauche jetzt erst mal eine kleine Stärkung«, verkündete Manfred. »Eine anständige Heiße Witwe.«

Hanna verschluckte sich fast an ihrem letzten Schluck Wasser aus ihrer Trinkflasche. Marion schüttelte sich vor Lachen.

»Das haben wir in Österreich immer beim Après-Ski auf der Hütte getrunken«, erklärte sie. »Heißer Pflaumenlikör mit Sahne und viel Zucker … hmmm. Wir laden dich auf ein Getränk ein, Hanna«, sagte Marion, und stupste ihren Mann an. »Nicht, Manfred?«

»Das ist nett von euch, aber ich hab keine Zeit. Ich muss die nächste Tour vorbereiten, und in die Kirche muss ich auch noch … Tut mir leid.«

Sie waren vor dem Eingang zum Hotel angekommen. Gerade schaute Berit aus dem Fenster der Rezeption und winkte Hanna zu. Sie wollte sicher hören, wie es gelaufen war. Später würde sie ihr davon erzählen. Jetzt wollte Hanna erst einmal nichts anderes als eine heiße Dusche. Und ein heißes Getränk. Ohne Witwe.

»Vielleicht ein andermal«, sagte Marion. »Wir sind ja noch ein bisschen hier.«

»Am Wochenende kommen Freunde von uns an. Dann wird es erst richtig lustig, und du musst unbedingt einen mit uns trinken. Da kannst du gleich neue Teilnehmer akquirieren. Die waren zwar schon ein paar Mal hier, aber im Wald waren die sicher noch nicht. Das sind mehr die Wasserratten.«

»Da wären sie doch in Boltenhagen eigentlich besser aufgehoben, oder nicht?«, fragte Hanna.

»Nee«, sagte Marion, und verzog das Gesicht. »Die sind sehr naturverbunden und umweltbewusst und so.«

Hanna hätte fast gelacht. Marion sagte das, als wäre es etwas, vor dem man sich ekeln müsste.

»Die planschen lieber in den Teichen hier. Ist grüner.« Manfred gluckste.

»Im wahrsten Sinne des Wortes.« Hanna dachte an die Entengrütze und schüttelte sich.

»Gut, da wären wir also«, sagte sie und drückte allen einen Feedbackbogen in die Hand. »Unsere Tour ist hiermit beendet. Mir hat es Spaß gemacht. Ich wünsche euch noch einen schönen Aufenthalt, und vielleicht bis zum nächsten Mal.«

Eines der Mädchen zog ein Schneeglöckchen aus ihrem Kranz und überreichte es Hanna zum Abschied. Dann löste sich die Gruppe auf, und Hanna ging nach Hause.

Nach Hause. Diese beiden Wörter dachten sich inzwischen so leicht.

Vor der Tür zog Hanna die schmutzverkrusteten Wanderstiefel aus. Ihren Rucksack ließ sie auf den Boden gleiten. Dann sah sie auf das schlappe Schneeglöckchen in ihrer Hand. Sie könnte es in ein Schnapsglas mit Wasser stellen. Oder pressen.

Meine erste Tour.

Sie beschloss, die Blüte zwischen zwei Buchseiten zu legen. Später könnte sie eine hübsche Schachtel kaufen und sie darin aufbewahren. Und nicht nur sie. Sie würde sich eine kleine Schatzkiste mit einem Andenken an jede einzelne Wanderung anlegen. Und vielleicht ginge das ja beim nächsten Mal auch ohne Abrupfen.

❀

Frida

*W*ie gut, dass sie im Wald ganz allein war. So konnte sie vor Aufregung und Vorfreude kichern, so viel sie wollte. Sie könnte sogar aus vollem Halse lachen, falls ihr danach zumute war, ohne dass sie jemand hören würde.

Ihre Hand glitt in den Lederbeutel und fand den Umschlag sofort. Frida zog ihn heraus, hielt ihn in der flach ausgestreckten Hand, als würde sie sein Gewicht abschätzen wollen. Monatelang hatte sie auf diesen Brief gewartet. Und weil es Monate gedauert hatte, bis die Antwort kam, war sie guter Dinge. Etwas Negatives hätten sie ihr gleich mitgeteilt.

Sie hielt das Kuvert hoch gegen das Licht, das durch eine Lücke im Blätterdach fiel. Aber kein einziger hinweisgebender Buchstabe war durch das feste Umschlagpapier zu erkennen. Es war zum Verrücktwerden. Natürlich könnte sie ihn einfach aufreißen. Niemand hielt sie davon ab. Aber sie wollte diesen Moment zelebrieren. Jeder große Auftritt wurde mit angemessener Musik angekündigt, und so wollte Frida es auch halten.

Sie ließ den Umschlag zurück in die Tasche gleiten, er rutschte zwischen die abgegriffene Kladde, das Mäppchen mit Bleistiften, Radiergummi und Anspitzer und eine Packung mit Erdnussbutterriegeln. Sie hatte sich heute nicht die Zeit für ein Frühstück genommen, sondern hatte sich gleich nach dem Leeren des Briefkastens mit Sack und Pack auf ihr Fahrrad geschwungen und war hierhergekommen.

Frida griff in die Saiten, wiederholte ein paar Mal dieselbe Tonfolge, ohne dass es eine bestimmte Melodie ergeben hätte. Sie musste erst einmal warm werden. Langsam und übergangslos formte sich vage die Melodie, die sie bereits seit einer Weile im Kopf hatte, zu der ihr aber noch immer die passenden Worte fehlten. Daher summte sie den Chorus mit, immer wieder von vorn, korrigierte dabei ein ums andere Mal einzelne Tonhöhen, bis ihr immer besser gefiel, was sie hörte.

Irgendwo knackte es im Unterholz. Frida hielt inne. Ein Hase? Vielleicht sogar ein Reh. Nicht selten verirrten sie sich auf die Lichtung in der Nähe. Doch dann hörte Frida menschliche Stimmen ganz in der Nähe.

Sie bemühte sich, das Geplapper zu ignorieren, aber mehr als ein paar zusammenhanglose Töne bekam sie jetzt nicht mehr zustande. Die Gesprächsfetzen wehten zu ihr herüber.

»Wirklich, das war alles. Ich war hier, um Urlaub zu machen ...«

Hanna mit ihrer Waldtruppe.

Frida hörte auf zu spielen. Sie machte sich instinktiv kleiner, in der Hoffnung, dass die Gruppe einfach weiterziehen würde, ohne von ihr weiter Notiz zu nehmen.

Dann hörte sie Hanna sagen: »Das ist Frida. Sie probt manchmal hier draußen. Wir wollen sie aber besser nicht stören.«

Frida konnte es nun wirklich nicht mehr länger aushalten. Sie setzte das Instrument auf ihren Beinen ab, griff abermals in den Beutel und zog den Brief heraus. Kurz drückte sie ihn an sich, dann nahm sie einen Bleistift, schob die Spitze unter den Klebestreifen und ritzte ihn der Länge nach auf. Sie entnahm den Briefbogen, entfaltete ihn und las.

Nach einer Weile ließ sie die Hand sinken, der Brief flatterte auf den feuchten Waldboden. Eine gefühlte Ewigkeit saß sie nur so da. Unbeweglich, die Gitarre auf ihren Knien, die ihr auf einmal schwer vorkam. Zu schwer für die unbequeme Sitzposition auf dem niedrigen Stumpf eines abgeholzten Baums. Ihr fehlte etwas, an das sie sich hätte anlehnen können. Erleichterung für ihren verkrampften Rücken und das verletzte Herz. Ihr Blick war starr geradeaus auf den Waldboden gerichtet. Auf kleinste Käfer und Ameisen, die man erst wahrnahm, wenn man sich auf einen Fleck konzentrierte, ohne herumzuschauen, und dann irgendwann bemerkte, wie viel Bewegung dort unten stattfand.

Als sie das Blinzeln vergaß, und ihre Augen ganz trocken geworden waren, straffte sie sich. Sie griff ihre Gitarre und kehrte zur Melodie von vorhin zurück. Sie summte, Worte purzelten auf einmal von ganz allein über ihre Lippen.

On a plate, life, give me your flintiness.

With a little sugar I gonna eat it for breakfast.

Servier mir deine Unerbittlichkeit, Leben, auf einem Teller.

Mit ein bisschen Zucker werd ich sie zum Frühstück verspeisen.

So schnell würde sie sich nicht unterkriegen lassen. Sie doch nicht. Frida spielte und spielte, und mit einem hässlichen *Ratsch!* riss eine Saite.

Wenig später trottete Frida mit der Gitarre über der Schulter den Steg hinunter, vorbei an den Besucherbänken mit den aufgemalten Fisch-Cartoons auf den Rückenlehnen. Sonst entlockten ihr der Schwertfisch, der verliebt eine Muschel anstarrte oder der Köderwurm, der sich über den hungrigen Fisch lustig machte, immer ein Lächeln. Heute jedoch fand sie, dass der Schwertfisch äußerst dümmlich dreinschaute, und dem Fisch wünschte sie einen guten Appetit.

Sie hatte die Kapuze tief in die Stirn gezogen und war so in ihre grimmigen Gedanken versunken, dass sie erst im letzten Moment eine Tonne voller türkiser Netze und Seile bemerkte, sie umkurvte, aber durch den Schlenker mit der Gitarrentasche an mehreren Markierungsbojen hängen blieb. Fünf oder sechs riss sie um, und sie knallten auf die Holzplanken.

Fluchend sammelte sie die Bojen wieder ein und lehnte sie an die Wand der Fischerhütte. Sie stapfte weiter, und als sie an der Hütte von Henning ankam, musste sie feststellen, dass diese verschlossen war. Sie blickte sich um und bemerkte erst jetzt, dass die *Seeteufel* nicht an ihrem Platz lag. Heute war ganz offensichtlich überhaupt nicht ihr Tag. Aber sie blieb, setzte sich auf eine umgedrehte Fischkiste vor der Hütte, schloss den Reißverschluss der Jacke, zog den Kopf ein und wartete auf ihren Onkel. Ihr Telefon brummte im Rucksack. Sollte es doch. Sie wollte jetzt nicht reden.

Wind fuhr durch den Wald aus Schiffsmasten, eingeholten Segeln und wild flatternden Flaggen. Es heulte, und die Taue schlugen klöternd gegen die Hauptmasten. Je nachdem, ob diese aus Holz oder Aluminium waren, unterschieden sich die Töne. Manchmal waren sie hell und scheppernd, als würde man mit einem Löffel gegen einen Kochtopf schlagen. Andere jedoch waren warm und weich wie das Anschlagen der Klangstäbe eines Xylofons.

Irgendwann bildete Frida sich ein, dass sie eine Regelmäßigkeit heraushören konnte. Sie öffnete den Reißverschluss der Instrumententasche und zog die Gitarre heraus. Sachte schlug sie die Saiten an, versuchte, den Rhythmus der Boote zu begreifen und in eine Klangfolge umzusetzen. Doch obwohl die natürlichen Klänge heute auch rau und ungestüm waren, erschien ihr jeder Ton auf der Gitarre dennoch übertrieben hart und irgendwie scharfkantig. Frida versuchte, es zu ignorieren, aber es gelang ihr nicht.

Sie sehnte sich nach den schwebenden, ätherischen Klängen eines ganz anderen Instruments, warf diese Sehnsucht in die Luft und hoffte, dass sie sich eine der Möwen schnappen und mit sich davontragen würde. Aber die Vögel schienen im Gegenteil Gefallen an ihrem Spiel zu finden und saßen zu einem Dutzend in sicherer Entfernung auf dem Steg und lauschten.

»Hey, Frida!«, rief jemand.

Es war Henning, der mit der *Seeteufel* einlief und ihr von Bord aus zuwinkte. Als der Kutter näherkam und gegen den Landungssteg prallte, kreischten die Möwen wie aus Protest über die Störung und flogen davon.

»Du verscheuchst mein Publikum«, beschwerte sich Frida, legte die Gitarre beiseite, fing die Taue auf, die Henning ihr zuwarf und schlang sie um die Poller. Mit einem Blubbern erstarb der Schiffsmotor, und ihr Onkel sprang von Bord. »Die sind jedenfalls dankbarer als Menschenpublikum.«

»Oha, welche Laus ist dir denn über die Leber gelaufen?«

Frida antwortete nicht. Verstimmt folgte sie Henning, der die Hütte aufschloss und ins muffig-feuchte Innere eintrat.

»Ich hab leider nur noch einen kleinen Rest lauwarmen Tee«, sagte er.

»Ich will nichts, danke.«

»Und nun sag schon. Was ist passiert? Hast du dich wieder über Ronstorf geärgert?«

»Nein, das ist es nicht. Auch wenn es sich um dasselbe Problem handelt. Die verdamm… Die Musik.«

Frida kramte den Brief aus ihrer Tasche und ließ ihn in hohem Bogen auf den Tisch segeln. Henning nahm ihn, drehte sich zum Regal hinter sich, in dem sich Kästchen mit Ködern, Streichholzschachteln und ein angelaufenes Barometer drängten, und nahm seine Lesebrille. Er überflog den Brief, und Frida sah seine Kiefer mahlen.

»Abgelehnt. Mensch, Mädchen, das tut mir leid«, sagte er dann und ließ den Brief sinken.

»Das ist doch unfair«, rief Frida. »Sie wollen Musiker mit Erfahrung. Leute, die schon etwas vorweisen können, ein Album. Aber ich muss Geld verdienen und bekannter werden, damit ich irgendwann ein Album aufnehmen kann. Damit mal irgendwann jemand auf mich aufmerksam wird. Ich drehe mich ständig im Kreis. Das ist wie mit der blöden Henne und dem Ei.«

Henning schwieg und ließ Frida sich austoben. Als der Zorn abebbte, sagte sie: »Weißt du, ich frag mich die ganze Zeit, warum nicht einmal etwas klappt bei mir, obwohl ich so viel Energie investiere und nicht aufgebe, und immer wieder auf neuen Wegen versuche, mein Ziel zu erreichen. Jemand anderem würde ich vermutlich sagen, dass das Ziel falsch ist und die ganzen Rückschläge darauf aufmerksam machen sollen. Aber was ist denn so falsch daran, dass ich meine Musik machen will?«

»Und was willst du jetzt machen?«, stellte Henning die Gegenfrage. »Du hast einen Plan B, oder?«

»Plan B? Ich hab das Gefühl, ich bin schon längst bei Plan D, E oder F.« Frida stützte den Kopf in Hände und seufzte. »Ja, ich hab noch eine andere Idee.«

»Wusste ich's doch. Aufgeben ist keine Option. Das ist mein Mädchen.«

»Gib mir mal einen Schluck von der kalten Teeplörre, bitte. Ich hab Durst. Hunger eigentlich auch, aber etwas zu essen ist wohl utopisch, oder?«

Henning goss aus seiner Thermoskanne den Rest bernstein-farbenen Tee in eine Tasse, in die er zuerst hineinpustete. Frida kannte das. Sein Staubcheck. Wenn keine Flocken aufflogen, war die Tasse sauber genug. So handhabe er das allerdings nur in der Hütte oder auf dem Boot. Zu Hause war es anders. Da konnte er nahezu penibel sein, worüber Frida sehr froh war. Mit den Manieren, die er hier an den Tag legte, würde er nie eine Frau finden. Obwohl, genau genommen schienen ja auch seine Qualitäten als wirklich guter Koch nicht zu helfen, was Frida nicht verstehen konnte. Henning war ein Raubein, aber ein Kerl mit dem Herz am rechten Fleck. Und er sah gar nicht mal schlecht aus mit seinen wilden Haaren in Farbe der Sandabbrü-che an der Steilküste. Nur seinen Bart könnte er öfter mal in Form bringen, um nicht ganz und gar wie einer der Nordmän-ner auszusehen, die einst auf ihren Raubzügen über die Ostsee gekommen waren.

»Es gibt noch ein Festival in Dänemark, wo ich es versuchen werde«, fuhr Hanna fort.

»Dänemark?«

Henning sah aus, als hätte sie gerade gesagt, in einem Heiß-luftballon die Erdkugel umrunden zu wollen. Frida grinste.

»Ja, Dänemark. Ich werde mich für etwa ein halbes Jahr be-urlauben lassen, dann hab ich genug Zeit, um die Strecke aus-zuarbeiten, Schiffspassagen zu buchen, Passepartout mit dem Schrankkoffer vorausreisen zu lassen …«

Beim Anblick von Hennings erschüttertem Gesichtsaus-druck konnte Frida nicht mehr an sich halten. Sie platzte vor Lachen.

»Wenn du dich sehen könntest! Mensch, ich will doch nicht wie Phileas Fogg mit seinem Diener in achtzig Tagen um die Welt reisen. Dänemark ist gleich um die Ecke. Du leihst mir dein Auto, weil du nämlich ein echt toller Onkel bist, ich fahre einen Tag vor Festivalbeginn hin, und komme einen Tag nach Festivalende schon wieder zurück. Ich werde also nur drei Tage weg sein.«

»Schon gut. Ich weiß auch nicht, warum ich eben so blöd geguckt hab. Falls ich das getan habe.«

»Oh ja, das hast du.« Frida amüsierte sich immer noch.

»Das ist eine prima Idee. Mach das. Hast du dich denn da auch schon beworben?«

Ein Schatten fiel über Fridas gerade zurückgewonnene gute Stimmung.

»Muss ich noch. Und zwar schnell. In ein paar Tagen ist Bewerbungsschluss. Das darf ich nicht verpassen. Bei dem Festival sind in den vergangenen Jahren immer auch Nachwuchstalente aufgetreten. Da muss es einfach klappen!«

»Wird es bestimmt«, sagte Henning und schlug ihr mit der Hand auf die Schulter.

Das Telefon brummte erneut. Jetzt endlich nahm Frida es zur Hand und sah die ganzen nicht entgegengenommenen Anrufe.

»Oje, Hanna. Sie hat schon dreimal versucht, mich zu erreichen. Bestimmt will sie von ihrer Waldtour erzählen.« Frida tippte eine Nachricht.

»Ihr versteht euch gut?«

Frida schaute auf. »Ja. Am Anfang, da war sie ja ein bisschen seltsam. Da hab ich immer gedacht, sie hätte was genommen oder so. Aber jetzt … Ja, wir sind schon ganz gut befreundet, glaube ich.«

»Das freut mich für dich. Ich hab immer gedacht, du würdest dich mit Berit und den anderen wieder versöhnen, aber wenn du eine neue Freundin gefunden hast, dann ist es auch gut.«

»Eine neue Freundin, das hört sich irgendwie lustig an. Sie ist bestimmt fünfzehn Jahre älter als ich. Eigentlich passt sie damit besser zu dir.«

Henning hustete.

»Langsam mit dem Tee. Nicht dass dir ein Kluntje im Hals stecken bleibt.« Dann tippte Frida den Rest der Nachricht.

Bin bei meinem Onkel am Hafen. Melde mich später.

»Ich geh noch eben auf dem Kutter klar Schiff machen für morgen«, sagte Henning.

»Ich kann dir helfen.«

»Nee, du bleibst hier sitzen und überlegst dir, wie du die Bewerbung schreiben willst. Und dann fahren wir nach Hause. Ich koche. Und zum Nachtisch mach ich Milchreis mit Zucker und Zimt.«

Wenn Fridas Welt bis zu diesem Moment vielleicht nur halb wieder in Ordnung gewesen war, jetzt war sie es ganz.

18

Hanna

»Der Teilnehmer ist vorübergehend nicht erreichbar. Bitte hinterlassen Sie eine Nachricht.«

Es war Hannas dritter Versuch, Frida zu erreichen, um ihr von ihrer ersten Tour zu erzählen. Wieder vergeblich. Dann würde sie eben zuerst zu Thea gehen. Immerhin wäre es ohne die Hilfe von Thea und Karl wohl nie dazu gekommen, dass sie einer Gruppe von Menschen wirklich etwas über den Wald erzählen konnte. Hanna steckte das Telefon zurück in die Tasche.

Als sie bei Thea klingelte, passierte aber erst einmal gar nichts. Dabei fiel schwaches Licht aus dem Küchenfenster in den Garten.

Hanna klingelte noch einmal. Dann ging sie um das Haus herum und fühlte sich an den Weihnachtsabend erinnert, als sie in Lilos Garten fast den wild gewordenen Gänsen zum Opfer gefallen wäre. Solche Überraschungen hielt Theas Garten jedoch glücklicherweise nicht bereit. Alles blieb ruhig und friedlich. Die Büsche und Rosenstöcke, die so verschwenderisch geblüht hatten, waren sorgfältig zurückgeschnitten worden. Die Vogeltränken waren verschwunden, und die Gartenbank war unter einer wetterfesten Schutzhülle verborgen.

»Thea?«

Wenn das Licht nicht wäre, würde sie wieder gehen. Aber vielleicht war Thea wieder schwindelig geworden, und sie war gestürzt. Hanna drückte sich die Nase an der Scheibe platt, als sie versuchte, durch das Fenster irgendetwas zu erkennen. Die Küche war leer, nichts kochte oder schmorte dort in Töpfen oder Pfannen. Die Tür stand einen Spalt breit offen und ließ einen Blick bis ins Wohnzimmer zu.

Und da entdeckte sie Thea, die ihr den Rücken zugewandt hatte. Sie saß am Esstisch und hielt etwas in der Hand. Einen Zettel? Oder war es … Eine Fotografie. Was sie zeigte, konnte Hanna auf die Entfernung durch die Scheibe allerdings nicht erkennen. Sie überkam ein seltsames Gefühl, wie ein Déjà-vu. So hatte sie auch Lilo vorgefunden in der Nacht, in der sie in ihrem Keller gesessen und auf das Hochzeitskleid gestarrt hatte.

Hanna klopfte an die Scheibe. Thea zuckte zusammen und drehte sich um. Das Foto schob sie unter eine Zeitschrift, die auf dem Tisch lag. Sie bedeutete Hanna, zur Haustür zu kommen.

»Hanna, das ist ja schön, dass Sie mich besuchen.«

Ihre Augen waren gerötet, und in einer Hand knetete sie ein Papiertaschentuch.

Sie hat geweint, dachte Hanna.

Irgendetwas stimmte mit den beiden Schwestern ganz und gar nicht. Wieder einmal war Hanna sicher, dass es etwas gab, das entweder niemand wusste, oder etwas, das alle wussten und nur ihr nicht erzählten. Schließlich war sie ja immer noch die Neue hier.

»Ich wollte von meiner Tour erzählen.«

»Stimmt, das war ja heute. Kommen Sie rein, ich mache uns einen Kaffee.«

Einen Augenblick später fand sich Hanna in der gemütlichen Sofaecke wieder, und rückte sich ein Kissen im Rücken zurecht. Ihr Blick fiel auf zwei gerahmte Bilder an der Wand, die sich leicht nach links neigten. Thea entging ihr Blick nicht.

»Das passiert mir immer beim Staubwischen.«

»Soll ich?«

»Ach was, das ist nicht so schlimm. Das bleibt so. Beim nächsten Mal passiert das sowieso wieder.«

Eigentlich hatte Hanna gehofft, dass Thea aufstehen und die Bilder in die richtige Position bringen würde. Dann wäre sie einen Moment abgelenkt gewesen, und Hanna hätte einen Blick unter die Fernsehzeitschrift auf das Foto werfen können. Wie konnte sie jetzt noch unauffällig drankommen? Durfte sie das überhaupt? Aber ja, es würde ja niemandem schaden. Jetzt! Thea verschwand in der Küche. Hanna griff nach dem Magazin, und nun segelte das Foto auch noch zu Boden. Hanna stand auf, ging um den Tisch herum, und hob es auf.

Es war ein altes Schwarz-Weiß-Foto, und zeigte ein Hochzeitspaar, das würdevoll mit verhaltenem Lächeln in die Kamera blickte. Der ernste Bräutigam trug einen Zylinder, die Braut einen Kranz im Haar. Das Brautkleid war ein wenig zu lang und stieß auf dem Boden auf. Auch die Ärmel schienen zu lang, die Rüschenborte fiel über die Hände, die den Brautstrauß hielten, und verdeckte sie fast vollständig. Es machte den Eindruck, als würde die falsche Frau in dem Kleid stecken. Obwohl das Bild vergilbt war, konnte Hanna erkennen, dass es mit viel Spitze verziert war. Ja, das hier war ein Déjà-vu, denn sie hatte dieses Kleid schon einmal gesehen. Am Weihnachtsabend. In Lilos Keller.

»Oh, das ist vom Tisch geweht, als ich mir das Fernsehprogramm …« Sie deutete auf die Zeitschrift und vertraute darauf, dass Thea nicht wusste, dass sie gar keinen Fernseher hatte.

Für einen Moment wurde Thea eine Spur blasser. Sie stellte das Tablett mit den Kaffeetassen ab, und nahm das Foto an sich.

»Wer ist das?«, fragte Hanna. »Ihre Eltern?«

Thea nickte.

»Ein schönes Paar.«

»Ja, das stimmt.«

»Und heute ist ihr Hochzeitstag?«

»Nein.« Thea schnäuzte die Nase in ein neues Taschentuch. »Heute wäre mein Hochzeitstag gewesen.«

»Wie bitte? Also, ich meine … Ist Ihr Mann verstorben?«

Thea schüttelte den Kopf. »Nein, wir haben gar nicht erst geheiratet.«

Hanna beugte sich vor und zog die Augenbrauen so hoch, wie es nur ging, um unmissverständlich anzuzeigen, dass sie mehr hören wollte. Thea reichte ihr die Milch und verkleckerte dabei ein bisschen. Sie war sichtlich aufgewühlt.

»Karl und ich hätten fast geheiratet.«

Also tatsächlich Karl.

»Aber … Er hat Sie doch nicht sitzen lassen, oder?«

Nun musste Thea beinahe lachen. »Nein, nicht direkt. Kekse?«

Kurz darauf kam Thea mit einem Teller schokoladeüberzogener Waffeln wieder und stellte sie vor Hanna auf den Tisch. Sie nahm sich selbst einen und mit strenger Miene erklärte sie: »Ich darf ja nicht so viel wegen des Zuckers.«

Hanna hingegen genierte sich nicht, gleich drei nacheinander zu verputzen.

Thea blickte wieder auf das Foto. »Es war alles geplant damals. Der Termin in der Kirche stand fest, alle waren eingeladen, das Essen für die Feier war vorbereitet.«

»Und dann? Sind Sie krank geworden? Oder Karl?« Hanna achtete nicht mehr auf die Krümel, die sie über ihren Pullover und das Sofapolster verteilte.

»Nein. Ich hatte kein Kleid.«

Hanna hielt die Luft an.

»Aber das verstehe ich nicht. Hatten sie nicht rechtzeitig eins ausgesucht und gekauft oder genäht?«

»Das hier war mein Kleid. Das meiner Mutter. Und meiner Großmutter. Und Urgroßmutter.«

»Ich verstehe nicht. Wollten Sie es denn nicht?«

»Oh doch. Schon als kleines Mädchen hab ich es manchmal angezogen. Damals bin ich darin natürlich versunken, ich hätte keinen Schritt machen können, ohne auf den Saum zu treten und hinzufallen. Aber ich fühlte mich wie eine Prinzessin, wie ich so stocksteif dastand und in den Spiegel schaute. Am Tag vor der Hochzeit sollte es noch einmal dampfgebügelt werden, um es für den großen Tag absolut knitterfrei zu bekommen. Meine Schwester sollte es übernehmen, damit zur Reinigung zu fahren. Aber am Abend kam sie ohne Kleid zurück. Es war ihr gestohlen worden. Lilo war damals sehr modern, sie hatte als eine der wenigen Frauen mit Führerschein auch noch einen sehr schicken offenen Wagen. Angeblich hatte sich jemand an einer roten Ampel das in durchsichtige Schutzfolie eingehüllte Kleid gegriffen und war damit weggelaufen.«

Hanna keuchte und versuchte, ihren Schock mit einem Hüsteln zu kaschieren.

»Warum sagen Sie angeblich? Glauben Sie ihr nicht?«

»Sehen Sie, damals hatte meine Mutter bestimmt, dass die Erstgeborene in ihrem Kleid heiraten sollte. Das wäre Lilo gewesen. Sie ist drei Minuten vor mir auf die Welt gekommen. Aber Lilo hatte damals noch lange nicht vor zu heiraten. Vielleicht sogar nie. Wie gesagt, sie war eine sehr moderne, emanzipierte junge Frau. Heute würde man sie wohl eine Feministin nennen. Also hatte unsere Mutter entschieden, dass ich das Kleid bekommen sollte. Als sie uns das mitgeteilt hat, gab es einen großen Krach. Lilo fühlte sich schlecht behandelt. Sie war sogar auf mich wütend, obwohl ich ja gar nichts dafür konnte. Irgendwann, nach vielen Tagen, hatte sie sich beruhigt und sich bereit erklärt, mir als meine Trauzeugin zu helfen.«

»Und dann?«

»Dann ist sie mit dem Kleid weggefahren und ohne zurückgekommen. Wir haben gestritten, uns angeschrien, es sind viele Tränen geflossen. Fünfzehn Stunden vor der Trauung stand ich ohne Kleid da und war so verweint, dass ich eher aussah, als wolle ich zu einer Beerdigung gehen. Wir haben alles abgesagt.« Thea hielt das Foto noch immer in der Hand, mit zwei Fingern, ganz vorsichtig an einer Ecke. »Ich glaube, dass Lilos innere Abwehr gegen die Entscheidung unserer Mutter dazu geführt hat, dass sie einfach nicht gut aufgepasst hat. Unbewusst hat sie so ein Unglück herbeigeführt. Man liest doch heute so viel über das Gesetz der Anziehung. Ich glaube, dass das damals auch so war.«

Nein, war es nicht, dachte Hanna. *Lilo hockt im Keller auf dem Kleid wie eine Glucke auf ihren Eiern!*

»Wenn Sie glauben, dass es nur ein tragisches Unglück war, nur Pech sozusagen, warum sind Sie denn dann heute immer noch mit Ihrer Schwester zerstritten? Das ist doch seit damals so, oder?«

Thea nickte. »Natürlich habe ich meiner Schwester zuerst Vorwürfe gemacht. Und unsere Eltern erst. Und Lilo fühlte sich zu Unrecht verantwortlich gemacht, wieder einmal unverstanden und schlecht behandelt. Schließlich sagte sie mir, sie könne diese stumme Anklage in meinem Gesicht nicht mehr ertragen. Sie entschied, dass sie lieber keine Schwester mehr haben wollte als eine, die ihr ständig das bis dahin größte Unglück ihres Lebens vorwerfen würde.«

Hanna fühlte einen unbändigen Zorn in sich wachsen. Auf Lilo, ihre Tat, ihre Lüge und darauf, dass sie seit Jahrzehnten daran festhielt, und Thea damit auch noch die Schwester nahm.

»Aber eins verstehe ich noch nicht. Warum haben Sie die Hochzeit nicht nachgeholt? Sie hätten doch später mit einem anderen Kleid …«

»Daran war unser Familienfluch schuld.«

»Ihr was?« Das wurde ja immer abenteuerlicher.

Thea schob sich die Kissen im Rücken zurecht und räusperte sich. Hanna erwartete beinahe ein ›es war einmal‹.

»Über Generationen hinweg sind die Frauen unserer Familie

früh Witwen geworden, die mit ihren Kindern plötzlich allein dastanden. Wenn die Familie nicht gerade wohlhabend war, war das ein schweres Los. Die Männer wurden von der Ruhr dahingerafft, fielen im Deutsch-Dänischen Krieg oder kamen auf ungeklärte Weise jung ums Leben.«

Hanna lauschte gebannt. Sie konnte es kaum abwarten zu erfahren, wie das Brautkleid ins Spiel gekommen war.

»Dann war da Julius, ein entfernter Verwandter und Schneider. Er hat für meine Urgroßmutter das Brautkleid genäht, und sie lebte mit meinem Urgroßvater glücklich bis ans Ende ihrer Tage.« Thea schmunzelte. »Seither hält sich dieser Aberglaube in der Familie, dass die Braut dem frühen Witwendasein nur entgeht, wenn sie in diesem Kleid heiratet.«

»Und daran haben Sie geglaubt?« Hanna konnte es nicht fassen. Das konnte nur Zufall sein. Aber wenigstens erklärte sich, weshalb das Kleid wie aus der Zeit gefallen aussah und den Bräuten nicht immer perfekt passte. Es war ja nicht eigens für sie genäht worden.

»Nein, hab ich nicht. Aber als der Riesenrabatz aufgrund des verschwundenen Kleides ausbrach, hat Karl sich wohl gefragt, in was für eine verrückte Familie er da einheiraten würde. Er hat das Weite gesucht.«

Hanna starrte Thea fassungslos an, die plötzlich lauthals lachte.

»Ich saß also schon ohne Mann da, bevor wir überhaupt getraut werden konnten. Da ist doch schon etwas dran an dem Fluch, meinen Sie nicht? Kein Kleid, kein Mann.«

»Aber Karl kam wieder.«

»Er hatte Plessin verlassen, aber irgendwann erreichte mich ein Brief von ihm. Wir schrieben uns, und dann kam er wieder zurück. Jahre später. Eine Heirat war da nicht mehr wichtig. Wir wollten wohl auch beide das Schicksal nicht herausfordern, und haben es lieber so belassen, wie es ist. Und so ist es gut.«

Thea hatte ganz rote Wangen bekommen. Die Erinnerung und das Erzählen mussten sie sehr anstrengen. Auch wenn sie gerade über Karls Flucht gelacht hatte, vorhin hatte sie immerhin mit verweinten Augen das Foto betrachtet. Zeit heilt nicht immer alle Wunden, ging es Hanna durch den Kopf. Manchmal klebt sie nur ein Pflaster drüber, doch darunter tut es weiter weh.

Ihre Gedanken wanderten wieder zu Lilo. Ihre Schuld musste sie doch auffressen! Hanna musste sich Luft machen, schnellstens, oder sie würde platzen. Sie würde mit Lilo reden. Thea sollte unbedingt wissen, dass das Kleid noch existierte. Sie stürzte den letzten Schluck Kaffee hinunter, der inzwischen kalt geworden war und stand auf.

»Danke, dass Sie mir diese Geschichte erzählt haben. Das ist … Das ist eine schlimme Sache. Es tut mir leid, dass ich jetzt gerade nicht mehr Zeit habe, aber ich muss leider noch etwas erledigen. Etwas Dringendes.«

»Das macht nichts. Ich wollte sie auch nicht belästigen mit diesen alten Geschichten. Dafür waren Sie bestimmt nicht hergekommen.«

Hanna verabschiedete sich so eilig, dass es schon fast unhöflich war. Sie würde es in den nächsten Tagen wiedergutmachen. Jetzt konnte sie an nichts anderes denken, als Lilo zur Rede zu stellen, und wenn es sie hundertmal nichts anging.

Damit Hanna sich vollständig beruhigte, hätte der Weg wohl doppelt so weit sein müssen, aber es half wenigstens ein kleines bisschen, den Ärger in der frischen Luft des späten Nachmittags in die Dorfstraße zu treten. Einmal knackte es unangenehm unter ihrem Schuh. Hanna blickte nicht zurück, aber sie hoffte, dass es sich nur um einen morschen Ast handelte und nicht um eine der Schnecken, die träge ihre Häuser von einer Straßenseite zur anderen schleppten. Als sie bei Lilo ankam, meinte sie, sich wenigstens so weit unter Kontrolle zu haben, dass sie ihr Anliegen sachlich würde vortragen können. Sie presste ihren Finger auf den Klingelknopf.

»Hanna, wie schaust du denn aus?«, fragte Lilo, als sie öffnete. »Ist dir auf deiner Tour ein Waldgeist begegnet?«

»Wir müssen reden.«

»Komm doch rein«, sagte Lilo nicht ohne Ironie, als Hanna bereits an ihr vorbeiging.

Hanna fiel auf, dass sie bisher nur Lilos Werkstatt kannte, nicht aber ihre Wohnräume. Ihre Treffen hatten immer bei Sina stattgefunden. Aber sie wollte jetzt gar nichts sehen. Nicht die altmodische Puppe mit Schiebermütze und Nickelbrille auf der Rückenlehne des Sofas, nicht die bunten Tulpen, die sich über den Vasenrand bis fast auf die Tischplatte hinunterbogen. Nicht dass es hier eigentlich genauso heimelig war wie bei Thea.

»Schieß los. Was gibt es Wichtiges?«, forderte Lilo sie auf, und Hanna war nicht sicher, ob sie gerade eine winzige Unsicherheit in ihrer Miene ausgemacht hatte.

»Was soll ich lange um den heißen Brei herumreden. Es geht um das Kleid.«

Lilo straffte sich, was Hanna nicht entging.

»Ich weiß von der alten Geschichte. Ich weiß, dass du Theas Kleid, das angeblich geklaut worden ist, im Keller versteckst. Ich weiß, dass du deiner Schwester vorgeworfen hast, dich zu Unrecht zu beschuldigen, obwohl du sehr wohl schuldig bist.«

Lilo schürzte die Lippen. Dann holte sie tief Luft. »Und was willst du jetzt von mir?«

»Ich will …« Hanna räusperte sich. »Ich will, dass du mit deiner Schwester sprichst und ihr das Kleid wiedergibst. Was du getan hast, hat Theas ganzes Leben verändert, und ich finde, es ist an der Zeit, die Dinge geradezurücken.«

Für einen Moment herrschte Stille. Hanna versuchte, ihr unregelmäßiges Herzklopfen zu ignorieren.

Dann brach Lilo in lautes Gelächter aus. Jule, die gerade auf dem Weg zum Fressnapf war, huschte erschrocken zur Seite und verschwand durch die Katzenklappe nach draußen, die noch ein paar Mal nachschwang. Irgendwann beruhigte sich Lilo, und wischte sich die Lachtränen aus den Augen. Dann ging sie auf Hanna zu und blieb dicht vor ihr stehen.

Lilo stieß ihr den ausgestreckten Zeigefinger gegen den Brustkorb.

»Weißt du was, Hanna? Ich verrate dir jetzt ein paar Neuigkeiten: Diese ganze Sache mit dem Kleid, der Hochzeit und meiner Schwester, die geht dich nichts, aber auch rein gar nichts an. Steck deine Nase in deine Angelegenheiten, und wage es nicht noch ein einziges Mal, in meinem Haus solche Forderungen zu stellen.«

»Ach, so ist das«, sagte Hanna, die sich mächtig erschrak über Lilos Deutlichkeit, aber noch nicht klein beigeben wollte. »Das ganze Gerede von Gemeinschaft, dass man sich umeinander kümmert und füreinander da ist, das ist also in Wirklichkeit gar nicht so gemeint? Plötzlich soll man sich doch nur um seinen eigenen Kram kümmern? Wie verlogen ist das denn? Angefangen bei der Lüge gegenüber deiner Schwester bis zur Ernsthaftigkeit eurer Prinzipien.«

»Du hast da etwas missverstanden, Hanna. Sich umeinander kümmern heißt nicht, dass jemand aus der großen, hippen Stadt angetanzt kommt, und uns erzählt, was wir zu tun und zu lassen haben. Dafür brauchen wir niemanden, dafür haben wir bereits uns.«

Die Worte verletzten Hanna. »Verstehe. Man muss hier wohl geboren und aufgewachsen sein, damit man dazugehört. Da war ich doch glatt auf dem Holzweg.«

Lilo ging zur Haustür und öffnete sie.

»Ich glaube, es ist besser, wenn du jetzt gehst.«

»Du schmeißt mich raus?«

»Genau genommen hab ich dich gar nicht hereingebeten.«

Hanna drehte sich auf dem Absatz um, der heiße Ball aus Empörung und Zorn in ihrem Bauch wich einem Kloß in ihrer Kehle, der immer größer wurde. Sie sah sich nicht mehr um, ging zurück zur Dorfstraße, bog um den Birnbaum. Sie blieb stehen. Der Baum hatte den Frühjahrsschnitt erhalten. Das Geäst sah licht aus, die Triebe waren eingekürzt. Auf der Seite, die zu Theas Grundstück zeigte. Lilos Seite wuchs wild und dicht.

Kopfschüttelnd ging Hanna weiter, und wurde plötzlich von einer Joggerin überholt.

»Hey, Hanna!«

Es war Berit. Hanna hatte sie durch die tief ins Gesicht gezogene Baseballkappe nicht sofort erkannt.

»Wie war die Tour? Du hast noch gar nicht ...« Berit stutzte und sah Hanna prüfend ins Gesicht. »Was ist denn mit dir los? Ist was passiert?«

»Ich hab mich geärgert.« Hanna lachte auf. *Die Untertreibung des Monats.*

»Ich hab gesehen, dass du von Lilo gekommen bist. Du hast dich aber nicht über sie geärgert, oder? Sie kann ja manchmal ein bisschen ruppig sein ...«

»Nein. Doch. Ach, Scheiße, was soll ich denn machen? Ich will nicht tratschen, aber ich muss mir auch Luft machen.«

»Ich behalte es für mich, versprochen.«

Hanna rollte mit den Augen.

Sie schlenderten durch den Hotelpark, unter Linden hindurch, quer über den ungemähten Rasen. Ein niedrig hängender Zweig verfing sich in Hannas Haar und zog daran. Sie fluchte wie ein Hafenarbeiter.

»Wir sollten sowieso besser die Hauptwege benutzen. Im Gras hocken jetzt schon wieder Zecken. Du steckst besser die Hosenbeine in deine Strümpfe.«

Hanna kam sich albern vor, aber sie tat, was Berit gesagt hatte.

Was weiß ich schon vom Landleben, dachte sie. *Ich komme ja aus der großen, hippen Stadt.*

»Ich mach es kurz. Es geht um Lilo und Thea. Thea hatte ein Brautkleid, und Lilo hat es gestohlen, und dann ist Theas Hochzeit geplatzt, und sie weiß bis heute nicht, dass Lilo dieses Kleid hat.«

Hanna ratterte die ganze schlimme Geschichte im Eiltempo herunter, ohne sich von Berit unterbrechen zu lassen, die die ganze Zeit mit den Armen wedelte. Sie hatte gefragt, und nun musste sie es sich anhören, auch wenn es nicht schön war, solche Dinge über eine der besten Freundinnen zu erfahren.

»Lilo lügt uns alle an, dabei redet sie doch immer von Ehrlichkeit!«

»Stopp!« Berit packte Hanna an den Schultern und schüttelte sie, wie um sie zur Besinnung zu bringen. »Ich kenne die Geschichte. Wir alle kennen sie.«

Hanna fühlte sich, als wäre sie diesmal mit der Stirn gegen einen richtig dicken Ast geprallt.

»Es war ein dummer Ausrutscher, dass die Rede mal irgendwann auf diese Sache gekommen ist. Lilo hatte damals ein bisschen zu viel getrunken und sich verquatscht.«

»Bei einem der Mädelsabende?«

Berit nickte, nahm die Kappe ab und wuschelte sich durch die Haare, als könne das die Sorgenfalten auf der Stirn glätten, die sich jetzt deutlich dort abzeichneten.

»Und ihr habt Thea alle nichts gesagt?« Hanna merkte selbst, wie schrill sie klang.

»Es hätte ja nichts mehr geändert. Das Ganze war schon Jahrzehnte her.«

»Und wenn schon. Thea hat das Recht, es zu erfahren.«

»Es ist nicht so, dass wir damals leichtfertig darüber hinweggegangen sind. Wir haben lange diskutiert, und dann mussten wir eine Entscheidung treffen. Für Thea oder für Lilo. Und wir haben uns für unsere Freundin entschieden.«

»Nein, ihr hattet die Wahl zwischen Wahrheit und Unwahrheit. Und ihr habt euch für die Lüge entschieden.«

Da ging eine Veränderung mit Berit vor. Das unbeschwerte Funkeln verschwand aus ihren Augen, und Kälte zog ein.

»Mach mal halblang. Wenn du damit nicht klarkommst, dann mach es eben wie Frida und …«

»Wie Frida? Was soll das heißen?« In Hannas rechtem Ohr piepte es. Ganz leise, ganz sachte, aber es war da.

»Frida hat uns genau die gleiche Predigt gehalten wie du, und dann hat sie beschlossen, uns nicht mehr zu kennen. Sehr erwachsen.«

»Sorry, aber das kaufe ich dir nicht ab.«

»Frag sie doch.«

»Das mache ich. Jetzt gleich«, sagte Hanna und zog ihr Telefon aus der Innentasche ihrer Jacke. Sie wählte Fridas Nummer und wartete. Vergebens. Sie ging immer noch nicht ran. Aber sie hatte eine Nachricht geschickt.

Bin bei meinem Onkel am Hafen. Melde mich später.

Dann würde Hanna eben zum Hafen fahren. Sie musste das klären. Frida. Die ihr am nächsten stand von ihren neuen Freundinnen. Und schon wurde dieses Wort wieder sperrig und verkeilte sich in Hannas rasenden Gedanken.

19

❀

Frida

Frida legte den Stift aus der Hand. Sie war fertig. Mehr fiel ihr nicht ein. Auf der Rückseite eines Fischereimagazins hatte sie in Stichworten ihren Bewerbungstext notiert. Henning hatte unterdessen mit einem Schlauch das Deck der *Seeteufel* abgespritzt. Jetzt sah Frida dabei zu, wie er ihn sorgfältig aufrollte, und im Geist roch sie schon den versprochenen Milchreis. Da bemerkte sie eine Person, deren Statur ihr vertraut erschien, und die am Fischereihof Kamerun und der Slipanlage vorbeistürmte und jetzt den Steg herunterkam und ihr zuwinkte.

»Was machst du denn hier?«, rief Frida ihr zu.

Henning sah herüber, und als Frida bemerkte, worauf sein Blick zuerst fiel, musste sie unweigerlich lachen.

»Wie siehst du denn aus? Wie Luis Trenker. Oder einer seiner Alpinistenkumpels.«

»Oh Gott«, stöhnte Hanna, bückte sich und zog die Hosenbeine aus den Socken. »Wegen der Zecken.«

»Klar, wegen der Zecken.« Frida kicherte. Erst recht, als sie bemerkte, wie Henning bei der Erklärung die Gesichtszüge entgleisten.

»Du hast mir doch geschrieben, dass du hier bist.« Hanna blickte kurz zu Henning. »Hallo.«

Henning nickte. Hatte sich Frida vertan, oder war das ausgetauschte Lächeln eines von dieser schüchternen Sorte gewesen, die es zwischen zwei Menschen gab, wenn sie …

»Klar. Aber was machst du hier? Du siehst ein bisschen derangiert aus.«

»Ich hab mich mit Lilo gestritten, und dann hatte ich noch eine ziemlich schräge Unterhaltung mit Berit.«

»Hört sich super an. Warum habt ihr euch denn gestritten?«

Und dann schilderte Hanna, was alles passiert war, seit sie ihre Waldtour beendet hatte. Frida spürte Übelkeit in sich aufsteigen. Die Vorfreude auf Hennings Milchreis war verflogen. Ihr Onkel hielt sich im Hintergrund, wusch Fischkisten aus und entwirrte Netze. Aber sie konnte sehen, dass er sehr wohl zuhörte und immer wieder verstohlene Blicke zu ihnen herüberwarf.

»Und jetzt«, Hanna holte tief Luft, »jetzt kommt die Krönung. Berit hat behauptet, dass du auch über alles Bescheid weißt.«

Hennings Hand mit dem Stahlschwamm verharrte ausgestreckt in der Luft, und Frida hielt den Atem an.

»Ich hab ihr gesagt, dass ich ihr so einen Scheiß nicht abkaufe, und sie hat gemeint, ich könnte dich ja ruhig fragen. Stell dir das vor! Was ist denn mit Berit los? So hab ich sie überhaupt nicht eingeschätzt. Ich dachte bisher …«

»Ich wusste es.«

Fridas Mund hatte sich schneller geöffnet, die Wörter ausgespuckt und wieder geschlossen, als sie darüber nachdenken konnte, welche Konsequenzen das haben würde.

»Was? Was soll das heißen?«

Fridas Eingeweide zogen sich zusammen, als würde sie sich gleich übergeben müssen.

»Ich geh mal auf ein Bier rüber zu Ove«, sagte Henning und ließ alles fallen, was er gerade in der Hand hielt.

»Nein, bleib hier. Du sollst es auch hören.«

Frida schluckte. Hanna nie davon erzählt zu haben, war eine Sache. Es war ja nie ein Thema zwischen ihnen gewesen. Aber

Henning wusste, dass sie sich aus dem Hexenzirkel zurückgezogen hatte. Sie hatte ihm eine fadenscheinige Geschichte über irgendwelchen Frauenzickenkram erzählt. Es brach ihr fast das Herz, wenn sie sich vorstellte, was er jetzt denken würde. Er lehnte an der Hüttenwand und hatte die Hände in die Taschen seiner Latzhose geschoben.

»Ich war damals dabei, als Lilo sich verplappert und uns erzählt hat, was mit dem Brautkleid ihrer Mutter passiert ist. Sie hat uns damals inständig gebeten, sie nicht zu verpfeifen und an unsere Loyalität appelliert. Tagelang haben wir darüber diskutiert. Und irgendwann waren die Positionen klar. Ich wollte Thea die Wahrheit sagen, die anderen nicht.«

»Aber warum hast du es denn dann nicht getan?«

Fridas Augen füllten sich mit Tränen. »Weil ich feige bin? Ich hab letztendlich auch gedacht, dass es nichts mehr ändern würde. Und dann hab ich überlegt, wie es für mich sein würde, mit Berit im Hotel zusammenzuarbeiten, wenn ich ihr in den Rücken falle. Ich hab nicht den Mut gehabt, das durchzuziehen. Ich wollte keinen Unfrieden im Hotel. Also hab ich den Weg des geringsten Widerstandes gewählt. Ich hab dem Hexenzirkel die Freundschaft gekündigt. Und ich hab mich dann auch noch von Thea zurückgezogen, weil ich ihr nicht mehr ins Gesicht gucken konnte. Das tut mir am meisten leid.«

»Deshalb bist du nicht mehr zu ihr gefahren«, sagte Henning.

Frida nickte. »Es tut mir so leid, dass ich dich belogen habe. Aber ich hab mich so geschämt dafür, dass ich nicht den Mut hatte, ihr die Wahrheit zu sagen.«

»Komm mal her«, sagte er und löste sich von der Hüttenwand. Frida sprang fast auf und warf sich in seine ausgebreiteten Arme. Für einen Augenblick ließ sie den Tränen freien Lauf. Hanna, die die ganze Zeit nichts gesagt hatte, räusperte sich.

»Es ist ja noch nicht zu spät dafür, mit Thea zu sprechen. Auch wenn es nichts mehr ändert an der geplatzten Hochzeit.

Aber sie sollte wissen, dass ihre Vorwürfe damals berechtigt waren, damit sie sich nicht mehr schuldig fühlt.«

»Das hat Pastor Fredemann auch zu mir gesagt, aber ich konnte nicht.«

»Pastor Fredemann? Weiß der das etwa auch?«

»Der sollte Thea und Karl damals doch trauen.«

Hanna ließ sich auf einen Stapel umgedrehter Fischkisten sinken. Der Wind hatte zugenommen, bemerkte Frida erst jetzt. Die kleineren Sportboote tanzten auf dem Wasser. Am Anfang des Stegs schwappte es schon deutlich höher als noch vor einer Stunde. Dutzende Möwen sammelten sich auf der Mole, statt aufs Meer hinauszufliegen. Ein sicheres Zeichen dafür, dass ein Sturm aufkam.

»Bist du jetzt sauer?«, fragte Frida vorsichtig und hoffte inständig, Hanna würde verneinen.

»Sauer? Nein. Wie könnte ich? Wir haben alle unsere Schatten, unsere Geheimnisse, glaub mir. Ich finde die ganze Situation nur sehr tragisch für Thea. Vielleicht ist es noch nicht zu spät, ihr schonend die Wahrheit beizubringen.«

»Dann überlegen wir zusammen, wie wir das anstellen?«

Hanna nickte. »Ja, in aller Ruhe, damit es sie nicht vollkommen umhaut.«

»Abgemacht«, sagte Frida, und ein gallischer Hinkelstein fiel ihr vom Herzen.

»Dann schlage ich vor, wir fahren jetzt alle zu uns und essen erst mal was Anständiges. Ich wollte sowieso kochen.« Henning wandte sich zum Gehen. »Du kommst doch mit, Hanna?«

»Ich weiß nicht. Eigentlich könnte ich ewig hier sitzen bleiben und aufs Wasser starren«, sagte Hanna. »Das ist so friedlich. Ich kann verstehen, weshalb du gern hierherkommst.«

Frida lächelte. Sie freute sich, dass Hanna das genauso sah. Ihr entging außerdem nicht, dass Henning ziemlich happy aussah.

»Stört dich der Fischgeruch denn nicht?«, fragte Frida und versuchte, nicht ihren Onkel anzusehen.

»Stören? Nein, das gehört hier schließlich dazu.«

Innerlich hüpfte Frida wie Rumpelstilzchen von einem Fuß auf den anderen.

»Wenn es nur ein bisschen wärmer wäre.«

Da erst bemerkte Frida, dass Hanna schon schlotterte vor Kälte. Ihre Windjacke war nicht annähernd dick genug.

»Ich hab noch einen Troyer in der Kajüte«, rief Henning. »Moment.«

Er sprang aufs Deck, schnappte den Pullover und reichte ihn Hanna. Frida schnupperte. Seit wann roch das olle Ding denn so lieblich nach Weichspüler?

»Komm schon«, sagte Frida. »Wir machen es uns zu Hause gemütlich. Henning ist ein guter Koch, weißt du?«

»Na schön. Gegen euch beide habe ich wohl keine Chance.«

»Warum auch? Gibt keinen Grund, sich zu zieren.«

Hanna seufzte nur.

Sie brachen auf. Frida ließ sich wohlweislich ein wenig zurückfallen, beobachtete Hanna und ihren Onkel, wie er sie in ein Gespräch verstrickte, und im Vorbeigehen zwinkerte sie unbemerkt dem Schwertfisch zu.

✿

Hanna

Zwei Tage lang igelte sich Hanna nach dem Streit mit Lilo und Berit und der langen Nacht, in der Henning sie und Frida mit Seemannsgeschichten unterhalten hatte, deren Wahrheitsgehalt besser niemand überprüfte, in ihrem Badehäuschen ein. Nur nachts verließ sie das Haus. Dann schlich sie mit einem Frotteelaken an den Naturbadeteich. Sie hatte keine Badekleidung, aber mutterseelenallein im Mondlicht traute sie sich, nackt durchs das eiskalte Wasser zu gleiten. Allein bis auf zwei dicke Fische, die sich zwischen die Pflanzen im Flachwasser am Rand zurückzogen und erst wieder hervorkamen, wenn sie den Teich für sich allein hatten. Bis auf das Gluckern des Wassers, das Knarzen des Holzstegs und das Rascheln aus dem direkt angrenzenden Getreideacker, wo sie manchmal langohrige Feldhasen sah, war es paradiesisch still.

Erst nach diesen zwei Tagen ging sie endlich ins Gutshotel, um sich nach Teilnehmern für die nächste Waldtour zu erkundigen. Als sie fast die Freitreppe erreicht hatte, packte sie auf einmal jemand am Arm und ein »Buh«, riss sie so unerwartet aus ihrer Stille, dass sie aus reinem Reflex fast ausgeholt und um sich geschlagen hätte.

Marion!

Beinahe hätte Hanna sie gar nicht erkannt. Statt der Wanderkluft, in der sie auf der Waldtour gesteckt hatte, trug sie ein schickes Leinenkostüm. Sie war geschminkt und frisiert, strahlend und gut gelaunt. Offenbar hatte sie sich von der Waldtour gut erholt.

Hanna entfernte die Ohrstöpsel.

»Hanna, schläfst du? Ich hab gerufen und gewunken.«

»Ich hab dich nicht gesehen.«

»Und nichts gehört. Komm doch kurz rüber zu uns. Wir hatten dir ja von unseren Freunden erzählt.« Sie beugte sich zu Hanna und flüsterte. »Die mit dem grünen Fimmel, du weißt schon.«

Hanna erinnerte sich. Aufgrund der schrägen Beschreibung, die Manfred und Marion von ihren Freunden abgegeben hatten, war Hanna eigentlich nicht danach, aber wenn sie nicht unhöflich sein wollte, musste sie wohl oder übel ein paar Minuten erübrigen. Immerhin waren es vielleicht potenzielle Tourteilnehmer.

»Aber nur kurz, ich muss ins Büro.«

Marion hörte gar nicht hin, sondern zog Hanna über den Kies an ihren Tisch.

»Wenn man vom Teufel spricht«, rief Manfred und schlug sich vor Begeisterung aufs Knie.

»Wir haben tatsächlich gerade über dich geredet«, sagte Marion. »Von der Tour, die wir mit dir gemacht haben, und davon, wie du dazugekommen bist.«

Ein Paar mittleren Alters saß am Tisch. Die Frau trug ein wallendes Gewand aus grobem Leinen, das aussah, als hätte sie versucht, es in einer Art Batiktechnik selbst einzufärben. Der Stoff hatte die Farbe mal mehr, mal weniger angenommen.

»Marion und Manfred sind ja ganz begeistert von der Tour«, sagte sie und nickte Hanna freundlich zu.

Ihr Begleiter in kakifarbener Freizeitkluft, die ein wenig an Indiana Jones erinnerte, stand auf und reichte Hanna zur Begrüßung die Hand, wobei er sie musterte, als hätte sie etwas im Gesicht, was dort nicht hingehörte.

»Otto«, stellte er sich vor. »Das ist meine Frau Evelyn.«

Diese wenigen Worte reichten, um Hanna in einen Zustand seltsamer Beklemmung zu versetzen. Es war wie in einem Psychothriller, wenn man zufällig ein Gespräch belauschte, in dem es um einen geplanten Mord ging, und die Person einem dann plötzlich gegenüberstand und man ihr vorgestellt wurde.

Hanna war sicher, diese Stimme schon einmal gehört zu haben, aber sie konnte sie nicht einordnen.

»Freut mich«, sagte sie, was eine glatte Lüge war. Das Gefühl, das sie überkam, war unheilvoll und bedrohlich. Sie entzog ihm die Hand, die er immer noch zu fest umschlossen hielt. Seinen durchdringenden Blick aus den fast schwarzen Vogelaugen jedoch wandte er nicht ab.

»Kennen wir uns?«, fragte er unverblümt, und es beunruhigte Hanna, dass offenbar auch er glaubte, sie schon einmal gesehen zu haben.

»Ich wüsste nicht«, sagte sie. Sie wollte nicht zugeben, dass sie sich diese Frage auch bereits gestellt hatte.

»Ach, du nun wieder«, sagte Evelyn. Sie zwinkerte Hanna zu, als wolle sie sagen: Das ist ein Tick von meinem Mann. Er glaubt immer, alle Menschen schon mal gesehen zu haben. Dumm nur, dass es Hanna genauso ging.

»Doch, doch, ganz sicher. Ich kann mir Gesichter merken.«

»Vielleicht aus Hamburg«, versuchte Hanna es. »Aus meinem alten Job. Ich war …«

»Ich war noch nie in Hamburg«, unterbrach er sie.

»Tja, dann weiß ich auch nicht.« Sie wandte sich an Marion. »Ich muss dann auch mal. Die neue Tour planen.«

»Dann husch«, sagte Marion und kicherte.

Hanna scannte die Gläser auf dem Tisch.

Heiße Witwe …

Sie nickte in die Runde und ging, seltsam steifbeinig, als hätte sie bereits seit Stunden gestanden und sich nicht mehr bewegt. Irgendetwas lag auf einmal wie ein Schatten über dem Abend.

Frida

$\mathcal{F}$rida balancierte geübt ein Tablett mit vier Weingläsern durch die Tischreihen, und gab sich große Mühe, nichts zu verschütten. Was gar nicht so einfach war, denn wieder einmal hatte Jelena viel zu großzügig eingeschenkt. Frida hatte den Verdacht, dass sie für das falsche Augenmaß ein extra Trinkgeld zugesteckt bekam, und darüber würde sie später mit ihr reden müssen. Jetzt war sie auf dem Weg zu dem betreffenden Vierertisch, und als sie nur noch ein paar Schritte davon trennten, schnappte sie gerade noch ein paar Gesprächsfetzen auf, die sie aufhorchen ließen.

»Glaub mir, Otto, es war eine wirklich interessante Tour. Was die Hanna alles weiß über den Wald, das ist wirklich beeindruckend.«

»Marion, lass doch«, sagte der Mann, der neben der Frau saß. Beschwichtigend legte er seine Hand auf ihren Arm, den sie abschüttelte wie ein lästiges Insekt.

Das Gespräch verstummte, als Frida das Tablett abstellte. Sie musste lächeln. Es freute sie, dass Hannas Waldspaziergang so einen guten Eindruck hinterlassen hatte, wenn sie auch nicht verstand, warum dieser Mann seiner Frau die Begeisterung nicht ließ und sie so abwürgte. Aber das ging sie nichts an, und sie würde Hanna auf jeden Fall erzählen, dass sie auch nach ein paar Tagen noch für Gesprächsstoff sorgte. Wieder zurück an der Bar, sprach sie jedoch zunächst ihre Kollegin an.

»Hör mal, Jelena, das mit den Gläsern geht so nicht. Und wenn die Gäste noch so nett sind.« Mit großen Kulleraugen sah Jelena sie an. Sie sah aus wie eine Disneyfigur. »Ernsthaft. Nicht nur, dass es genau genommen Betrug an deinem Arbeitgeber ist, was würde es darüber hinaus für ein Theater geben, wenn anderen Gästen diese Sonderbehandlung auffällt und sie ebenfalls teilhaben wollen? Das erklär dann mal unserem Boss.«

Erbost schleuderte Jelena das Geschirrhandtuch auf den Tresen. »Was willst du damit sagen von wegen Betrug? Das ist …«

»Jetzt halt mal die Luft an. Du weißt genau, was ich meine. Ich hab es dir gesagt, anstatt damit zum Chef zu laufen. Und nun hör einfach wieder damit auf.«

»Dass du dich immer so aufblasen musst, nur weil du Ronstorfs Liebling bist.«

»Das ist Schwachsinn, und das weißt du auch.«

Mit trotzig geschürzten Lippen drehte sich Jelena um, griff nach dem Handtuch und begann die Arbeitsplatte zu scheuern, wo es gar nichts zu scheuern gab.

Etwas später, als das Buffet geschlossen wurde, zog der Vierertisch in die Bar um. Frida musste innerlich grinsen und konnte auch ein bisschen Schadenfreude nicht unterdrücken. Bestimmt dachten diese Gäste, diese Sonderbehandlung würde auch hier für den Rest des Abends fortgesetzt.

Als sie vier Gläser Sanddorngeist für die Verdauung bestellten, schenkte Frida diesmal selbst ein, und nahm so genau Maß, dass man es auch mit einer Lupe nicht akkurater hätte treffen können. Um das so genau hinzubekommen, musste sie ganz nah an die Gläser herangehen, und der Geruch des Digestifs, der ähnlich viel Alkohol enthielt wie ein Grappa, biss in ihrer Nase.

Doch es schien niemandem aufzufallen, dass es diesmal keine Extras gab. Die Stimmung am Tisch hatte sich verändert. Marion und ihr Mann schüttelten immer wieder den Kopf, Otto und seine Frau kniffen die Lippen zusammen, wenn sie ihren Freunden nicht gerade vehement widersprachen.

»Ich glaube euch ja, dass das eine schöne Tour war, und diese Hanna ihren Job diesbezüglich gut macht, aber ich bin trotzdem sicher«, insistierte der angesprochene Mann namens Otto. »Ich weiß, was ich weiß, und ich …«

»Aber du weißt doch gar nichts. Du vermutest es«, warf diese Marion ein.

»Ich hab sie erkannt, basta. Es war dunkel, aber keine tiefschwarze Nacht. Und sie hat damals etwas im See versenkt, ich hab mir nur nichts dabei gedacht. Das hätte auch eine … eine Fischreuse zum Beispiel sein können. Aber jetzt, nach eurer Erzählung, wird mir das alles klar. Es muss der Laubbläser gewesen sein!«

»Aber warum sollte sie denn so was gemacht haben, Otto? Das ergibt doch überhaupt keinen Sinn.«

Der Mann blies die Wangen auf. »Keinen Sinn? Ihr habt selbst erzählt, dass sie daraufhin den Job hier bekommen hat. Was will man denn mehr?«

Frida horchte auf. Jelena offenbar auch, denn sie hörte auf, wie eine Verrückte die Kalkflecken auf der Abtropffläche der Spüle zu attackieren, und neigte ebenfalls den Kopf in Richtung des Gesprächs.

»Und ich finde schon, dass man der Sache nachgehen muss«, wetterte Otto weiter. »In so einem Laubbläsertank sind immerhin ein paar Liter Benzin. Wenn sie den einfach so im Teich versenkt und da was ausläuft, was glaubt ihr, was das mit dem Ökosystem da drin macht?«

»Eine Person, die sich um das Wohl des Waldes sorgt, tut so was einfach nicht«, hielt Marion immer noch dagegen. »Ich bleibe dabei. Nicht Hanna.«

Jelena gluckste und schlug sich zu spät die Hand vor den Mund. Frida stieß ihr den Ellenbogen in die Seite.

Jelena gab ein sensationslüsternes »Uiuiui« von sich und rollte übertrieben mit den Augen. Frida hätte sie dafür am liebsten geohrfeigt. Wie in Trance griff sie hinter ihren Rücken und löste den Knoten von der Schürze. Dann faltete sie sie wie in Zeitlupe zusammen und legte sie in eine Ecke des Tresens.

»Ich mache Feierabend. Den Rest schaffst du auch allein«, sagte sie zu Jelena, die protestieren wollte. »Krieg dich ein. Ich hab so oft hier allein gestanden, wenn du den Bus verpasst hattest oder sonst wo gewesen bist. Jetzt bist du mal dran.«

Frida verzichtete darauf, ihre Kleidung zu wechseln, und zog ihren blauen Mantel einfach über ihre Gastronomieuniform. Es gab nichts, was sie jetzt davon hätte abhalten können, sofort Hanna aufzusuchen.

20

Frida

*H*anna öffnete nicht. Frida gab sich alle Mühe, nicht zu denken, dass sie es nicht tat, weil sie ein schlechtes Gewissen hatte und sich versteckte. Sie ging ums Haus herum auf die Terrasse.

Mach auf. Mach auf. Mach auf. Wie ein Mantra wiederholte sie die Wörter in ihrem Kopf. Es wurde plötzlich unterbrochen von Schnaufen und Prusten, das vom Badeteich herüberkam, und sich anhörte, als würde ein Seelöwe aus dem Wasser auftauchen. Frida wandte sich um und überquerte den Rasen. Der Badesteg wurde schwach beleuchtet von einer Kerze, die in einer Laterne flackerte. Ein Schwimmer tauchte auf. Nein, eine Schwimmerin. Die langen Haare flossen um ihren Kopf wie Wasserpflanzen. Es war Hanna. Dass sie so seelenruhig ein paar nächtliche Runden im Teich drehte, beruhigte Frida.

»Hanna? Hey!«

Mit einem Aufschrei fuhr Hannas Kopf herum.

»Himmel, Frida, ich sauf hier noch ab, wenn du mich so erschreckst. Was machst du denn hier mitten in der Nacht?«

»Die gleiche Frage könnte ich dir stellen.«

»Na ja, schwimmen halt. Mach ich öfter mal. Willst du auch?«

Frida schüttelte den Kopf. Nun musste sie wohl oder übel zur Sache kommen.

»Ich will mit dir reden.«

»Hört sich ernst an. Gibst du mir mal das Handtuch?«

Frida nahm das Badelaken von der Sonnenliege. Das Frottee war hart wie ein Brett, als wäre es frisch gewaschen worden und gerade erst getrocknet. Sie reichte es Hanna, die über die kleine Leiter aus dem Wasser kletterte und sich abtrocknete.

»Lass uns ins Haus gehen, sonst wird es mir zu kalt«, sagte sie und ging vor. »Und sei vorsichtig auf dem Steg, der ist rutschig, wenn er nass ist.«

Wer von uns beiden arbeitet hier schon ein paar Jahre?

»Soll ich uns einen Tee machen?«, fragte sie.

»Nein, danke.« Frida wollte es sich nicht gemütlich machen. Das vertrug sich nicht mit dem Grund ihres Besuchs. »Hanna, ich hab heute Abend ein Gespräch von ein paar Gästen mitbekommen.«

»Und?«, fragte Hanna tonlos, und Frida hatte das Gefühl, dass sie für den Bruchteil einer Sekunde zusammengezuckt war. Hanna zog das Handtuch, das noch um ihre Schultern lag, enger um sich.

»Willst du dir nicht was Trockenes anziehen?«

Hanna stand wortlos auf und verschwand im Bad. Sie brauchte lange dafür, sich nur kurz umzuziehen, und hätte Frida nicht gewusst, dass man durch das winzige Fenster dort nicht verschwinden konnte, hätte sie genau das vermutet.

Als Hanna aus dem Badezimmer kam, wusste Frida, was sie dort so lange gemacht hatte. Sie hatte ihre Haare trockengerubbelt, sich allerdings nicht die Mühe gemacht, sie anschließend durchzukämmen. Die langen Strähnen sahen aus wie verknotet.

»Also«, sagte Frida und verlagerte ihre Position auf dem harten Stuhl, um sich ein klein wenig wohler zu fühlen bei dem, was sie jetzt tun musste.

»Hast du irgendetwas mit dem Verschwinden von Kurts Laubbläser im letzten Jahr zu tun?«

Sie hatte schnell gesprochen, so schnell, dass sie fast fürchtete, sie würde die Frage wiederholen müssen. Aber Hanna sah sie nur ausdruckslos an. Nicht entrüstet, nicht kurz vorm Ausflippen, wie Frida befürchtet hatte. Aber vielleicht war es sogar noch schlimmer, dass sie es nicht tat.

»Wie kommst du darauf?«

»Da waren Gäste in der Bar, die über dich geredet haben. Ein Mann hat behauptet, dich erkannt zu haben. Voriges Jahr am Teich, irgendwann am Abend oder in der Nacht, ich weiß es nicht.«

Hanna klappte zusammen, als hätte sie einen Faustschlag in den Magen bekommen.

Frida stöhnte. »Sag mir bitte, dass das nicht stimmt, Hanna.« Doch Hanna saß da und rührte sich nicht und sagte nichts. Frida wurde zornig.

»Hanna, rede mit mir! Was für eine verdammte Scheiße hast du gebaut?«

»Das war keine Absicht.«

»Keine Absicht? Wie geht das? Einen Laubbläser aus Versehen in einen Teich fallen lassen, der sich gar nicht erst in deinen Händen befinden sollte. Wie geht das?«

Die letzte Frage schrie sie beinahe hinaus. Sie konnte einfach nicht fassen, was sie da hörte. Sie griff eine leere Kaffeetasse vom Tisch und umklammerte sie, nur damit sie nicht auf Hanna losstürmte, sie bei den Schultern packte und schüttelte.

Da begann Hanna zu erzählen. Eine so unglaubliche Geschichte, dass sie Frida fast sprachlos machte. Eine Geschichte, die mit einer Dummheit begann, sich in einer Verkettung von unglücklichen Ereignissen fortsetzte und mit einem glücklichen Ausgang endete. Die Geschichte einer monatelang aufrechterhaltenen Lüge.

»Das hast du also gemeint, als du neulich am Hafen zu mir meintest, jeder von uns hat seine Schatten, seine Geheimnisse. Klar, dass dich nicht aufregt, wenn ich Thea etwas verschweige. Mensch, Hanna!«

»Und jetzt?«, flüsterte Hanna, ohne Frida anzusehen.

»Ich weiß nicht. Ausgerechnet du. Du erwartest so viel von anderen. Aufrichtigkeit, Offenheit. Dabei bist du nicht ein bisschen besser als wir alle.«

Hanna saß still da. Sie hielt ihre Hand vor den Mund, als wäre sie über sich selbst entsetzt. Als sie die Augen schloss, sah Frida Tränen unter den Wimpern hervorquellen.

»Ich weiß«, sagte Hanna. »Und ich meine das auch so. Ehrlichkeit und Vertrauen, das bedeutet mir alles. Ich bin kein Mensch, der anderen einfach so irgendwelche Märchen erzählt. Ich hab die Sache mit dem Laubbläser komplett verdrängt. Weil ich mich geschämt habe. Weil ich dachte, ich hätte es wiedergutgemacht. Und weil ... weil ich das alles hier nicht verlieren wollte.«

Der letzte Satz ging in einem Schluchzen unter. Frida strengte sich an, sich nicht neben Hanna zu setzen und zum Trost den Arm um ihre zuckenden Schultern zu legen. So schnell wollte sie nicht weich werden.

Draußen war Wind aufgekommen. Er rüttelte an den Gartenmöbeln und pfiff durch einen Spalt unter der Terrassentür hindurch. Es war eben doch noch nicht Frühling, und der wechselhafte April stand erst vor der Tür. Es würde nicht mehr lange dauern, bis Hanna dieses Haus für die Erntehelfer räumen müsste. Wo sie dann wohl wohnen würde?

»Scheiße. Das ist echt richtige Scheiße, weißt du das? Der Typ meinte, man dürfe das nicht einfach unter den Tisch kehren. Stell dir mal vor, der geht damit zu Ronstorf. Und dann?«

»Ich weiß nicht«, sagte Hanna leise. »Ich weiß überhaupt nichts mehr.« Nach kurzem Schweigen fügte sie hinzu: »Und wenn wir das Ding da wieder rausholen?«

»Wir? Du willst mich da also auch noch mit reinziehen? Schönen Dank auch.«

»Nein, natürlich nicht. Entschuldige.«

Für eine Weile schwiegen sie beide. Frida dachte darüber nach, welche Konsequenzen es für sie persönlich hätte, wenn Hanna auffliegen würde. Hanna würde vermutlich nicht bleiben können, und sie würde eine Freundin verlieren. Schon wieder. Sie zwirbelte eine Strähne ihrer Haare um einen Finger. Im schummrigen Licht des Zimmers sah sie fast weiß aus. Verstohlen warf sie einen Blick auf Hanna. Ob es noch von der Kälte im Teich kam oder ob sie so eine Art Schock hatte, sie bebte jetzt am ganzen Körper und war noch bleicher als Fridas Haarsträhne. Das konnte sie sich so auch nicht mit ansehen.

»Vielleicht …«, begann sie, »Vielleicht sind wir jetzt auch einfach so was wie quitt. Ich hab die Wahrheit verschwiegen, du hast die Wahrheit verschwiegen.«

»Du meldest mich nicht?«

»Melden. Wie sich das anhört. Wie vor dem Mauerfall. Nein, von mir erfährt niemand, was passiert ist. Wir müssen nur überlegen, wie wir diesen Otto davon abbringen, zu Ronstorf zu gehen. Vielleicht fällt mir bis morgen früh etwas ein.«

Dann endlich gab sie sich einen Ruck, stand auf und setzte sich zu Hanna. Sie legte ihr den Arm um die Schultern.

»Wir müssen uns aber in Zukunft mehr vertrauen können, wenn das mit unserer Freundschaft funktionieren soll. Meinst du, wir können uns ab jetzt mehr Mühe geben?«

»Versprochen.«

»Dann lass mich jetzt gleich wieder etwas tun, was ich eigentlich nicht sollte.«

Hanna sah sie fragend an.

»Ich gehe in die Küche rüber und hole uns was zu futtern.« Frida stand auf, doch dann hielt sie inne. »Oder …«

»Ja?«

»Oder wir springen noch mal in den Badeteich. Jetzt hätte ich auch Lust dazu.«

»Im Ernst?«

Doch da streifte sich Frida schon die Schuhe ab und ließ den Mantel zu Boden gleiten.

»Wer zuerst im Wasser ist!«

Kleidungsstücke flogen in hohem Bogen durch das Zimmer und dann rannten sie durch die frische Nachtluft. Sie kreischten, als sie ins Wasser eintauchten, und die Fische würden wohl für eine Weile ihre Deckung nicht mehr verlassen.

✿

Hanna

$\mathcal{D}$as Resultat der nächtlichen Eskapaden im Badeteich war ein schmerzhaftes Kratzen im Hals und bleierne Kopfschmerzen, als Hanna am nächsten Morgen erwachte. Keine Minute zu früh hatte sie das Gurgeln mit Kamillentee beendet, als ihr Telefon klingelte und Fridas Nummer auf dem Display erschien. Mit klopfendem Herzen nahm sie das Gespräch an.

»Hallo, Frida.« Sie krächzte. Wer es nicht besser wusste, würde wohl auf den Gedanken kommen, sie hätte eine Nacht durchgefeiert und zu viel geraucht.

»Du hörst dich ja schrecklich an.«

»Ja, danke sehr. Es fühlt sich auch schrecklich an.«

»Dann hab ich Neuigkeiten, die dich aufmuntern dürften. Dieser olle Otto und seine Frau sind abgereist. Einen Tag früher als geplant. Ich hab gehört, die haben sich richtig in die Wolle gekriegt mit ihren Freunden wegen dieser Laubbläsersache. Otto wollte ja unbedingt ein Riesenökodrama daraus machen, und die anderen haben dagegengehalten.«

Hanna stöhnte. »Danke, dass du dich erkundigt hast. Dann besorge ich mir jetzt irgendetwas aus der Apotheke für meinen Hals, und mache mit der Tourenplanung weiter. Ich hab gestern ein paar Änderungen und neue Ideen eingereicht.«

»Viel Glück.«

Sie beendeten das Gespräch.

Dieser Otto war weg. Er würde sie nicht mehr verpfeifen. Sie konnte zur Tagesordnung übergehen. Nach einer Katzenwäsche zog Hanna sich an, griff sich ihren Autoschlüssel und verließ das Haus. Sie freute sich an den eidottergelben Osterglocken, die den Weg zum Parkplatz säumten und sanft im Morgenwind schaukelten, während die violetten Krokusse schon schlapp und verblüht am Boden lagen. Irgendwo über ihr, im noch kahlen Geäst der Linden, kündigte eine Kohlmeise mit ihren spitzen Rufen den Frühling an. Hanna seufzte. Sie hatte ihren Platz gefunden, und in der letzten Nacht war ihr noch einmal bewusst geworden, wie wichtig dieser Ort für sie geworden war.

Noch andere Menschen hatten sich von den Frühlingsboten so früh aus den Federn locken lassen. Etliche Hotelgäste waren auf der Parkwiese unterwegs und spazierten zum Teich hinunter. Hanna erkannte ein Ruderboot, das durch die Wasserlinsen glitt. Das war nichts Außergewöhnliches, die Fontäne in der Mitte des Teichs versagte immer mal ihren Dienst und musste dann wieder in Gang gebracht werden. Hanna ging weiter. Doch nach ein paar Metern blieb sie noch einmal stehen und wandte sich wieder dem Teich zu. Erst jetzt begriff sie, was dort nicht stimmte. Das Boot befand sich nicht in der Mitte des Teichs. Es dümpelte vor dem Steg, und jemand stocherte mit einer langen Stange im Wasser herum.

Otto. Dieser verdammte Otto!

Hanna wurde speiübel. Mit angehaltenem Atem beobachtete sie, was dort vor sich ging. Die Hoffnung, dass der Laubbläser durch irgendeine Strömung an eine ganz andere Stelle im Teich gewandert oder er vielleicht tief im Schlick versackt war, zerplatzte wie eine Seifenblase, als etwas an einem Haken am Ende der Stange hochgezogen wurde. Ein unförmiges Etwas, von dem Matsch und brackiges Wasser tropfte. Die Rakete.

Hanna setzte sich in Bewegung. Sie musste hier weg. Erst mal verschwinden, um in Ruhe nachzudenken. Darüber, welche Erklärung sie hatte, ob sie überhaupt alles zugeben sollte. Aber als sie sich abwandte, stand plötzlich Berit mitten auf dem Weg vor ihr.

»Herr Ronstorf hat bereits versucht, dich telefonisch zu erreichen. Er würde dich gern sprechen. Wenn du so freundlich wärst?« Sie deutete eine Verbeugung an.

Es wäre ihr lieber gewesen, wenn Berit sie angemotzt hätte. Ihr Sarkasmus tat mehr weh.

Hanna fühlte sich wie auf dem Weg zum Schafott. Es wurde auch nicht besser, als sie durch die Tür in Ronstorfs Büro trat. Heute wurde sie nicht in das Kaminzimmer gebeten, und Hanna wusste, dass das kein gutes Zeichen war. Er sah nicht einmal auf, als er sie aufforderte, sich zu setzen, sondern schob weiter ein paar Papiere auf dem Schreibtisch hin und her. Pfeifenrauch, der nach Kirsche roch, waberte durch den Raum, und schien sich über die Jahre in allen Poren der Wände und in den Papierseiten der Bücher niedergelassen zu haben. Es biss in Hannas Augen, und bei jedem Einatmen verspürte sie einen Hustenreflex, den sie mühsam unterdrückte.

»Sie wissen sicher, warum Sie hier sind, Frau Taudien.«

Hanna nickte mit gesenktem Kopf.

»Ich muss Ihnen wohl nicht extra sagen, wie enttäuscht ich bin über das, was ich gestern Abend erfahren habe. Sie haben mein Vertrauen missbraucht.«

»Darf ich erklären, wie es dazu kam? Es war ja keine ...«

Ronstorf hob die Hand. Gebieterisch, wie ein Gutsherr es wohl schon von Kindesbeinen an gelernt hatte. Hanna schwieg.

»Sie haben sich unbefugt Zutritt zu hoteleigenen Räumen verschafft, die für Gäste verboten sind. Sie haben sich der Sachbeschädigung schuldig gemacht. Sie haben die Tat vertuscht.

Selbst wenn es sich dabei um einen Unfall gehandelt haben sollte, haben sie sich diesen Umstand mutwillig zu ihrem eigenen Vorteil zunutze gemacht.«

Hanna sackte in sich zusammen.

»Und das ist dann auch tatsächlich das Schlimmste an der ganzen unerfreulichen Angelegenheit. Dass Sie uns alle belogen haben.«

»Aber ich ... Ich wollte nie mit Absicht ...« Sie räusperte sich. »... jemandem schaden. Es war doch nur, weil ...«

Hannas Stimme brach, ihr Hals schmerzte, als hätte man ihn mit Sandpapier geschmirgelt. Und zu allem Unglück kamen jetzt auch noch die Tränen, und sie hatte kein Taschentuch. Mit dem Ärmel ihres Pullovers fuhr sie über ihr Gesicht und schniefte unschön.

»Das will ich jetzt nicht mehr wissen. Die Gelegenheit, dies alles zu erklären, hatten Sie vor einem halben Jahr. Jetzt ist es dafür zu spät. Unsere Wege trennen sich hier, Frau Taudien. Wir nehmen Ihre Waldtouren ab sofort aus dem Programm, was bedauerlich ist, denn das Feedback zu der ersten Tour war durchweg positiv.«

»Aber wenn das so positiv war, können Sie dann nicht noch mal darüber nachdenken? Es wäre doch auch für das Hotel nicht gut, wenn die schon angemeldeten Teilnehmer so vor den Kopf gestoßen werden.«

»Das werden wir erklären können. Natürlich werden Sie auch das Haus so schnell wie möglich räumen. Ich bin kein Unmensch, daher gebe ich Ihnen eine Woche Zeit, um eine andere Unterkunft zu finden. Mehr kann ich Ihnen leider nicht zugestehen.«

»Es tut mir alles so leid, glauben Sie mir. Ich hab mir nie mutwillig einen Vorteil erschleichen wollen.«

Doch Ronstorf hatte seinen Kopf bereits wieder über seine Papiere gesenkt.

Hanna erhob sich. Jeder Schritt auf dem Weg durch die Tür nach draußen fühlte sich an wie ein Gang auf Treibsand, und sie hatte Angst, dass ihre Beine einfach nachgeben würden. In ihren Ohren rauschte es, wobei sie nicht wusste, ob es vielleicht ihr Blutdruck war. Ihr Gesicht jedenfalls war heiß und prickelte, als hätte sie einen Sonnenbrand. Als ob das alles noch nicht schlimm genug war, musste sie auf dem Weg nach draußen auch noch an der Rezeption vorbei, wo Berit und Lilo die Köpfe zusammensteckten. Als sie Hanna sahen, machte Lilo ein Gesicht, als würde sie ihr vor die Füße spucken wollen.

»Und du predigst uns hier was von Wahrheit. Schäm dich.«

»Gleichfalls«, murmelte Hanna, wunderte sich zwar über ihre Courage, in dieser Situation so eine Antwort zu geben, meinte es aber durchaus genau so. »Ich hab das nicht mit Absicht getan, um jemandem zu schaden, im Gegensatz zu dir. Ich hab …«

Berit fiel ihr ins Wort. »Ich erinnere mich noch gut daran, wie du wissen wolltest, wie es hier mit Jobs aussieht. Und dass du dabei warst, als das reparierte Gerät angeliefert wurde. Da braucht man doch nur Eins und Eins zusammenzählen.«

»Hör auf!«, rief Hanna. Und dann: »Meine Ohren …«

In Hannas Ohren rauschte eine tosende See. Sie hielt sie mit den Händen zu, aber es wurde nicht besser. Im Gegenteil. Zu dem Rauschen kam ein ungleichmäßiges Pfeifen und Quietschen hinzu, wie der Einwahlton eines Modems.

»Ach, erspar uns das!«, schnauzte Lilo sie an und verschränkte abweisend die Arme vor dem Körper. Sie hatte eine lange Schramme, wie von einem ihrer Holzwerkzeuge, auf einem Handgelenk. Vielleicht hatte Jule sie auch gekratzt. »Immer diese Ohrennummer!«

Dieser Moment, diese drei kleinen Wörter, waren schlimmer als der Jobverlust, schlimmer als der Rauswurf aus dem Haus am Badeteich, schlimmer als der Zorn der Frauen. Schlimmer als alles. Lilo nahm sie nicht ernst. Niemand nahm sie ernst. Sie und ihre Erkrankung. Sie hielten sie für Einbildung, eine Marotte, Schauspiel. Diese drei Wörter waren wie eine Zeitmaschine. Sie katapultierten Hanna auf einen Schlag zurück in ihr Dasein als Außenseiterin. Sie hatte nicht noch einmal die Kraft, ein Leben als Freak zu führen. Was auch immer sie tat, immer und überall, früher oder später, würde man sie wieder so betrachten, wie sie es in den letzten Jahren getan hatten.

Sie drehte sich auf dem Absatz um und rannte aus dem Hotel.

21

✿

Hanna

*I*hr Herz raste zum Zerspringen. Jeden anderen Menschen hätte es zu Tode geängstigt. Die Hände zitterten so sehr, dass sie kaum den Schlüssel ins Schlüsselloch stecken konnte und eine Hand mit der anderen festhalten musste. Und doch sah sie ganz klar. Hanna wusste, was sie zu tun hatte. Etwas, das sie ganz vergessen hatte, aber es hatte immer gelauert und nur auf den richtigen Moment gewartet.

Sie fegte Flaschen und Dosen vom Regal im Bad. Ein Tiegel platzte auf, und Creme klatschte auf den Steinboden. Wattestäbchen rieselten hinterher. Nichts. Sie riss Stapel mit Pullovern und T-Shirts aus dem Bauernschrank und tastete mit den Händen die Fächer bis zur Rückwand ab. Die Schublade des Nachtschränkchens klemmte. Vielleicht waren sie dahinter gerutscht. Unwirsch zerrte sie daran.

Hanna schluchzte. Sie stand mitten im Raum und sah sich um, drehte sich um ihre eigene Achse, Panik ergriff sie. Es klopfte.

»Hanna?« Es war Frida.

Hanna hatte die Tür nicht wieder hinter sich verschlossen, und Frida kam herein.

»Scheiße, was ist denn hier los?«

Hanna antwortete nicht.

»Ich hab gehört, was passiert ist. Es tut mir so leid.«

Hanna sah Frida durch einen Tränenschleier an und lachte.

»Und woher wussten es alle? Wenn es nicht Otto war?«

»Willst du damit sagen, dass ich dich verraten habe? Dir kann man doch nicht helfen! Du willst einfach niemandem vertrauen. Es war Jelena. Die ist zu Ronstorf gegangen, nachdem sie gestern auch das Gespräch mitbekommen hatte.«

Doch Hanna hörte gar nicht zu. Sie zog ihre Reisetasche unter dem Bett hervor, öffnete den Reißverschluss und fuhr mit beiden Händen durch den Innenraum. Schließlich stülpte sie die Tasche um und schüttelte, bis ein paar alte Kekskrümel und schmutzige Socken auf das Bett fielen.

»Hanna, was zum Teufel machst du? Jetzt hör doch mal auf damit und lass uns reden.«

Frida packte sie am Arm, aber Hanna riss sich los.

»Ich weiß, dass sie irgendwo sind. Ich weiß es.«

Sie murmelte vor sich hin, als wäre Frida gar nicht da. Als würde es nicht mehr lange brauchen, bis sie überschnappte.

»Du suchst etwas?«, fragte Frida. Ihr Ton war plötzlich ganz verändert. Ganz kalt. Eisig.

Hanna wollte fluchen, doch es war nicht mehr als ein Jammern. Frida sollte gehen. Sie wollte sie nicht hier haben. Sie war im Weg.

»Deine Tabletten vielleicht?«

»Wieso weißt du …?«

»Erinnerst du dich an die Nacht, als dein Zimmer unter Wasser stand? Ich hab die Tabletten damals gesehen und dir gesagt, dass du sie nicht nehmen sollst. Deine Reaktion war so seltsam, dass mir klar war, du würdest die nicht ab und zu mal brauchen, weil du nicht schlafen kannst. Ich hab deine Augen gesehen, Hanna. Deine Angst. Als würde ich dir etwas Lebenswichtiges, etwas Überlebenswichtiges nehmen. Wie absurd, findest du nicht? Wo du die Tabletten für etwas ganz anderes bei dir hattest, als zu überleben.«

»Das ging und geht dich nichts an!«, rief sie. »Gib sie mir wieder!«

»Doch, das geht mich sehr wohl etwas an. Du bist meine Freundin, Hanna, auch wenn du irgendwie nicht kapieren willst, was das bedeutet. Ich will nicht, dass du so einfach dein Leben wegwirfst.«

»So einfach?« Hanna lachte, böse und verzweifelt.

»Du weißt eine ganze Menge noch nicht von mir, Hanna«, fuhr Frida jetzt ruhiger fort. Sie flüsterte fast. »Und warum? Weil sich bei dir ziemlich viel um dich selbst dreht. Du weißt zum Beispiel nicht, dass meine Mutter vor drei Jahren an Krebs gestorben ist, und dass sie in ihren letzten Monaten so starke Schmerzen hatte, dass der Wunsch, diesen Schmerzen zu entgehen, größer war als der Wunsch, so lange wie möglich am Leben und bei uns zu bleiben. Meine Mutter hätte alles dafür gegeben, friedlich und aus freien Stücken, selbstbestimmt aus dem Leben scheiden zu dürfen. Aber das lässt man Patienten hier nicht tun, völlig ungeachtet der Qualen, die sie jeden Tag durchleiden müssen. Also haben Henning und ich sie jeden Tag ein Stückchen mehr zerfallen sehen. Meine Mutter hatte den besten Grund, sich zu wünschen, dass alles so bald wie möglich vorbei wäre. Du nicht.«

Hanna war benommen von Fridas Worten, als hätte sie ihr einen Schlag ins Gesicht versetzt. Sie sah, wie Frida bebte, wie viel es ihr abverlangt haben musste, darüber zu sprechen.

»Ich hatte alles verloren«, sagte Hanna leise, wie zu sich selbst. »Und als ich dachte, es wäre für mich vorbei, hab ich diesen Ort hier gefunden und von vorn angefangen. Hier konnte ich meine Probleme lösen und meinen Platz finden. Das hier ist mein Zuhause geworden. Ich kann das nicht wieder verlieren und woanders noch mal wieder bei Null anfangen. Ich kann nicht. Und ich will nicht.«

»Warum nicht? Ist doch ganz einfach.«

Hanna starrte Frida an, als hätte sie nichts begriffen. Nichts von dem, was sie ihr gerade eben erklärt hatte.

»Du suchst dir einfach einen Ort, der eine Kirche und einen Wald in der Nähe hat. Davon gibt es viele.«

»Ich verstehe nicht …«

»Du belügst dich selbst, Hanna. Du hast deine Probleme gelöst? Du hast deine Hyperakusis jetzt im Griff? Sogar überwunden? Glaubst du das allen Ernstes? Du verkriechst dich im Wald und in der Kirche, auf dem Friedhof, weil es da still ist. Du meidest immer noch Orte mit vielen Menschen, du meidest die Menschen selbst. Weißt du was? Es macht eigentlich wirklich keinen großen Unterschied, ob du lebst oder nicht. Du lebst ja jetzt auch schon nicht wirklich, also was soll's?«

Frida ging. Sie knallte die Tür hinter sich zu, dass Staub und Putz vom Türstock herabrieselten. Und dann war Hanna allein.

❁

Frida

*S*ie hätte das nicht sagen sollen. Nicht so. Jedenfalls nicht jetzt, in dieser Situation. Vielleicht später einmal, in einer ruhigen Minute. Frida stand am Zaun der Pferdekoppel und blickte gedankenverloren auf den Braunen, der näherkam und dann dicht vor ihr stehen blieb.

»Ho«, sagte Frida und hob den Arm zum Gruß, weil sie das mal in einem Western gesehen und es ihr gefallen hatte. Seitdem hatte sie es zu ihrem Ritual gemacht, ob es nun albern war oder nicht. Der Wallach stupste sie an der Schulter, und Frida lehnte ihr Gesicht an seinen Hals, der sich warm, muskulös und beruhigend an ihrer Wange anfühlte.

»Das war nicht klug, was ich da gemacht habe, oder?«, fragte sie.

Und je länger sie den Geruch des Fells einatmete und ihre Hand über die samtweichen Nüstern des Pferdes strich, umso klarer sah sie, dass sie noch einmal zurückgehen musste. Sie hatte Hanna die Wahrheit einfach sagen müssen, aber sie danach allein zu lassen, war nicht fair. Als hätte der Braune ihre Gedanken gelesen, schnaubte er wie zur Bestätigung. Frida zupfte ihm ein paar trockene Strohhalme aus der Mähne.

»Vielleicht sollte ich dir die Mähne zu Zöpfen flechten, was meinst du?«

Er ließ sie stehen.

»Ja, dachte ich mir.«

Frida seufzte und ging zurück zu Hannas Haus.

Ihr Telefon klingelte. Es war ihr Onkel.

»Moin, Henning, was gibt's?«

»Sag mal, Hanna fährt doch so ein kleines italienisches Auto in Weiß, oder?«

»Ja, wieso?«

»Ich weiß ja nicht … Ich bin gerade vom Hafen weg, und auf der Zufahrtsstraße zur Marina, da vorn bei den Hallen, den Winterlagern, du weißt schon …«

»Ja, was denn?«

»Da ist mir ein Auto entgegengekommen, mit vollem Karacho, fast auf der Gegenspur. Hätte ich nicht das Lenkrad rumgerissen, hätte es gekracht. Das ging so schnell, dass ich erst danach gecheckt hab, dass das wahrscheinlich Hanna war, die am Steuer saß.«

Frida wurde heiß und kalt auf einmal. Sie begann zu laufen.

»Bleib dran, Henning. Nicht auflegen.«

Sie rannte zurück zum Haus, stellte fest, dass die Tür nicht verschlossen, sondern nur angelehnt war, und ging hinein. Hanna war nicht da. Das Chaos auf dem Badezimmerboden war noch genau so da, wie es gewesen war, als Frida Hanna verlassen hatte.

»Henning, fahr zurück zur Marina. Versuch, Hanna zu finden. Beeil dich.«

»Was ist denn los bei euch?«

»Jetzt nicht, später. Finde Hanna!«

Sie beendete das Gespräch. Mit dem Fahrrad würde sie viel zu lange brauchen. Frida rannte hinüber ins Hotel, zur Rezeption.

»Berit, gib mir bitte einen Schlüssel für eines der Hotelfahrzeuge. Von mir aus auch einen der Lieferwagen, egal. Es ist wichtig.«

»Spinnst du?«

»Jetzt ist nicht der richtige Zeitpunkt zum Rumzicken. Ich würde nicht fragen, wenn es nicht wichtig wäre. Schnell, es geht um ...«

Um Leben und Tod.

Dann griff Frida einfach einen der Schlüssel vom Schlüsselbrett hinter Berit und stürmte davon.

»Ich gehe zu Ronstorf!«, hörte sie Berit rufen.

Frida checkte das Bändchen am Schlüssel und suchte dann den Wagen mit dem passenden Nummernschild. Es war tatsächlich einer der Lieferwagen. Die Gangschaltung hakelte, mit unangenehmem Kreischen legte sie den Gang ein, rollte vom Hotelgelände auf die Landstraße und gab Gas. Mit einer Hand wählte sie Hennings Nummer und schaltete auf Freisprechen. Er ging sofort ran.

»Also, das Auto steht hier auf dem Parkplatz. Der Schlüssel steckt. Da liegen so Waldbücher auf dem Rücksitz ...«

»Das ist wirklich Hanna. Hast du alles abgesucht?«

»Was heißt alles, Frida? Hier sind dreihundertfünfzig Liegeplätze. Sie kann auf einem der Boote sein, sie kann nach links die Promenade runtergelaufen oder auf dem Fischereihafensteg sein, oder noch weiter rechts auf dem Wanderweg am Ufer. Warte ... ich Hornochse! Ich glaube, ich weiß, wo sie sein könnte.«

»Ich glaub, sie tut sich was an. Ich erklär dir alles später, aber

wir müssen sie jetzt erst mal finden. Ich bin in fünf Minuten da.«
Aber das hatte Henning schon nicht mehr gehört. Er hatte bereits aufgelegt.

Frida schaffte es in vier Minuten, stoppte den Lieferwagen neben Hannas Auto, sprang heraus und wählte erneut Hennings Nummer.

»Ich bin da. Wo bist du?«

»Ich bin am Strand, noch hinter den Hausbooten. Aber ich sehe sie nirgends.«

»Warst du schon bei der Mole?«

»Nein, nur bis zur Hütte.«

»Gut, dann laufe ich die Mole runter.«

Frida rannte den Holzsteg hinunter, umkurvte die Tonnen und Bojen. Am Ende stieg sie über die Absperrkette, die den öffentlich zugänglichen Bereich vom Privatsteg trennte, der den Jachtbesitzern vorbehalten war und parallel zur Mole verlief. Sie sprang über Taue und versuchte, nicht über die Poller zu stolpern.

»Hey, was wird das denn hier?«, rief einer der Freizeitskipper in marineblauem Seglerpullover hinter ihr her. Sie ignorierte ihn, auch seinen Pfiff, als wolle er einen ausgebüxten Hund zurückbeordern, und lief weiter.

Dann war sie am Ende angekommen und hatte nicht mehr Erfolg gehabt als Hennig. Keine Spur von Hanna. Sie stützte die Hände auf die Oberschenkel und musste erst wieder zu Atem kommen, bevor sie den Rückweg antreten konnte. Frida blickte aufs Wasser, als warte dort eine Eingebung auf sie. Ein Schlauchboot von der Sorte, wie sie von größeren Fahrtenjachten als Beiboot mitgeführt wird, dümpelte vor der Einfahrt zur Marina auf der Ostsee, die heute fast so ruhig war wie eine Badewanne. Diese Beiboote hatten Außenbordmotoren und immer auch faltbare Paddel dabei. Beides wurde nicht benutzt. Das Schlauchboot ließ sich einfach treiben.

»Henning, ich glaub, ich hab sie«, rief Frida ins Telefon, als Hennig erneut abnahm, genauso außer Atem wie sie. »Da treibt ein Schlauchboot.«

Sie gab ihm eine genaue Beschreibung der Stelle, wo sie es gesehen hatte.

»Dann lass uns rausfahren.«

»Bin sofort da.«

Frida sprintete in entgegengesetzter Richtung über den Steg, hörte schon das anschwellende Tuckern der *Seeteufel*, sprang mit einem Satz an Bord, als sie ankam und ließ sich an Deck einfach auf den Boden fallen.

»Ich krieg keine Luft mehr«, japste sie.

Henning reagierte nicht. Mit zusammengekniffenen Augen fixierte er die Hafenausfahrt und die Ostsee dahinter. Das Schlauchboot war nicht so weit draußen, dass man es als auf hoher See bezeichnen konnte. Aber es reichte allemal, um zu ertrinken. Dafür reichte manchmal schon der Pool im Garten. Die Badewanne, wenn man es darauf anlegte. Henning drosselte den Motor, als sie sich dem Boot näherten, sonst brächten sie es womöglich zum Kentern. Frida lehnte sich jetzt über die Reling.

»Ich sehe Hanna nicht«, rief sie.

Doch dann bewegte sich etwas, und als sie noch ein Stückchen näher heranfuhren, sah Frida Hanna, die ausgestreckt dalag und sich jetzt mühte, in dem schwankenden Boot aufzustehen.

»Hanna! Hier!«, rief Frida vollkommen überflüssigerweise, denn sie waren das einzige Boot weit und breit.

Henning manövrierte den Kutter längsseits an das Schlauchboot heran. Bis dahin wären es jetzt nur noch wenige Schwimmzüge.

»Was willst du hier?«, rief Hanna zurück. »Lass mich in Ruhe.«

»Komm rüber zu uns, Hanna. Bitte!«

»Geh weg.« Hanna wedelte mit den Armen, als wolle sie die *Seeteufel* davonscheuchen. Das Schlauchboot schwankte gefährlich.

»Lass uns reden. Über alles. In Ruhe. Es tut mir leid, was ich vorhin zu dir gesagt habe.«

»Du hast es aber gesagt. Also geh weg.«

»Verdammt, sei doch nicht so stur. Ich möchte ...« Sie stockte kurz. »Ich möchte dich nicht verlieren, Hanna.«

»Pah«, machte Hanna, drehte sich halb um ihre eigene Achse, als wüsste sie nicht, wohin, als wäre sie am liebsten davongelaufen, wenn sie nicht auf diesem Boot gewesen wäre. Und dann passierte es. Sie verlor die Balance, machte einen Ausfallschritt, bekam zu viel Übergewicht und stürzte mit einem Aufschrei ins Wasser.

»Mein Gott, Hanna. Henning, wie mache ich den Rettungsring los?«

Sie riss an dem Seil, konnte die Verknotung nicht lösen. Henning kam hinzu.

»Lass mich das machen«, herrschte er sie an und schubste sie beiseite.

Doch Frida schlüpfte schon aus den Schuhen, ließ den Mantel zu Boden fallen und sprang.

»Frida, bist du verrückt?«, brüllte Henning.

Das Ostseewasser war so eisig, dass es ihr fast den Atem nahm. Sie hechelte und machte schnelle Bewegungen wie ein ins Wasser gefallenes Hündchen, bis sie sich an die Kälte gewöhnt hatte und richtige Schwimmzüge machte. Sie schwamm auf Hanna zu, die mit den Armen ruderte und immer wieder mit dem Kopf unter die Wasseroberfläche geriet.

Großer Gott, kann sie etwa nicht schwimmen, schoss es Frida durch den Kopf.

»Hanna! Ich komme zu dir.«

Inzwischen hatte Henning den Rettungsring ausgeworfen.

Frida packte ihn und zog ihn mit sich. Hanna schluckte immer wieder Wasser und hustete.

»Hanna, du darfst jetzt nicht so strampeln. Bleib ruhig, sonst bringst du uns beide in Gefahr.«

Frida merkte, dass auch sie die Kraft bereits verließ. Die vollgesogene Kleidung zog schwer an ihr.

»Ich will nicht sterben«, rief Hanna auf einmal. Sie prustete. »Ich will nicht sterben.«

»Dann versuch es auch nicht, du blöde Kuh«, schrie Frida sie an. Sie hatte Hanna jetzt erreicht. »Nimm den Ring, mach schon. Pack zu, wir halten uns beide daran fest. Aber hör verdammt noch mal auf zu strampeln.«

Hanna tat, was Frida ihr sagte. Sie schluchzte und keuchte, aber sie ließ sich mitziehen, bis sie den Kutter erreicht hatten.

»Gebt mir die Hände«, sagte Henning.

Hanna streckte die Arme aus, und Henning zog sie an Bord. Danach war Frida dran. Sie lag auf dem Deck und wartete darauf, dass ihr Atem sich beruhigte. Henning gab Hanna Anweisungen.

»Huste das Wasser aus. So viel wie möglich. Wir fahren zurück, und bringen dich ins Krankenhaus.«

Hanna hustete. Ihr Atem rasselte.

»Was hast du dir bloß dabei gedacht?«, krächzte Frida, so erschöpft, als hätte sie den Ärmelkanal durchquert. »Wie kann man nur auf so eine Scheißidee kommen?«

»Ich wollte …«

»Ich weiß, was du wolltest. Keine Tabletten, dann eben Wasser. Mensch, Hanna!«

»Ich wollte doch nur nachdenken!« Hanna zog Rotz hoch.

»Du wolltest was?« Frida richtete sich auf. »Nachdenken? Auf der Ostsee?«

»Ich war erst bei der Hütte und wollte da nur ein bisschen sitzen und mir über alles klar werden.« Sie hustete. »Aber dann war da so viel los. So viele Leute, die beim Einwassern zugesehen haben. So heißt das doch, oder?«

»Stimmt.«

»Und dann hab ich mir einfach das Schlauchboot losgemacht und bin rausgepaddelt.«

»Und du wolltest wirklich nicht … ich meine…«

»Nein. Ich wollte bloß meine Ruhe.«

»Du bist echt bescheuert.« Und nach einer Weile fügte Frida hinzu: »Ich hoffe, es hat wenigstens geholfen.«

»Hat es. Ich weiß jetzt, was ich zu tun habe.«

Frida wurde das ungute Gefühl nicht los, dass das passieren würde, was sie unbedingt hatte verhindern wollen. Das, worauf sie offenbar keinerlei Einfluss hatte. Hanna würde gehen, und sie würde schon wieder einen Menschen verlieren. Henning sah nicht weniger resigniert aus, als er zu ihr herübersah. Er nickte ihr zu, als würde er jetzt schon sagen wollen: Du stehst auch das durch, Mädchen. Und sie würde. Früher oder später.

22

Vier Monate später

Hanna

$\mathcal{W}$ie geht es Ihnen heute, Frau Taudien?«

»Gut, danke. Und Ihnen?«

Frau Dr. Berger lehnte sich im Stuhl zurück und lächelte sie über ihre Goldrandbrille hinweg an.

»Nein, so läuft das nicht. Das hier ist kein Party-Small-Talk. Ich will wissen, wie es Ihnen wirklich geht. Wie bekommen Ihnen die Entspannungsübungen? Und die Höraufgaben? Also noch einmal. Wie geht es Ihnen?«

Hanna seufzte. Die Lübecker Musiktherapeutin, die sie seit vier Monaten regelmäßig aufsuchte, zwang Hanna nie, etwas zu tun, was sie nicht wirklich selbst wollte. Sie übte nie Druck aus. Aber sie ließ sie auch nie mit so einer läppischen Antwort davonkommen.

»Wirklich besser. Draußen benutze ich den Gehörschutz so gut wie gar nicht mehr.«

»Sie meinen in der Natur, wenn Sie draußen sagen, oder?«

»Nicht mehr nur. Jetzt schaffe ich es auch schon zum Beispiel in einer Einkaufsstraße immer länger, auf die Stöpsel zu verzichten. Ich hab es gemacht, wie Sie gesagt haben. Kurze Zeit rausnehmen und wieder einsetzen. Immer länger rausnehmen, manchmal nur links, manchmal rechts. Und dann hab ich das Material verändert und immer durchlässigere Stopfen verwendet. Jetzt nehme ich nur noch wenig Watte.«

»Das ist gut. Und Sie schreiben Ihr Tagebuch?«

»Ja, mache ich.«

»Behalten Sie das bei. Auch wenn es Ihnen manchmal müßig erscheint. Es ist wichtig für Sie.« Die Ärztin nahm ein Blatt Papier zur Hand und überflog es, hielt dann ein zweites daneben und verglich die Grafiken. »Ihr Audiogramm ist unverändert gut. Ich möchte jetzt gerne mit Ihnen den auditiven Stresstest wiederholen. Sind Sie einverstanden?«

Hanna nickte, obwohl sie sofort nervös wurde. Bei diesen Tests fühlte sie sich immer wie in einer Prüfung, bei der es darum ging, bestmögliche Ergebnisse zu erzielen. Auch wenn es kein eigentliches Durchfallen gab.

Frau Dr. Berger ging vor in die Kabine, in der auch die Hörtests durchgeführt wurden. Hanna nahm in einem bequemen, ergonomisch perfekt geformten Sessel Platz, in dem sich automatisch ihre Muskelanspannungen fast auflösten. Sie bekam einen Kopfhörer aufgesetzt, der ihr wie immer zu groß war und nach vorn über die Stirn rutschte.

»Warten Sie«, sagte Frau Dr. Berger und justierte den Bügel. »Das soll Sie nicht ablenken. Wir werden jetzt mit den ersten Übungen zum selektiven Hören beginnen, wobei Sie versuchen sollen, bestimmte Sätze aus einem Brei von Stimmen herauszuhören. Dabei kommt es darauf an, ob Sie diesen bestimmten Satz sofort hören können, erst nach zwei oder mehreren Wiederholungen oder womöglich gar nicht. Es beginnt mit dem Satz: ›Es zieht Regen auf.‹ Fertig?«

»Fertig.«

Hanna schloss die Augen und konzentrierte sich. Menschen brabbelten durcheinander, lachten, Geschirr klirrte. Sie fühlte sich mit einem Mal zurückversetzt in den Wintergarten in Plessin, und ihr Atem ging schneller. Die Gefühle, die in ihr aufstiegen, konnte sie jetzt gerade gar nicht gebrauchen. Es dauerte dann auch eine Weile, in der sie schon dachte, sie hätte die vier kleinen Wörter überhört, doch dann waren sie da. Hanna hob die Hand.

»Können Sie mir auch sagen, ob der Satz von rechts oder von links gekommen ist?«

»Von links«. Hanna hatte nicht überlegen müssen. Die Richtung hatte sie ganz eindeutig bestimmen können.

Das nächste Beispiel musste sie dann jedoch dreimal hören, bevor sie die gewünschten Zahlen aus einer Geräuschkulisse heraushören konnte, die sie an eine große Bahnhofshalle erinnerten, in der sich Menschen unterhielten, vereinzelt husteten. Dann folgten Hörübungen mit Vogelstimmen, Windspielen aus Metall, Klangschalen, bei denen sich die Schwingungen der tieferen Schalen beinahe wie das Tuten eines der Schiffe im Hamburger Hafen anhörten. Hanna fand manche Klänge angenehmer als die anderen, aber eine ausgeprägte Abneigung gegen ein bestimmtes Geräusch konnte sie nicht feststellen.

»Sie haben gute Fortschritte gemacht«, sagte Frau Dr. Berger und befreite Hanna von dem Kopfhörer. »Nun weiten Sie die Desensibilisierungsübungen auf Innenräume aus. Beobachten Sie dabei, wie diese auf Sie wirken, wenn sie mit Tätigkeiten verknüpft sind, die Ihnen Freude machen. Es kann sein, dass Sie einen hohen, grellen Ton als unangenehm empfinden, aber weit weniger, wenn Sie ihn mit etwas Angenehmem assoziieren. Und für heute sind wir fertig.«

»Wie lange werde ich noch brauchen, bis ich …«, Hanna suchte nach den passenden Worten.

»Das ist ganz Ihre Entscheidung. Es ist ja nicht so, als würde ich Sie wegen guter Führung aus dem Gefängnis entlassen, wenn ich die Zeit für reif halte. Wenn Sie sich gewappnet fühlen, weiterhin auf sich achten und Dauerstress vermeiden, können Sie vermutlich auch ohne meine Hilfe auskommen.«

Diese Einschätzung war besser, als Hanna erwartet hatte. Sie wischte sich die feuchten Hände an ihrer Jeans ab. Frau Dr. Berger sah es, kommentierte es aber nicht. Deshalb fühlte sich Hanna hier so wohl. Weder ihr eigentliches Problem noch die Aufregung vor einem der Tests machten sie zu einer Person mit einer Macke.

Hanna verabschiedete sich und radelte aus der dreißig Grad heißen Innenstadt zurück in ihr Viertel am Stadtrand von Lübeck, das ihr durch die üppige Begrünung gleich ein paar Grad kühler und frischer erschien. Plessin hatte sie mit gebrochenem Herzen verlassen, dorthin würde sie nie zurückkehren können, und zurück nach Hamburg hatte sie auf gar keinen Fall gewollt.

Dort hatte ihr ganzes Lebensdrama seinen Anfang genommen. Es war wie ein permanenter Wettkampf gewesen. Immer hatte man mithalten müssen. Die richtige Wohnung im richtigen Stadtteil, Essen beim richtigen In-Italiener, die richtigen Klamotten vom richtigen Designer. Und das alles jeweils zum richtigen Zeitpunkt, denn nichts änderte sich so schnell wie diese Trends und Insidertipps. Es war strapaziös und ermüdend gewesen, und Hanna hatte das schon so lange übergehabt.

So hatte sie sich für Lübeck in der Mitte entschieden, wo sie sich erst einmal arbeitslos gemeldet hatte, und über verschiedene Umschulungsmöglichkeiten nachdachte. Frau Dr. Berger hatte bereits zugesagt, dass sie dieses Vorhaben mit entsprechenden Berichten und Attesten unterstützen würde. Hanna musste nur noch wissen, was genau sie wollte.

Als sie eine halbe Stunde später völlig verschwitzt nach Hause kam, fand sie einen Brief von Pastor Fredemann in ihrem Postkasten. Er war der Einzige, mit dem sie nach ihrer Flucht aus Plessin in Kontakt geblieben war. Sie schrieben sich regelmäßig, wunderbar altmodisch, und mit jedem seiner Briefe schickte er ein Zitat, das sie meistens nicht seinem Urheber zuordnen konnte. Mit einer Tasse Kaffee setzte sich Hanna auf das Klappsofa, das am Abend zum Bett umgebaut wurde, und begann zu lesen. Heute stand dort:

Es ist nicht zu wenig Zeit, die wir haben, sondern es ist zu viel Zeit, die wir nicht nutzen.

Wieder war sie aufgeschmissen, und hatte keine Ahnung, welcher kluge Mensch das gesagt hatte. Während sie noch darüber grübelte, las sie weiter, und nur wenige Zeilen später wusste sie, warum Pastor Fredemann diese Worte ausgewählt hatte. Das Blatt glitt ihr aus der Hand.

Lilo?

Hanna stand auf, ging in die Küche und öffnete den Wasserhahn. Sie ließ ein Glas volllaufen und stürzte es in einem Zug hinunter. Eine Viertelstunde wanderte sie in ihrer winzigen Einzimmerwohnung auf und ab. Zwischen dem bodentiefen Fenster, das einen Balkon ersetzte, und der Wohnungstür, hinter der ein Laubengang lag, wo sie Getränkekisten und Putzeimer deponiert hatte, weil ihre Wohnung dafür zu klein war. Mehr konnte sich Hanna nicht leisten, und so nahm sie in Kauf, dass ihre Nachbarin sich beinahe täglich über den Hindernislauf auf dem Weg zum Aufzug beschwerte.

Als sie zum wohl zwanzigsten Mal ihre beengte Runde gedreht hatte, wusste sie, was sie zu tun hatte. Sie wählte die Nummer der Friedwald-Verwaltung. Doch niemand nahm mehr ab, sie war zu spät. Nur ein Anrufbeantworter sprang an.

»Guten Tag, hier spricht Hanna Taudien. Herr Schubert, rufen Sie mich bitte umgehend unter dieser Nummer zurück, wenn Sie die Nachricht abhören. Danke.«

Danach wählte sie mit klopfendem Herzen die Nummer von Pastor Fredemann.

Zwei Tage später lenkte Hanna ihren Wagen über die holprige Auffahrt der Plessiner Kirche. Dutzende Dahlien säumten den Weg. Die Blätter, die die prall gefüllten Blütenköpfe bildeten, waren so akkurat angeordnet, als wären sie geschnitzt. Geschnitzt. Das war das falsche Stichwort. Sie dachte sofort an Lilo.

Hannas Bauch grummelte, als hätte sie ein Kilo Kirschen gegessen und obendrauf einen Liter Mineralwasser getrunken. Sie hatte Angst vor dem Wiedersehen mit dem Ort, den sie so erstaunlich schnell und bereitwillig ihr neues Zuhause genannt hatte. Weil es sich so angefühlt hatte. Und wer fragte schon danach, wo man geboren worden und aufgewachsen war. Es gab Herzensheimaten, und Plessin war Hannas gewesen.

Pastor Fredemann musste hinter der Fensterscheibe schon nach ihr Ausschau gehalten haben. Er trat aus der Tür des Pastoratshäuschens, als Hanna gerade den Zündschlüssel abzog. Sie stieg aus und ging ihm entgegen.

»Hanna, wie ist das schön, Sie zu sehen!«, rief er, ergriff ihre beiden Hände, und Hanna hätte beinahe die Beherrschung verloren und losgeheult.

»Ich freue mich auch«, entgegnete sie mit brüchiger Stimme.

»Na na, Freude sieht aber anders aus«, sagte der Pastor.

»Ich weiß. Es ist nur … Mir wird jetzt erst bewusst, wie viel mir dieser Ort wirklich bedeutet hat. Um das zu begreifen, musste ich wohl erst fortgehen.«

»Die Heimat ist, wo man dich gern erscheinen und ungern wandern sieht. Na?«

Pastor Fredemann hatte offenbar Hannas Gedanken von vorher lesen können.

»Ich hab keine Ahnung. Irischer Segensspruch?«

»Friedrich Emil Rittershaus, deutscher Dichter im neunzehnten Jahrhundert.«

Hanna zuckte bedauernd die Schultern.

»Aber deswegen sind Sie ja auch nicht hier«, überging Fredemann ihre Ahnungslosigkeit.

»Es trifft ja auch gar nicht zu. Eher andersherum macht es in meinem Fall Sinn: Alle haben mich gerne wandern sehen, und niemand freut sich wohl über mein erneutes Erscheinen.«

»Bin ich niemand?« Er sah sie gespielt empört an.

»Entschuldigung. Sehen Sie? Schon wieder ein Fettnäpfchen, in das ich hineintrample.«

»Unsinn. Sie sind nur ein bisschen nervös, und das ist ja auch nur zu verständlich. Wollen wir fahren?«

Hanna nickte. Nur ein bisschen nervös traf es nicht annähernd. Sie hielt Pastor Fredemann die Beifahrertür auf, stieg ebenfalls ein, und dann gab es kein Zurück mehr. Sie fuhren an abgeernteten Getreidefeldern vorbei, auf denen Strohballen auf den Abtransport warteten. Nur der Körnermais stand hier und da noch auf dem Feld, bis er dann ab September auch eingebracht werden würde. Die Landstraße ging in die Lindenallee über, gleich darauf in die Dorfstraße, und dann standen sie vor der Holzwerkstatt von Lilo Dethlefsen.

Das Werkstatttor war geschlossen, der Hof davor sah aus, als wäre sehr lange niemand mehr hier gewesen. Die Sommerblumen waren verblüht, sie hätten Wasser gebraucht, schon vor Wochen. Die schlappen Stängel der Kapuzinerkresse waren schwarz vor Läusen. Es war ein trauriger Anblick.

»Gehen Sie vor«, sagte Hanna zu Pastor Fredemann.

Er nickte und drückte Hannas Hand. Sie hatten bereits am Telefon besprochen, wie sie vorgehen würden, um bei Lilo nicht auf Granit zu beißen. Er ging um das Haus herum, wo die Tür zum Garten immer nur angelehnt war. Und Hanna wartete vorerst im Auto. Sie hatte nicht den Mut auszusteigen, und beim Spaziergang vielleicht auf Sina oder Berit zu treffen. Sie hatte hier eine Mission, und von der würde sie sich nicht ablenken lassen. Danach würde sie einfach wieder verschwinden.

Sie hörte Gelächter und blickte in den Außenspiegel, in dem sie Sinas Haus sehen konnte. Eine Gruppe Frauen verließ gerade das Atelier. Vermutlich die Teilnehmerinnen eines neuen Kurses. Sie hatten farbbekleckste T-Shirts und Overalls an, schnatterten alle durcheinander. Das Leben hier ging weiter. Auch ohne sie.

Da öffnete sich die Haustür, und Pastor Fredemann winkte Hanna, dass sie kommen solle. Ihr Magen vollführte eine extra Umdrehung, doch dann stieg sie aus und ging auf das Haus zu.

»Sie ist bockig, wie immer«, sagte er. »Aber im Grunde hat sie Ihren Vorschlag schon angenommen. Sie kann es nur nicht zugeben. Sie kennen sie ja.«

Hanna nickte. Sie hatte mit nichts anderem gerechnet.

»Dann versuche ich jetzt mal mein Glück«, sagte sie und verschwand im Haus.

Sie fand Lilo, weil sie dem knarzenden Geräusch nachging. Es war ein Schaukelstuhl. Darin saß Lilo, dem Garten zugewandt, unter einer Patchworkdecke in verschiedenen Grüntönen. Die Vorliebe für diese Farbe teilten die Dethlefsen-Schwestern. Hanna durfte jetzt nur nicht wieder den Fehler machen, das zu erwähnen. Mit einem Fuß stieß sich Lilo immer wieder am Boden ab, sodass der Stuhl niemals stillstand, und Hanna konnte nichts gegen den Gedanken tun, dass, solange der Stuhl schaukelte, Lilo lebte und sich die alte Frau damit vielleicht selbst Mut machte.

»Was ist, willst du da drüben Wurzeln schlagen?«, knurrte Lilo.

Hanna fiel ein Stein vom Herzen. Mit Lilos bärbeißigem Ton konnte sie in dieser Situation am besten umgehen. Sie ging zu ihr, aber als sie ihr dann gegenüberstand, konnte sie sich nicht mehr einreden, dass die Holzkünstlerin immer noch ganz die alte war. Lilo hatte dramatisch an Gewicht verloren, die Augen lagen tief in den Höhlen. Die Schlüsselbeine stachen unter der Bluse hervor. Ihre rechte Hand hielt etwas fest umklammert. Hanna konnte nicht sehen, was es war. Sie zog sich einen Stuhl heran und setzte sich neben Lilo.

»Ein schöner Ausblick«, sagte Hanna.

»Wollen wir tauschen? Du kannst gern an meiner Stelle hier den ganzen Tag sitzen und auf den Sensenmann warten.«

Hanna zuckte zusammen bei der Härte dieser Worte.

»Pastor Fredemann hat dir gesagt, weswegen ich hier bin, oder?«

»Du willst mich im Wald verscharren.«

Wäre das alles hier nicht so traurig gewesen, Hanna hätte lachen müssen. So grotesk konnte auch nur Lilo ihr Anliegen wiedergeben.

»Es ist ein Angebot, Lilo. Pastor Fredemann hat mir erzählt, dass du dich partout nicht …« Hanna schluckte und fuhr dann fort. »Dass du dich partout nicht auf dem Friedhof von Plessin bestatten lassen möchtest. Und ich hab diesen Urnenplatz im Friedwald, und ich dachte, dass es dir vielleicht gefallen würde, bei deinen Bäumen zu sein, wo du so viele Jahre mit Holz und …«

Hanna brach ab. Es war so schwer, dieses Gespräch zu führen. Es war wie ein Spaziergang über eine dünne Eisdecke. Sie wusste nie, ob sie beim nächsten Wort einbrechen und versinken, und nicht wieder auftauchen würde.

»Fang jetzt bloß nicht an zu heulen.«

»Auf keinen Fall.« Mit einem Finger tupfte Hanna beiläufig etwas Nasses aus ihrem Augenwinkel.

Lilo öffnete die Faust und ließ den Gegenstand darin in die andere Hand wandern. Es war ein Stückchen Holz. Etwas Geschnitztes.

»Hast du das gemacht?«, fragte Hanna.

»Nein, das war ein Geschenk. Aber das ist lange her.«

Jetzt lag der Gegenstand auf Lilos flacher Hand. Es war eine geschnitzte Nuss. Eine täuschend echt aussehende Haselnuss mit einem winzigen Blattansatz. Für eine Weile betrachtete sie sie nur, dann fuhr sie zärtlich mit einem Finger über das glatte Holz.

»Damals war es für Soldaten, Schüler und Studenten Pflicht, an Ernteeinsätzen teilzunehmen. Da bist du kaum drum herumgekommen. Es sei denn, du hattest gesundheitliche Gründe.

Aber auch das war nicht so einfach. Zusätzlich gab es Abkommen über Arbeitseinsätze mit den sozialistischen Bruderstaaten.«

Hanna sah sie fragend an.

»Sein Name war Bartosz. Er kam zur Haselnussernte aus Polen zu uns rüber.«

»Und du und er, ihr wart ...«

»Wir wollten heiraten.«

»Im Ernst?«

»Warum denn nicht?«, schnauzte Lilo sie an.

»Tschuldigung, ich war nur ... ich hatte keine Ahnung.«

Und offenbar nicht nur sie nicht.

Aber Lilo hatte damals noch lange nicht vor, zu heiraten. Vielleicht sogar nie. Theas Worte waren Hanna noch sehr präsent. Offenbar hatte sie sich schwer getäuscht.

»Ich war damals noch nicht volljährig und hätte die Erlaubnis meiner Eltern gebraucht. Aber die wollten keinen »Pollacken« in der Familie. Also haben wir gewartet, und im Jahr darauf kam Bartosz wieder. Ich war volljährig, hatte aber kein Geld und war von meinen Eltern abhängig. Bartosz ging es nicht anders. Also haben sie ihn vom Hof gejagt und damit gedroht, ihn bei der Volkspolizei anzuzeigen wegen irgendeines erfundenen Diebstahls, wenn er nicht verschwinden würde und sich von mir fernhielte.«

»Das tut mir sehr leid. Das hätten sie nicht tun dürfen.«

»Haben sie aber. Für mich hat es ab da nie wieder einen anderen gegeben. Als meine Schwester ein Jahr später Karl heiraten wollte, platzte die Familie fast vor Stolz. Sie hatten ein Fest ausrichten wollen, als würde eine Adelstochter heiraten. Machte es mir etwas aus, das mit anzusehen?« Immer noch voller Zorn, der in den wässrigen Augen loderte, sah Lilo Hanna an, die keine Antwort hatte. »Es hat mir das Herz zerrissen. Deswegen habe ich das Kleid genommen und nie zurückgegeben.«

Die Hand schloss sich wieder um die Nuss, so fest, als wäre

es nun das letzte Mal gewesen, dass jemand einen Blick darauf hatte werfen dürfen. Hanna fühlte mit Lilo, von der sie gedacht hatte, dass sie nur einfach nichts von der Ehe gehalten hatte. Aber etwas ging ihr dabei nicht aus dem Kopf.

»Aber ... Was war denn mit Thea? Hat sie damals davon gewusst?«

»Nein, sie wusste wohl, dass es da jemanden gab, aber nicht, wie ernst es uns war. Meine Schwester hat sich herausgehalten, wollte keinen Ärger. Mit unserem Vater war nicht zu spaßen. Deshalb hat das zwischen mir und meinen Eltern stattgefunden, heimlich, still und leise, auch damit es nicht das ganze Dorf mitkriegt, dass die Tochter ihnen Schande machen wollte. Und wir waren auch nie diese Zwillinge, die ohne einander nicht können und alles miteinander teilen.«

»Dann konnte Thea aber auch nie etwas dafür, dass das alles so gekommen ist, und trotzdem hast du sie dafür bestraft. Nicht deine Eltern.«

»Das weiß ich selbst.«

Lilo zerrte an der Decke, die von den streichholzdünnen Beinen rutschte. Hanna wollte helfen, doch Lilo schlug ihre Hand unwirsch weg.

»Deshalb bin ich auch einverstanden.«

»Mit allem?«

»Ich finde zwar, dass es vom Charakter eines Mistkäfers zeugt, dass du meine Situation ausnutzen willst, aber ja. Mit allem. Von mir aus könnt ihr mich am Fuß dieses Baums einbuddeln oder irgendwo verstreuen, und dafür gebe ich Thea das Kleid zurück.«

Thea. Zum ersten Mal spricht sie den Namen ihrer Schwester aus, dachte Hanna.

»Das ist ... das freut mich. Also, ich meine ...«

»Ich weiß schon, was du sagen willst. Brich dir keinen ab. Ich hatte das sowieso vor.«

Hanna wusste nicht, was sie sagen sollte. Was sie tun sollte. War es das jetzt? Sie würde einfach Herrn Schubert aufsuchen und die Papiere für die Abtretung des Platzes an Lilo unterzeichnen, so wie sie es bereits am Telefon besprochen hatten?

»Dann werde ich alles veranlassen. Und wenn der Papierkram erledigt ist ...«

»Dann gehst du damit zu Fredemann. Du musst nicht noch mal herkommen. Diese ganzen unnützen, sentimentalen Sachen können wir uns sparen.«

»Ganz wie du willst.« Hanna stand auf.

»Und dann sieh zu, dass du deinen Kram hier auch geklärt kriegst.«

»Wie bitte?«

»Guck mich nicht an wie 'ne Kuh, wenn's donnert. Du kannst nicht herkommen und mir auf den letzten Metern noch Ratschläge erteilen, wenn du es selbst nicht besser machst.«

»Ich glaube nicht, dass es für mich ein Zurück gibt.« Hanna begriff, dass jetzt nicht die Zeit für Ausflüchte war. Dass sie Lilo wenigstens jetzt Aufrichtigkeit schuldete. »Ich habe zu viele Leute enttäuscht. Niemand würde mich hier wieder sehen wollen.«

»Bla bla bla. Selbstmitleid nennt man das. Fredemann leistet so viel Vorarbeit, dass alle sich wünschen, du würdest wiederkommen, damit er nur endlich damit aufhört.«

»Wovon sprichst du?«

»Er erzählt jedem, der es hören will oder auch nicht, dass du in der Kirche an allen Ecken und Enden fehlst.«

»Hat er denn niemand neu eingestellt?«

»Hörst du denn nicht zu? Andauernd heißt es, du hast die Kirche besser geschmückt, du hast dich um die Kerzenvorräte gekümmert, und jetzt hat er auf einmal nicht mehr genug, du hast die Liedtafel immer korrekt vorbereitet, und nun würden plötzlich die falschen Lieder gesungen, und jeder seiner verdammten Gottesdienste dreht sich seitdem um Vergebung und Versöhnung. Das nervt.«

Hanna presste die Lippen aufeinander. Das hatte sie sich nicht einmal in ihren kühnsten Wunschträumen vorstellen können.

»Ich werde darüber nachdenken.«

»Nicht zu lange. Sieh mich an. Auf einmal hast du da diese bösartige Krabbe in deinem Körper, die dich auffrisst.«

»Kra…«

»Ich will das andere Wort nicht hören. Dann siegt es. Nicht mit mir.«

Ach, Lilo.

Hanna legte Lilo die Hand auf die Schulter und drückte sie. Haut und Knochen. Die Krabbe hatte längst gesiegt. An der Tür drehte sich Hanna noch einmal um. Die Nuss wanderte von einer Hand in die Hand. Immer wieder. Und Lilo schaukelte.

23

❁
Frida

»Frida, was machst du denn schon hier? Hast du deine Schicht gewechselt?«

Ronny sah sie erstaunt an. Der Fahrradtechniker mühte sich gerade damit ab, eine deformierte Felge geradezuziehen.

»Nee, ich bin extra früher gekommen, damit ich dich noch treffe.«

»Oho, welche Ehre.«

»Blödmann. Ich hab Probleme mit dem Hinterreifen. Irgendwo muss da ein Loch sein, ich krieg den nicht mehr richtig aufgepumpt.«

Ronny legte seine Arbeit beiseite, kam zu ihr und besah sich den Reifen.

»Kann ich so nicht sagen. Ich mach den Wassertest.«

»Okay, ich komm dann später wieder, ja?«

»Willst du dir nicht ansehen, wie der Reifen geflickt wird? Dann kannst du es beim nächsten Mal selbst machen.«

»Och nö, eigentlich nicht, ich …«

»Du musst erst mal mit einem Schraubenzieher die Muttern lösen, mit denen das Rad befestigt ist, es sei denn, dein Rad hat einen Schnellspanner. Dann musst du den Mantel vom Rad entfernen …«

»Ronny, echt, erspar mir das. Das ist nicht mein Ding, aber du machst das schon.«

Enttäuscht sah er sie an. Frida wusste, dass Ronny in seinem

Beruf aufging und nichts spannender fand als Vorderradbremsen, Ventile und Speichen.

»Na schön, dann faulenze so lange im Kaminzimmer rum, während ich mich hier deines Problems annehme.«

Frida lachte. Sie wusste, dass er den Beleidigten nur spielte.

»Im Hotel lasse ich mich vor Schichtbeginn nicht blicken, dann muss ich nämlich auch garantiert früher schon irgendwas tun. Ich dreh 'ne Runde durch den Park. Oder noch besser, ich such mir einen Schattenplatz.«

Es war hochsommerlich heiß, und jeder, der konnte, verkrümelte sich an einen See oder den Ostseestrand, deckte sich mit kalten Getränken ein und bescherte den Eisverkäufern einen umsatzstarken Tag. Auch Frida hatte nicht vor, überflüssige körperliche Anstrengungen zu unternehmen, die Fahrt mit dem schlappen Reifen war genug Sport für einen Tag gewesen. Sie visierte eine Hängematte an, die fast nie von Hotelgästen aufgesucht wurde, weil sie ganz am Ende des Parks lag. Zu weit entfernt von Bar und Café.

Und tatsächlich baumelte der gestreifte Stoff einsam zwischen zwei Baumstämmen. Frida sank hinein und streckte sich aus.

Sie blickte in die Baumkrone über sich. Eine Drossel ließ sich auf einem der Äste nieder und begann zu singen. Sie hüpfte mal links den Ast entlang, mal rechts. Irgendwann wechselte sie ihren Standort und befand sich nun genau über Frida, die den weißen Bauch mit den braunen Tupfen anstarrte.

»Nicht schon wieder«, rief Frida ihr zu und klatschte in die Hände. Sie erinnerte sich noch gut an das letzte Mal, als sie eine Siesta unter einem Baum gehalten und einen großen Vogelschiss abbekommen hatte. Die Drossel flog davon, und Frida drehte sich zufrieden in eine neue bequeme Position. Von hier konnte sie die ganze Dorfstraße bis hinunter zu Theas Haus, dem Birnbaum und der Rückseite von Lilos Werkstatt einsehen. Als sie gerade merkte, wie ihre Augenlider immer schwerer wurden, entdeckte sie plötzlich eine bekannte Gestalt, die die Dorfstraße hinunterkam.

Pastor Fredemann hatte eine große Schachtel unter dem Arm und blieb damit vor dem Haus von Thea stehen. Eine Hand lag schon auf dem Knauf des Gartentors, aber er schien noch zu überlegen, ob er sie wirklich hinunterdrücken sollte. Normalerweise machte der Pastor nur Hausbesuche bei Gemeindemitgliedern, die nicht mehr in der Lage waren, am Sonntag die Kirche aufzusuchen. Thea war doch hoffentlich nicht krank? Dann schien er sich einen Ruck zu geben, ging durch den Garten auf das Haus zu und klingelte. Thea machte auf und ließ ihn eintreten. Frida sank zurück in die Hängematte. Alles war gut.

Doch kaum griff die wohlige Sommertagsmüdigkeit nach Frida, wurde sie schon wieder gestört.

»Thea, nun warte mal.«

Der Pastor. Frida reckte wieder den Hals, um über den Rand der Hängematte schauen zu können. Thea verließ das Haus, marschierte durch den Garten, riss die Pforte auf und schlug sie hinter sich zu. Zielstrebig hastete sie energischen Schrittes über die Dorfstraße auf das Haus ihrer Schwester zu.

Pastor Fredemann fuchtelte mit den Armen, wie er es sonst nur bei besonders emotionalen Predigten tat. Dann sank er auf die Gartenbank zwischen meterhohen Bechermalven und Ringelblumen, die ihn fast ganz verdeckten. Frida konnte gerade noch sehen, wie er resigniert den Kopf in die Hände stützte. Da stimmte etwas ganz und gar nicht. Frida richtete sich auf. Sie musste wissen, was da los war. Sie hob die Beine über die Kante, nicht zum ersten Mal zu energisch, die Hängematte schwang unter ihr nach hinten weg, und Frida purzelte kopfüber ins Gras. Jetzt hatte sie keinen Vogelschiss, aber dafür Grasflecken auf den Knien. Schnell klopfte sie sich ab und lief zum Garten von Thea.

»Pastor Fredemann«, rief sie schon von Weitem. »Ist alles in Ordnung?«

Der Pastor sah auf. Das gewohnte Lächeln stellte sich heute nicht ein. Es musste ernst sein.

»Ach, Frida, du bist es. Gott sei Dank.«

»Hört sich an, als ob Sie erwartet haben, der Teufel persönlich würde hier auftauchen.« Fredemann sah sie an, nicht ausgesprochen amüsiert. »Tschuldigung, ich mein ja nur.«

»Ist schon gut. Du hast ja recht. Man könnte wirklich glauben, der Teufel hat seine Finger im Spiel.«

»Ich hab Thea die Straße runterstürmen sehen. Wollen Sie darüber reden?«

Der Pastor lachte. »Ich bin doch eigentlich der Seelsorger, oder?«

Unwirsch riss er immer wieder an seinem weißen Kragen. Die Kirchenuniform war viel zu warm für die dreißig Grad, die sie bestimmt inzwischen hatten. Kleine Schweißperlen liefen ihm an der Schläfe hinunter und wurden vom Stoff seines Hemdes aufgesogen. Aber dann schilderte er Frida, was an den letzten beiden Tagen passiert war.

Hanna war hier?

»Und nun ist Thea zu Lilo rüber und stellt sie zur Rede für das, was ich ihr in ihrem Auftrag gebracht habe.«

»Es ist das Kleid, oder?«

»Ja, die alte Geschichte.«

Frida nickte.

»Ich kenne meine Schäfchen überhaupt nicht. Der Herr möge mir meine Versäumnisse verzeihen.« Er schüttelte den Kopf.

»Das tut er bestimmt.« Nach einer Pause sagte sie: »Ich wusste nicht, dass Lilo so krank ist. Das ist furchtbar.«

»Ja, das dumme Huhn.«

»Wie bitte?« Frida sah den Pastor schockiert an. Für die Krankheit konnte Lilo doch nichts.

»Sie hat ihr ganzes Leben ohne den Mann, den sie geliebt hat, verbracht. Dafür konnte sie nichts. Aber sie hat auch ihr ganzes Leben lang ihre Schwester daraus verbannt. Und nun, wo es zu spät ist ...«

Eine Weile saßen sie so da und sagten beide nichts mehr. Pastor Fredemann scharrte mit den Schuhen im Gartenboden, Frida versuchte, aus dem Zirpen der Zikaden einen Rhythmus herauszuhören, um sich abzulenken von dem, was sie gerade erfahren hatte. Vergeblich. Das Zirpen war laut, eindringlich und strapazierte ihr Gehör, und zum ersten Mal konnte sie erahnen, wie es Hanna manchmal ging. Hanna. Die hier gewesen war und sie nicht hatte treffen wollen.

Da hörten sie Schritte auf der Dorfstraße näherkommen. Schritte, denen jetzt jeder Schwung fehlte. Thea kam zurück. Fredemann sprang auf, und auch Frida hielt es nicht auf der Gartenbank.

»Thea! Ist alles in Ordnung?«, fragte der Pastor.

Thea hatte rot verweinte Augen, und sie knetete ein durchweichtes Taschentuch in der Hand. Doch sie nickte.

»Wir haben alles besprochen. Es ist gut jetzt. Ich werde mich um meine Schwester kümmern in der nächsten Zeit. Auch wenn sie das natürlich nicht will. Von ihrer Sturheit hat sie noch immer nichts verloren.«

Damit schien für Thea alles gesagt, was gesagt werden musste. Sie ging zur Haustür, die immer noch offen stand.

»Kaffee, Pastor?«

Er nickte und schlurfte offensichtlich sehr erschöpft hinter ihr her.

Und dann drehte sich Thea zu Frida um, die sich gerade durch das Gartentor davonstehlen wollte. Und als wäre sie nicht monatelang einfach ohne ein Wort weggeblieben, sagte Thea zu ihr: »Ich hab noch etwas von dem Apfelkuchen, den du so gern magst. Und ich glaube, du kennst die neuesten CDs von Karl noch nicht. Fast unbekannte Aufnahmen von einer holländischen Jazzband.«

Frida sah albernerweise auf ihr Handgelenk, wo noch nie eine Uhr gesessen hatte. »Ein bisschen Zeit hab ich sicher noch vor Arbeitsbeginn.«

Und wenn sie zu spät kommen würde, es wäre ihr egal. Sie würde jetzt nicht Nein sagen.

»Thea?«

»Ja, Frida?«

»Es tut mir leid, dass ich dich so lange nicht mehr besucht habe. Ich wusste von der Sache und hab nichts gesagt.«

»Es ist gut. Jetzt bist du ja hier.«

Und dann gingen sie ins Haus.

Als Frida viel später, nach der Schicht im Hotel, mit einem prall aufgepumpten Hinterreifen auf die Auffahrt von Henning rollte, war sie ebenso erschöpft von den Ereignissen wie zuvor der Pastor. Sie trat ins Haus, ohne viel Lärm zu machen, denn ihr Onkel musste bei Tagesanbruch mit dem Kutter raus. Doch vergebens. Gerade als sie auf Zehenspitzen die Treppe hinaufschleichen wollte, kam er aus der Küche, einen Pott mit dampfendem Tee in der Hand.

»Da bist du ja. Spät geworden heute. Habt ihr auf deine Abreise angestoßen?«

Frida sank auf den Treppenabsatz. »Ich hab niemandem erzählt, dass ich zum Festival nach Dänemark fahre. Die denken alle, ich mach einfach nur ein paar Tage Urlaub.«

Dann erzählte sie, was sich an diesem Tag alles ereignet hatte. Henning fuhr sich durch die ohnehin schon strubbeligen Haare, die jetzt noch mehr zu Berge standen.

»Bisschen viel auf einmal, hm?«

»Hanna war hier.«

Henning schien auf einmal eine Spur aufmerksamer, meinte

Frida zu erkennen. Offenbar hätte auch er nichts dagegen gehabt, sie wiederzusehen.

»Und ihr habt noch ein bisschen geschnackt?«

»Nein. Ich hab sie nicht mal gesehen. Ich weiß das nur von Pastor Fredemann.«

»Oh, verstehe.« Er setzte sich neben seine Nichte auf die Treppe. »Das heißt nicht, dass sie dich nicht sehen wollte. Der Anlass war sicher nur nicht der richtige Moment.«

»Sicher.«

»Komm schon, lass dir die Vorfreude nicht verderben. Geh schlafen. Morgen früh fühlst du dich besser, packst und fährst zum Festival. Ich hab schon den Tank vollgemacht und vorsichtshalber noch die Reifen auf der Tankstelle checken lassen.«

Frida musste lächeln. Ihr Onkel führte sich immer noch auf, als würde sie zu einer Expedition zu einem der beiden Pole aufbrechen. Aber Frida tat, was er vorgeschlagen hatte. Sie wünschte ihm eine gute Nacht, schlüpfte in ihrem Zimmer aus den Klamotten mit den Grasflecken und fiel ins Bett. Sie schlief sofort ein. In ihren Träumen in dieser Nacht stand sie wieder einmal auf der Bühne, Applaus brandete auf, und dann wurde sie auf den Händen der Konzertbesucher durch die Menge getragen. Frida lachte und lachte und war der glücklichste Mensch auf Erden. Und auf der Bühne stand ihre Mutter und winkte ihr zu.

Hanna

Wetter: Der Klang der Regentropfen verändert sich, je nachdem, aus welcher Richtung der Wind das Wasser gegen die Scheiben peitscht. Genau so verändern sich auch die Geräusche der Stadt mit dem Wetter und der Windrichtung. Der Sound von da draußen ist klarer und kraftvoller bei Ostwind. Dann ist das Leben näher, und das gefällt mir. Das

Geräusch der Autoreifen auf dem Straßenbelag klingt bei Nässe voll-
kommen anders als bei Trockenheit. Wenn ich in der Nacht oder am
Morgen aufwache, kann ich in der Dunkelheit oder mit geschlossenen
Augen vorhersagen, wie das Wetter ist.

Essen: Essen klingt. Auberginen quietschen, wenn man durch die
äußere Haut schneidet, Tomaten platzen und schmatzen. Paprikaschoten
knacken.

Im Café: Es gibt vermutlich mindestens ein Dutzend verschiedene
Kaffeemaschinen für gastronomische Betriebe. Ungefähr so viele ver-
schiedene Geräusche habe ich in Cafés und Bistros erlebt. Sie fauchen,
knattern, rumpeln und zischen. Am Ende jedenfalls kommt immer et-
was Wohlschmeckendes dabei heraus. Jede kleine Geräuschexplosion ein
Getränk. Wenn es mir zu laut ist, versuche ich, an das Geschmackser-
lebnis danach zu denken und mich darauf zu freuen. Es funktioniert.

Geschirr hat eine eigene Sprache. Glas ist hell, klingelnd wie Glöck-
chen. Porzellan gesetzt. Ernsthaft. Seriös. Ich stelle mir vor, wie Tassen,
Teller und Karaffen sich miteinander unterhalten, und wäre vielleicht
gerne die Kristallvase in der Mitte des Tisches. Mir würde nichts entgehen.

Menschen: …

Frau Dr. Berger schlug das Heft zu und sah auf.

»Menschen? Warum haben Sie da abgebrochen?«

Hanna räusperte sich, musste genau überlegen, wie sie es
sagen sollte.

»Ich beginne, Menschen nicht mehr nicht zu mögen, und
höre auf, Begegnungen zu vermeiden.«

»Wie muss ich mir das vorstellen?«

»Ich kann bei Gesprächen an Nebentischen oder im Bus jetzt
hinhören, ohne dass dieses Durcheinander mich belastet. Ich
kann an einer Stelle ein Gespräch ausblenden, um an anderer
Stelle einem anderen zu folgen.«

»Sie fühlen sich also nicht mehr, als wären Sie der Klangflut
wehrlos ausgesetzt.«

»Nein. Es ist nur …«

»Ja?«

»Ich fühle mich jetzt wie ein uneingeladener Gast. Wenn ich versuche, Stimmfarben und Tonlagen zu unterscheiden und zu interpretieren, dann bekomme ich ja zwangsläufig auch den Inhalt dieser Gespräche mit, auch wenn das nicht das Interessanteste und Wichtigste ist. Aber es ist, als würde ich …«

Dr. Berger ließ ihr Zeit. Hanna suchte nach den passenden Worten, die ihre Gefühle beschrieben, sie aber auch nicht in etwas seltsamem Licht dastehen ließen.

»Die Sache ist die: Mir macht das schon fast Spaß. Ich bin neugierig. Mich interessiert, worüber die Leute reden. Und das ist doch, als würde ich lauschen.«

»Sie sind also die Vase.«

»Wie bitte?«

»Die Kristallvase in der Mitte des Tisches, der nichts entgeht.«

»Oh.« Hanna war verblüfft, dass Frau Dr. Berger auf Anhieb eine Verbindung hergestellt hatte.

»Ich sag Ihnen was, Frau Taudien: Machen Sie so weiter. Mir scheint, dass nicht nur ihre Ohren heilen, um es mal ganz vereinfacht auszudrücken, sondern Sie im Ganzen. Ich freue mich sehr, zu hören, dass Sie nicht nur lernen, mit der Klangwelt irgendwie klarzukommen, sondern dass Sie sogar Neugier für ihre Vielfältigkeit entwickeln. Das Leben hat sie wieder. So kommt es mir vor.«

Hanna nickte. Aufgeregt darüber, dass ihre Therapeutin es so sah, wie sie es empfand. Und ganz ruhig, da sich eine Angstwolke über ihr gerade verzog und verpuffte. Ganz ohne einen Ton.

Sie vereinbarten, dass die regelmäßigen Sitzungen nicht mehr nötig waren, sondern ein Termin zu einem weiteren Audiogramm und Hörtest in einem halben Jahr ausreichen würde, es sei denn, Hanna würde aus irgendwelchen Gründen einen plötzlichen Rückfall erleiden. Beide waren jedoch zuversichtlich, dass dies nicht passieren würde.

»Ich danke Ihnen sehr. Für alles«, sagte Hanna zum Abschied und streckte Dr. Berger die Hand hin. »Wir sehen uns dann in sechs Monaten wieder.«

»Ich wünsche Ihnen bis dahin alles Gute.« Sie drückte Hannas Hand. »Und noch eines: Machen Sie sich keine Sorgen über die Gespräche, die sie aufnehmen. Ich sage bewusst nicht belauschen. Wer ein Problem damit hat, dass andere Leute etwas von dem, worüber geredet wird mitbekommen, trifft sich nicht im öffentlichen Raum. Die meisten Menschen finden es doch eher ganz schick, wenn die Gäste an den Nebentischen die Luft anhalten, während sie über ihre Beförderung mit exorbitanter Gehaltserhöhung schwadronieren oder den Beziehungsstand einer Freundin durchhecheln. Glauben Sie mir, die wären eher beleidigt, wenn Sie nicht hinhörten.«

»Meinen Sie?«

»Meine ich. Seien Sie kein Wasserglas. Das steht immer ganz außen. Oder noch schlimmer, seien Sie keine Serviette. Die verschwindet während des Essens auf dem Schoß gleich ganz unter dem Tisch.«

Ein Moment Stille, dann prusteten sie beide los, bevor Hanna sich endgültig verabschiedete und ging. Sie stieg auf ihr Rad und radelte durch Lübecks Straßen, während sie einen Satz in Gedanken immer wieder wiederholte und dabei ein solches Vergnügen empfand, dass sie dachte, platzen zu müssen.

Ich bin keine Serviette. Ich bin eine Vase.

Licht und Schatten lagen dicht beieinander, und kaum hatte Hanna gedacht, sie könne sich wieder voll dem Leben widmen, wurde sie mit dem Tod konfrontiert. Es war Lilo, die nur wenige Tage nach ihrem Besuch bei ihr von ihnen gegangen war. Pastor

Fredemann hatte sie benachrichtigt, und Hanna hatte eine schlaflose Nacht hinter sich, weil sie unsicher war, ob sie zur Trauerfeier im Friedwald gehen sollte. Sie würde Berit, Sina und Isabel treffen. Und Thea. Es hatte nie eine Aussprache gegeben, und sie wusste nicht, wie auf ihre Anwesenheit reagiert würde. Doch dann hatte sie sich durchgerungen, denn es ging um Lilo und niemand anderen, und nach ihrem letzten Gespräch war Hanna sicher, dass sie einverstanden gewesen wäre.

Es war eine Feier im engsten Kreis. Hanna saß auf einem grob behauenen Baumstamm, der als Sitzbank diente, in der letzten Reihe unter dem Segeldach am Andachtsplatz. Sie sah auf die Hinterköpfe von Lilos Hexenzirkel-Schwestern. Sie kauerten sich zusammen und hatten sich gegenseitig untergehakt, als wollten sie verhindern, dass eine von ihnen von der Bank rutschte. Thea wurde von Karl begleitet. Sie saß aufrecht und unbeweglich wie eine Holzfigur da, wie von Lilo aus einem Stamm herausgearbeitet. Nur eine Hand mit einem Taschentuch hob sich von Zeit zu Zeit zum Gesicht. Pastor Fredemann hielt die Trauerrede, auch wenn er Lilo lieber auf seinem Gottesacker an der Plessiner Kirche bestattet gesehen hätte. Aber Thea hatte ihn darum gebeten, und er hatte ihr diesen Wunsch nicht abschlagen können.

Viel bekam Hanna jedoch nicht mit von dem, was er sprach. Stechmücken piesackten die Anwesenden, und Hanna musste sich beherrschen, nicht eine nach der anderen mit einem lauten Klatscher auf ihre Arme oder Beine zu beseitigen.

Eine fehlt, dachte sie.

Hanna fragte sich, ob Frida nicht gewollt oder vielleicht übermittelt bekommen hatte, nicht erwünscht zu sein. Zur Urnenbeisetzung am Fuß des Baums, der nun nicht mehr der ihre war, ging Hanna nicht mit. Sie wartete am Auto auf Pastor Fredemann, um ihn nach Plessin zurückzufahren, und betupfte unterdessen die frischen Mückenstiche mit Mineralwasser aus einer Flasche, die sie im Kofferraum gefunden hatte. Sie würde schon jetzt am liebsten mit ihren Fingernägeln drüberkratzen, und in der Nacht und den nächsten Tagen würde es noch schlimmer werden.

Als die kleine Gruppe aus dem Wald zurückkam und Berit, Sina und Isabel sich dem Parkplatz näherten, sah sie zu Boden. Doch anstatt an ihr vorbeizugehen, blieben sie stehen.

»Danke, dass du das für Lilo getan hast«, sagte Berit und blickte sie aus ihren dunklen Augen an, um die herum Mascara verschmiert war und hässliche Spuren hinterlassen hatte.

Isabel und Sina nickten bekräftigend. Alle drei waren nicht in Trauerschwarz gekleidet, sondern in bunte Sommerkleider in allen Farben, die Sinas Malerpalette hergeben würde. Vermutlich hatte Lilo sich das so gewünscht. Es würde zu ihr passen.

»Gern geschehen«, sagte Hanna, der nichts Besseres einfiel.

Berit zögerte. Dann sagte sie: »Wenn du mal wieder in der Nähe bist, sag doch einfach Hallo an der Rezeption. Du weißt ja, wann ich meine Zigarettenpause mache.«

Alles hatte Hanna erwartet, aber das nicht. Wenn man ihr ihre Lügen so einfach zu verzeihen schien, konnte sie dann andersherum die drei Frauen weiterhin anklagen für ihre?

»Ja, vielleicht mache ich das. Wenn ich weiß, dass ich Ronstorf nicht treffe.«

»Er würde dich sicher nicht vom Hof jagen. Auch der größte Ärger verraucht ja irgendwann.«

Dann nickten sie ihr noch einmal zu und gingen. Aber noch immer war Hanna nicht vom Haken. Thea löste sich von Karl und trat zu ihr.

»Hanna, ich möchte Ihnen danken. Ich weiß natürlich von Pastor Fredemann, dass Sie das alles eingefädelt haben mit dem Baum und dem Kleid.«

»Nicht der Rede wert. Ich freue mich, dass Sie nach so langer Zeit das Kleid zurückbekommen haben. Wie tragisch nur, dass Sie nun nicht mehr Zeit mit Lilo verbringen konnten.«

Es ist nicht zu wenig Zeit, die wir haben, sondern es ist zu viel Zeit, die wir nicht nutzen.

Wie wahr der Satz aus Fredemanns Brief doch war.

»Ja, das Schicksal hat es am Ende nicht besonders gut mit uns gemeint. Und eben weil man wichtige Dinge eigentlich niemals lange aufschieben sollte, werden wir jetzt endlich ...«

»Sie und Karl werden endlich heiraten? In Ihrem Kleid?« Hanna hätte fast vor Begeisterung in die Hände geklatscht, was ihr hier und jetzt im letzten Moment unpassend erschien.

»Heiraten? Oh nein. Das brauchen wir jetzt nicht mehr in unserem Alter.« Dann hielt sie einen Moment inne, und ihr Gesicht wurde ernst. »Und das Kleid, das habe ich nicht mehr.«

»Aber wieso ...«

»Ich habe es Lilo wieder zurückgegeben. Sie hat es getragen auf ihrem letzten Weg. Sie war immer die rechtmäßige Besitzerin. Ich hätte ihr damals beistehen sollen, als das mit Bartosz passiert ist.«

»Sie wussten davon?«

»Ja, so gut, wie sie immer wollte, konnte sie es dann doch nicht verbergen. Aber ich wollte es mir nicht auch mit unseren Eltern verderben, und deshalb hab ich geschwiegen. Das war ein großer Fehler. Wir müssen reden. Wir müssen alle viel mehr miteinander reden.«

Hanna nickte.

»Aber was wollen Sie denn dann jetzt endlich tun?«

»Wir fahren nach Rom! Da wollte ich immer schon hin, zur Spanischen Treppe, zur Vatikanstadt ...«

Hanna war vollkommen perplex.

»Rom? Das ist ja ein Ding. Das haben Sie nie erzählt!«

»Und danach«, warf Karl ein, »fliegen wir nach New Orleans.«

»Wenn wir uns trauen, so einen langen Flug auf uns zu nehmen«, bremste Thea.

»Was?« Hanna kam aus dem Staunen nicht mehr heraus.

»Karl und sein Jazz, Sie wissen ja. Da wollte er schon immer hin.«

»Ich finde diese Pläne toll und wünsche Ihnen für beide Vorhaben nur das Beste.«

»Dann kommen Sie danach zum Essen, und wir sehen Fotos an.«

»Das mache ich gern.«

Hanna wusste nicht, was der Grund dafür war, dass das Zusammentreffen mit all den Menschen, die sie so enttäuscht hatte, so reibungslos verlief. Vielleicht stimmte sie die Trauer milde? Oder Pastor Fredemann hatte wirklich alle mürbegepredigt über Vergebung und Versöhnung? Oder aber … Vielleicht hatte sie sich selbst auch zu wichtig genommen. Vielleicht hätte sie Plessin gar nicht verlassen, monatelang aus ihren Gedanken verbannen und so tun müssen, als wäre es in der Ostsee versunken. Vielleicht hätten eine anständige Entschuldigung und Erklärung gereicht.

Wir müssen alle viel mehr miteinander reden.

Hanna verabschiedete sich. Sie hatte es jetzt auf einmal sehr eilig, Pastor Fredemann wohlbehalten in Plessin abzusetzen, bevor sie selbst nach Boltenhagen weiterfahren würde. Daher lehnte sie Kaffee und Kuchen in der Stube des Pastoratshäuschens ab und versicherte, dass sie sich so schnell wie möglich mit mehr Zeit wieder melden würde. Die Reifen ihres Wagens drehten auf dem Kopfsteinpflaster ein bisschen durch, als sie viel zu schnell auf die Hauptstraße abbog. Im Rückspiegel sah Hanna, wie Fredemann sich erschrocken umsah. Sie hob die Hand, um zu bedeuten, dass alles in Ordnung wäre, aber das sah er vermutlich schon nicht mehr, denn da hatte sie sich schon in den Verkehr eingereiht.

Eine Viertelstunde später parkte Hanna am Straßenrand vor dem Haus von Frida und Henning. Sie sammelte sich, versuchte, sich Worte zurechtzulegen, scheiterte und ließ es bleiben.

Sie stieg aus und überquerte die Auffahrt. Ein Auto stand dort, Fridas Fahrrad sah sie nicht. Sie klingelte. Kurz polterte etwas im Haus, dann wurde die Tür geöffnet.

»Hanna! Das ist ja eine Überraschung.« Henning strahlte über das ganze bärtige Gesicht.

»Hallo. Ich wollte zu Frida. Ist sie da?«

Sein Gesicht verdüsterte sich augenblicklich. »Freut mich auch, dich zu sehen. Auch wenn ich nicht weiß, was ich davon halten soll, dass du andauernd sang- und klanglos verschwindest und wie aus dem Nichts wieder auftauchst.«

»Es tut mir leid. Ich war in den letzten Monaten …«

»Das war ein Spaß. Na ja, nicht ganz. Ich hab mich schon gefragt, wo du abgeblieben bist. Frida auch. Sie ist in Dänemark. Aber komm rein.«

»In Dänemark? Aber … Sie lebt doch jetzt nicht da, oder?«

»Nein, Gott bewahre. Sie ist zu einem Festival gefahren. Sie tritt da auf.«

»Oh, das ist … das ist großartig. Das hat sie sich immer gewünscht.«

Henning nickte. Er kratzte sich am Kopf, Hanna pulte an ihrem Autoschlüssel herum. Die Sonne, die fast schon ihren Höchststand erreicht hatte, brutzelte in ihrem Nacken.

»Kann ich vielleicht etwas für sie dalassen?«

»Sicher.«

»Dann besorge ich mir nur irgendwo Briefpapier, schreibe ihr eine Nachricht und komme später wieder.«

Henning runzelte die Stirn. Irgendetwas schien ihm daran nicht zu gefallen. Hanna sah ihn fragend an. Dann spuckte er aus, was er auf dem Herzen hatte.

»Ich hab einen besseren Vorschlag. Briefpapier für eine Nachricht habe ich auch hier. Du könntest mit mir zum Hafen fahren und dort schreiben. Du hast doch gesagt, du bist gern da. Oder auf dem Kutter. Wir fahren ein bisschen raus, ich hatte das sowieso vor. Ohne Arbeit, nur zum Vergnügen. Und Wasser inspiriert, hab ich mir sagen lassen.«

Hanna musste lachen. »Wer hat dir denn das erzählt?«

»Oder vielleicht hab ich das auch irgendwo gelesen. Das Meer bewirkt Assoziationen, und das wiederum … Aus der Nummer komme ich jetzt irgendwie nicht elegant wieder raus, oder?«

»Nein, irgendwie nicht. Aber das macht nichts. Ich will ja keine Gedichte für Frida verfassen. Also ja, gern. Ich komme mit.«

»Du kommst mit? Hey, das ist großartig! Und was hältst du davon, wenn wir an Bord etwas essen? Ich packe was ein. Und so ganz dekadent ein Schlückchen Weißwein auf dem Wasser? Kann auch nicht schaden, oder?«

Ein bisschen hatte Hanna das Gefühl, dass Henning den kleinen Ausflug mit einem Date verwechselte, aber sie entschied, sich darüber keine Gedanken zu machen. Sie wollte jetzt einfach für ein paar Stunden üben, wie es ging, das Leben zu genießen. Auch wenn sie noch nicht sah, wie dekadent und Weißwein und ein Fischkutter namens *Seeteufel* zusammenpassten.

Dann hielt Henning plötzlich inne, bevor er vorsichtig die nächste Frage stellte. »Ist das für dich in Ordnung, Hanna? Ich will dich zu nichts drängen. Du hast mal gesagt, du kannst mir nicht mehr unbefangen begegnen. Wenn das immer noch so ist, dann …«

»Nein, mach dir keine Sorgen. Es geht mir gut.« Sie machte eine kleine Pause, überlegte die nächsten Worte sorgfältig. »Du hast mich nicht aufgegeben nach dieser Nacht im letzten Jahr. Das bedeutet mir viel. Und ich freue mich auch wirklich, dich zu sehen.«

Sie standen da, wussten beide plötzlich nicht mehr, was sie sagen oder als Nächstes tun sollten. Bis Hanna etwas einfiel.

»Du könntest es jetzt vielleicht noch mal versuchen. Das mit der Beruhigung.«

Henning begriff nicht sofort. Hanna machte einen Schritt auf ihn zu. Da schien er sich zu erinnern. Im nächsten Moment lagen Hennings Bärenarme um ihre Schultern, und sie lehnte sich an.

Nur für einen Moment. Zur Beruhigung.

24

✿

Frida

Wohin Frida in Zukunft auch reisen würde, ihr eigenes Kopfkissen wäre ab jetzt mit im Gepäck. Das Kissen in der dänischen Jugendherberge hatte erstaunlich einladend ausgesehen. Blütenweiß und fluffig, aber sobald sie ihren Kopf darauf gebettet hatte, war es in sich zusammengefallen wie ein Soufflé, und sie hatte mehr oder weniger direkt auf der Matratze gelegen. Übereinandergestapelte Handtücher, die das Kissen ersetzen sollten, waren im Schlaf verrutscht, und sie war irgendwann mitten in der Nacht mit ungesund abgeknickter Halswirbelsäule aufgewacht. Festivalbesucher waren im Stundentakt in die Herberge zurückgekehrt, und Frida hätte statt Schäfchen auch Flaschen zählen können, die immer wieder im Zimmer über oder neben ihr umgefallen und über den Steinfußboden gekullert waren.

Jetzt saß sie in einem der vielen Caravans, die den Musikern als Garderobe dienten, legte beide Hände hinter den Kopf und versuchte, so gut es ging, sich selbst die steinharten Verspannungen aus der Nackenmuskulatur zu massieren. Was dazu führte, dass ihre Arme lahm wurden, und das konnte sie vor ihrem Auftritt erst recht nicht gebrauchen.

Frida war nervös. Nicht nur aufgeregt wegen dem, was sie auf der Bühne erwartete. Nicht nur neugierig darauf, wie ihre Eigenkompositionen beim Publikum ankommen würden, nicht elektrisiert und mitgerissen von der Festivalatmosphäre. Und auch nicht glücklich, weil ihr Traum in nicht einmal einer

Stunde in Erfüllung gehen, und sie das Versprechen an ihre Mutter eingelöst haben würde. Frida hatte Schiss.

Ich brauche frische Luft, dachte sie.

Sie riss die Caravantür auf und stolperte ins Freie. Schon gestern hatte sie festgestellt, dass es backstage nicht so zuging, wie es oft angenommen wurde. Es lungerten keine Groupies vor den Wohnwagen herum, auch hatte sie noch nicht mitbekommen, dass sich jemand öffentlich eine Linie Koks gezogen hätte. Getrunken hingegen wurde viel, auch Hochprozentiges.

»Hey, lauf nicht zu weit weg. Dein Auftritt ist der Nächste.«

Eine der freiwilligen Helferinnen, die superwichtig mit Headset und Klemmbrett im Backstagebereich herumwuselten und wie Hirtenhunde versuchten, die Künstler und Crewmitglieder in Gruppen unter Kontrolle zu bringen.

»Will mir nur die Füße vertreten«, sagte Frida und dachte: *will nur weglaufen, so weit es geht.*

Sie kam an einem Pavillon vorbei, in dem gerade eine Presserunde abgehalten wurde, und der interviewte Musiker eine Salve von *Fucks* auf die Journalisten losließ. Frida beeilte sich, außer Hörweite zu kommen. Sie schlenderte an den Foodtrucks vorbei, roch Tacos, Burritos und Hotdogs mit den in Dänemark typischen roten Würstchen. Sie hätte eigentlich Hunger haben müssen, seit der Schale Müsli vor Stunden in ihrer Unterkunft hatte sie nichts mehr zu sich genommen. Aber im Magen lag bereits ein Felsbrocken von der Größe und Schwere des Findlings, auf dem sich die Kleine Meerjungfrau im Kopenhagener Hafen räkelte. Da war kein Platz für irgendwelches Streetfood.

»Hey, gehörst du auch zu irgendeiner Crew?«, sprach sie auf einmal ein Typ mit Rastalocken an, der sich gerade zischend eine Biolimo öffnete.

»Nee, ich bin Musikerin«, antwortete sie, doch ihre Zunge fühlte sich so schwer an wie der Fels in ihrem Magen.

Ich bin Musikerin.

Es klang nicht richtig. Sie fühlte sich eher wie eine Hochstaplerin. Sie machte Musik, ja. Und sie liebte es. Aber war sie das hier? Gehörte sie hierher?

»Was spielste denn so? Underground Rock? Indie Folk? Jangle Pop?«

»Äh, wieso?«

»Ich versuch, dich einzuordnen. Also von den Klamotten her …«

Sie schaute an sich herunter. Himmelblau lackierte Fußnägel lugten aus den Sandalen, die Rieke ihr von Menorca mitgebracht hatte, und die aussahen wie Espadrilles, nur dass sie vorn offen waren. Ihre Jeans hatte abgeschnittene Hosenbeine, die ausfransten.

»Muss man das denn?«, fragte sie mit zunehmendem Widerwillen.

»Na ja, man will schließlich wissen, mit wem man es zu tun hat.«

»Mit mir. Frida. Dafür musst du nicht wissen, in welcher musikalischen Schublade ich liege.«

Verdutzt sah er sie an, als würde er kein Wort verstehen von dem, was sie gesagt hatte. Doch dann breitete sich ein Grinsen des Begreifens auf seinem Gesicht aus. Er faselte weiter, aber Frida hörte nicht mehr zu. Sie sah sich selbst, bei den Tieren, auf den Feldern, im Wald, in der Scheune mit Basti, Rieke und Pawel. Sie hatte auf einmal schreckliches Heimweh.

»Frida, es geht los! Hier ist deine Gitarre, geh hinter die Bühne.«

Schon wieder die fleißige Backstage-Biene, die sie nicht aus den Augen zu lassen schien. Fridas Herz machte einen Satz, vergaloppierte sich. Sie japste.

»Na denn, viel Glück. Ich werd dir zuhören«, sagte der Rastatyp und ging davon.

Frida eilte der Frau hinterher, vorbei an der Security, breit-

schultrigen Typen mit kahlrasierten Schädeln, die ihr ein bisschen Angst einflößten. Sie stiegen ein paar Stufen hinauf, befanden sich jetzt direkt hinter der Open-Air-Bühne, von der sie nur
durch einen hallenhohen Vorhang getrennt waren.

»Ab hier übernehmen meine Kollegen«, sagte die Frau und
ließ Frida allein dort stehen.

Auf der anderen Seite des Vorhangs war das Publikum bereits
in bester Festivalstimmung. Die Leute johlten und applaudierten
der Band, die gerade ihren letzten Song ankündigte. Frida merkte,
wie ihre Blase drückte, sie hätte noch mal zur Toilette gehen
sollen. Immer wieder wurde sie zur Seite geschoben, Techniker
für Video, Licht und Ton rannten hin und her und kommuni-
zierten in einer Mischung aus Dänisch, Englisch und einer ge-
heimen Fachsprache, der Frida nicht folgen konnte. Sie sah sich
um, hätte gern irgendetwas gefunden, das ihr vertraut vorkam,
das ihr Halt geben würde. Sie fand nichts. Alles war fremd.

»Sorry, du stehst hier im Weg«, sagte einer von zwei Män-
nern, die mit einer Kabeltrommel an ihr vorbeiwollten.

Wenigstens wurde sie diesmal nicht wortlos geschubst. Frida
machte einen Schritt rückwärts und wäre beinahe gefallen, als
sie sich in einem Bündel Kabel verheddert, das dort lag. Ihr
Mund wurde immer trockener, die Zunge klebte am Gaumen.
Ein Bild tauchte auf. Ein Weihnachtsabend. Ihre Mutter und ihr
Onkel. Eine Melodie tanzte durch ihre Erinnerung.

Frida spürte die Energie des Publikums wie eine Druck-
welle, die auf sie zurollte. Und als wäre sie unter Wasser und
bekäme zu wenig Luft, atmete sie schneller.

»Wir brauchen hier ein neues Netzteil!«, brüllte jemand.

»Wo sind die Getränkemarken für die Leute auf der Gäste-
liste?«, rief jemand anderes.

»Willst du deine Haare so lassen?« Eine Frauenstimme.

Fridas Finger kribbelten.

»Hey, ich mein dich. Willst du deine Haare so lassen?«

»Meine Haare? Sicher. Wieso nicht?« Sie sah die Frau verständnislos an, die diagonale Streifen in ihren Undercut rasiert hatte.

»Mein ja nur. Ein bisschen wilder wäre vielleicht nicht schlecht. Was spielst du?«

»Meinst du, ob ich Underground Rock, Indie Folk oder Jangle Pop mache? Wie wären denn die passenden Hairstylings dafür?«

»Hey, Prinzessin, ich wollte dir nur helfen.«

Fridas Finger waren jetzt eiskalt und fast taub. Sie konnte sie nicht mehr richtig knicken.

Bilder überschwemmten ihr Gehirn. Der Schulwettbewerb, ihre erste Flöte. Ein kleines glückliches Kindergesicht. Tränen füllten Fridas Augen. Hier war sie nicht glücklich. Aber das Versprechen. Wie konnte sie auch nur daran denken, es zu brechen.

Ich weiß ein Geschenk. Versprich mir, dass du nicht aufhören wirst, Musik zu machen.

Gleich würde sie sich übergeben.

Du hast dieses große Talent, mach etwas Gutes draus.

Sie atmete schneller, brauchte mehr Luft. Ihre Hände verkrampften sich, durch Unterarme und Waden liefen Ameisen. Sie konnte mit ihren Lippen keine Wörter mehr formen, sie waren wie gelähmt. Sie spürte wieder die Hand ihrer Mutter, die ihre nicht losgelassen hatte in ihrem letzten Augenblick.

»Hey, alles in Ordnung mit dir?«

Frida umklammerte ihre Gitarre wie einen Rettungsring.

Nein, nichts ist in Ordnung. Ich wollte immer nur ein Versprechen einlösen. Aber für mich hab ich all das hier nie gewollt.

Tränen liefen Frida über das Gesicht. Zum ersten Mal hatte sie sich erlaubt, diesen Gedanken zu Ende zu denken.

Sag es laut.

Ich kann nicht laut. Ich kriege keine Luft.

Versuch es.

Frida öffnete den Mund und flüsterte: »Ich hab dir etwas versprochen, Mama. Und ich hab alles versucht.« Mit jedem Wort wurde sie ein bisschen lauter, regulierte sich ihr Atem. »Aber das hier bin ich nicht. Das hier will ich nicht, hab ich nie gewollt.«

Die Ameisen verschwanden, eine zuvor nicht gekannte tiefe Erschöpfung ergriff von ihr Besitz. Und Frieden. Sie drehte sich um und ging.

Frida war die ganze Strecke durchgefahren, ohne einmal anzuhalten. So sehr hatte sie den Wunsch, so schnell wie möglich wieder zu Hause zu sein. Wenngleich sie sich auch ein bisschen vor der Reaktion ihres Onkels fürchtete. Würde er sie für einen Angsthasen halten? Eine Versagerin? Es war früher Abend, die Sonne hinter hohen Fichten verschwunden. Die beste Zeit, um im Hochsommer den Rasen zu sprengen. Und Frida kannte die Gewohnheiten ihres Onkels. Schon von Weitem sah sie ihn im Vorgarten, mit Latzhose und Badelatschen. Frida hupte, er sah auf und blickte so erschrocken drein, dass er den Schlauch fallen ließ, dieser sich verdrehte, hin und her schwang, und ein Schwall Wasser erst die Küchenfenster und dann ihn selbst traf.

»Ja, klei mi doch ann …«

Er versuchte, den Schlauch unter Kontrolle zu bringen, und sah dabei aus, als würde er mit einer Würgeschlange ringen. Als er das widerspenstige Ding endlich im Griff hatte, kam er auf sie zu.

»Frida, Mädchen, was machst du denn schon hier? Ist was passiert? Bist du krank?«

Frida schüttelte den Kopf und schniefte.

»Waren die blöd zu dir?«

Wieder schüttelte sie nur den Kopf.

»Haben die Barbaren da oben faule Eier und Tomaten nach dir geworfen?«

Sie gluckste.

»Na? Du lachst ja schon wieder, oder?« Er hob ihr Kinn an. »Oder?«

Frida fuhr sich mit dem Handrücken über das Gesicht und nickte. »Bei so blöden Witzen.«

»Immerhin ist das dann nicht passiert. Hab ich mir auch nicht vorstellen können.«

»Kannst du dir denn vorstellen, dass ich gar nicht aufgetreten bin?«

»Was? Wieso denn nicht? Haben die dich nicht gelassen?«

»Kann ich erst mal was essen? Ich hatte nur Frühstück.«

Sie gingen ins Haus, und Henning schlug ein paar Eier mit so viel Butter in die Pfanne, dass einem der Cholesterinspiegel schon anstieg, wenn man nur dabei zusah. Obendrauf ließ er genau die richtige Menge frischen Koriander rieseln, sodass es noch nicht seifig schmeckte. Dazu schnitt er eine daumendicke Scheibe Krustenbrot ab, und wie immer nahm er dabei mit seinem Daumen Maß, was zwei Daumen von Fridas Hand bedeutete. Sie hatte sich derweil in die Ecke der Küchenbank gekauert und die Beine angezogen, einen Pott heißen Kaffee in der Hand. Sie aß schließlich wie eine Verhungernde, zwei Portionen von dem Rührei, noch mehr Brot. Die zerlassene Butter lief ihr über das Kinn. Danach konnte sie Henning erzählen, was passiert war.

»Mädchen, Mädchen, du machst ja Sachen«, kommentierte er am Ende.

»Schlimm?«

»Fragst du mich? Du musst wissen, wie du dich jetzt fühlst.«

»Ich meine, findest du es schlimm? Ich hatte Mama schließlich etwas versprochen …«

Henning knallte seinen Kaffeepott auf die Tischplatte. »Frida, jetzt wirst du albern. Hast du denn vergessen, dass das Lebensmotto deiner Mutter war, sich von niemandem verdrehen zu lassen? Immer man selbst zu bleiben? Sie selbst hat das doch perfektioniert.«

»Das stimmt, aber an dem Abend, als sie…«

»Meine Schwester wollte, dass ihre Tochter glücklich ist. Nicht mehr und nicht weniger. Und wenn die Musik dich nicht glücklich macht, dann ist es eben etwas anderes.«

»Nein, so ist es nicht«, wandte Frida ein. »Ich will nicht ohne meine Musik sein. Ich will nur nicht mit der Gitarre auf der Bühne stehen und diesen ganzen Zirkus drumherum mitmachen.«

»Ich hab sowieso nie verstanden, wieso du plötzlich unbedingt Gitarre spielen wolltest.«

»Hast du schon mal eine Singer-Songwriterin mit einer Flöte gesehen?«

»Keine Ahnung. Ich kenn mich da nicht aus. Aber ich bin auf deiner Seite, merk dir das. Und deine Mutter wäre es auch.«

Die Flöte. Wie hatte sie die geliebt.

»Erinnerst du dich noch an das Weihnachtsfest?«, fragte sie.

»Was denkst du denn? Natürlich. Es war der wärmste Winter seit Beginn der flächendeckenden Wetteraufzeichnungen. Es fiel kein einziger Krümel Schnee. Und der Schlitten, in dessen Rückenlehne ich rechtzeitig vor der Rodelsaison deinen Namen eingeschnitzt hatte, stand in der Garage.«

»Ich konnte weder meine nagelneuen feuerroten Schneestiefel anziehen, weil das viel zu warm war, noch die Handschuhe, die Mama mir gestrickt hatte, die mit den Regenbogenfarben.«

»Du hast dich partout nicht damit abfinden wollen, dass es keine weißen Weihnachten geben würde.«

Tag für Tag hatte Frida damals am Fenster gesessen und in den Himmel gestarrt, als könne ihre pure Willenskraft Wolken bilden und Schneeflocken rieseln lassen. Sie hatte Melodien gesummt, um die Wettergötter zu überzeugen, ihr doch noch ein bisschen Schnee zu schicken. Als das alles nicht geholfen hatte,

hatte ihre Mutter Plätzchen gebacken, in Schneeflockenform ausgestochen und mit weißem Zuckerguss überzogen. Aber für Frida war das kein Ersatz für echte Flocken gewesen.

»Und dann haben wir dir auch noch Schlittschuhe geschenkt. Ich werde nie dein Gesicht vergessen. Schlittschuhe ohne zugefrorenen See, oh Mann!«

Frida lachte. »Aber dann ...«

»Tja, dann kam die Flöte zum Vorschein.«

»In diesem schmalen Holzkästchen. Sie lag auf dunkelgrünem Samt. In dem polierten Holz der Flöte hat sich mein Gesicht gespiegelt, das weiß ich noch genau.«

»Und von da an haben wir dich nicht mehr oft zu Gesicht bekommen. Nur noch gehört. Selbst als dann in der ersten Januarwoche die Temperatur unter Null sank, und am Morgen alles unter einer weißen Decke lag.«

»Ja, ich erinnere mich.«

Henning drückte ihre Hand. Es war schön, diese Erinnerungen zu teilen. Solange sie sich erinnerten, war auch ihre Mutter immer noch irgendwie bei ihnen.

»Jetzt packst du dich am besten aufs Ohr und schläfst eine Runde. Morgen sieht die Welt schon wieder besser aus.«

Frida warf einen Blick aus dem Fenster. Es war noch taghell, nur dass das Licht jetzt die Landschaft sanft polierte und nicht mehr in den Augen schmerzte.

»Ich würde gerne Mama besuchen. Ich schaff das noch hin und zurück, bevor es dunkel wird. Zu heiß zum Schlafen ist es sowieso noch.«

»Soll ich dich fahren?«

»Ich nehme das Rad, danke.«

Frida erhob sich und schlüpfte auf dem Korridor in ihre Schuhe.

»Oh, ich hab ganz vergessen, Hanna war hier«, rief Henning aus der Küche.

Frida erstarrte.

Hanna? Sie ist immer da, wo ich gerade nicht bin, dachte sie. Sie will mich nicht sehen.

»Wir waren mit der *Seeteufel* draußen.«

»Schön.« Sie riss sich zusammen, wollte nicht das schmollende Kind geben. »Ist das was Ernstes mit euch? Und erzähl mir nicht, dass ich mich täusche. Ich bin nicht blöd.«

Henning kratzte sich am Kopf. Er grinste schief. »Ich mag sie schon ziemlich gern. Und wenn ich nicht zu oft mit meinem Dötz den Türstock vom Führerhaus gerammt hab, würde ich meinen, dass sie mich auch ganz gut leiden kann.«

»Na also.« Dann knuffte sie ihren Onkel. »Meinen Segen habt ihr.«

Frida trat vor das Haus und wollte die Tür hinter sich zuziehen. Doch Henning hielt sie zurück.

»Warte noch. Fast hätte ich es vergessen.« Er drehte sich zur Kommode um und griff einen Umschlag, den er Frida hinhielt. »Das hat sie für dich hiergelassen. Sie wollte ja eigentlich zu dir.«

Frida nahm den Umschlag entgegen. Hanna hatte zu ihr gewollt. Sie hatte sie nicht vollkommen vergessen. Andererseits … Wer konnte wissen, was diese Nachricht enthielt.

»Danke. Ich fahr dann jetzt. Bis später.«

Auf dem Friedhof roch es nach frisch gemähtem Gras, das an ihren Schuhen kleben blieb. Mücken schwirrten über der Regenauffangtonne für das Gießwasser. Frida zog sich den Sweater über den Kopf, breitete ihn auf dem Rasen vor dem Grab ihrer Mutter aus und setzte sich.

»Hallo, Mama. Ich weiß, dass du mir von irgendwo zuhörst. Ich möchte dir etwas erzählen. Wärst du hier bei mir, so richtig, ich würde dir vorher noch sagen, dass du aber nicht böse sein darfst. Das hab ich immer so gemacht, wenn ich Mist gebaut hatte, weißt du noch?«

Dann erzählte Frida. Ohne abzusetzen. Ohne etwas zu beschönigen. Und auch, ohne sich zu entschuldigen.

»Das war es, was ich dir sagen wollte. Henning meint, ich hab es richtig gemacht, und dass du es auch so sehen würdest. Und er kennt dich doch immerhin mindestens so gut wie ich, stimmt's nicht?« Sie kämpfte gegen die aufsteigenden Tränen an. »Ich wünschte so sehr, du könnest mir ein Zeichen geben, damit ich sicher sein kann, dass meine Entscheidung richtig war.«

Aber auch so fühlte sich Frida unendlich viel leichter, jetzt wo sie sich alles von der Seele geredet hatte. Jetzt konnte sie zurückfahren und beruhigt schlafengehen. In der Ferne malte die sinkende Sonne bereits ein Flammenmeer aus Rot, Orange und Gelb an den Himmel. Es gab keine Anzeichen dafür, dass es morgen nicht wieder ebenso glühend heiß sein würde wie heute. Da fiel ihr der Brief von Hanna wieder ein. Sie konnte ihn genauso gut noch schnell hier lesen. Dann würde sie danach hoffentlich auch mit ihr im Reinen sein. Sie nahm ihren Fahrradschlüssel, fuhr mit der Spitze unter die Klebekante des Umschlags und schlitzte ihn auf. Sie entnahm den Brief, faltete ihn auseinander und begann zu lesen.

Liebe Frida,

ich hätte dir das Folgende gerne persönlich gesagt, aber du bist nie da, wo ich gerade bin, und so schreibe ich dir. Ich will es nicht länger aufschieben, und ich mache es so kurz wie möglich.

Du hattest die richtige Eingebung. Als ich nach Plessin kam, hatte ich einen Plan. Ich wollte nicht mehr leben. Ich hatte diesen Ort im Friedwald ausgewählt, und ich wollte, dass es dort endet. Mit den Tabletten, die du mir weggenommen hast. Es war alles vorbereitet. Aber im Wald, bei dem Baum, da war dann alles ganz anders. Alles lief schief. Ich hab es ein zweites Mal versucht. Gleich in der nächsten Nacht. In der Ostsee. Frag Henning danach, was damals passiert ist. Er war dabei, aber er hatte mir versprechen müs-

sen, dass er es für sich behält. Es tut mir leid, dass ich ihn dazu gebracht habe, dir etwas zu verschweigen. Weder er noch ich wollten dich belügen.

Gerettet hast aber du mich in der Nacht, als du dein Konzert gegeben hast. Ich hab dir nie erzählt, dass ich draußen vor dem Fenster gesessen und Dir zugehört habe. Damals wusste ich noch gar nicht, dass Du es warst, die da sang. Ich kann nicht mehr in Worten wiedergeben, was ich damals gefühlt habe, aber ich weiß noch sehr genau, dass sich etwas verändert hat, als ich Dich spielen gehört habe. Du hast mir klargemacht, dass ich noch gar nicht bereit war, diese Welt zu verlassen. Deine Musik hat mir Hoffnung gegeben. Du hast einen Riss in meinen Panzer gesungen. Dafür möchte ich Dir danken und Dir sagen: Dein Talent ist ein Schatz. Behüte ihn.

Oh, und ich danke Dir natürlich auch dafür, dass Du mich dann auch noch aus der Ostsee gefischt hast.

Und noch eines zum Schluss: Ich habe eine Therapie gemacht, nachdem Du mir so den Kopf gewaschen hattest. Mir geht es gut jetzt. Ich genieße es, Musik zu hören und hoffe, ich werde irgendwann einmal wieder Dich spielen hören.

Deine Hanna.

Frida ließ den Brief sinken. War das wahr? Das hatte ihre Musik gemacht?

Du hast dieses große Talent, mach etwas Gutes draus.

Jetzt erst begann Frida zu begreifen, wie ihre Interpretation der Worte ihrer Mutter sie jahrelang auf vollkommen falsche Wege geschickt hatte. Und dass sie diese nun endgültig verlassen konnte. Sie blickte in den Himmel, der sich inzwischen rosa und violett eingefärbt hatte.

Danke, Mama.

EPILOG

Hanna

*D*as Hoffest war ein voller Erfolg. Der Duft von Bratwurst lag in der Luft, in einer der Scheunen gab es hausgemachte Kuchen und Torten und frischen Kaffee. Die Erwachsenen ließen sich bei einer geführten Tour über die Schweinehaltung, Naturölproduktion und alte Obstbaumsorten aufklären. Kinder, die am Abend sicher mit dem Gartenschlauch vom Schmutz befreit werden mussten, rollten sich über den Rasen und schaukelten zu mehreren auf einem Reifen, der an dicken Seilen von einer mächtigen Eiche hing. Nur für ein Eis am Stiel legten sie eine kurze Pause ein.

Hanna schlenderte durch den Teil des Gartens, in dem historische Rosen gezüchtet wurden. In besonders schöne Blütenköpfe steckte sie ihre Nase, um den Duft aufzusaugen. Das hieß, wenn die Bienen sie ließen, die geschäftig von Blüte zu Blüte flogen. Sie war glücklich und dankbar für diesen Tag im August, der sich anfühlte, als wäre es eine Feier nur für sie. Jedes fröhliche Gesicht, jedes Kinderlachen, die umhertollenden Hofkatzen und der strahlende Sonnenschein schienen zu sagen: Willkommen zurück!

Pastor Fredemann hatte ihr gesteckt, dass Berit ihm gesteckt hatte, dass Ronstorf in einem Nebensatz hatte fallen lassen, er bedaure, dass die Waldtouren nicht mehr angeboten würden, die von den Gästen immer wieder angefragt wurden. Also hatte Hanna beschlossen, ihn aufzusuchen und ihm ein Friedensangebot zu unterbreiten. Sie hoffte nur, dass bei der Stillen Post nicht irgendetwas ganz Falsches an sie übermittelt worden war und Ronstorf sie gleich wieder hinauskomplimentieren würde.

Eine weitläufige letzte Runde über die Weiden bevor sie nach Plessin fahren würde, führte sie an der Koppel mit den Ziegen vorbei. Sie lehnte sich an den Zaun und schnalzte mit der Zunge. Neugierig kamen die grazilen Tiere näher. Sie hatten edle, schmale Köpfe, auf denen gedrehte Hörner saßen, weißes, rotbraunes oder geschecktes Fell wie Shetland-Ponys. Als Hanna weiterging und am Tor der Koppel vorbeikam, bemerkte sie, dass dies sperrangelweit offen stand und darüber hinaus die Ziegen zielstrebig in Richtung dieses Tores liefen.

Hanna wollte es zuschieben, aber es war schwer und hatte sich verkeilt.

»Das kann ruhig aufbleiben«, rief ihr eine junge Frau zu. »Die dürfen hier auf dem Hof frei herumlaufen.«

Hanna war skeptisch, aber sie ging weiter. Nicht sie sollte sich den Kopf darüber zerbrechen. Doch dann bemerkte sie, dass die ganze Ziegenherde ihr hinterherlief. Dabei hatte sie nur kurz Augenkontakt aufgenommen und sie nicht einmal gefüttert. Hanna ging schneller, doch die Tiere holten auf. Sie zwang sich dazu, sich nicht umzusehen, aber das musste sie auch nicht, um zu wissen, dass die gehörnte Bande direkt hinter ihr war. Sie hörte das Getrappel der Hufe. Hofbesucher blieben stehen und machten ihr mit ihrem Gefolge Platz, die Kinder kicherten und kreischten vor Vergnügen.

Hannas Herz hämmerte in ihrer Brust. Nicht dass sie direkt Angst vor den Tieren gehabt hätte, aber nun ja, man wusste ja nie, ob die nicht auf einmal aggressiv werden würden. Bei den Hörnern …

Sie bog um die Ecke des Haupthauses, in dem das Hofcafé untergebracht war. Vor der Terrasse mit besetzten Tischen und Stühlen würden die Ziegen haltmachen. Dachte Hanna. Sie taten es nicht.

»Entschuldigung! Tut mir leid!«, rief sie den Gästen zu, die aus dem Weg sprangen und versuchten, ihre Kuchenteller zu retten. »Die gehören mir nicht, ich kann nichts dafür.«

Als Hanna fieberhaft überlegte, wohin sie ausweichen sollte, blieb die ganze Herde auf einmal stehen. Irgendetwas schien sie aufzuhalten. Und nicht nur das. Sie drehten um und trippelten geschlossen zurück in die Richtung, aus der eine zarte Melodie kam. Perplex starrte Hanna ihnen nach. Sie hatte sich nicht getäuscht. Jemand spielte eine Piccoloflöte. Eine so graziöse und leichte Melodie, dass alle innehielten.

Eine Frau mit kunstvoll in die langen blonden Haare eingeflochtenem Tuch lockte die Ziegen auf ihre Koppel. Zwei Männer hoben das Gatter an und schlossen es hinter der Herde.

Frida. Die Ziegenfängerin von Mecklenburg.

Die Melodie verklang. Frida schob die Flöte in die hintere Hosentasche und ging lächelnd auf Hanna zu. Sie sah anders aus. Gelöster. Mit sich im Reinen. Glücklich.

»Findest du nicht, dass du meine Lebensretterqualitäten allmählich überstrapazierst?«, fragte sie.

Dann schloss sie Hanna in die Arme, die die Umarmung wortlos erwiderte. Nach einer Weile löste Frida sich von ihr und sah sie mit gespieltem Ernst und gerunzelter Stirn an.

»Aber wenn das mit Henning und dir funktioniert, dann spielst du nicht auf einmal meine Tante, damit das gleich klar ist.«

Hanna war so perplex, dass es ihr die Sprache verschlug.

»Ernsthaft. Wir bleiben Freundinnen, oder?«

Hanna legte eine Hand aufs Herz und hob die andere feierlich zum Ehrenwort.

»Freundinnen. Versprochen.«

ENDE

NACHWORT

Denen, die mehr Informationen zum Thema Hyperakusis möchten, lege ich die Bücher von Dr. Annette Cramer
(www.musiktherapeutikum.de) ans Herz. Sie haben mir bei
der Recherche sehr geholfen. Darüber hinaus durfte ich ihr
eine Menge Fragen zum Krankheitsbild und zur Behandlung
stellen, wofür ihr mein herzlicher Dank gilt.

Lea Santana